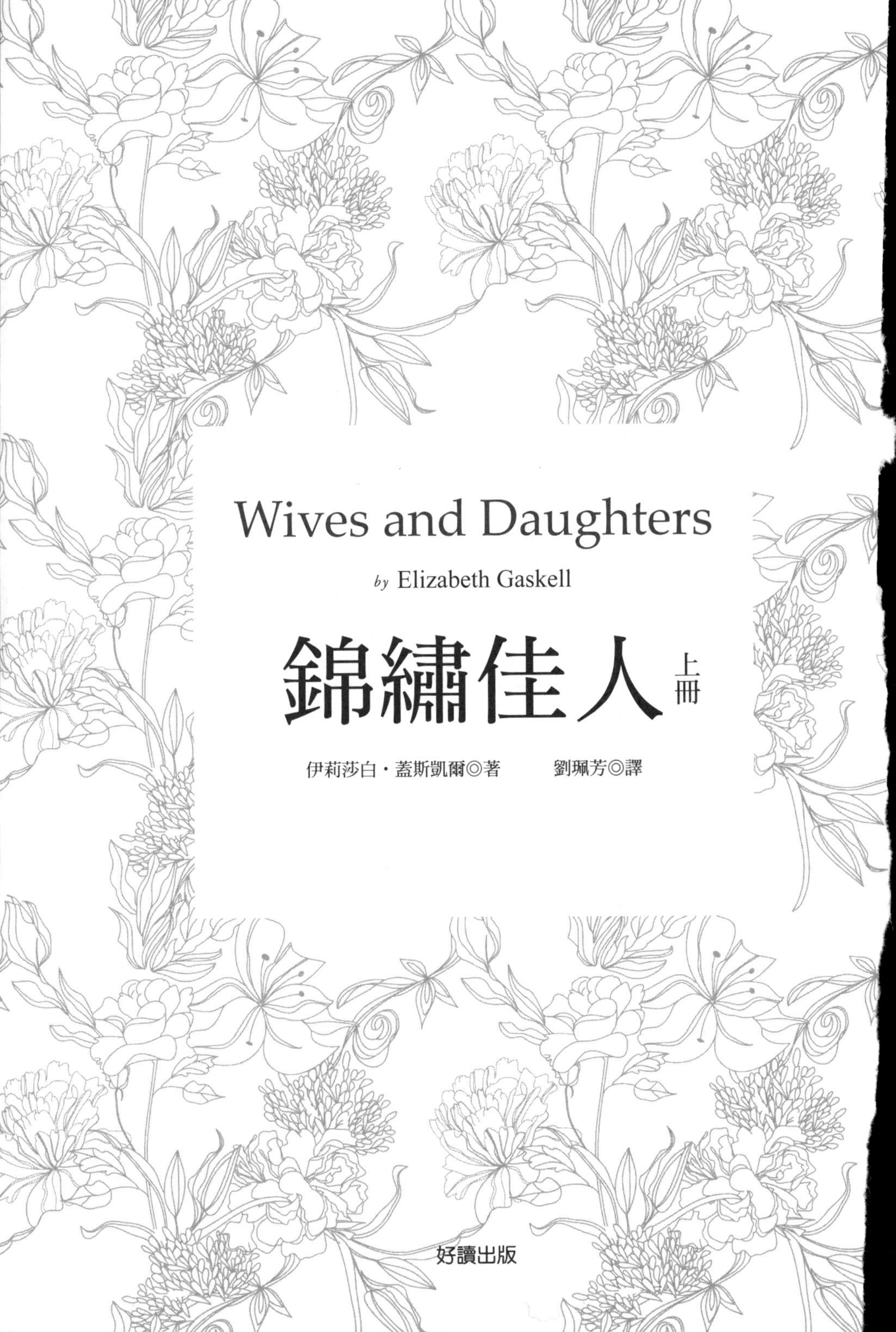

Wives and Daughters

by Elizabeth Gaskell

錦繡佳人 上冊

伊莉莎白・蓋斯凱爾◎著　劉珮芳◎譯

好讀出版

第一章 慶典的黎明

且由冗雜的童年往事說起。從前某個國家有個郡，那郡裡有個鎮，鎮上有棟房屋，屋中有間臥室，臥室裡有張床。床上躺著個小女孩，她圓睜著雙眼，迫不及待想起床，卻動也不敢動，因爲害怕隔壁房裡那看不見的力量。

有個名叫貝蒂的人就睡在隔壁，鐘敲六點之前，絕不許人擅入她的臥房。她總在六點，「像時鐘一樣準時」起床，之後便一刻不得閒地裡裡外外操持著家務。

那是六月裡某個早晨，房裡早滿溢著和煦的陽光。

在茉莉．吉布森睡的那張白色緹花布小床對面櫃子上擺著樣式簡單的女帽架，架上放著一頂女帽，仔細地用一塊棉質大手巾包覆起來，不讓灰塵有絲毫入侵的縫隙。這手巾質料厚重，倘若包覆在底下的是輕而薄的棉紗布、蕾絲與花朵編成的帽子，那就一切都「壞光光了」（這又是貝蒂的用語）。帽子可是用堅韌稻草編成的，只有帽頂和繫帶才使用簡單的白色緞帶。儘管如此，茉莉仍在帽子內面下了不少工夫，前一天晚上她自己煞費苦心地給帽子內裡編織可愛的小花樣，豈非片片段段皆是心血？而那細心編織成的草帽上不是還綴了朵藍色小蝴蝶結，是茉莉朝思暮想欲戴上的極品嗎？

六點整！教堂鐘聲精神抖擻地愉快報時，數百年來如一日那樣招喚著每個人展開新一天的工作。茉莉立刻從床上跳起來，光著兩隻小腳丫子，跑過去拿起罩著帽子的大手巾，再一次看到了那頂帽子——那是閃亮慶典之日已然降臨的證明！

接著，她走向窗戶，頗費力地推開一扇玻璃窗，迎進清甜的晨間空氣。

樓下花園裡花瓣上已了無露珠痕跡，僅剩正後方大草地上的露珠群正迎著朝陽冉冉蒸騰。草地一端通往一處名叫何陵福特的小鎮，鎮上有條街直通吉布森先生家前門。此刻已見炊煙裊裊，許多村舍煙囪冒出朵朵白煙，家庭主婦們老早起了床，爲負擔家中生計的人準備早餐。

茉莉・吉布森將一切盡收眼底，然而她想到的只是，「哦，這注定是美好的一天！我還怕這一天永遠到不了呢！或者，即便這一天終於到了，也會是個下雨天！」四十五年前鄉下孩童的樂趣很簡單，十二歲大的茉莉從來也沒遇過比今天即將到來的慶典更精采有趣的事了。可憐的孩子！她失去了母親是事實，也的確爲她的生活帶來遺憾；不過這已是往事了，況且她當時還太小，懵懂年齡哪識得悲傷。她引頸企盼中終於到來的慶典，是她頭一回參加的何陵福特鎮年度盛會。

沿著小鎮往郊外人跡漸罕處走去，可見到一座瑰麗雄偉的大莊園，正是肯莫領主伉儷住所，鎮上居民都尊稱他們爲「肯莫伯爵」與「肯莫伯爵夫人」。那兒瀰漫著濃濃封建氣息，平常習慣上多少會顯露出來，如今回想起來或覺好笑，但在當時可是大事一樁，馬虎不得。當時仍屬〈改革法案〉①通過前，不過居住在何陵福特兩三位較具見識的開明地主，不時於公開場合暢談著自由開放的言論；那時屬於革新派民黨的某大家族有時也會在選舉時，與屬於守舊派王黨②的競爭對手肯莫家族角逐議院席次。也許有人認爲，至少上述所提及那些開明的何陵福特居民應當支持能代表他們、意見屬於民黨的何利—哈利臣家族才是。並無這回事！「伯爵」乃莊園之主，也是何陵福特諸多房地產的擁有者，其家族跟何陵福特的作爲息息相關。當地居民一直以來都把票投給肯莫莊園的長子，日後也會持續下去，而政治上的想法，不過就是說說而已的幻影罷了。這種大地主對市井小民的莫大影響，於鐵路時代來臨前隨處可見，肯莫家族正是這樣一個典型代表，他們期望得到當地居民的愛戴及順服。伯爵與伯爵夫人咸認為，鎮民們對他們單純尊崇是他們應享的權利；此外，要是有人出現迥異於伯爵的意見或想法，恐得讓伯爵伉儷大為吃驚，想起年輕時令他們倍覺驚擾的法國革命分子。不過，撇開要求受尊崇不談，他們倒是為鎮上做了不少事，且大致上還算平易近人，常常恩待底下的人。肯莫伯爵是個宅心仁厚的地主，有時候會叫僕人閃到一旁，自己執起韁繩御馬；偏偏有時候也讓既有錢又獨立，因而未好好盡責的土地管理人覺得很煩，因為他常自己在外「閒遊閒晃」後就推翻了土地管理人訂好的決策（根據土地管理人不太尊敬的口吻說）。其實換個角度來解釋，就是伯爵有時喜歡自己去跟佃農聊聊天，問自己想問的問題，用自己的耳朵與眼睛多瞭解一下自己土地的管理情形。佃農們倒挺喜歡他這習慣的。其實肯莫伯爵也還滿愛聽老土地管理人和佃農間的八卦。這缺點則被高傲且讓人難以親近的伯爵夫人給彌補了。話雖如此，伯爵夫人固定一年紆尊降貴一次。她和上流貴婦們以及她的女兒成立了一所學校：可不是當今那種教勞動階級與工人階級的男孩、女孩們讀書認字，往較高社會階層爬的學校，而是那種我們應該稱之為「工藝性」的學校，女孩們在那兒學習做出漂亮的女紅，成為出色的管家及手藝卓越的廚子，而且最重要的是，一律穿著由肯莫家陶爾莊園女士們所設計的整潔美觀制服：白帽子、白披肩、格子紋圍裙和藍色長衫，並嚴守禮節——行屈膝禮加上「請、謝謝、對不起」不離口等等。

話說當伯爵夫人長時間離開陶爾莊園外出時，總會邀請何陵福特當地女士到學校以訪客的身分幫忙，替她與女兒們在好幾個月缺席不在時照看學校。於是鎮上閒閒沒事的女士們當然回應了領主夫人的召喚，樂於接受這樣的要求，猶且伴隨著無盡的感激之情：「伯爵夫人眞好！她就是這樣——總是想到別人！」諸如此類的話語不絕於耳。他們總說，沒到過何陵福特的人定得到伯爵夫人的學校看看，見識一下整潔討喜的學生、還有更討喜的刺繡作品，才算到過何陵福特。伯爵夫人對大家的回報，則是挑夏季某一天邀請所有到過學校幫忙的人，到家族產業中最靠近鎭上的陶爾莊園去玩，藉以展現肯莫伯爵夫人及小姐們的愛民恩澤。而這年度慶典的流程如下：約莫早上十點，一輛馬車自莊園駛出，來到鎭上受邀人家中，或一位或兩位不等，陸續把這些女士們接上馬車，待馬車坐滿後便穩健地沿著平坦的林蔭道路行駛，將一車打扮入時的嬌客送到陶爾莊園雄偉的大門階梯前。馬車則回返鎭上，來來往往將一車一車穿著華麗的女士們帶進堂皇壯麗的屋中或美輪美奐的花園。在賓客們參觀過一處又一處珍寶及奇花異卉展示且讚嘆不已後，主人家便貼心送上點心招待，而享用過精緻餐點之後又是一連串的參觀與讚嘆。下午四點，咖啡送上訪客手中，也代表著馬車即將送她們返家。此時訪客們在努力裝了一日淑女之後都甚覺疲憊，帶著滿足的喜悅告別。肯莫伯爵夫人及其千金扮了一天自認爲稱職主人的角色同感疲憊，因而非常高興能恢復自由。當人處在要盡力討好別人的圈子中，總會經歷到這種疲憊。

茉莉．吉布森有生以來頭一回被列名在伯爵夫人莊園慶典的訪客名單中。她年紀太小還不能到學校幫忙，之所以能去陶爾莊園，乃是因爲有一天她隨父親遇到了「閒遊閒晃」的伯爵。那時她和她父親，也就是鎭上的醫生吉布森先生，正從一戶農家中出來，碰巧遇上了要走進去的伯爵，伯爵停住腳步問了醫生幾個小問題（肯莫伯爵碰到認識的人很少不問問題的，不過他通常不在意別人的回答，這不過就是他和別人會話的模式而已）。伯爵陪著吉布森先生走到外面，來到馬匹駐足的圍牆前，茉莉就在那兒，乖巧安靜地騎在鬃毛蓬亂的小馬上等著她父親。然而眼前景象不禁讓茉莉驚訝地瞪大雙眼，緩緩走過來的「伯爵」這灰髮紅臉、行動有些笨拙的人，在她小小心靈中簡直是大天使與國王的混合體。

「吉布森，這是你女兒？好乖的小女孩，幾歲啦？小馬需要梳一下鬃毛哦。」伯爵邊說邊伸手拍拍小馬，「小可愛，妳叫什麼名字啊？我說哪，眞可憐他的房租逾期未繳，可是他若眞病了，我必須照看他的，他向來是個努力工作的人。他是什麼病啊？哦，小女孩，妳星期四會來參加慶典吧。妳叫什麼名字？吉布森，你要送她來或帶她來都行。還有，跟你的馬夫說一聲，他去年肯定沒有幫小馬整燙鬃毛，對嗎？別忘了星期四喲，小女孩，妳叫什麼名字啊？這是我們之間的約定，對嗎？」伯爵說完就小跑步離開了，因爲他看到那農夫的大兒子出現在院子另一頭。

吉布森先生跨上馬，和茉莉騎馬離開。兩人沉靜無語地騎了一段。接著茉莉開了口：「爸爸，我可以去嗎？」細微的聲音中透著焦急。

「去那兒啊，親愛的？」他應道，從醫務思考中甦醒過來。

「去陶爾莊園哪——就星期四嘛，您知道的。那位紳士（她不好意思直說頭銜）邀請我的。」

「親愛的，妳眞想去嗎？我一直覺得那是個累人的慶典。是很累的一天哦，我的意思是妳得早早起來——而且天氣很熱，諸如此類的。」

「哦，爸爸！」茉莉有些責難似的應道。

「妳眞的想去，是嗎？」

「是啊，如果可以的話！是他邀我的，您知道的呀！您不讓我去麼，他邀了我兩次耶！」

「啊！再看看——好吧！茱莉，我想我們可以安排一下，如果妳這麼想去的話。」兩人隨又沉默下來。過不久，茱莉再開口道：「爸爸，拜託啦，我眞的很想去——不過，我並不在意。」

「妳眞把我弄糊塗了。不過，我猜妳的意思是，送妳去參加慶典如果很麻煩的話，就算不去妳也不在意，是嗎？別擔心，我安排一下便行，所以這件事情就算說定了。到時候妳就穿著白色的連衣裙去吧！記得告訴貝蒂一聲，她會幫妳打扮得宜的。」

現在，對吉布森先生來說，在對茱莉的莊園慶典之行放心前，有兩件事情得做，而任何一件都帶著點小麻煩。只是爲了讓女兒開心，他很樂意去做。

於是第二天他騎著馬到莊園，表面上去探望莊園中生病的女僕，事實上是想藉此機會找到肯莫伯爵夫人，讓她認可肯莫伯爵對茱莉的邀請。他使用靈活的社交手腕選好了時間，其實他常常得在跟大戶人家來往時練習社交靈活度。約莫中午十二點，還不到午餐時間，他騎著馬進入馬廄場，想此時莊園中的女士們應已拆閱信件並結束對信件內容的討論了。他把馬安置妥當後循著小路來到家屋，「家屋」在這邊，「莊園」則是在前面。他探望過病人，給了管家一些用藥的指示便往外走，手裡拿著朵罕見的野花，欲在花園找伯爵夫人的一位千金，亦盼能在此同時遇上肯莫伯爵夫人。果如預期，伯爵夫人一面拿著信跟女兒討論內容，一面指揮園丁把花園中的植物移過來搬過去。

「我來探望奶媽病情，趁此機會給艾格妮絲小姐帶來上次提到長在苔蘚中的植物。」

「感謝你，吉布森先生。媽媽，快過來看！這就是圓葉茅膏菜③，我想要這種植物想好久了。」

「啊！是啊，眞漂亮，可惜我不是植物學家。奶媽好多了吧。在這節骨眼上，我們可沒辦法讓人請假休息，下星期這屋裡就會擠滿人哪——瞧，這是丹比家的來信，說也要過來呢！我只不過趁著聖靈降臨週④悄悄下來待個兩週，城裡還成堆事情等著呢！一旦有人知道我們在這裡，信就來個沒完，有說要來呼吸鄉間空氣的，有說要來看看春日裡美不勝收的莊園景色。還有，我得說這帳大部分得算在肯莫伯爵頭上，因為我們一到莊園，他就騎著馬四處亂逛，到處邀人過來住幾天。」

「我們十八日就會回城裡去了。」艾格妮絲小姐用安慰口吻說。

「啊，對呀！等撐過學校慶典就行了。可是還有一個星期才到慶典哪！」

「對了！」吉布森先生抓住這有利的時機開口，「我昨天在跨樹農田那兒碰到伯爵，他好心地邀請當時在我身旁的小女來參加週四慶典。我相信對小女孩來說，那是場美好盛會。」他停了下來，等著伯爵夫人答腔。

「哦，這樣啊！如果伯爵邀請她了，我想她一定得來，不過我眞希望伯爵別這樣過度好客！當然，我們十分歡迎你家女兒。只是，我說給你聽啊，某天他碰到一位我連聽都沒聽過的布朗寧小姐。」

「布朗寧小姐去過學校的，媽媽。」艾格妮絲小姐說。

「哦，也許吧，我又沒說她沒去過。我知道賓客名單中有姓布朗寧的，只是我不知道有兩位，不過，當然啦！肯莫伯爵一旦知道有另一位布朗寧小姐，定然非邀不可，這下子馬車得來回四趟才能把她們全接過來。因此你女兒要來是相當方便的，吉布森先生，加上你的關係，我自然樂於見到她。我想她應可以坐在兩位布朗寧小姐中間才是。你再跟布朗寧小姐們討論一下好了，還有，請你務必盡力讓奶媽能在下週恢復健康，繼續工作。」

就在吉布森先生起身告辭時，伯爵夫人忽然叫住他，「哦，等一下，克萊兒在這裡。你記得克萊兒吧，很久以前她也是你的病人。」

「克萊兒？」他複誦道，語氣中透著困惑。

「你不記得她了？克萊兒小姐是我們家以前的家庭教師，」艾格妮絲小姐說：「大約在十二到十四年前，在卡克哈芬小姐結婚之前。」

「啊！是的！」吉布森先生應道：「克萊兒小姐，那時她染上猩紅熱，一位纖雅漂亮的小姐。可是我想她應該結婚了。」

「沒錯！」伯爵夫人道：「她眞是個小蠢蛋，不知道自己當時有多幸運──我們都非常喜歡她，這我確定無誤。誰知道她竟跟著個窮酸小子結婚去了，變成了可笑的柯派屈克太太，不過我們一直喚她『克萊兒』。現在她丈夫死了，她成了寡婦，就帶著女兒住在這兒，而我們大夥兒都絞盡腦汁要幫她想個能繼續帶著女兒過日子的生路。她人在這屋裡，你若想找她敘敘舊，就去吧！」

「謝謝您的好意，夫人，我還有許多事待辦，今天恐怕無法久留。我已在這兒待太久了。」

吉布森先生騎馬離開，按照行程行事，晚間才得空到布朗寧小姐家拜訪，討論茉莉和她們共乘馬車赴莊園盛會的事。兩位布朗寧小姐都是高䠷美麗的女子，姊妹倆皆過了適婚年齡，接待起這位鰥居的醫生非常親切有禮。

「哎呀！吉布森先生，我們當然樂於有茉莉同行。您無須爲這種小事開口問我們的。」年長的布朗寧小姐說。

「我一想到莊園盛會，晚上幾乎睡不著呢！」菲比．布朗寧小姐接著話，「您知道的，我從未參加過，姊姊倒是去過好幾次了。不知爲何，到學校幫忙的名單上連續三年都有我的名字，伯爵夫人的莊園盛會名單上卻總是找不到我，再說您也知道，我又不可能毛遂自薦的嘛！這種盛大的慶典，我怎麼可能不請自來呢？」

「去年我就告訴菲比，」她姊姊開口道：「她的名字準是不小心被漏掉了，伯爵夫人在莊園慶典上若沒看到她定會很難過的。可是她就這麼愛鑽牛角尖哪！吉布森先生，無論我好說歹說，她就是不去，情願待在家裡。我一想到她那張目送著我離開時淚眼汪汪的臉就遊興盡失，那天根本無心遊賞莊園裡的一切。」

「莎莉，那天妳走後我大哭一場。」菲比小姐說：「不過，既然沒被邀請，我想我待在家裡是對的。吉布森先生，您說是嗎？」

「當然，」他應道：「而且您今年就受到邀請了啊！去年還下雨呢。」

「是啊！我記得呀！那時我想乾脆去整理抽屜好了，讓自己有事忙。就在我全神貫注於手上工作時，忽然聽到打在窗框上的雨聲，嚇了好一大跳。『哎呀！』我自言自語道，『姊姊那雙白色緞面鞋不曉得會變成什麼樣，下這麼大雨還要走在濕漉漉的草地上。』」您知道麼，她那天穿了雙好漂亮的鞋子。今年她買了一雙一模一樣的白色緞面鞋送給我，眞令我驚喜呢！」

「茉莉得明白，參加那等場合須穿上最好的衣服，」年長的布朗寧小姐說：「如果需要的話，我們可以借給她一些珠鍊、飾品什麼的。」

「茉莉會穿著純白連衣裙去。」吉布森先生有些急迫地回應，畢竟他對布朗寧小姐們的衣著品味不怎贊同，故不希望自己孩子像她們那樣裝扮。就他而言，他倒覺得家中老管家貝蒂的品味好多了——因爲較簡單。

「哦！好極了！我想您說得對。」年長的布朗寧小姐起身送客時道，語氣透著一絲絲不悅。不過菲比小姐說：「茉莉無論穿什麼都會很好看，這是無庸置疑的。」

譯註：

①〈改革法案〉是英國在一八三二年通過，關於擴大下議院選民基礎的法案。該法案改變了下議院由托利黨獨占的狀態，加入了中產階級勢力，是英國議會史上一次重大改革。

②民黨（Whig），也稱「輝格黨」，為英國在十八至十九世紀初期的政黨；他們支持國會，力圖限制王室的權利，為自由黨的前身。王黨（Tory），也稱「托利黨」，即為英國保守黨。

③圓葉茅膏菜（*Drosera rotundifolia*），是肉食性毛膏菜的一種，一般分布在沼澤或潮濕地面。

④聖靈降臨週（Whitsuntide），聖靈降臨節過後一週或該週的前三天。聖靈降臨節（Whitsunday）是在復活節之後第七個星期日。

第二章　大人物中的小新人

週四慶典當天早上十點，陶爾莊園的馬車開始奔波。茉莉早在第一趟馬車到來前即已準備妥當——其實她和布朗寧小姐們被安排在最後一趟，也就是第四趟才輪到。茉莉的臉仔細用香皂洗過、拭過，清爽得發亮！她的連衣裙，衣服褶邊及緞帶都是雪白色；肩上還披著一件黑色斗篷，是她母親的，剪裁是圓弧形襯著層層蕾絲，這樣的斗篷穿在一個小孩身上還真略顯奇特和老氣。今天也是茉莉有生以來初次戴小羊皮手套，截至目前爲止，她都是戴棉質手套而已。新手套對她那小小的指頭而言還嫌太過寬大，不過貝蒂告訴她，這雙手套她得用上好幾年哩！既然如此，那也就沒什麼好嫌的了。一整個早上她都興奮不已地企盼著馬車到來，一度差點昏厥過去呢！貝蒂只好一直提醒她別把眼珠子給望穿了，茉莉仍不停地對著蜿蜒的街道望呀望的，就這麼望了兩個小時後，接她的馬車終於來了。她盡量往前坐，免得碰皺了布朗寧小姐們的新衣服，但也不能夠坐得太前面，否則會擠壓到坐在前座，胖胖的固德芬太太和她的姪女。這樣還坐得下，眞教人不敢置信！而更讓茉莉不舒服的是她得坐在馬車中間，這太顯眼了，簡直全何陵福特的人都看得見。

今天這場盛會讓整個小鎮的人都無法正常作息，女傭們從樓上窗戶探頭往下看，店家老闆娘們站在門口臺階上，住在鄉間小屋裡的人跑出來，手上還抱著嬰孩，至於孩童們，則因爲太小還不知道該如何對伯爵的馬車表示敬意，便在馬車經過時歡呼大叫。門房裡的女人打開大門，對穿著制服的馬車夫行了個屈膝禮。現在他們一行人已經在莊園裡了，雄偉的建築映入眼簾。一車女士們竟鴉雀無聲，只有在登上通往主屋大門左右兩邊半圓形的階梯時，才聽到外地來的固德芬太太姪女打破沉默。

「我想他們把這個叫『門階』吧，是嗎？」她發問，但得到的唯一答案卻是眾口齊聲的「噓——」。眞慘，茉莉心想，她有點希望自己能留在家裡。不過，當大家來到美不勝收且前所未見的美輪美奐花園時，她很快就忘記自己剛剛想什麼了。青綠天鵝絨般的草地沐浴陽光裡，向著四周精心栽植的林園伸展開來，在這和煦陽光輕掃過的綠地上或許有隴溝、隱壕，也有幽暗蓊鬱的樹林，但茉莉都沒發現，眼前精巧細緻彷似一望無際的原野對她有著難喻的吸引力。靠近屋宇處有牆垣和圍籬，爬滿了薔薇及罕見的忍冬，其他爬藤類植物也正處於花朵盛綻之際。旁邊同樣可見花床，鮮紅色、深紅色、藍色、橘色的美麗花朵開滿一地。大家漫步花園時，茉莉緊抓著布朗寧小姐的手，她們在伯爵的一位女兒帶領下參觀莊園，而伯爵千金對於大家見一樣誇一樣的讚嘆聲似乎不怎麼驚奇。茉莉因其年齡及地位的關係都沒開口，但不時會用深呼吸來紓解自己的情緒，聽起來像在嘆氣。眼下她們來到一長排閃閃發亮的溫室和暖房，園丁在那兒迎接她們。茉莉對於這裡的一切顯然不及對屋外藍天下的花朵那等有興致，然而伯爵家的艾格妮絲小姐卻極具科學品味，詳述著此處栽種的植物有多罕見、栽種方式有多特別等等，講得茉莉倍覺乏味，昏昏欲睡。起先她不好意思開口，後來擔心自己可能一不小心哭出來或暈倒在珍貴植物上而引起騷動，才終於鼓起勇氣拉住布朗寧小姐的手，喘著氣說：「我可以回到外面的花園去嗎？我在這兒沒辦法呼吸！」

「哦，可以啊！當然沒問題，小可愛。我敢說妳一定聽不懂這些，小可愛，不過這是非常好又極有啓發性的，用了很多拉丁文喲！」

布朗寧小姐說完便急著回過頭聽艾格妮絲小姐談論蘭花，茉莉則轉頭往外走去，離開這一室的熱氣。新鮮空氣讓她覺得舒暢多了，加上沒有人看著她，自由得很，可以從一處可愛的地方逛到另一處，有時在開放的莊園，有時在室內的花園，小鳥鳴唱、中央噴水池流水聲是唯一聞見的響聲，而且大樹的樹梢圍成一圈圓頂遮蔽住湛藍的六月晴空，她彷彿忘了自己身在何方，逕自像隻蝴蝶似的飛過來舞過去，直到疲累襲上身體。她想回屋裡去，卻不知該怎麼走，也擔心會遇到一幫陌生人，自己又沒有布朗寧小姐們的保護。炙熱的太陽直曬她頭頂，頭開始發疼。看到前方草坪一頭有棵高大杉樹，樹下濃密的綠蔭深深吸引著她，茉莉往前走去，在大樹蔭影下發現了一張古樸的坐椅。渾身倦意的她在椅子上坐了下來，終至進入夢鄉。

過了些時候，她從睡夢中驚醒，整個人跳起來。她身旁站著兩位女士，正談論著她。她完全不認識她們，想著自己做錯事了，此外再加上飢腸轆轆、疲憊不堪、一整個早上的興奮等等，茉莉不由得哭了起來。

「可憐的小女孩，她迷路了！我想她應該是何陵福特的居民沒錯。」兩位女士中看起來較年長的那位說道，模樣大約四十歲，其實不過三十歲上下。她的長相平庸，神情甚是嚴肅，身上衣飾相當考究；說話聲音低沉，缺乏韻律感，講得難聽些，就是粗聲粗氣的——不過這可不能拿來用在卡克哈芬夫人身上，畢竟她是伯爵和伯爵夫人的長女。另一位女士看起來年輕許多，事實上年紀較大。初見她時，茉莉一度想著這是自己平生見過最美麗的人了，這位女士誠然長得十分好看。回答卡克哈芬夫人的問話時，她聲音柔柔的但是透著幾分陰鬱，「可憐的小傢伙，怕是有些中暑，也難怪了……帶著這麼厚重的草帽。我來幫妳把帽子拿下，親愛的。」

茉莉這時已回過神來，說得出話了：「我是茉莉．吉布森，您們好！我是跟著布朗寧小姐們過來的。」她很怕自己被當成不請自來的闖入者。

「布朗寧小姐們？」卡克哈芬夫人對身旁同伴探詢似的說道。

「我想她們就是艾格妮絲小姐說的那兩位高大年輕女士。」

「哦，難怪了。我看到艾格妮絲帶著一大群人。」她又看著茉莉，問道：「孩子，妳來到莊園後吃過東西沒有？妳看起來有些蒼白，還是因爲太熱的緣故？」

「我到現在都還沒吃東西。」茉莉回話，看起來可憐兮兮。她說的也算是事實，因爲她睡著前就飢腸轆轆。

兩位女士低聲交談了一陣，然後看起來較年長的那位以權威語氣對茉莉開口——其實她一直是以那種語氣對身旁同伴說話的。

「妳在這兒坐著，小朋友。我們要回屋裡去，克萊兒會給妳帶些吃的東西過來，妳吃了才走得回去，從這兒走回屋裡少說也有二點五英里呢！」說完，她們便走了。茉莉直挺挺地坐著，等著那位女士口中的「克萊兒」出現。她不曉得克萊兒是誰，現在也不是那麼想吃東西了，不過她意識到，沒有人幫忙她根本走不回去。終於，她看到那位美麗的女士回來了，身旁還跟著一名端著小托盤的僕人。

「妳看，卡克哈芬夫人多好哪！」名叫克萊兒的她說：「這份午餐的餐點是她親自挑選的。現在，妳得把這些東西吃完，身體就會好起來了，小可愛。你不必在這兒等了，艾迪，我再把托盤拿回去就好。」

托盤上有麵包、冷雞肉、果凍及一杯葡萄酒、一瓶氣泡水，還有一串葡萄。茉莉伸出顫抖的手想拿水喝，卻沒力氣握住。克萊兒把水送到茉莉嘴邊，茉莉喝了一大口，精神跟著恢復些。可是她沒辦法吃東西，她試了一下但無法下嚥，頭疼得太厲害了。克萊兒稍顯慌張，「吃葡萄好了，它們對妳最有用。妳得盡量吃些東西才行，要不然我也不知道該怎麼把妳弄回屋裡。」

「我的頭好痛。」茉莉說道，求援似的抬起沉重眼皮。

「哦！眞是的！」克萊兒輕嚷，聲音依然溫柔甜美，彷彿一點也沒生氣，純在陳述事實。茉莉覺得好罪過也很不快樂。克萊兒繼續說話，語氣中透著一絲嚴酷，「聽著，如果妳不吃些東西讓自己有力氣走回屋裡，我眞不曉得該拿妳怎麼辦才好。我已經在這莊園裡晃盪三個鐘頭了，累得要命，錯過午餐時間，什麼東西都沒吃。」然後，她像忽然想到什麼似的，接著說：「妳再去椅子上躺一下，然後把那串葡萄給吃了，我在這兒等妳，一次得吃一大口哦。妳確定不要吃這些雞肉嗎？」

茉莉照著吩咐去做，躺回椅上，伸出虛弱的手拿起葡萄，看著有好胃口的克萊兒吃光雞肉和果凍，喝光葡萄酒。心情陰鬱的克萊兒看起來是如此美麗優雅，即使在擔心有人可能於此刻出現讓她倍感尷尬而狼吞虎嚥，急著把食物往嘴裡塞之時，冷眼旁觀的茉莉還是覺得頗欣賞她。

「好了，小朋友，可以走了嗎？」克萊兒把托盤上的東西全掃空之後說道。「哦，過來，妳已經快把葡萄吃完了，眞是個好孩子。聽好哦，如果妳跟著我回側屋去，我就可以帶妳到我的房間，讓妳在我的床上睡一兩個小時。妳若能夠舒舒服服地睡上一覺，醒來之後，頭就不會痛了。」

於是她們出發了，克萊兒手裡拿著空空的托盤，心想茉莉錯過美味食物實在可惜；而茉莉一面疲憊地往前走，一面擔心人家不曉得還有什麼吩咐要她去做。所謂的「側屋」其實就是從一個僻靜的花園起始延伸向一間黯淡的廳堂或稱「接待室」的一段階梯，其上連接著許多扇門，一些農用小工具和伯爵家年輕小姐們所使用的弓箭都放在裡頭。卡克哈芬夫人肯定瞧見了她們，因爲她們一走進廳堂，卡克哈芬夫人就朝她們走來。「她現在怎麼樣？」她開口道，瞥了一眼托盤上的空杯盤，繼續說：「好了，我想應不會有什麼差錯了！克萊兒，妳就是這樣一個老好人。不過，妳眞應該把托盤交給艾迪拿回來就好，這麼熱的天很容易生病的。」

茉莉非常希望那位美麗的同伴可以告訴卡克哈芬夫人，是她親自幫忙吃掉那份豐盛午餐的。不過克萊兒似乎壓根沒把這事放在心上，只回說：「可憐的小女孩，她還沒恢復呢！她說她頭痛得很。我打算讓她到我床上去躺躺，看能不能睡著。」

茉莉看到卡克哈芬夫人經過克萊兒身邊時用半開玩笑的語氣交談，而茉莉覺得那語氣愉悅的玩笑聽起來像是「我猜是吃太多了」之類的，免不了心中一陣難受。罷了罷了，她現在也沒精神難過太久。那舒適涼快房間裡的白色小床，對她疼得要裂開的頭來說有著無比吸引力，窗外帶著香氣的微風不時從窗戶飄送入內，吹動著薄紗窗簾。克萊兒給茉莉蓋上一條輕軟披肩，再把窗簾拉上。克萊兒待要離去時，茉莉掙扎著起身道：「拜託您，夫人，請別讓我錯過回去的馬車。如果我睡著了，請讓人喚醒我。我要跟布朗寧小姐們一塊回去的。」「別擔心了，小朋友，我會處理的。」克萊兒說畢轉身朝門口走去。她朝憂心忡忡的茉莉送了個飛吻，然後走出房間，繼而忘了這回事。

馬車約莫自下午四點半起便急急地送客回家，因爲肯莫伯爵夫人對招待客人突覺厭倦，客人們千篇一律又不斷重複的讚美詞令她感到煩膩極了。「爲何不同時派出兩輛馬車，一次把這些人全送走呢，媽媽？」卡克哈芬夫人說：「分批送客最麻煩了。」

於是訪客在匆促中，一陣混亂地被塞進兩輛馬車駛離莊園。布朗寧小姐中的姊姊坐上四輪輕便馬車（肯莫伯爵夫人喜歡叫它「凱旋車」，因為跟她女兒海璇小姐的名字押韻，貴族式寫法是海芮），布朗寧小姐中的妹妹則跟其他幾位女士一起搭乘現在名之為「送迎客用交通車」的寬敞家用馬車離開。她們彼此都以為茉莉．吉布森跟著對方一道，事實卻是茉莉．吉布森正躺在娘家名為克萊兒的柯派屈克太太床上呼呼大睡。

伯爵家女傭進來整理房間，她們的談話聲吵醒了茉莉，她從床上坐起，用手將亂髮從滾燙的前額撥開，記起了自己身在何方。她跳下床，站在床邊，把女傭們嚇了一跳。茉莉開口道：「請問，我們還有多久要離開？」

「我的媽呀！床上怎還有個人？妳是何陵福特來的訪客麼，小朋友？她們早走光啦！」

「啊，那我怎麼辦？克萊兒女士答應叫我起來呀。爸爸會找不到我的，貝蒂也不知道會怎麼說。」小朋友開始哭起來，女傭們既焦慮又同情地面面相覷。就在此時，走廊傳來柯派屈克太太的腳步聲，她低吟著一曲義大利小調，正要回房間更衣等用晚餐。女傭中的一位用心知肚明的神色告訴另一個女傭：「最好留給她處理。」兩人隨即往其他房間繼續工作。

柯派屈克太太打開房門一看到茉莉，嚇了一大跳。

「啊，我完全把妳給忘了！」她終於吐出這幾個字。「別、別哭，再哭就不好看了。我一定會為妳自己睡過頭負責的，如果今晚我沒辦法把妳送回何陵福特，妳就跟我一塊睡吧！我們會盡量讓妳在明天一早回家的。」

「可是爸爸，」茉莉啜泣道：「爸爸一向需要我泡茶的。而且我也沒有帶睡衣。」

「現在用不著去想那些沒辦法做的事情了。我會借一件睡衣給妳，至於妳爸爸，他今晚就不必喝妳泡的茶了。妳下次可別又在陌生人的家睡過頭嘍，像這麼熱心待客的人家可不是隨處可遇的。好了，如果妳不再哭，好好恢復個人樣，我就去問一下妳能否與史邁特老師以及其他小淑女一同享用甜點。現在到育嬰室去跟他們一塊喝茶，然後妳得回來這兒梳梳頭髮，把自己打扮整齊。我說，有幸在這座豪華大宅院待上一晚，對妳而言是好事一樁喲，這是許多小女孩夢寐以求的呢！」說話的同時，柯派屈克太太的手也沒閒著，忙爲晚餐打扮自己：她脫下黑色晨服，穿上便袍，甩甩頭，搖落一頭柔軟的及肩褐色長髮，眼睛環顧四周，想想要換上哪件衣服才好，從頭到尾喋喋不休地叨絮著。

「我有個女兒哪！我本想她會很高興跟我一塊待在肯莫伯爵家的，哪知她竟想留在學校裡過節。還有妳，一聽到要在這兒過夜，竟也出現那種極不願意的表情。爲了陪那些煩人——那些好心的小姐夫人們，我的意思是，何陵福特來的那些啦——我確實忙得很——人不可能面面俱到嘛！」

茉莉，還是個孩子的她，聽到柯派屈克太太有個女兒，立刻止住淚水，這會兒還大著膽子問：「您結婚了嗎？我聽到她喚您克萊兒？」

這話讓柯派屈克太太心情爲之大好，「我看起來不像結過婚的人，對嗎？每個人都會吃驚喲！不過，我已經當了七個月的寡婦。雖然如此，我連一根白頭髮都沒有，比我年輕的卡克哈芬夫人卻有不少呢！」

「她們爲什麼喚您克萊兒呢？」一發現她這麼和藹又愛說話，茉莉繼續問道。

「因爲我跟她們一起住的時候還是克萊兒小姐呀！多好聽的名字，對嗎？我嫁給一個姓柯派屈克的男人，他只是個助理牧師，很窮！不過，他的家世背景不錯，如果他的三個親戚都沒有子嗣就死了的話，我就是從男爵①的妻子了。然而天不從人願，我們也只好聽天由命。他有兩個堂哥結婚了，人丁興旺，我親愛的柯派屈克卻不幸過世，留下我這寡婦。」

「您眞有個女兒嗎？」茉莉又問。

「是啊！我親愛的辛西雅！眞希望妳可以見到她，現在她是我唯一的安慰，今晚睡前如有時間，我再給妳看她的照片。可是我現在得走了，不能讓肯莫伯爵夫人等我。她已經告訴我，請我早點下去，有一些人需幫忙招待。現在我要拉鈴找人上來帶妳到育嬰室去，妳到了那兒再告訴卡克哈芬夫人的奶媽妳是誰，然後就可以陪幾位小淑女喝茶，再跟她們一塊吃甜點。就這樣啦！很遺憾妳自己睡過頭，被留在這兒了。過來親我一下，別再哭了——妳眞是個漂亮的孩子，只是沒辛西雅來得亮眼！啊，奶媽！妳可以行行好，帶這位小淑女——妳叫什麼名字，小朋友，吉布森嗎？——帶吉布森小姐到育嬰室的戴森太太那兒去嗎？請告訴她，讓吉布森小姐陪幾位小淑女喝茶，並且讓她跟她們一塊吃甜點。我會自己向卡克哈芬夫人說明一切的。」

聽到吉布森這名字時，奶媽陰鬱臉上出現一絲喜悅。確定茉莉就是「醫生」的女兒之後，奶媽便非常樂意按照柯派屈克太太的吩咐去做，她平常不那麼順從柯派屈克太太的。

茉莉向是個聽話的女孩，也很喜歡小孩子，所以在育嬰室待得十分愉快。戴森太太叫她做什麼，她就做什麼，甚至還能幫戴森太太的忙陪小一點的孩子玩積木，好讓大一點的男孩、女孩們可好好換上有蕾絲、薄紗、天鵝絨、漂亮緞帶等華麗裝飾的禮服。

「現在，小姐，」戴森太太打點好小紳士、小淑女之後說：「我可以爲妳做些什麼呢？妳還有別的衣服在這裡嗎？」沒有，茉莉當然沒有——就算有，也不會比身上這件厚凸花條紋布做的白色連衣裙好看。因此她只好洗洗手臉，讓戴森太太幫她梳梳頭髮，紮個好看的髮型。她倒情願自己整夜都待在莊園裡那棵漂亮安靜的大杉樹下睡覺，而不必經歷這場從未聽聞過的痛苦點心茶會，儘管莊園裡的大人小孩顯然都將之視爲一天中的大事。最後，終於有個僕從來招喚他們，戴森太太穿著發出悉簌聲音的絲綢禮服，鄭重其事地引領著大家往餐廳去。

燈火通明的餐廳裡已有一大群紳士、淑女圍坐在擺飾整齊的餐桌前。每一個打扮華麗的孩子不是跑到母親或姑媽、姨媽面前，就是去找自己的朋友，只有茱莉無人可找。

「那個身穿白色連衣裙的高個兒女孩是誰呀，應該不是我們家的小孩哦？」開口說話的那位女士舉起手中玻璃杯看著茱莉，又倏地放下，「一個法國女孩！我早該想到的。我知道卡克哈芬夫人想找個法國女孩來陪伴她家孩子，好讓孩子們盡早習得漂亮的腔調。可憐的少女，她看起來沒什麼禮貌又有些奇怪！」

這位坐在肯莫伯爵旁邊的發話者招手叫茱莉過去，於是茱莉緩緩走過去，把對方當成第一個庇護站。不過當這位女士開始跟她講起法文，她立刻滿臉通紅，低聲說：「夫人，我不懂法文。我只是茱莉・吉布森而已。」

「茱莉・吉布森！」那位女士大叫，彷彿這個答案無法教她滿意似的。這個名字和這樣的語氣卻讓肯莫伯爵大感興趣。

「哦，哦！妳就是那個在我床上睡覺的小女孩？」他壓低聲音模仿故事裡那隻特別的熊，問著小女孩問題。可是茱莉從未讀過「三隻小熊」的故事，以爲他眞的生氣了，於是顫抖著身子，尋求保護似的朝那位伸手招呼她的女士靠過去。

肯莫伯爵很高興抓到這個開玩笑的機會，把記得的一籮筐故事全搬出來，當著眾家小姐夫人面前對著茉莉火力全開，一下子「睡美人」、一下子「七睡仙」，所有他能想及關於睡覺的故事都出籠了。他完全不知對一個敏感的女孩來說這種玩笑有多可怕，她覺得自己睡過頭眞是滔天大錯。要是茉莉能夠想起柯派屈克太太曾認眞答應過會及時叫醒她，所以這並非她一個人的錯，心裡或許會好過些，偏偏她只想到這屋裡的人多麼不想看到她，她是個多麼不受歡迎的不速之客等等。有一兩次她想到她爸爸，而且想著她爸爸不知是否正在想念她；一想到溫暖的家，茉莉喉頭一陣哽咽，於是要自己別再想了，深怕再想下去就要哭出來。她直覺地認爲既然被留下來就應該少惹麻煩才好，以免成爲眾人注目的焦點。

她跟著女士們魚貫走出餐廳，暗自企盼不會有人注意到她，豈知事與願違，她立刻成爲肯莫夫人與鄰座那位善心女士的話題。

「妳知道麼，我初見這女孩時還以爲是法國人呢！她頭髮和眼睫毛都是黑色，臉上又沒什麼血色，在法國時常看到這樣的人，而且我想卡克哈芬夫人要找個教育程度良好的人來陪她孩子做伴。」

「不是啦！」肯莫夫人應道，茉莉覺得她看起來滿嚴厲的。「她是我們何陵福特一位醫生的女兒，今早跟著那些訪客過來的，因爲天氣太熱身體不舒服，在克萊兒房裡睡了一覺，不知怎地睡過頭了，等馬車都開出去了才醒過來。我們明天一早會送她回家，今晚得留下來過夜，克萊兒好心地說她可以和她一起睡。」

這樣的對話像是在指責茉莉似的，她覺得自己渾身上下都不舒服。此時卡克哈芬夫人走過來，她話音低沉，語氣既粗率又具權威性，就像她母親一樣，不過茉莉覺得在個性上她比她母親要來得仁慈。

「小朋友，妳現在覺得怎麼樣啊？妳看起來比在杉樹下時好多了。所以妳今晚得在這兒過夜嘍？

克萊兒，妳不覺得我們應該找些有趣的書給吉布森小姐看嗎？」

柯派屈克太太隨即輕移蓮步，來到茉莉站著的地方。在卡克哈芬夫人翻動厚重書冊想找一本能吸引茉莉的書時，柯派屈克太太不僅好言勸慰茉莉，也仁慈地拍拍她，說：「可憐的孩子！我看到妳羞怯地走進餐廳，很想叫妳過來，卻無法給妳打手勢，因爲那時卡克哈芬爵士正跟我說話，分享他去旅行的事。啊！這兒有本好書——《偉人傳記》。我這就坐在妳旁邊，一一告訴妳這些偉人是誰，還有他們留下哪些事蹟。親愛的卡克哈芬夫人，您別麻煩了，我來照顧她就好。盡管把她交給我吧！」當茉莉聽到最後那幾個字時，簡直覺得自己越來越熱。要是她們不理她，不必費心對她好、不用「麻煩」她們照顧她該有多好！柯派屈克太太這幾句話簡直抹殺了茉莉對卡克哈芬夫人要找書給她看的感激之情。不過當然了，這本就是件麻煩事，她壓根不應該出現在那兒的。

不久，柯派屈克太太被找去幫艾格妮絲小姐伴奏，茉莉誠然享受了幾分鐘美好時光。她可以自由地環顧四周，除了國王的宮殿之外，沒有這麼雄偉華麗的地方了吧！由巨大鏡子、天鵝絨窗簾、鑲著金框的畫作，和令人目眩的燈盞所裝飾起來的寬敞客廳，地板上聚集著一群群穿著時尙高貴的紳士淑女。茉莉猛然想起剛才陪伴著的那群小紳士淑女，那才是她該相伴的族群。

他們到哪兒去了呢？那些孩子的母親們早在一個小時前就暗自以手勢招喚他們上床睡覺去了。茉莉心想自己是不是也該走了，如果她找得到路回那間避難所，也就是柯派屈克太太的房間的話。可是她站的位置離門口有段距離，離柯派屈克太太不近，茉莉覺得柯派屈克太太是所有人中最讓她有歸屬感的。此外，她離卡克哈芬夫人、可怕的肯莫伯爵夫人，還有那愛開玩笑但有好性情的伯爵也很遠。於是茉莉坐了下來，心不在焉地翻著手中圖片，在這間燦爛華麗的廳堂，她的心越來越黯淡地往下沉。那時，有個僕人走進來，四處張望了一下，然後朝柯派屈克太太走去。柯派屈克太太正坐在鋼琴前隨時準備幫人伴奏，愛唱歌的人繞著她圍了一圈，她保持著笑容，彷彿任何歌曲都難不倒。而現在，她朝著茉莉走來，直走到茉莉所坐的小角落，講道：「小可愛，妳知道麼，妳爸爸來找妳了，還帶著妳的小馬一起，要讓妳騎回家去。好啦！今晚沒有小朋友陪我睡覺了，因爲我猜妳得離開嘍。」

離開！茉莉心裡異常激動，站起來時全身顫抖、精神煥發，幾乎要大聲吶喊了。然而，柯派屈克太太接著說的話卻把她拉回現實世界：「妳必須去跟伯爵夫人道晚安，知道嗎？小可愛，去謝謝夫人對妳的仁慈款待。她就在那兒，站在雕像旁邊，正跟卡特尼先生聊天。」

是的！她就在那兒——四十英尺外——一百英里遠！那塊茉莉得橫越過而無其他人在的空曠處，還得開口說話！「一定得去嗎？」茉莉用最可憐、最乞求的聲音問道。

「是啊！而且得快點去。沒什麼好怕的，不是嗎？」柯派屈克太太回應，語氣稍顯嚴厲，因爲知道那些人要她趕快回到鋼琴前，所以她想盡速把這件事情解決掉。

茉莉在原地呆站了一下，抬起頭輕輕地說：「您可以陪我去嗎？拜託！」

「當然！當然可以！」柯派屈克太太看出自己的配合是解決此事的關鍵，於是拉起茉莉的手往前走去。在經過鋼琴前方那群人時，她微笑著，用深富教養的優雅態度說：「這位是我們害羞謙卑的小朋友，她要我陪著去跟肯莫夫人道晚安。她父親來接她，所以她要離開了。」

茉莉不知道後來怎麼了，只見她一聽到柯派屈克太太這幾句話便將自己的手抽出來，向前走個一兩步，來到身穿華麗紫色天鵝絨禮服的肯莫夫人面前，像學校裡的女孩們那樣行了個屈膝禮，然後說：「夫人，爸爸已經來了，我要走了。夫人，祝您晚安，謝謝您的仁慈，我的意思是感謝夫人您的仁慈款待。」她糾正一下自己，因想起了布朗寧小姐今早在往莊園的路上特別教的，那些晉見伯爵伉儷及他們尊貴子孫時所當行的禮儀。她終於走出了大客廳，不過事後回想起來，她覺得自己眞沒禮貌，未跟卡克哈芬小姐、柯派屈克太太或其他人道再見。

吉布森先生在管家房裡等著，茉莉快速衝進來，這讓講究淑女儀態的管家布朗太太覺得茉莉有些沒規矩。可茉莉一見到爸爸，就伸手抱住爸爸的脖子。「哦，爸爸，爸爸，爸爸！我眞高興您來了。」說完即放聲大哭，近乎歇斯底里地撫摸著吉布森先生的臉，彷彿要確定他眞在那兒。

「怎麼，妳眞是個小傻瓜啊，茉莉！妳以爲我會放我的寶貝女兒在莊園裡待上一輩子嗎？妳終於把我盼來了！我們快走吧！把妳的帽子戴上。布朗太太，我可以跟妳借條大圍巾或格子呢花布、包巾之類的東西，讓茉莉當作騎馬裙嗎？」

吉布森先生完全沒提他約莫半個小時前才結束一天行程返回家中，沒吃晚餐而肚子正餓著，一到家發現茉莉還沒回來，便又騎著那匹疲憊不堪的馬到布朗寧小姐家去。兩位布朗寧小姐無助又沮喪，自責不已。吉布森先生沒聽完她們淚眼汪汪的道歉便火速趕回家，換了一匹馬，帶上茉莉的小馬，急著出門。貝蒂拿了條小孩的騎馬裙在吉布森先生後頭叫著，那時離他們家馬廄門口不過十碼左右，他卻顧不得回頭，逕往前疾行，按他們家馬夫迪克的說法就是「吉布森先生氣急敗壞地埋怨自己」。

莊園這頭，管家布朗太太在茉莉從柯派屈克太太房裡回來前，已飲完一瓶酒，吃完盤內蛋糕。她告訴眼前焦急等待著女兒的父親道：「從那裡過來約有二點五英里路程哦！」

吉布森先生早晨把女兒送出門時，女兒穿著潔白發亮的服飾，這會兒卻是黯淡無光了。有如一般人對家庭醫生的態度，吉布森先生在莊園裡頗受歡迎，他在人們焦慮沮喪時帶來希望和安慰，而患了痛風的布朗太太更是樂於找時機回報吉布森先生的恩情。此時，管家甚至走到屋外，來到馬廄場，在茉莉騎上她裝備簡陋的小馬時，幫茉莉把騎馬裙圍上，還大膽地說出自己的臆測。「吉布森先生，我敢說茉莉一定比較喜歡待在家裡。」他們父女啓程時，布朗太太如此道。

他們一離開莊園，茉莉就踢著她的小馬，傳達指令要牠全速快跑。吉布森先生最後只好喊道：「茉莉，我們要到兔子洞了，騎這麼快很不安全，快停下來。」在茉莉勒住馬轡時，吉布森先生騎到茉莉身旁，「我們正走在樹蔭下，在這裡不能騎太快。」

「哦，爸爸，我從沒這麼快樂過。我覺得自己好像一支被覆上蓋子熄滅後又重新點燃的蠟燭。」

「是麼，妳怎知道蠟燭有什麼感覺呢？」

「哦，我不知道，可是就是這樣嘛！」過了一會兒，她又繼續道：「哦，我眞高興可以在這裡！在開放自由的戶外騎馬，呼吸著新鮮空氣，聞著腳下踩踏那片滿是露珠的青草地所發出的芳香味道眞好。爸爸，您在嗎？我看不到您。」

吉布森先生騎得更靠近女兒些，他不太確定女兒在黑暗的陰影中騎馬是否害怕些什麼，於是將自己的手放在女兒手上。

「哦，我眞高興可以感覺得到您。」茉莉邊說邊用力握著吉布森先生的手，「爸爸，我眞想要有條大鐵鍊，一條不論您到哪裡都可連結得到您的大鐵鍊。然後將我們兩個人各自綁在鐵鍊的兩端，當我需要您時，我就拉一下鐵鍊，如果您不想過來，您就再將鐵鍊往回拉一下。不過，您得讓我知道您明白我需要您，這樣我們就不會失去彼此了。」

「我不太懂妳說的計畫，妳的敘述有點令我迷糊。不過，要是我猜得沒錯的話，妳是要讓我像頭驢子一樣，在後腳跟上帶著條限制動物亂跑的木墜子，四處去探望病人嘍？」

「我是不介意您把我叫作木墜子啦！只要我們可以連結在一起就好了。」

「可是我介意妳叫我驢子啊！」他答道。

「我才不會叫您驢子呢！至少我沒這個意思。不過，知道可這樣放肆一下，讓我覺得很高興。」

「妳跟那群貴婦淑女相伴了一整天就是學到這個麼，我還以為妳晚上回家時會變成一位講究禮儀的小淑女呢！我還讀了幾章《紳士禮儀》好配得上妳哩！」

「哦，我才不要當什麼紳士或淑女的。」

「放心吧！我告訴妳，我篤定妳不會變成一名紳士的，況且照這情形來看，妳變成淑女的機率也是微乎其微啦！」

「如果我是那種富貴人家的淑女，可能每次要去拿帽子都會迷路，不然就是受不了每次要出門散步前都得走過長長的走廊和樓梯。」

「會有女僕服侍妳呀！」

「爸爸，您知道麼，當淑女的女僕比當淑女更慘。依我看，當管家倒挺不錯。」

「對呀！果醬、甜點等隨手可得，」他父親答道，沉思了一下，「不過，布朗太太告訴我，思考晚餐菜單該開些什麼常令她睡不著覺。妳如果要當管家的話，就得好好想想這個問題了。話說回來，各行各業都有其責任與義務。」

「嗯，我想也是。」茉莉幽幽地說：「貝蒂曾說過當我坐在櫻桃樹下把連衣裙沾上綠色污點時，她的日子真是難捱得很。」

「布朗寧家大小姐說當她得知她們姊妹倆把妳留在莊園時，焦急到頭痛欲裂。妳也讓她們今天晚上很不好過，怎麼會發生這種事呢，小傻瓜？」

「哦，我就是一個人去逛花園嘛！好漂亮呢！然後我就迷路了，坐在大樹下休息，接著卡克哈芬夫人和那位柯派屈克太太過來了。柯派屈克太太拿午餐來給我吃，又叫我去她床上睡覺——我還以爲她會及時叫醒我的，可是並沒有。然後她們大家就都走了！當她們安排我在那兒過夜的時候，我沒告訴她們我有多想回家，只是不斷想著——找不到我，您會擔心的。」

「這麼說來，這愉快的一天還眞讓人不敢領教嘍，小傻瓜？」

「可是早上不是這樣的，在花園裡度過的早晨讓我永遠難忘。不過，我這輩子還從未曾像今天下午這樣不快樂過。」

於是吉布森先生想著，得在伯爵一家啓程前往倫敦之前過去道個歉並致謝。到了那兒，他卻發現除了柯派屈克太太外，他們都在忙，根本沒人有空聽他那殷勤懇切的謝詞。而柯派屈克太太雖得陪在卡克哈芬夫人身邊，還得去看她以前的學生，仍是抽空代表伯爵家接待吉布森先生。她情眞意切、優雅無比地向吉布森先生道謝，謝謝他在好幾年前費心治好她的病。

譯註：

①從男爵（Baronet），英國榮譽制度中位階最低的爵位，世襲但非貴族，位在最低階貴族男爵（Baron）之下、騎士（Knight）之上。此爵位由英王於一六一一年設立，當時國家需要民間贊助金錢以養活軍隊士兵，故設定條件開放有錢人以金錢換取爵位。英國榮譽制度，是封建制度下的階級劃分，可分為貴族和平民。除了王室，其下的貴族共可分五等（公／侯／伯／子／男爵，均為世襲，一般統稱為勛爵Lord），貴族之下、平民之上另有兩等爵位：從男爵（世襲）與騎士（非世襲），均非貴族，僅為榮譽封號，一般都以爵士（Sir）敬稱之。

第三章 茉莉・吉布森的童年

距今十六年前的此時，何陵福特的居民個個人心惶惶，因爲聽說幫他們看了一輩子病、醫術高明的霍爾先生打算找名搭檔。居民們無論如何都無法理性地接受此事，於是時任教區牧師的布朗寧先生、薛勝客先生（肯莫伯爵的土地管理人）、以及小鎮上四肢發達而頭腦也不簡單的霍爾先生本人都保持沉默，因爲他們想——「船到橋頭自然直」，就不再多費唇舌和大家討論了。霍爾先生不止一次告訴他的忠實病患，就算戴上最高度數的眼鏡，他的視力還是迷迷茫茫。而且他們自己可能發現到醫生的聽力有些問題；不過關於這一點，醫生倒還滿堅持說：今日人們眞不愛把話說清楚，怎麼說起話來就像寫在「吸墨紙上的字」，都黏成一起呢！

此外，老醫生身體經常不適。他總說是「風濕症」，不過開給自己的藥方倒像是治痛風的，也許就因爲這樣延誤了治療時機。儘管老醫生可能又瞎又聾又風濕痛，他仍舊是霍爾先生，是醫治鎮上居民一切病痛（除非病人當場蒙主寵召）的霍爾醫生啊！他是無權說老了要找個搭檔的人。

他一如往常工作著，於醫學期刊上刊登廣告，閱讀推薦函且詳細審查應徵者的性格與資格等。就在何陵福特當地一群單身老女士們以爲已然說服這位「同樣歲數」的醫生毫無老態之時，他竟就攜著新搭檔吉布森先生去拜訪大家，眞眞教人大吃一驚，甚至，套用這些女人家的說法，他「偷偷摸摸」地讓這位搭檔開始診察病人了。若有人問起「誰是吉布森先生？」，答案也只能是：「誰是吉布森先生？」——因爲沒有人知道他是誰。就連找來吉布森先生要接替「小鎮醫生」的霍爾先生自己，對吉布森先生的瞭解亦未必比第一天看到吉布森先生的小鎮路人多：此人個兒高，外表嚴肅但算是英俊，在講究健壯體態的基督教審美觀流行之前，由於夠瘦可被稱爲「非常優雅的人」；他說話帶著些微蘇格蘭口音；另根據一位出身高貴的女士觀察所得是「言談極爲平庸」，她略帶諷刺意味來作此評論。至於他的出身、門第及教育，小鎮上最流行的說法是「他是位蘇格蘭公爵和一個法國女人的私生子」，這番臆測植基於：他說話帶有蘇格蘭口音，所以肯定是蘇格蘭人。他外表優雅，有一副紳士派頭，且頭腦靈光——看衰他的人便說他愛裝腔作勢、擺架子。因此，他父親準是個有身分地位的人，若是如此，那就不難找出他父親屬於哪一個貴族階級，是從男爵、男爵、子爵、伯爵、侯爵、公爵……他們不敢把階級再往上推了。雖然有個對英國歷史頗有研究的老太太大著膽子說：「我相信斯圖亞特王朝有一兩位——欸——不是一直都——那個生活啊……檢點。我猜啊，這個家族裡總有那種事發生嘛！」不過當地較普遍的看法爲「吉布森先生的父親是公爵」，就是這樣了。

再者，他的母親得是個法國女人，因爲吉布森先生頭髮相當黑，臉色又蒼白，況且還曾在巴黎住過。這一切可能屬實，當然也有可能不是眞的，除了霍爾先生告訴大家的事之外，任誰都沒有額外的消息。霍爾先生把吉布森先生介紹給病人前，研究過他的專業能力和道德操守，老前輩肯定在這兩個範疇，吉布森先生皆十分超凡。世人喜好，如同世間富貴一般變化無常——霍爾先生對吉布森先生在小鎮一年不到的搭檔表現有如此感言，現在霍爾先生有足夠的閒暇時間照顧自己的痛風，珍惜自己的視力。吉布森先生獲勝了，這會兒幾乎每個人都要找吉布森先生看病，就連大戶人家也是，甚至伯爵家也不例外。當初霍爾先生戰戰兢兢地將吉布森先生介紹給他們，伯爵伉儷似也看得出霍爾先生心中焦慮不堪，而今僅花了一年光陰，吉布森先生就以其高超醫術贏得大家的尊敬，人們喜歡吉布森先生的程度甚至超過霍爾先生。啊！連這位心地善良的老醫生都免不了要忌妒起吉布森先生受邀到伯爵家莊園，和偉大的醫界翹楚艾司列爵士共進晚餐！老實說，霍爾先生同在受邀之列，偏偏痛風毛病（既然搭檔來到，他的風濕痛也就可恣意壯大了）讓他無法成行。這件事簡直成了霍爾先生這輩子的遺恨，而兩年後，視力日益惡化加上聽力漸漸退步，幾乎足不出戶的老霍爾醫生便與世長辭了。

霍爾醫生在辭世前曾讓一個失去雙親的姪孫女來陪伴他，這位欠缺女人緣的老單身漢對於活潑可愛的姪孫女瑪莉．普瑞斯頓的陪伴滿心感激。善良聰明的瑪莉與教區牧師布朗寧先生的兩位女兒成為閨中密友，吉布森先生久而久之便和這三位小姐過從甚密。全何陵福特的人都在猜誰會成為吉布森太太，就在大家或公開談論、或竊竊私語誰可能雀屏中選之際，結果出爐卻讓每個人慨嘆道「了無新意」——他娶了他搭檔的姪孫女。兩位布朗寧小姐成了眾所矚目的對象，大家忙著觀察她們可有為愛憔悴之類的，然非但沒有，當事人還在吉布森先生的婚禮上大聲歡笑，快樂得不得了。倒是可憐的吉布森太太，在婚後第四、五年就因肺癆病逝了，在她叔公過世三年之後跟著撒手人寰，當時她的獨生女兒茉莉僅僅三歲大。

吉布森先生對於大家想當然爾的喪妻之痛並未多言。事實上，在布朗寧家二小姐因吉布森太太過世前去探望吉布森先生，並哭得死去活來、近乎歇斯底里之時，吉布森先生盡量不表露任何情緒，反倒快快起身，迅速走出去。菲比．布朗寧小姐事後對大家說，她實在無法原諒吉布森先生的鐵石心腸。然而兩個星期後，菲比小姐和固德芬太太談及此事時，卻認為吉布森先生是情緒非常內斂的人，因為她記起吉布森先生在那頂帽圍纏繞著黑紗的帽子底下，掩藏著將近三英寸的絡腮鬍。不管怎麼說，布朗寧家兩位小姐都自認是吉布森先生最親密的友人，理當替他死去的太太稍加照顧他，再說，若非那化身爲貝蒂的守護惡龍寸步不離地看著茉莉，這兩位小姐自也欣然當他女兒的半個母親。話說「貝蒂」這位保姆兼管家，對於可能妨礙自己職務的人事物都忌妒不已，尤其是那些和主人年紀相仿、階級相當、有友好關係又對主人「頻送秋波」的女士們，簡直教她痛恨到極點。

在接下來幾年裡，吉布森先生的生活似漸趨於穩定，在社會地位上與專業領域上皆然。他是個鰥夫，並可能就此以終，家庭生活重心全放在小茉莉身上，即便如此，就算在他們父女倆最親密時，他也不會太過顯露自己的感情，對茉莉最表愛憐的稱呼就只是「小傻瓜」，且格外喜歡用揶揄態度去逗得茉莉不知所措。他向來瞧不起坦率表露自己內心情感的人，因爲從其醫學角度來看，未受節制的情緒對健康有不良影響。他就是這樣強迫自己相信理性至上，畢竟除了對純知識性的東西以外，他從來不顯露出熱情。茉莉則有一套自己依循的法則，雖然她爸爸會笑她、質疑她且拿她開玩笑，那種方式就連兩位布朗寧小姐私底下都覺得「很殘酷」，可是茉莉依然把自己小小的哀愁或喜樂倒進父親耳朵裡，不久也倒進那好心卻嘴碎的貝蒂耳朵裡去。茉莉這孩子越大就越理解父親的個性，因之父女倆在一塊時總是充滿歡樂，兩人在半是嘲弄、半是嚴肅的相處下建立起摯友般的情誼。

吉布森先生雇用了三名僕人，貝蒂、一名廚子，及一個應該是女傭的年輕女孩，她的職位在其他兩人之下，但日子過得還算愉快。其實就如同先前的霍爾先生一樣，吉布森先生雇這三名僕人是有其需要的，因爲收了兩名「私塾學生」，按何陵福特當地文雅的話來說就是「學徒」：事實上，他們是簽了約，且付了可觀學費來學本事的。這兩人住在吉布森先生家，處於某種不舒服——在布朗寧小姐們描述下較貼近事實的說法，是種難以界定的「雙重性」地位。他們跟吉布森先生及茉莉一起用餐，可老有礙手礙腳之感。吉布森先生本就不擅言談，更討厭需爲說話而說話，可是他內心卻因此頗覺畏怯，彷彿自己未善盡職責似的。每次一用完餐，兩名笨拙的年輕小伙子就喜孜孜地迅速站起，朝他點了個頭，吉布森先生將之解讀爲「行禮」，接著兩人互相捶打著快速離開餐室，隨後在通往診察室的走道上傳來兩人跑得上氣不接下氣、忍俊不住的笑聲。這種情形，教吉布森先生對於兩人不甚理想的學習狀況非常倒胃口，於是對他們的不專業及愚蠢不佳的態度，自是嘲諷不已。

除了專業上的指導外，吉布森先生實不知該怎麼培育兩個年輕人成爲醫生，帶著這一對寶貝讓吉布森先生有腹背受敵之感。曾有一兩次，吉布森先生拒絕再收新學徒，盼能因此免於噩夢之害。但這位聲名遠播的外科名醫，即便想調漲高額學費以嚇退學徒，猶有年輕人願意捧著白花花銀子前來，只求能掛在何陵福特吉布森先生的名下學習，以便開展成功的職業生涯。

不過，隨著茉莉從稚兒長成小女孩，約莫在她八歲的時候，吉布森先生突然意識到茉莉不應該在缺乏自己適當陪伴下，經常和年輕學徒同用早晚餐。爲了防範於未然，吉布森先生請了一位受人尊敬的女士過來幫忙，她是鎭上一家小店主人的女兒，家中經濟不是很好。她每天未到早餐時間即來到吉布森家，陪伴著茉莉，直到晚上吉布森先生歸來後才回去；有時吉布森先生有事耽擱，她就等到茉莉上床睡覺之後才離開。

在她第一天上班之前，吉布森先生概述一下工作原則：「聽我說，艾小姐，妳到這兒的主要目的是給年輕人們泡好茶，讓他們愉快地用餐，呃，我記得妳說妳三十五歲，對吧？盡量讓他們說話——說合理的話，我怕這對妳或任何人而言都不容易，但總之呢，就是不要讓他們說話時結結巴巴或咯咯亂笑。別教茉莉太多東西，她得學縫紉、要會讀寫算術，但我還是想讓她當個小孩就好，如果她想學別的東西，我大可自己來教。畢竟，女孩子家嘛，也不一定非要會讀書寫字。有好些好女人還不是只會畫記，連名字都不會寫就結婚了……依我看，這就是天生智能的影響呀！總之，不論如何，對於社會的偏見，我們還是得妥協一下。所以，艾小姐，妳可以教這孩子讀書。」

艾小姐一語不發地聽著，倍感困惑，可是仍決定遵照醫生指示，她和她的家人向來曉得吉布森先生是個好人。她給學徒們泡了濃茶，且不但在醫生出門時，也在醫生在家時勝任愉快地幫助學徒們；只要醫生不在家，她便用平易近人的態度引導學徒們討論各種瑣碎的話題，讓學徒們學習與人自然交談。她教茉莉讀書和寫字，不過信守承諾，並不教導其他方面的東西。茉莉總是透過激烈抗爭，才逐漸跟父親爭取到學習法文和繪畫的機會。吉布森先生老是擔心茉莉會變得太過博學，其實他根本無須操心，四十年前，怎麼會有什麼大師級人物到何陵福特那種鄉下地方去當啓蒙師呢！茉莉每星期一次到鎮上最大那家旅館「喬治」的會議室去上舞蹈課，並且在受她父親阻撓而不易得到書籍的情況下，總是拿到書就讀，她父親越禁止她看書，她就越是愉快地讀著每一本拿到手的書。吉布森先生收藏了不少書籍，醫學方面的書多放在診察室，茉莉無從下手，至於其他書籍，她不是已經看過了就是正在看。夏天時，她愛坐在櫻桃樹下看書，也就是這樣，讓她的連衣裙染上綠色污點而教貝蒂大喊日子難捱，如同我們先前所提過的。這貝蒂除了「護主心切」，又愛主人父女愛得稍嫌霸道之外，人是滿健壯、機靈又精力充沛的。艾小姐好不容易找到這份收入頗豐的合適工作，內心欣喜不已，豈知貝蒂卻是她的災難。

貝蒂雖贊同主人給他女兒找家庭教師的提議，卻是強烈抗拒任何瓜分或影響她對小主人責任的事，畢竟自吉布森太太過世後，茉莉就成了她的責任、義務、災難及喜悅。打一開始，她就處處以艾小姐一切言行舉止的監督者自居，從不捨得放棄任何一個責難對方的機會。在她心裡，實也忍不住要因忍耐吃苦的功力而尊敬起艾小姐，覺得她堪稱「淑女」，雖說在何陵福特這地方，艾小姐的社會階級不過是個小店主人的女兒罷了。然而，貝蒂就像是繞著艾小姐打轉、說什麼也不願離開的蚊蚋，隨時尋隙攻擊她，就算不叮咬她，也要讓她嫌煩。雖說如此，卻有人護衛著艾小姐，還是貝蒂最想不到的人——艾小姐的學生。這孩子認爲貝蒂老愛攻擊受壓迫的高貴人士。其實茉莉早發現貝蒂總愛針對艾小姐雞蛋裡挑骨頭，艾小姐卻默默忍受種種無理的對待，於是把這一切看在眼裡的茉莉對於艾小姐的尊敬與日俱增。

吉布森先生是艾小姐家在患難中的朋友，所以艾小姐寧可自己忍耐下來，也不願去跟吉布森先生抱怨，以免惹他煩心。她果然有好報。貝蒂常會提供各種小誘惑給茉莉，企圖要她別聽艾小姐的話，茉莉總是一概拒絕，且更加用心做縫紉、算算術。有一次，貝蒂喋喋不休地說些無意義的笑話捉弄艾小姐。茉莉嚴肅地抬起頭來，彷彿要求貝蒂解釋一下這愚蠢的笑話用意何在——對付這種無聊至極的嘴碎，最有效的方法就是要求說話者解釋並講出重點何在。有時候，貝蒂會怒氣全發，粗魯無禮地對艾小姐說話；可若是當著茉莉的面這樣做，茉莉就會毫不留情，激動地護著她那沉默、發著抖的家庭教師。貝蒂一見這樣，也拿茉莉沒轍，只好選擇把茉莉的生氣當笑話看，而且試圖叫艾小姐加入她那邊，觀賞茉莉的生氣秀。

「這孩子眞是！人家還以爲我是隻餓貓，而她就像一隻母麻雀，激烈鼓動著翅膀，小小眸子閃著火光，鳥嘴隨時會過來啄我，只因我剛好朝牠的鳥窩邊看了一眼。別這樣吧，孩子！如果妳在不愉快的小房間裡悶得慌，就出去跑跑跳跳，成天讀書寫字也沒什麼好，該小心的是妳，可不是我。她眞是個小潑婦，不是嗎？」

貝蒂說完了話，朝艾小姐笑笑。

偏偏可憐的家庭教師看不出事情的端倪，她絲毫不明白爲什麼要把茉莉比喻成母麻雀。好在她敏感又負責盡職，從家居經驗中也明白情緒失控的可怕，於是她開始責備茉莉不該發脾氣，然而茉莉卻覺得自己對貝蒂生氣並非無的放矢，不應當受責怪才對。

不過，這終歸只是茉莉美好愉快的童年中，無足輕重的小牢騷罷了。

第四章 吉布森先生的鄰居們

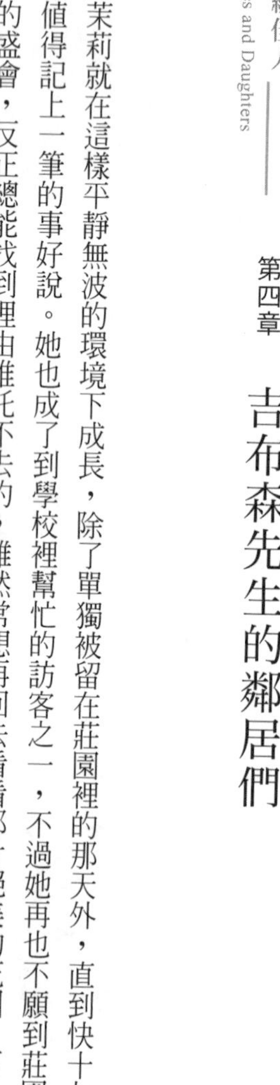

茉莉就在這樣平靜無波的環境下成長，除了單獨被留在莊園裡的那天外，直到快十七歲了，都沒其他值得記上一筆的事好說。她也成了到學校裡幫忙的訪客之一，不過她再也不願到莊園去參加年度慶典的盛會，反正總能找到理由推託不去的，雖然常想再回去看看那片絕美的花園，可一想到那日經驗就讓她覺得不舒服。

艾格妮絲小姐已經出嫁，只海芮小姐還待在家裡，而喪了妻的何陵福特爵士是家中長子，成了鰥夫後待在莊園裡的時間變多了。他身材高大，有些其貌不揚，有人說他個性高傲，就像他那位伯爵夫人母親一樣，其實他只是害羞，不善社交辭令而已。對於那些生活習慣和興趣迥異於他的人，他不曉得該和他們聊些什麼才好，如有本《日常對話教戰手冊》可用，他定會心存感激，愉悅地勤奮努力學習。對於他那逢人便喋喋不休，不管張三李四都能夠聊得高興還不管前言不搭後語的伯爵父親，他常感到忌妒不已。所以啦，由於先天聊天體質不良，再加上害羞，何陵福特爵士並不是個受歡迎的人，事實上他心腸很好、個性也十分正直，對於科學的喜好與研究讓他連在歐洲社會中都堪稱知名人士。在這方面，何陵福特地方上人士俱相當以他爲榮。這些居民覺得，要效忠這位高大沉悶帶點笨拙的爵位繼承人，最好的表現方式就是盛讚他在科學方面的成就——他還有一兩個大發現呢，雖不曉是關於什麼的。總而言之，如果有外地人來，本地人只消說：「那是何陵福特爵士，你知道的，就是那位名聲遠播的何陵福特爵士。你肯定聽過他的名號，是科學界響噹噹的人物喲。」——多半就萬無一失了。倘來者知曉何陵福特爵士是何許人，那麼他們亦必定知道他之所以出名的因由，假使他們不知道，十之八九也都會裝知道，藉以隱藏自己的無知與膨脹自己的交遊廣闊。

他的妻子過世了，留下兩三個兒子，孩子們都已上學念書去。兒子們的存在讓他覺得所居住的地方只是他結過婚的證明，實無什麼家的感覺，所以現在泰半時間都待在莊園裡。他母親十分以他爲傲，他父親也非常喜歡他，只是有點替他遺憾。他的朋友向來受到伯爵伉儷的歡迎，伯爵一向是誰來都歡迎的，但對伯爵夫人來說這卻是對傑出長子疼愛有加的證明，因爲她允許兒子邀請她所謂的「各色人等」到莊園裡來。這「各色人等」就是在科學界、學術界提得出名號，唯在社會階級上可能乏善可陳，更不得不說一下，也許行爲舉止也不甚合乎禮節的人。

吉布森先生的前輩霍爾先生，早在伯爵夫人嫁進陶爾莊園的第一天起就被她當成家庭醫生，伯爵夫人亦常紆尊降貴邀請霍爾先生到莊園來玩。雖然如此，每當用餐時，伯爵夫人仍不願打破霍爾先生的用餐習慣，總讓他在管家房裡用餐（當然不是和管家一起）。即使他可以選擇（其實是從來沒得選）和伯爵伉儷在莊園華麗的餐廳中享用點心（霍爾先生都用「點心」這個詞），這位隨和、聰明、健壯的紅臉醫生還是偏好在管家房中用餐。話說回來，如果伯爵家邀請了聲譽卓著的外科醫生（比方像艾司列爵士）來爲家中的人看診，那麼他們也會趁此機會邀請當地醫術超群的醫生，比方像霍爾先生，一塊來參加隆重的正式晚宴。一遇上這等場合，霍爾先生就會全副盛裝，穿起漿得直挺挺的白色細紋布襯衫，將下巴埋在寬鬆的衣領皺褶中，配上他那條黑色半長褲，兩側綴滿了飾帶，套上絲質長襪，腳蹬一雙鞋扣閃閃發光的皮鞋，換句話說，也就是將自己套進一身不舒服的行頭裡，再盛大地從

「喬治」搭乘驛馬車出發到莊園赴宴；然後在自己內心角落裡安慰著活受罪的自己，想到隔天跟鎮上那些地主們閒聊時便可跟他們說「昨天晚餐時伯爵說什麼什麼」，或是「伯爵夫人說怎麼樣怎麼樣」，或是「我昨天在莊園裡吃晚餐時，很驚訝地聽到什麼什麼」。然而，自從吉布森先生變成何陵福特當地名醫後，霍爾醫生的好日子也就過去了。布朗寧小姐們認爲那是因爲吉布森先生長得好看，而且「舉止優雅」；固德芬太太則認爲「吉布森先生有貴族親戚」、「蘇格蘭公爵的兒子，是不是正室所生都沒關係」。

不管怎麼說，事實就是這樣。雖然吉布森先生也可能常請莊園管家布朗太太讓他在管家房裡用膳就好，因爲他無暇一一遵循禮節陪伯爵夫人共進晚餐，然而，莊園裡的人卻隨時歡迎他打入名流時尚圈，就算他想某一天和某位公爵一起用餐都沒問題，只要那位公爵到莊園裡來就成。——他說的是蘇格蘭口音，可不是土裡土氣的鄉下腔。他身上連一塊贅肉也沒有，身形清瘦讓他顯得斯文。他又長得一臉蒼白，頂著一頭黑髮，在那個時代，美國獨立戰爭後的十年，氣色不好或面容黝黑的人本就較突出。他不太健談（伯爵說時嘆了口氣，不過是伯爵夫人發給他邀請函的），不贅言，有學識，又有些貴族氣。因此，他絕對是上得了檯面的。他的蘇格蘭血統（他祖籍蘇格蘭經過大家討論後應無庸置疑）賦予他一種蘇格蘭王室的尊嚴，使得鎮上每個人都覺得應該尊敬他，因此理當得到伯爵家的青睞。其實這些年來不時受邀到莊園裡用晚餐的這份榮耀，對吉布森先生來說無太多樂趣可言，他認爲這不過屬於職業上的應酬而已，並未讓他享受到結交朋友的樂趣。

然而，當何陵福特爵士回到莊園長住之後，情況就改變了。吉布森先生的確見識到，也學習到讓他深感興趣之事，更擴展了他的閱讀範圍。他有時在莊園裡遇見科學界的頂尖人物：長相奇怪，心思單純，熱愛自己的專業領域，除了自身擅長項目外甚少談及其他。吉布森先生發現自己頗欣賞這樣的人，也覺到這些人因覓得知音而高興，大夥兒彼此惺惺相惜。事實上不久之後他跟著開始將自己的研究心得寄到醫學刊物去發表，於是他一方面吸收新知，一方面提供資訊與正確觀念，這般交流竟使他的生活增色不少。他本人和何陵福特爵士倒是沒什麼互動，他太忙了，何陵福特爵士則太安靜、太害羞，若想彼此有進一步的認識，就非得下定決心打破兩人間的階級差異不可。其實他們都很想更認識對方。他們互相景仰、彼此欣賞，這就是所謂的朋友了，能夠交上朋友，他們彼此都很高興。對於吉布森先生而言更是如此，因爲當地知識分子的社交圈本就比較小，況且常和他往來的那一群人當中實也沒有可和他相比的，爲此他常顯得落落寡歡，只是從不承認這就是自己不開心的原因。他們那群人中有位艾斯頓先生，是接任布朗寧先生成爲教區牧師的人，他人很好，非常善良，只不過從來沒有自己的意見，說話總是唯唯諾諾又了無新意，別人說什麼他都同意，完全照本宣科，一直以最紳士的態度說些無用的老生常談。吉布森先生有一兩次故意開他玩笑，說他的講道「完美無缺地」將自己引進「毫無疑問的」異教徒思想邏輯裡。艾斯頓先生聽他這樣說，既痛苦又自責地恨不得挖個地洞鑽進去。一看到艾斯頓先生被自己的玩笑弄成這樣，本想逗他玩的吉布森先生頓時覺得興味全消，馬上收起玩笑的臉色，正經八百地談起「三十九信條」①在生活中的重要性，艾斯頓先生甫從驚嚇中恢復過來。除了談信奉正教外，吉布森先生本可談及其他領域之事，讓艾斯頓先生長長見識的，然而因爲對其他領域的無知與缺乏興趣，所以無論吉布森先生怎般努力，艾斯頓先生還是無法領略到知識的樂趣。

艾斯頓先生自己有些財產又未婚，過著慵懶舒適的單身漢生活。雖然如此，他卻不常造訪他教區中的貧窮教友，可倒是挺樂意爲他們慷慨解囊，而且有時候他甚至會想，如果必要的話，他願意犧牲自己以幫助吉布森先生或是其他任何有需要的人。

「把我的錢包拿去用吧！吉布森，就當是你自己的錢。」他常常這樣說：「我實在不擅於和窮人打交道，每次都不知道該說什麼中聽的話才好——我承認，在那方面我的確做得不夠，可是如果你們需要什麼，只管跟我說，我都會提供的。」

「謝謝，我想我已經常常來麻煩你了，這一點我是不會客氣的。不過，你若願意聽的話，我倒有個小小建議：如果你要去探望鄉下人家，不應該去說些中聽的話，只管開口說話就得了。」

「我不明白這有什麼差別，」教區牧師說，略帶發牢騷的語氣，「不過當然是有差別的，我絕不會對你說的話存疑。我不應當說中聽的話，單純說話就好——這兩件事對我而言同等困難，不過在我們結束談話前，請你給我個面子，收下這十元英鎊鈔票吧！」

「謝謝，不過這對我來說不太夠哩！對你來說恐怕也不夠吧？也許對瓊斯家或格林家比較有用。」

吉布森先生說完，艾斯頓先生一臉狐疑看著他，彷彿想問他這話裡是否帶有諷刺意味。整體看來，他們二人交情不錯，只是在這尋常相處外並不會特別喜歡對方。也許在何陵福特爵士回莊園長住之前，吉布森先生最談得來的友人要數一個叫漢利的地主。漢利和他的祖先們被稱爲「地主」的歷史可追溯到當地有「地主」這個名詞開始。不過當地有許多比漢利家「大」的地主，因爲漢利家土地頂多八百英畝而已。可是早在肯莫伯爵家族聞名之前，漢利家就擁有那塊土地了，甚至早在黑利—哈里森買下冷石公園之前；每個人都知道打從有漢利這塊地方起，漢利家就住在那兒了。

「遠溯七國時代②。」教區牧師說。

「不是，」布朗寧小姐道：「我聽說在羅馬時代之前，漢利村子就有漢利家族了。」

教區牧師正準備禮貌性點頭同意時，固德芬太太卻語出驚人地斬釘截鐵道：「我向來都聽說，早在異教徒出現前就有漢利家族了。」她用席間最資深公民的語氣緩緩說著。

艾斯頓先生只能鞠躬接話：「很可能，極有可能，夫人說得是。」

教區牧師艾斯頓先生的態度如此謙恭有禮，固德芬太太心情爲之大好，便環顧四周後繼續說：「連教會都證實我說得沒錯，這下子沒人敢質疑了吧？」

不管怎麼說，漢利家的確是非常古老的家族，只差不是原住民而已。數百年來他們絲毫沒有移動過他們家的地界：他們從不擴張產業，近百年來就連一小塊地也不賣。他們不屬於冒險性種族，不跟人做買賣，也不做投機生意或嘗試農業改良工具。他們在任何一家銀行都沒有資金，更適切地說，也就是沒有半點黃金儲量。他們的生活方式非常簡樸，較像是自由農民而不像地主。

現任漢利地主仍維持著十八世紀時祖先們原始的生活態度和風俗習慣，就像「自由農民」這階級開始出現時那樣，而非現在所謂「地主階級」的生活。這種寧靜淡泊的保守生活態度自有一種尊嚴在，也爲漢利先生贏得了普遍的尊敬。如果他願意的話，他可以是當地任何一戶人家的座上賓，然而他對社交生活沒什麼興趣，這也許是因爲現任地主羅傑・漢利先生並未接受他應接受的良好教育所致。話說他父親史蒂芬・漢利在牛津大學念書時學習成績不及格，基於頑固自傲性格，他拒絕補考。而且事情還沒完呢！他發下重誓，那個時代流行這樣，他的後代子孫都不准去念牛津或劍橋大學。史蒂芬只有一個兒子，就是現在的漢利老爺，他就是在這樣情形下長大的，當年他被送到一間小小的鄉下學校念書，在那裡過得很不愉快，然後就返家承繼家業了。這樣的成長過程對他而言並非只有壞處，不過他自己沒接受過完整的教育，對許多事情都顯得無知。正因如此，他意識到自己的不足，覺得有些遺憾。他覺得自己和這個社會格格不入，遂盡量和大家保持距離，再加上他人固執、脾氣又暴躁，所以就一直在自己的小圈子裡當個獨裁霸王。其實，他也有慷慨大方、誠摯認眞的一面，可說是個很重視榮譽的人。他非常機靈，所說的話也相當有意思，他習慣在辯論時以錯誤的假設爲前提，他覺得那等錯誤的假設是明顯有如用數學定理驗證過的一樣，然而當他開始更正錯誤的假設時，任何人都無法像他那麼機智聰敏地將錯誤歸正。

他娶了一位優雅纖巧的倫敦女孩，這是眾人難能理解的婚姻當中的一樁，然而他們卻是相當快樂。不過，如果漢利先生多注意一下妻子迥異於他的品味，或讓她跟那些和她有著相同品味的人繼續交朋友，也許漢利夫人就不會經年累月病痛纏身了。結了婚後，漢利先生便常說這塊擠滿了房子、名叫倫敦的地方，已無再來的必要了，因爲他已經覓著一生中最珍貴的寶物。一直到妻子過世，漢利先生都用這句話表達對妻子的恭維。起初，這句話讓漢利夫人覺得很高興，且直到她過世，這句話都讓她感到安慰；只不過，她有時候也盼望漢利先生可以正視一件事，就是在倫敦那座大城市裡還是有許多值得聽、值得看的事物存在。漢利先生卻再沒有到過倫敦，雖然他並未禁止妻子去，但是每當妻子心滿意足地從倫敦歸來時，他對妻子所述有關倫敦的一切都興趣缺缺，幾次下來，漢利夫人便不想再到倫敦去了。話說漢利先生對妻子到倫敦去玩一事顯得分外體貼，不僅沒反對，還供了她一大筆錢。「來，來，親愛的，把錢拿著！記得打扮得好一點，別輸給倫敦那些人，爲了漢利村的漢利家族著想，妳愛買什麼就買什麼。去逛逛公園、看看戲，跟那些人一起炫炫富。我會很高興看到妳愉快歸返的，妳在倫敦的時候就盡情玩吧！」於是她依照丈夫所言，愉快地回來了，迎接的卻是這段話：「看到妳這麼開心，我也很高興。可是妳對倫敦之行說個不停，我聽得都累了。我知道妳去玩了不少地方，可是妳怎麼受得了呢？我們到屋外去看看南花園裡的花開得多美！我特別吩咐人在花圃上都播撒了妳喜愛的種籽，而且還到何陵福特的花房去買了妳去年誇好看的植物回來種。聽妳說了這麼一大串繁忙庸碌的倫敦之行，我覺得頭昏眼花的，需要點清新空氣好讓我的腦子清醒清醒。」

漢利夫人十分愛看書，極有文學品味，爲人溫柔富感性，體貼而善良。她不再到倫敦旅行，也放棄了那些與其教育背景及社會階級相近的友伴。她的丈夫因年輕時未受到良好教育，不喜歡跟那些原本屬於他那個階層的人來往，當然也不想和下階層的人混在一起。漢利先生因妻子爲他所做的犧牲，更加愛她，然而被迫放棄自己喜好的漢利夫人健康狀況卻日益惡化，找不出病因，就是身體一直不好。倘若她有個女兒，也許多少對她有所幫助，偏偏她的兩個孩子都是兒子，而且他們的父親因早年被剝奪受良好教育的機會，便急著要彌補這一缺憾，在兩個兒子還很小的時候就送到預備學校③去了。他們一路從拉格比公學④念到劍橋大學，牛津大學乃因祖父的交代，在漢利家是不受歡迎的。

奧斯朋是漢利家長子，名字取自漢利夫人的娘家姓，他是個極具品味、頗有天分的男孩，外表承襲了母親一切的優雅與纖巧，性格同樣溫柔，感情豐富，多愁善感有如女孩一般。他在學校表現突出，得了許多獎項，總而言之，就是他父母親的驕傲；特別是他母親，因爲沒什麼朋友，簡直就拿他當密友看待了。

羅傑比奧斯朋小兩歲，稍顯笨拙，長得像父親一樣較粗獷，有張方正的臉，表情總是沉悶，而且不太活潑。學校老師說他個性善良，不過很平凡就是了。他從來沒得過獎，帶回家的只有良好的品行成績。當他擁抱母親時，他母親總笑著說感覺像「驢子抱小狗」，從此以後他便不再公開表達自己的情感了。從拉格比公學畢業後，羅傑要不要跟隨哥哥腳步去念劍橋大學，成了漢利家的重大議題。

漢利夫人覺得羅傑去念劍橋恐只是浪費錢，因爲他身上缺乏知識分子的特質，學些像土木技師之類的實用技能應較適合他的將來。漢利夫人還認爲，和奧斯朋那樣優秀的哥哥念同一所大學，只會讓羅傑倍感挫折而已，甚至在學校嚴格的要求下，讓漢利家歷史重演——被學校當掉。然而，漢利先生頑固一如過往，堅持兩個兒子必須有受同樣教育的機會，兩兄弟都該享有他當年被剝奪的權利。如果羅傑在劍橋表現欠佳，那是他自己的錯，可是如果他父親不把他送到劍橋去，將來總有一天他會因被剝奪這等權利而怨嘆不已，正如漢利先生長久以來的心情一樣。於是，羅傑跟隨奧斯朋去念劍橋三一學院，漢利夫人又變成一個人在家了。

經過猶豫不決，在決定羅傑的去向之後，漢利夫人便要羅傑盡快到劍橋去。好幾年來，她已經連自家花園後面都沒法去了，大部分時間都在沙發上度過，夏天時要人推著坐到窗前，冬天時要人推著坐到火爐邊。她住的房間寬敞又舒適，四個大窗戶開向屋外點綴著花床的廣袤綠茵，青青草地延伸到遠處的小樹林，草地中央有個池塘，池中滿滿地綻放著水蓮。凝望著隱沒在樹蔭下的池塘，寫下了好幾首以它爲主題而兼具優美意境的四行詩，這就是漢利夫人在沙發上的消遣了，或是看書，或是寫詩。她身旁有張小桌子，桌上放的是最新出版的詩集和小說，加上鉛筆及一本空白活頁紙，還有一只日常由漢利先生親手插滿鮮花的花瓶，故不分冬夏，她每天都可享受新鮮花束。家中的女僕每隔三個鐘頭就會送來一劑藥、一杯清水以及一塊餅乾，她丈夫每逢想要休息喘口氣且手中農事告一段落，就會過來看她。

兒子們不在家時，她日常生活中最快樂的時光便非吉布森先生的探訪莫屬。

吉布森先生知道漢利夫人的病其實是心病，那時鎭上的人常說漢利夫人愛胡思亂想，身體才不好。其中有一兩個人還怪吉布森先生不該助長她不切實際的幻想。對於這樣的指責，吉布森先生只是一笑置之。他覺得自己來探訪漢利夫人，實際上是對漢利夫人與日俱增又無法言明的病痛帶來舒緩與安慰。他知道自己如能天天過來轉上一圈，漢利先生定會非常感激，而且小心觀察她的病兆加以治療，也的確可以減輕她身體上的疼痛。其實除了以上這些因素外，吉布森先生常來漢利家的一大原因就是喜歡跟漢利先生交朋友。吉布森先生頗欣賞漢利先生非理性的古怪脾氣，和宗教上、政治上與道德上的極端保守。漢利夫人有時會為自己丈夫說話太過魯莽無理而向吉布森先生致歉或說些話替自己丈夫打圓場，但每當這種情形出現，漢利先生就只是安撫般把自己的大手搭在吉布森先生肩上，像是要妻子別緊張似的說：『妳就別管我們了，太太。我們可是知交，醫生，對吧？欸，別擔心，醫生每次都給我物超所值的好東西。妳瞧，他把這個東西包上糖衣，還說有多好多好什麼的，可是我每次都看穿了這不過就是藥丸嘛！』

漢利夫人常提說希望茉莉可以來看她。關於這一點，吉布森先生總是予以婉拒，雖然他自己也說不上來為什麼。事實上，吉布森先生不願意讓女兒離開身邊，覺得自己是為女兒著想。畢竟茉莉若來看漢利夫人的話，她的學習、她的日常生活作息難免會受到影響。漢利夫人平常居住的房間既熱又充滿藥味，那樣的環境對年輕女孩不好。況且奧斯朋和羅傑兩兄弟可能在家，他不想讓茉莉單獨和兩個年輕男子在一起；他們也有可能不在家，如此一來，她女兒得整天面對一個焦慮的病人，這樣無聊也很不好。

哪知就在某一天，吉布森先生終於主動帶著茉莉到漢利家來了。此舉用漢利夫人自己的話說就是「打從心眼裡歡喜」，要待多久，倒沒個確定日期。至於吉布森先生為何改變心意，原因如下：前面提過他收了兩個學徒，雖不是挺願意，但畢竟是事實。於是他家裡多了兩個人，也就是偉恩先生及的兩位年輕紳士」。卡克斯先生，吉布森先生家都管他們叫「兩位年輕紳士」，鎮上的人則稱他們爲「跟著吉布森先生的兩位年輕紳士」。

偉恩先生比較年長，經驗較豐富，有時候會替老師診察病人，經由探訪窮人家和慢性病患者增加自己的經驗。吉布森先生不時和偉恩先生討論患者病情，希望藉由這樣的引導，有朝一日使對方可以提出自己的意見，那怕是一丁點小想法都行。偏偏這個年輕人太過小心，是個慢郎中。他不會因魯莽而出錯，卻也一直趕不上應有的速度。雖然如此，吉布森先生想起自己曾處理過比他更糟糕的「年輕紳士」哩！因而面對這位年紀較大的學徒，油然升起感恩之心，或至少也有滿足之意。

卡克斯先生約莫十九歲，一頭紅髮閃亮耀眼，臉色總顯紅潤，對於自己的紅髮和紅臉相當在意，覺得很丟臉。他父親是一位印度軍官，也是吉布森先生的老友。目前卡克斯少校在海外一處不便提及的軍事基地服務。前年當他還在英國時，曾不止一次地提及，他唯一的兒子能跟著老朋友一塊學醫，眞令他感到無比欣慰。事實上，少校還要求吉布森先生不僅要擔當監護人的角色，也要負起長者責任給他兒子少許特別的教導。然而吉布森先生對於這番叨叨絮絮覺得很煩，便回應少校說他對每一個學徒都會盡心盡力指導。接著，少校提出讓他兒子像家人一樣在小客廳裡消磨夜晚時光而不須待在診療室時，吉布森先生不加思索便予以拒絕。

「他必須跟其他人一樣。我無法答應讓他把研缽及杵帶進客廳，讓那地方聞起來像瀉藥一樣。」

「那麼，我兒子非得親自製作藥丸不可嘍？」少校以疼惜兒子的口吻問道。

「當然，這是年輕學徒必備的基本功，又不難。他應該爲自己不需把那些藥丸吞下去，深感慶幸。再說他有甘草甜餅和薔薇果蜜餞可以吃耶！此外，每個週日都可以享用酸豆以慰勞他一個星期以來的辛苦製藥。」

卡克斯少校不甚確定吉布森先生是不是在心裡偷偷笑他，不過既然事情都已安排好了，況且頂著吉布森先生學徒的招牌，好處可多了，想想還是別多嘴才好，製作藥丸就製作藥丸吧！臨到少校父子倆分別的時候，吉布森先生的態度讓剛才一度懷疑自己被偷笑的少校盡釋前嫌，倍覺安慰。醫生並未多言，他的態度卻讓爲人父者深刻感受到誠摯的關懷，像在暗喻著「既然你放心把兒子交給我，我一定不負所託」，說完便離開了。

吉布森先生對於自己的專業以及人性都非常瞭解，故而盡量避免表現出對卡克斯先生的偏愛。話雖如此，他有時候仍舊免不了讓卡克斯先生知曉會看在老朋友的分上，多疼他一點。不過除此之外，這年輕人本身也的確有讓吉布森先生喜愛的特質：他個性急躁魯莽，能言善道，有時候在無意間就說出正確的見解表露出其聰明才幹；可有些時候也顯得愚拙駑鈍，讓人不敢領教。吉布森先生以前經常告訴他，他的座右銘永不更改，就是「醫不好就給他升天」。對此，卡克斯先生曾回應說這是身爲醫者的最佳座右銘。因爲如果醫生覺得病人已經回天乏術，那倒不如幫他一把，靜靜地助他脫離痛苦——果決下手。偉恩先生吃驚地抬起頭，對此發表評論，說他擔心這種助病人脫離痛苦的方式恐被當成凶殺案來辦。

吉布森先生則不帶感情的說，會否揹上兇手的污名，他倒非十分在意，但太快讓捧著白花花銀子的病人死掉實在不合經濟效益；況且，只要病人每次都願意且付得起兩英鎊六便士來看病，他也就有責任讓他們活著——當然啦，要是病人已經成了乞丐，那就另當別論了。

偉恩先生認眞思考著這些話，卡克斯先生只是大笑。最後，偉恩先生開口道：「可是老師，您每天早上都在早餐前去探望老婦人南西．格蘭特，也用上了最貴的藥，不是嗎？」

「你沒發現人們通常很難達到自己所定下的準則嗎？偉恩啊，你要學的事還多著呢！」吉布森先生說著，走出診察室。

「我永遠弄不懂老師這個人。」偉恩先生語氣十分絕望，「卡克斯，你在笑什麼？」

「哦！我只是在想，你這麼年輕就能讓父母灌輸的道德觀念深植你心，眞是有福之人。如果不是你媽媽告訴你謀殺是一種罪，你可能會去把全城的乞丐都毒死。在你而言，這不過是遵照老師的吩咐去做罷了，然後在受審時辯道：『冤枉啊！法官大人，他們付不起我的診察費，所以我按照我的老師，也就是何陵福特名醫吉布森先生所教導的原則去做，把乞丐們都給毒死。』」

「我實在受不了他那種嘲諷的方式。」

「可是我很喜歡。如果不是因爲老師的風趣，加上酸豆以及其他知道的情形，我早溜到印度去了。我討厭令人發悶的屋子，不喜歡病人，也討厭藥味，更厭惡我手上藥丸的臭味——噁！」

譯註：

①「三十九信條」（Thirty-nine articles），英國聖公會所提出關於基督信仰的三十九條原則。

②七國時代（Heptarchy）為英國歷史上小國林立的時代，這段時期約在西元五〇〇年到西元八五〇年之間。

③預備學校（preparatory school），英國僅供八至十三歲孩童讀書的私立小學。

④拉格比公學（Rugby School）成立於西元一五六七年，是位於英格蘭中部沃里克郡拉格比鎮上的一所男女兼收的寄宿學校，也是英格蘭最古老的公學之一。拉格比學校以其為橄欖球運動發源地而聞名於世。

第五章 純純的愛

某天，吉布森先生不知為了什麼事，無預警地回到家中。他把馬交給馬夫便從馬廄穿過花園往家裡走，一走進門廊剛巧看到廚房的門打開來。廚子的小助手急急往外走，手裡拿著一封信趕忙要上樓的樣子，她沒想到會在這個節骨眼上碰見主人，旋又轉身躲回廚房。要不是她一副鬼鬼祟祟，像做了壞事似的怕被發現，吉布森先生又怎會起疑呢？於是，吉布森先生快步向前，一把推開廚房的門，喊道：「波莎！」嚴厲的聲音嚇得波莎不得不立刻應聲而出。

「把那封信給我。」吉布森先生說。

波莎遲疑著。「這封信是要給茉莉小姐的。」她結結巴巴地說。

「把信給我！」吉布森先生比先前更急切道。

波莎一副快哭出來的模樣，但仍將信緊緊捏著，把手放在背後。「他叫我一定要把信交到茉莉小姐手中。我答應了，得信守承諾才行。」

「廚子，去叫茉莉小姐，告訴她立刻過來。」

吉布森先生雙眼緊盯著波莎。她是逃不掉了，也許會將信扔到火爐中也說不定，不過，她還沒有這樣的心眼。她站著不動，眼睛轉來轉去，就是避免和緊盯著她的主人四目相遇。

「茉莉，妳來了！」

「爸爸，我不知道您在家呢！」完全不曉發生什麼事，滿心好奇的茱莉問道。

「波莎，妳可以實踐諾言了。茱莉小姐在這兒，把信交給她吧！」

「您說得是。小姐，我眞的無能爲力！」

茱莉伸手接下那封信。就在她要拆信的瞬間，她父親開口道：「好了，這樣就夠了，孩子——妳不必看了，把信給我。波莎，妳去告訴叫妳送信的人，凡是要給茱莉小姐的信都必須經過我的手。茱莉，妳可以走了，去做妳的事吧！」

「爸爸，您總要告訴我，是誰寫信給我啊？」

「再說吧，再說吧！」

帶著未被滿足的好奇心，茱莉有些不情願地上樓去找艾小姐。時至今日，艾小姐即便不再是家庭教師，依舊是茱莉的日常良伴。

吉布森先生走進空無一人的餐室，關上門，拆開信，讀起內容。這是來自卡克斯先生之筆，一封燃燒著熊熊愛火的情書，信上說他再也受不了只能看著她而無法表白心中強烈愛慕的日子了——他稱之爲「永恆之情」的愛慕。吉布森先生邊讀邊笑。

「哦！妳就不能好心地看我一眼嗎？妳就不能想一下整顆心都被妳占滿了的我嗎？」諸如此類的句子，再加上一堆瘋狂讚美茱莉美貌，想想也頗爲貼切的形容：皮膚白皙而非蒼白、雙眸晶瑩有如北極星、酒窩是愛神邱比特手指頭所畫之記號……。

吉布森先生看完了信，心中思忖道：「想不到這小子還挺詩意的，不過話說回來，診療室書架上擺著本《莎士比亞》呢，我要把它拿走，另換上一本《詹森大字典》。還好教人安慰的是，茱莉對此事全然不知——或說無知更好，因爲從信中內容看得出來是這小子初次「表白」——這可是他自己用的字眼。不過，可眞讓人擔心啊，這麼小就想談戀愛。眞是，她不過才十七歲——未滿十七啊！說得確切些，是到七月才滿十七歲哪！還有六個星期耶！才十六歲年紀！什麼呀，她還是個小女孩耶！說眞的，可憐的珍妮當時還沒這麼大，我怎麼就愛上她了！」吉布森先生的思緒跟著飄回了往日，手中還拿著那攤開來的信。

過了一會兒，他眼睛瞄到手上的信，思緒隨即牽引回現實。

「我不應當爲難他，稍給個暗示就好。他那麼聰明，應該會懂。可憐的傢伙！雖然叫他走是最好的辦法，可是這樣一來，他肯定會落得個無家可歸的下場。」

反覆思考良久之後，吉布森先生走到寫字桌前坐下來，提筆寫道：「卡克斯大師」——「『大師』二字可不說到他心坎裡了。」吉布森先生邊寫，邊自言自語道。

卡克斯大師

診斷結果：家醜不可外揚。

藥方：一天三次反省檢討。

診察醫生：吉布森

吉布森先生再看一眼自己開的處方，苦笑了一下。「可憐的珍妮！」他嚷道，然後選了個信封，將卡克斯先生那封充滿激情的情書，連同上述處方一併放進新信封裡，再用刻有自己英文姓名縮寫的精緻封印封緘。接下來，住址要寫哪裡倒教他煞是費心：「他又不是住在外頭……也罷，不要讓他太過難堪。」於是，信封上只寫著：「愛德華・卡克斯閣下」。

爾後吉布森先生又一頭栽進公事裡，去忙那件讓他突然返家且回來得正是時候的事情，一忙完，他又往屋後走，穿過花園走到馬廄去。就在跨上馬背之際，他對馬夫吩咐道：「哦！對了，這兒有封要給卡克斯先生的信。別讓女僕們經手，你自己跑一趟，送到診療室門口，現在就去。」

吉布森先生騎馬出門時臉上掛著一抹淡淡笑容，稍後發現自己已來到僻靜巷弄，就收斂起笑臉。他放慢腳步，開始思考。他想著，一個沒有母親的女孩家，跟著兩個年輕男人在同一屋簷下生活，雖只有在用餐時間才會見到面，但她就要長成女人了，這情形還眞奇怪；儘管他們之間的全部對話純不過是「妳要吃點馬鈴薯嗎？」，或者，鍥而不捨的偉恩先生會追問：「我幫妳拿點馬鈴薯好嗎？」——諸如此類，日復一日，磨得吉布森先生耳朵都快長繭的對話模式。然而，剛剛那位犯下罪行的卡克斯先生卻還要在吉布森家當上三年的學徒。他是最後一個學徒了，以後絕不再收。可是，還有三年要過，而且這個頭殼被愛情烈焰燒壞掉的笨蛋，還不知會使出什麼招數來呢？茉莉遲早會注意到的。這一樁就像顆不定時炸彈，隨時可能被引爆，吉布森先生越想越不放心，於是決定快刀斬亂麻。他讓馬兒奔馳起來，發現馬兒跑在這條百年碎石子路上眞引人精神爲之一振——雖然骨頭都快散了。

那日下午他去探訪了許多病人，回到家時想及這場噩夢應該已經結束了，卡克斯先生應該明白他處方箋裡的暗示才對。接下來只須想想如何給倒楣的波莎安插個地方就好，她竟膽敢參與這樣的陰謀！吉布森先生不想再雇用她了。

晚上，兩個年輕人習慣和吉布森先生一家在餐室裡喝茶，他們總是很快灌完兩杯茶、胡亂塞片麵包或烤麵包就盡快閃人。這一天晚上喝茶時，吉布森先生長密睫毛下的雙眼不時偷瞄著這兩個年輕人的臉，一反常態故作輕鬆地聊些日常瑣事。他看到偉恩先生忍不住快要大笑出聲了，而紅髮紅臉的卡克斯先生臉似乎更紅、更激動，整張表情透露出心中的不滿和憤怒。

「他要宣戰了，對吧？」吉布森先生暗忖道。於是他束腰提臀，準備應戰。

用完茶後，吉布森先生未如往常般跟著茉莉與艾小姐走進客廳。他留在原位假裝讀報，那時，哭腫了臉的波莎正委屈不已，忿忿不平地收拾桌子。就在餐室收拾好不到五分鐘，響起了吉布森先生預期的敲門聲。

「我可以跟您談一下話麼，老師？」門外傳來卡克斯先生的聲音。

「當然，卡克斯，請進！我正想跟你談談寇比恩的帳單這事，請坐。」

「我不是爲那件事來的，老師，我是、我想——啊——謝謝——我還是站著就好。」說完這句，他果然一臉委屈地站著。「關於那封信——那封附了侮辱人的處方箋的信，老師。」

「侮辱人的處方箋！有人這樣形容我開的處方箋，還眞令我驚訝啊！不過，說實在的，病人在被告知病況眞相時候常會生氣——而且，一旦要他們吃藥，他們就更生氣了。」

「我又沒要您替我開藥。」

「哦，哦！這麼說來您就是要波莎替您送信的卡克斯醫生嘍！我告訴你，那封信害她丟了工作，而且也寫得很蠢。」

「老師，攔截別人的信，還擅自拆閱，並非一位紳士該有的行爲。那封信本來就不是寫給您的。」

「當然！」吉布森先生眼睛閃過一絲光芒，嘴角微向上揚，憤慨的卡克斯先生並非沒看到。「我相信我年輕時長得還滿好看的，就跟任何一個二十歲的美少男一樣。但即便如此，我也不認爲你信上那些讚美和恭維是獻給我。」

「老師，這不是一位紳士該有的行爲。」卡克斯先生重複道，說話都有點結巴了。

他還想說些什麼，吉布森先生卻接著發言。

「年輕人，我告訴你，」吉布森先生突然用嚴肅的語氣說：「若說你的行爲可以原諒，只有兩個理由：你還年輕，以及太年輕不懂得尊重家庭倫理。我把你當家人一樣看待，讓你住進我的家——你卻引誘我一個僕人，用賄賂來敗壞她，我毫不懷疑——」

「眞是的，老師！我一分錢也沒給過她。」

「你還眞該給她錢呢！你應當多付點錢給那些幫你做齷齪事的人。」

「您剛剛說，我用賄賂敗壞她。」卡克斯先生囁嚅道。

吉布森先生不管他，繼續往下說：「引誘我一個僕人，連半點些微好處也不給，就讓她冒著丟工作的危險，要求她偷偷送信給我女兒。我女兒不過是個孩子呢。」

「老師，吉布森小姐都快十七歲了！我前幾天才聽您說過。」二十歲的卡克斯先生道。

吉布森先生再次不睬，繼續往下說：「一封你不讓她父親看到的信，虧她父親還一直默默相信你的榮譽，讓你住到他家裡。卡克斯少校之子啊，我清楚卡克斯少校的爲人。如果是他的話，一定會來找我，開誠布公地跟我說：『吉布森先生，我愛——我想我愛——令嬡。雖然我現在一毛錢也賺不到，但我認爲對您隱瞞這件事是不對的。在目前，還有接下來的幾年，我連自己都養不活，所以實在不應該對我的感情、內心的感覺——或令嬡——說什麼。』那才是卡克斯少校之子應當說的話。可說眞的，一個字都別吐出來還更好。」

「那麼，老師，如果我那樣說了……也許我眞該那樣說的，」卡克斯先生焦切地道：「您會怎麼回答？您能認可嗎？」

「我極可能會說，這個嘛……虛擬狀況下，我也無法完全確定我的用字，可能會說——你這個年輕的蠢蛋，不過並非可恥的年輕蠢蛋，而且我應該會告訴你，別放任這種童稚的愛戀亂膨脹到激情的地步。此外，我應該會叫你——開給你處方啦，叫你去參加何陵福特的板球俱樂部，還有，星期六下午盡可能放你假。再來，我得寫信給令尊在倫敦的聯絡人，請他幫你搬家——搬出我家，去跟其他醫生實習，自然還得重新付費。」

「這會教我父親傷心極的。」卡克斯先生說道，憂鬱得很，但不太後悔。

「看來也沒其他醫生處可去。這事的確會給卡克斯少校帶來些麻煩，我也得考慮到他可能沒多餘的錢可花——不過，我想最讓他難過的應該是對於信任的背叛，因爲我那麼信任你，愛德華，我把你當兒子看哪！」當吉布森先生認眞嚴肅地說話，特別是流露出感情時，聲調就會讓人覺得大不同，畢竟他是個不常表達自己感情的人。一旦他眞情流露，是很難讓人抗拒的，從玩笑嘲諷到溫柔誠摯的變化誠然吸引人。

卡克斯先生低垂著頭，陷入沉思。

「我是眞的愛吉布森小姐，」他終於開口：「誰能不愛她呢？」

「偉恩先生嘍！」吉布森先生應道。

「他的心早有所屬，」卡克斯先生回答，「而我的心在遇見吉布森小姐之前有如空氣般自由。」

「這樣做有助於治癒你的——呃——姑且稱它爲『熱情』吧！若說茉莉在用餐時都戴上藍色眼鏡的話？我注意到你在她的眼睛上著墨良多。」

「您這是在嘲笑我的感情，吉布森先生。您忘了您也曾年輕過嗎？」

吉布森先生眼前突然浮現出「可憐的珍妮」，繼而稍許自責。

「這樣吧！卡克斯先生，我們打個商量好了。」沉默片刻之後，吉布森先生啓口道：「你做了一件很不對的事，我希望你也這樣想，要不，在我們談完話，你的激情冷靜下來之後，希望你會發現自己做錯了，且可反省一下。看在你父親的面子上，如果你答應我，只要你住在我家一天，不管以學生或學徒的身分，你都不得再顯露出你的熱情——你瞧，我這會兒可是十分謹愼地遣詞用字，以你的角度來看稱之爲『熱情』，可要我來說就直接稱它是『妄想』了——你不得以任何形式，不管是用說的、用寫的、用表情、用行爲或用態度，來對我女兒，或對其他任何人提起你的感覺。如果你能承諾做到，便可留下來。如果你無法承諾，我就照先前所言寫信給你父親的聯絡人。」

卡克斯先生躊躇不定地站著。

「老師，偉恩先生知道我多麼愛慕吉布森小姐。他跟我之間沒有祕密。」

「哦，那麼，我猜他扮演的肯定就是蘆葦的角色嘍？你知道在『米德斯國王的理髮師』那則故事裡，理髮師發現在國王菫青色捲髮下竟長著一對驢耳朵，理髮師對這個祕密不吐不快卻又不能告訴任何人，因而跑去跟附近湖岸邊的蘆葦說，『米德斯國王長著一對驢耳朵』。他不斷地重複著，蘆葦也就謹記在心並將之隨風遠播，到最後就變成『不是祕密的祕密』了。如果你一直跟偉恩先生訴說你的故事，你能確保偉恩先生不往外傳嗎？」

「我以紳士的名譽爲自己擔保，老師，也以紳士的名譽爲偉恩先生擔保。」

「看來我也只好冒險一試了。不過請你記住，這可是攸關一位年輕女子名聲的事。茉莉從小失去母親，在這種狀況下，她更必須小心維護自己的名聲，免得讓人說閒話。」

「吉布森先生，如果必要的話，我可以按著聖經發誓。」眼前這個激動的年輕人高喊道。

「無聊！我就以你的承諾爲憑！如果你樂意的話，我們便握手爲定了。」

卡克斯先生熱切地走過來，幾乎要把吉布森先生戴的戒指都握進自己手指頭了。

他要走出去時，不安地問了一句：「我可以給波莎二十五便士嗎？」

「不，不必了！波莎交給我處理就好。我希望她還在這裡的時候，你什麼話都別再跟她說了。我會幫她安排妥當的去處。」

然後吉布森先生搖鈴叫馬夫備馬，出門探訪當天最後一個病人去了。他老覺得自己一整年下來簡直跑遍了大江南北。在這區域中沒有幾位外科醫生像吉布森先生執業範圍那麼廣的，在榆樹成蔭、山毛櫸成行的鄉村路上他踽踽獨行，去到邊陲地帶的僻靜鄉居，也去到狹隘鄉村小路盡頭處的農舍；他照料何陵福特方圓十五英里內的上流階層，也受到依照慣例每年二月前去倫敦、七月初才回到自己莊園的顯赫家族喜愛。他是當地不可或缺的重要人物，卻不常在自己家。在這個溫和愉快的夏季黃昏，不能在家陪伴自己家人，讓他感到非常自責。他很驚訝地發現自己的女兒這麼快就要長成一個女人了，還是某些青年垂涎的目標，然而父兼母職的他竟常常不在女兒身邊，以致無法好好地守護著她。審慎考慮的結果，他決定次日一早就到漢利家去，請漢利夫人答應讓女兒在他們家住幾天。話說上次漢利夫人這樣提議時還被他拒絕了呢！

「妳可以拿那句老話笑我：『有機會時他不要，想要時機會無。』我也只好欣然接受。」他說。

漢利夫人聽到有年輕女孩要來家裡，不由欣喜萬分：一個好相處的女孩，可以讓她到花園裡去閒晃；在漢利夫人不想閒聊時可以念書給她聽；她的年輕朝氣自會帶來一股魔力，像是夏天空氣中飄散著的清甜，直吹進漢利夫人與世隔絕的空間。再沒有比這更令人愉快的事了，於是茉莉到漢利家作客的事很快就定下了。

「我真希望奧斯朋和羅傑在家，」漢利夫人用她輕柔的聲音緩緩道：「一天到晚只陪我們兩個老人在一起，怕她要嫌無聊呢！她什麼時候過來？這親愛的——啊，我已經開始喜歡上這孩子了！」

吉布森先生心裡十分高興漢利家兩個年輕人都不在，他可不希望他的小茉莉在卡克斯先生和漢利家兩兄弟之間腹背受敵。繼而一想，他忍不住嘲諷起自己：他把所有的年輕男人都當成要來追他唯一掌上明珠的登徒子了。

「她不喜歡逛街，」吉布森先生說：「而且，我確信她不曉得怎麼打扮自己。請你們多包涵，她既無知也沒有——沒有什麼社交禮儀，在家時我怕我們都不怎麼把她當女生對待。不過，我相信這裡對她來說，是再合適不過的環境了。」

漢利先生從妻子口中得知吉布森先生的提議時，也和妻子有同樣想法，因而對這位年輕訪客即將到來一事感到雀躍不已。當面子和裡子並行不悖時，漢利先生是相當好客的，再一想到纏綿病榻的妻子有個可愛女孩作伴就更開心了。過了一會兒，他告訴妻子：「兒子們都在劍橋倒是好的。要是他們在家，興許會鬧出戀愛事件哩！」

「哦——如果成眞的話呢？」天性浪漫的妻子問道。

「不會的啦！」漢利先生斬釘截鐵地回應：「奧斯朋受的是第一流的教育，也是第一流的人才，他將來會擁有這片產業，更是漢利村子漢利家的繼承人。在這郡上沒有哪個家族比我們家更古老，或是比我們更屹立不搖，奧斯朋想跟任何家族聯姻都沒問題。如果何陵福特爵士有女兒的話，奧斯朋就會是她最理想的對象。奧斯朋絕不會愛上吉布森的女兒——我不允許。所以，他不在家是好事一樁。」

「啊！奧斯朋也許該把眼界抬高點。」

「『也許』！我說他『必須』。」老地主邊說邊握拳捶了一下身旁的桌子，此舉讓他妻子心跳加速地跳了好幾分鐘。

「至於羅傑，」他繼續說道，完全沒發覺自個兒讓妻子嚇了多大一跳，「他得自己找出路，自謀生計，而且，我怕他在劍橋的表現也不會太好。這十年間他都別想談戀愛了。」

「他若娶了個有錢人家的小姐，就另當別論了。」漢利夫人不想讓丈夫看出自己心悸，盡量鎮定地說道。她本是不食人間煙火到無可救藥的浪漫人士。

「我家兒子絕不娶比他有錢的女人，就是這樣。」老地主又厲聲宣布道，不過這次沒握拳敲桌。

「假設羅傑三十歲時分得年俸五百英鎊，他的妻子不能是個年俸近一萬英鎊的女人。不過，說眞的，如果我有個兒子只能分到兩百英鎊的年俸——這其實就是羅傑所能從我們手裡拿到的，而且這日子不遠了——他若娶了個年俸五萬英鎊的女人爲妻，我便要和他斷絕父子關係。這種事太噁心了！」

「如果彼此相愛，兩人結婚會爲他們帶來一輩子的幸福，這樣也不行嗎？」漢利夫人語帶溫柔。

「啐！愛個頭咧！非也，非也，親愛的，我們相愛之深，唯有彼此才是幸福的依歸。偏偏這是兩碼子事，現在的人跟我們年輕時不一樣了。依我之見，現在的人只有蠢笨的迷戀以及不切實際的浪漫罷了。」

話說吉布森先生原本打算在安排好一切後再告訴茉莉去漢利家的事，然等他想到要告訴女兒，已是漢利夫人要派馬車來接茉莉的那天早晨了。於是他說：「對了，茉莉！妳今天下午要去拜訪漢利家。漢利夫人希望妳能陪她住一兩個星期，我覺得這邀請來得正是時候，妳就去吧！」

「去漢利家！今天下午！爸爸，您在動什麼歪腦筋——有什麼隱情吧？拜託告訴我，您葫蘆裡賣的是什麼藥。去漢利家住一兩個星期！我這輩子未曾獨自一人離家在外。」

「是沒錯。不過，在妳雙腳觸地之前妳也從沒學過走路，凡事總有個第一次嘛！」

「這八成跟上次那封寫給我的信有關，可是您連看也不讓我看是誰寫的，就從我手裡把信拿走。」茉莉那雙灰色眸子直盯著父親的臉瞧，彷彿要挖出吉布森先生的祕密似的。

吉布森先生只笑著說：「妳眞是個巫婆啊，小傻瓜！」

「被我說中了哦！可是信若是漢利夫人寫的，爲什麼我不能看？我一直覺得從那天以後您就好像在計畫著什麼——那天是星期四，對吧？您的行爲舉止有點怪異，像個陰謀者。告訴我，爸爸！」茉莉邊走向吉布森先生，邊用質疑口吻道：「爲什麼不讓我看那封信，我又爲什麼得突然到漢利家去呢？」

「妳不想去嗎？妳寧可待在家裡？」茉莉說她不想去，吉布森先生也許挺高興的，雖然這樣會讓他陷入另外一種沉思。可他一想到女兒就要離開自己，雖說只有短短幾天，心裡仍不免難過起來。

然而，女兒只是直接回答：「我不知道——如果給我點時間考慮，我應該會喜歡這個提議。現在事出突然，我只覺得驚訝而已。我還沒想過喜不喜歡去。可是我不喜歡離開您，這是可以肯定的。我為什麼要去呢，爸爸？」

「有三個老婦人在某處坐著，此刻正想著妳，其中一個手裡拿著紡線桿正在紡線，線忽然打結了，她不曉得該怎樣處理才好。她姊姊手裡握著一把大剪刀，一如往常，只要平順的線上有任何糾結，她總是『喀嚓』一聲把結剪掉便罷；但是第三個婦人，也就是三人當中最聰明的，她會想辦法把結解開。就是她決定讓妳到漢利家去的。其他兩人都覺得她有理，所以，既然命運女神一致決定妳應該走這一趟，妳和我也只好遵命了。」

「眞是胡說八道，爸爸，您這樣只會讓我更想找出您隱藏不說的原因。」

吉布森先生換了個語氣，沉鬱地說：「茉莉，是有原因，但我選擇不讓妳知道。跟妳說了這麼多，我期望妳當個好女孩，別妄加揣測，更不要用妳發現的蛛絲馬跡去拼拼湊湊，想要找出我不讓妳知道的因由。」

「爸爸，我不會再去想這件事了。不過，我有另一件事要煩您。我今年還沒買新衣服，去年夏天穿的連衣裙今年已經都穿不下了。現在還能穿的衣服一共只有三件，貝蒂昨天才提說我應該再買幾件衣服來穿。」

「妳現在穿的這件挺好看的，不是麼，顏色多漂亮。」

「是啊！可是，爸爸，」茉莉拉起裙襬，像要跳起舞般，「這件是羊毛的，又熱又厚重。況且現在天氣一天比一天暖和了。」

「要是女孩能穿得跟男孩一樣就好了，」吉布森先生帶著一絲不耐煩的語氣說：「一個大男人怎會知道他女兒哪時候該買新衣服呢？就算知道該買衣服的時機，又怎地知道該如何打扮她呢？」

「啊！這就是問題癥結！」茉莉有些沮喪。

「妳就到羅絲小姐的店裡去看看，她那兒應該有妳這年齡的女孩穿的成衣。」

「羅絲小姐！我從小到大都沒穿過羅絲小姐店裡的衣服呢！」茉莉滿是驚訝地回應道，因爲羅絲小姐可是小鎮裡最棒的裁縫師和女帽製造商呢！貝蒂以前就在那兒做女孩穿的連衣裙。

「哦，既然現在人們把妳當小淑女看，我想妳也該跟其他同齡女孩一樣，多花點錢治裝了。但是可別亂買，不能花超過我給妳的錢。這是一張十塊英鎊的紙鈔，看妳要去羅絲小姐或什麼小姐店裡都行，需要什麼就買吧！乾脆現在去。漢利家的馬車下午兩點過來接妳，如果還有來不及準備的東西，就讓他們家的人在星期六固定往市場採買時順道過來給妳帶去。好了，別謝我了！我是不想花這個錢的，也捨不得讓妳離開我。我知道我一定會想妳的，非不得已我也不想讓妳到漢利家去的，而且還多花十英鎊給妳買衣服呢！好了，快走吧！妳這個小討厭，如果能夠，我就要盡快停止愛妳。」

「爸爸！」茉莉伸出手指頭，警告般開口：「您又在耍神祕了。雖然我非常言而有信，可也不能保證在您老把不能說的祕密欲言又止的情況下，會不會重燃起好奇心哦！」

「快去花妳的十塊英鎊吧！給妳錢不就是要讓妳閉嘴嗎？」

羅絲小姐店裡的成衣不太合茉莉心意，於是她買了一塊淡紫色印花布，因爲可以水洗，且在早上穿既涼快又舒適；把它交給貝蒂剪裁，她星期六之前就可以做好。至於節慶假日要穿的——大部分是在下午或是星期天穿的，羅絲小姐說服她訂製了一套灰色格子圖案的薄紗連衣裙，還掛保證道是倫敦最新流行款式，茉莉也覺得這款圖案也許會讓有蘇格蘭血統的爸爸高興。然而，吉布森先生看到茉莉帶回家的布料樣品，忍不住數落道，根本沒有哪個蘇格蘭氏族使用這樣的花格子圖案，茉莉早該憑著直覺分曉才是。只是爲時已晚，全因羅絲小姐答應在茉莉一走出店門就著手剪裁縫製新裝。

整個早上，吉布森先生未如往常出門看診，而是在鎮上閒晃。他有一兩次在街上瞧見女兒，不過在街道另一側的他並沒走過街和女兒說話，只看她一眼或點個頭就繼續往前走去，在心裡卻不停地罵自己沒用，女兒不過兩個星期不在，自己怎就這麼難過！

「唉，畢竟，」他思忖道，「等女兒回來，這一切都會回復的，至少我們可以知道那蠢傢伙是否純是一時興起。她過一段時間就會回家，不過當女兒回來時，那傢伙若繼續做他的情人大夢，我可就有難題要處理啦。」

眼前，吉布森先生逕自哼起了《乞丐歌劇》①裡的臺詞：「我在想，人活在世上，是不是該養女兒？」

譯註：

①《乞丐歌劇》（*The Beggar's Opera*），一七二八年由約翰・蓋（John Gay，1685～1732）發表，英國首部民謠歌劇，諷刺時事，至今仍深受大眾喜愛。

第六章 拜訪漢利家

茉莉小姐即將離家的消息，在下午一點午餐時間前就已傳遍吉布森家內外。卡克斯先生苦著一張臉，教吉布森先生看了打從心眼裡不舒服，他不斷用銳利的眼神不客氣地瞪視著這個鬱悶到午餐隨便吃了幾口就走，神情憂愁哀傷的年輕人。不過，這一切都沒教茉莉看見，因爲她忙著整理自己的思緒，對周遭事物根本無暇理會，她只稍稍分心一兩次：想到會有好幾天無法跟她父親同桌用餐。

午餐後父女倆一起坐在客廳等待著漢利家馬車到達，茉莉將自己心中所想告訴父親。吉布森先生聽完笑道：「我明天過去探視漢利夫人，肯定會留在漢利家用午餐。所以妳很快就可再看到妳父親大快朵頤的樣子了。」隨後他們聽見馬車聲緩緩駛近。

「哦，爸爸，」茉莉說道，一面握住父親的手，「我該走了。我眞的很不想走。」

「少說傻話了！我們別那麼多愁善感。鑰匙帶了麼，那才是正事。」

是的，她帶了鑰匙及皮包，馬車夫也已將她的小箱子放在座位上。她父親攙扶她坐進馬車，門關上了，她孤獨而雍容地坐著馬車離去，臨去前轉過頭舉起手給父親送了個飛吻。雖說吉布森先生不願多愁善感，還是站在門口目送著女兒，直到馬車消失視線中。然後他轉身走進診察室，一進去便發現卡克斯先生也正舉目遠眺，且待在窗戶旁捨不得走，著了魔似的緊盯著方才小姐走過而現已空蕩蕩的路面直瞧。吉布森先生拿一兩天前發生的小過失狠罵一頓卡克斯先生，才將他從白日夢中嚇醒。那天晚上吉布森先生堅持走過一個可憐小女孩的床旁，這女孩的父母連著好幾天辛苦工作，晚上又焦慮得無法成眠，已經累垮了。

茉莉掉了幾滴眼淚，不過一想到父親不喜歡看到她這樣，也就趕緊止住淚水。她坐在豪華馬車裡，一路暢快前行，途中經過犬薔薇及忍冬構成的亮綠小徑，還有開滿早熟花朵的繁茂樹籬，有一兩次她都忍不住想請車夫停下來，好讓她摘下花朵紮成花束哩！茉莉開始覺得惋惜，這趟旅程才短短七英里而已。此行唯一美中不足的是，她訂製的紗裙並非正統的蘇格蘭格子圖案，更不知道羅絲小姐會否準時交差。最後，他們來到一個小村莊，屋舍散布道路兩旁，草地上矗立著一座古老的教堂，附近有間小酒館；那兒有一棵大樹，樹身有板凳環繞著，就界於教堂門口和小酒館之間，大樹的枝幹朝教堂門口傾斜著。茉莉從沒坐過這麼久的馬車，不過，她篤定這是漢利小村，漢利家就快到了。

幾分鐘之後，馬車輕快地駛進莊園大門，沿著平整廣袤的牧草地前行，草場上的牧草已然成熟可收割了，這不是貴族氣息洋溢的莊園，而是有著古老紅磚牆的院落，公路距此不到三百碼。漢利家並沒有隨車腳夫，不過一位謙恭有禮的僕從，早於馬車停妥前便站在門口準備迎接到訪賓客，隨即引領茉莉進入漢利夫人等待著的客廳。

漢利夫人從沙發上起身，給予茉莉誠摯的歡迎。她說完歡迎詞後仍將茉莉的手握在自己手中，仔細瞧看著茉莉的臉，似在研究那張臉一般，毫無察覺自己的舉動讓對方白皙雙頰已然泛紅。

「我想我們會成為好朋友的，」漢利夫人終於開口，「我喜歡妳的臉，而且我總是跟著第一印象走。親我一下，親愛的。」

在這種「宣誓永恆友誼」的過程中，採取主動要比被動容易得多，茉莉非常樂意親吻一下湊到她眼前來的這張既美麗又蒼白的臉。

「我原本打算親自去接妳的，可是天氣太熱實在難以出門，我想就不要勉強自己了。妳這一路上還好嗎？」

「我很好。」茱莉羞怯中簡潔地答道。

「我現在就帶妳到妳的房間去吧！我讓妳住得離我近些。我想妳也比較喜歡這樣，不過這個房間比另一個房間小些。」

她虛弱地站起來，給自己纖弱身軀圍了條披肩後，帶著茱莉上樓。茱莉的臥房與漢利夫人的專用起居室之間僅隔著一扇門，而起居室另一邊就是漢利夫人專用的房間。她讓茱莉瞧瞧她們這樣要溝通有多方便，然後告訴客人說自己會在起居室裡候著，隨即關上門。

茱莉遂得以留在自己房間裡，好整以暇地認識一下環境。

首先，她走到窗戶旁邊，看看窗外有些什麼。正下方有座花園，花園後面則是一大片熟成的牧草，微風一吹，地上綿延起伏的草浪頓時呈現出不同深淺的顏色變化。高大老樹群聳立一旁，至於大樹群後面得靠到窗臺邊上、或把窗戶打開讓頭伸出去才能看到，可望及約四分之一英里遠處有座波光粼粼的小湖。大樹和小湖對面的風景，受古老牆垣和四處疏落的農舍屋頂尖塔所阻，視野不甚寬廣。這初夏時分沁人心脾的恬靜，迴盪著鳥鳴加上近處蜜蜂的低吟，這樣的聲音聽在耳裡，只覺得四周越發靜謐出奇，遠方綠蔭中幽暗朦朧的事物更顯清晰。

渾然忘我的茱莉，因隔壁房間傳出的聲音而回過神來——某個僕人或不知名的誰正在跟漢利夫人說話。茱莉趕忙打開她的箱子，把為數不多的衣服放進美麗的舊式五斗櫃裡，這是給她兼作書桌用的。房間裡所見家具都是舊式的，卻保養得相當好。用來當窗簾的印花棉布是上個世紀留下來的印度軟綿布，顏色幾乎都褪掉了，但仍非常潔淨。床邊的地毯剝落了一小片，顯露出來的木質地板卻是質地極佳的樺木，地板連接得十分緊密，一塊接一塊格外紮實細緻，灰塵都找不到縫隙當落腳處。整個房間裡看不見半件時下的奢華產物，沒有寫字桌，沒有沙發，也沒有穿衣鏡。牆邊角落裡有個托架，上頭放著一只裝滿百花香①的印度廣口瓶，這只花瓶及窗外爬藤植物散放出勝於任何衛浴芳香劑的宜人香氣。茱莉將她的白色禮服（去年的款式和尺寸）擱放在床上，備妥晚餐時更換的衣裝（對她而言是新的），梳整一下頭髮，拉整身上衣服，帶上常做的手工活兒。

她輕輕地打開門，看見漢利夫人躺在沙發上。

「我們留在這兒就好了吧，親愛的，我想這兒比樓下來得舒服。再說待會晚餐前要換裝時，我就不用再上樓一趟了。」

「好啊！」茱莉回答。

「啊！妳帶了妳的手工活兒來做，眞是個好女孩！」漢利夫人說：「現在我不太做女紅了。大部分時間我都一個人度日，妳看，我兩個兒子都在劍橋，漢利先生一天到晚在外邊工作，所以我都快忘了怎麼做針黹了。我現在大多看書消遣，妳喜歡看書嗎？」

「得看是什麼書，」茱莉說：「我恐怕不太喜歡『一成不變的閱讀』，就像我爸爸說的。」

「不過妳喜歡讀詩吧！」漢利夫人幾乎不待茱莉說完就插嘴道，「我確定妳喜歡的，從妳的臉就可以看出來。妳讀過這首赫曼夫人的最後力作麼，我念給妳聽好不好？」

於是漢利夫人開始念詩。茱莉並不十分專心在聽，反而利用機會環視四周。這房間的家具和她房內有著相同特色，形式老舊，可材質極佳、一塵不染，家具的年代及其異國造型襯托出這空間既舒適又美好。牆上掛著幾幅鉛筆素描，都是人物肖像，茉莉覺得其中一幅清晰可辨，畫的是年輕時美麗的漢利夫人。這時茉莉漸覺得漢利夫人念的詩有趣，便放下手上的針線活兒專心聆聽起來，那認真姿態直教漢利夫人愛到心坎裡。

詩念完，漢利夫人回應茉莉的恭維時說：「啊！我想改天非得念奧斯朋寫的詩給妳聽聽不可。不過，記得要保守祕密喲，我當眞覺得奧斯朋寫的詩幾乎和赫曼夫人一般好。」

在那個年代對年輕女孩說幾乎和赫曼夫人一般好，就等於今天說幾乎和丁尼生②一般好的意思。茉莉一聽，興致勃勃地抬起頭道：「是奧斯朋．漢利先生嗎？您的兒子在寫詩？」

「是啊，我當眞覺得我可以稱他作詩人。他是個很聰明機靈的年輕人，冀盼在三一學院取得研究員資格。他說他確定能在劍橋大學列名爲數學一等考試及格者，還說想獲得校長獎。那是他的畫像——就是掛在妳後面牆上的那一幅。」

茉莉轉過身，看到一張鉛筆畫肖像，是兩個小男孩，穿著最青春活力型的夾克、長褲及外翻衣領；較大的那個坐著，心無旁騖地看著書，較小的那個站在哥哥旁邊，顯然試圖要引他的注意力離開書本，望出室內窗戶去瞧屋外的東西。茉莉仔細一看，辨識出畫上隱隱浮現的家具擺設，可不正是她們現在置身其中的客廳。

「我喜歡他們的模樣！」茉莉說：「我猜這是很久以前畫的，所以現在我可以像談論另外兩個人似的，談談他們的長相嗎？」

「當然可以，」漢利夫人明白茉莉的意思，道：「親愛的，告訴我，妳覺得他們如何，我想，若把妳對他們的看法和實際上的他們比較一下，絕對很有趣。」

「啊！我並無意猜想他們的個性。我沒辦法猜的，再說，光憑畫像去猜他們的個性，未免太魯莽失禮了。」

「哦！那就不妨告訴我，妳覺得他們怎麼樣。」

「較大那個在看書的男孩——長得很好看。不過我無法完全看清楚他的臉，因爲他低著頭，也看不到他的眼睛。他就是寫詩的奧斯朋・漢利先生吧？」

「對呢。他現在沒這麼好看了，但以前眞是個漂亮的小男孩。羅傑小時候完全比不上他。」

「唔，弟弟模樣是沒那麼好看，可是我喜歡他的臉。我看得到他的雙眼認眞專注，其餘部分看起來充滿了愉悅。他神情堅定又清明，這麼好的一張臉，不會去引誘哥哥別上課的。」

「哦，不是在上課呢！我記得，那位畫肖像的畫家格林先生有一次看見奧斯朋正在讀詩，羅傑在旁試圖說服他哥哥到外頭乘坐載乾草的車子——那就是畫這張畫的『動機』，說得藝術點的話。羅傑不太愛看書，起碼不怎麼愛讀詩，也不喜歡看愛情故事或感性文章，唯獨熱愛著大自然。所以啦！他就像漢利先生，一天到晚都待戶外。若留在屋裡，他也老是閱讀讓他感興趣的科學書籍。雖說如此，他到底是個心地善良、意志堅定的人，總能帶給我們許多歡樂，只不過，他是不可能像奧斯朋那樣成功的。」

茉莉想要從肖像畫中窺出這兩兄弟的個性，因爲男孩們的母親此刻正詳細解說，回答著有關牆上所掛不同畫像的一個個問題。時光就在她們言談中流逝，提醒大家換裝好趕在六點用晚餐的鐘聲，不知不覺中響起。

漢利夫人指派了女僕來幫茉莉，不過這名女僕的幫忙倒教茉莉沮喪起來。「我怕他們都以爲我很時髦……」她不斷這樣想，「果眞如此的話，他們怕要大失所望了。就這樣了，要是我的絲質格子禮服早點完成就好了。」

她略帶焦慮地看看窗玻璃中的自己，這還是她有生以來頭一回這樣。她看見一道纖細苗條的身形，還算高，臉色比奶油更紅些，這情況也許會持續個一兩年；濃密的黑色捲髮，用一條玫瑰色緞帶紮在腦後；一雙柔和灰色杏眼遮蔽在長又捲的黑色睫毛下。

「我想我不漂亮，」茉莉想著，轉身離開窗邊，「可是，我又不確定。」如果她看到的不是緬著臉神情嚴肅的自己，而是甜甜笑著，展露明眸皓齒、迷人酒窩的自己，就能夠肯定了。

茉莉挑在最佳時間走進樓下的大客廳，足可審視一下自己的狀況，在新位置上學習如何輕鬆面對新環境。這間客廳約有四十呎長，裝飾著年代有些久遠的黃絲緞窗簾，高腳椅和折疊式桌子數量不少。地毯的年代應該和窗簾同期，好幾個地方都有脫線狀況，其他家具則用粗毛毯覆蓋住。植物與花朵的大盆栽、古老的印度瓷器和小櫥櫃，爲這個屋子帶來令人愉悅的感覺。附帶一提，客廳當中有面牆開了五扇高高的長窗，一致面向美麗花園的一角（有人認爲是這塊土地之最）；而色彩鮮亮、呈幾何圖型的花床，都朝花園中央的日晷匯集。

漢利先生突然走進來，身上穿著晨禮服，他站在門口，貌似頗訝異見到有個穿著白袍的陌生人站在他家壁爐前。然後，在茉莉尚未因尷尬而臉頰發燙之際，他忽然回過神，開口道：「啊，上帝保佑，我差點忘了。妳是吉布森小姐，吉布森醫生的女兒，對嗎？來我們家作客的，是吧？我非常、非常高興見到妳，親愛的。」

此時他們已走到客廳中央，漢利先生熱烈地跟茉莉握手，想彌補剛進門時沒有立刻認出她。

「我得去換衣服，」他說道，看了一眼他髒髒的長統橡膠靴。「夫人喜歡大家在晚餐時穿著正式服裝。這是她的倫敦風格之一，我只能投降。不過，這樣挺好，和女士們在一起就要融入其中嘛！吉布森小姐，妳父親晚餐時有沒有換上正式服裝啊？」他問完問題，不待茉莉回答，就逕自快步走去換裝了。

他們在偌大房間內一張小餐桌上享用晚餐，裡頭幾乎沒什麼家具，加上空間極大，讓茉莉不由懷念起自己家中餐室的小巧溫馨。啊，還有呢——怕是漢利宅邸這頓莊嚴肅穆的晚餐還沒吃完，她就更懷念起他們家擠在小小餐室裡的情景：大家囫圇吞嚥食物，非常不拘小節，總想盡快解決民生問題，迅速回去做完手邊工作。她回想著，下午六點時一天的工作完結，若有人要繼續工作也未嘗不可；她總目測著餐桌邊緣到餐具架之間的距離，隨時準備好要調整位置以便讓拿著東西來去的人可以通行。相同的是，這頓晚餐也讓她覺得好疲憊，晚餐時間很長，因爲漢利先生樂在其中，而漢利夫人似乎有點累了。夫人吃得甚至比茉莉還少，還喚人送來扇子和醒藥瓶，讓自己舒服些。

終於到了撤走餐桌桌巾上甜點的時刻，甜點擺放在拭得光亮如鏡的桃花心木餐桌上。漢利先生到目前爲止，除了餐桌上的直接需要外，都忙得沒時間說話。在他千篇一律單調的日常生活中只有一兩次的休息，他就喜歡這樣一成不變的規律，但對他妻子來說卻沉悶得窒息。不管怎樣，此時的他正剝著橘子，轉向茉莉說話：「明天，妳得替我做這事嘍，吉布森小姐。」

「哦？如果您樂意讓我代勞，我今天就可以做的。」

「不，今天我以待客之道對妳，得合乎禮儀。明天我就要派工作給妳了，而且要直接叫妳的名字。」

「好的，我喜歡這樣。」茉莉說。

「我也想不要那麼正式稱呼『吉布森小姐』，想喚妳親切點的名字呢！」漢利夫人說。

「我叫茉莉，算比較老式的名字。教名是瑪麗，可是爸爸喜歡喚我茉莉。」

「那好，遵循古老風格吧！親愛的。」

「哦，我得說，我個人覺得瑪麗比茉莉好聽，而且也是個古老的名字。」漢利夫人說。

「說得也是。」茉莉小聲應著，垂下雙眼，「但因為媽媽叫瑪麗，她還在世的時候，大家都叫我茉莉。」

「啊，眞可憐！」漢利先生接道，完全沒注意到妻子作勢要他改變話題，「我記得她過世時，大家都非常難過。沒人想到她身體有恙，她氣色那麼好，哪知突然間，眞可說是突然間——她竟過世了。」

「這對妳父親來說無疑是嚴重的打擊。」看到茉莉不知該怎麼接話，漢利夫人開口道。

「是，是啊！事情發生得好突然，就在他們結婚後不久。」

「我想差不多四年左右。」茉莉說。

「四年很短呀——對於要相守一生的夫妻來說，四年不過是曇花一現。每個人都認為吉布森會再婚的咧。」

「噓——」漢利夫人瞥見茉莉聽進後神色有異，知道她不曾聽過這樣的話，急忙出聲。不過要讓漢利先生閉嘴並不容易。

「哦，我也許是那壺不開提那壺，可這是眞的啊！他們都這樣想。他不太可能現在就結婚，說說也沒關係呀。再說，妳父親也年過四十了，是吧？」

「爸爸四十三歲。我不相信他想再婚。」茉莉說道，但那個念頭好比人歷險歸來之後，不時浮現腦海的險境一般。

「是啊！我也不相信他會，親愛的。我覺得他看起來就是會一直懷念著妻子的男人。妳千萬別聽漢利先生在那兒胡說。」

「啊！如果妳要教吉布森小姐『跟這個家的主人唱反調』這種叛國罪，那妳最好快快走開去。」

茉莉隨著漢利夫人到大客廳，不過思緒並沒因換了個地方就跟著改變。她仍忍不住想著她試圖躲開的那個險境，對於自己竟然笨到從未想見父親再婚的可能甚感訝異。她覺得自己沒有好好回應漢利夫人方才說的話，稍嫌失禮。

「爸爸在那裡，和漢利先生一起！」茉莉忽然高聲叫道。口中的兩人正從馬廄場穿越花園行來，她父親用馬鞭拍打著皮靴，想把靴子弄乾淨點再走進漢利夫人的客廳。他看起來和平常沒什麼兩樣，就像在家時。看到活生生出現面前的父親，即是趕走害怕他再婚的夢魘最有效的利器——這個夢魘已開始攪擾他女兒的心靈了。吉布森先生不來看看女兒在新環境的情形就無法放心，然而此舉也讓女兒感到窩心，儘管他沒跟女兒說什麼話，有的也都只是玩笑話。吉布森先生走後，漢利先生教茉莉玩起克里比奇紙牌③，而茉莉現在開心了，可以全神貫注應付漢利先生。他們打牌時，漢利先生不時和茉莉閒聊，有時聊手中正在玩的牌，有時則聊些漢利先生覺得茉莉會感興趣的瑣碎雜事。

「所以，妳不認識我兩個兒子，連見都沒見過。我還以爲你們認識呢！他們兄弟倆挺喜歡騎馬到何陵福特去的。我知道羅傑常去跟妳父親借書，他對科學十分有興趣。奧斯朋更是聰明有加，像他媽媽，如果他將來有書出版，我也不覺得驚訝。咦，吉布森小姐，妳這裡算錯啦！妳這樣我很好作弊哦！」他們就這樣邊玩牌邊聊天，直到管家帶進來一本嚴肅的書，把大大的祈禱書放在主人面前，漢利先生才像做壞事被抓到似的，匆匆把紙牌收起。男女僕從們隨即魚貫而入，大夥兒一起禱告。窗戶依舊敞開著，秧雞寂寥的啼聲、貓頭鷹在樹梢的叫聲，伴奏著人們口中的祈禱。然後，大家各自上床睡覺，這一天也就告結束了。

茉莉從房間窗戶向外張望，斜倚著窗臺，用力嗅著夜間忍冬的香氣。雖然她清楚周遭景物的位置，猶如親眼所見，然而夜色卻像一張柔軟的天鵝絨，將遠近一切籠罩在黑暗中。

「我想，我在這裡會很快樂的。」茉莉終於轉過身要鋪床就寢時，心裡如此想道。孰料過沒多久，漢利先生所說有關她父親再婚的話，再度襲上心頭，把她剛剛寧靜的好心情破壞殆盡。「爸爸會跟誰結婚呢？」她自問道。「艾小姐嗎？布朗寧家的大小姐？還是二小姐？固德芬小姐嗎？」她一個接一個地想，卻又理由充分地一個接一個刷掉。這個沒有答案的問題盤踞著她的心，最後連在她的夢裡都出來打游擊。

漢利夫人沒下樓吃早餐，茉莉有些失望，早餐就跟漢利先生兩人一起吃。她在漢利家過的第一個早晨，漢利先生將眼前兩份報紙拿開：一份是歷史悠久的《托利日報》，報導當地和全郡的消息，是他最愛看的報紙；另一份則是《晨間紀事報》，漢利先生稱之爲「必飲的苦酒滿杯」，每次都措辭強烈地邊看邊罵。今天，無論如何，他得「展現風度」，這是他後來跟茉莉說的。於是他興致勃勃地尋找話題，從他妻子、兒子、房屋田產、耕種模式，直談到他的佃農和上次運作不良的全郡選舉。茉莉最有興趣聊的是她父親、艾小姐，還有她的花園和小馬；其次則是布朗寧家小姐們，肯莫家的慈善學校，以及羅絲小姐快要幫她做好的新衣。在此過程，那道大問題：「人們想，誰會是爸爸結婚的對象？」不停跳到茉莉嘴邊，像煩人魔術箱裡頭的小丑老要跳出來一樣。然而，截至目前，茉莉一發現那個小丑打算迸出齒間，就會死命壓住箱蓋不讓它出現。

早餐吃下來，彼此都以禮相待，賓主盡歡。餐後，漢利先生退入書房去看他還沒看的報紙。他們慣稱漢利先生擺放外套、馬靴、長筒橡膠鞋及其各式手杖、最鍾愛小鋤頭、槍與釣竿的地方為「書房」，那裡頭有張書桌和一把三腳扶手椅，偏偏沒看到書。他們家大部分書籍都放在一個有霉臭味的大房間裡，是家中罕少造訪之處；正因為少人來，女僕常常忘了打開窗戶，那邊窗戶下方是一大片繁茂蔓生的矮樹叢。事實上，上一代那位被牛津大學給當掉的漢利先生當家時，僕人房有項傳統，即是拿木條把他們家這個大房間裡的窗戶封起來，免得多繳窗戶稅④。年輕少主們若是在家，女僕會自動自發去打開大圖書室的窗戶，每天升起爐火，並撢撢精美裝訂書冊上的灰塵，而就上個世紀中葉的標準而言，圖書室裡的藏書算是頗豐富了。所有的書從買來開始就裝在小書架裡，擺放於大圖書室每兩扇窗戶中間，以及樓上漢利夫人專用的起居室內。這些放在大圖書室裡的書就夠茉莉閱讀了。其實，早餐後約一個鐘頭，茉莉正聚精會神在圖書室裡讀著司各特爵士⑤著名的小說之一《蘭博摩爾的新娘》時，漢利先生突如其來從窗外的砂地上喊她，問她要不要走出戶外，和他一同到花園裡、耕地間逛逛。這一叫簡直把茉莉的魂魄給嚇飛了。

「孩子，一早就窩在這兒，除了書本之外沒其他東西可看，肯定把妳悶壞了。可是，妳知道的，漢利夫人喜歡一個人度過寧靜的早晨。她這樣告訴妳父親，我也是。儘管如此，我還是覺得對妳很不好意思。」

茉莉當時正讀小說讀到一半，很想留在屋子裡把它讀完。雖說這樣，她還是難辭漢利先生的善意，於是他們一起走進老式暖房又走出來，穿過修剪整齊的草坪，接著來到四周高牆圍繞的自家果菜園。漢利先生掏出鑰匙開門進去，晃了一圈，指點園丁們做這做那，茉莉則像忠犬般跟在後邊，整副心思全繞在「瑞文伍德」和「露西・亞斯頓」上面。這會兒，主屋附近每個地方都看過、處理過了，漢利先生甫抽得出時間注意身旁的友伴。他們已經來到隔開花園和耕田的小樹林，茉莉也把十七世紀的故事甩到腦後，然後不知怎地，那個老糾纏著茉莉的問題又來了。在茉莉意識到之前，竟就脫口而出：「人們想爸爸會跟誰結婚？那時候——很久以前——媽媽過世不久後？」

她聲音輕柔緩慢地滑落在最後一句話上。漢利先生轉過頭注視她的臉，不知緣何，她的臉陰鬱蒼白，但堅定的眼神似在索求著答案。

「咻——」漢利先生長吁一聲，藉此拖延時間。他也沒有確切消息可透露，畢竟從沒人有半分理由把吉布森先生的名字和任何一位大家認識的女士連在一起，那純不過是大家猜來猜去的空泛推測罷了：一位帶著個小女孩的年輕寡婦。

「我倒沒聽過哪位女士的名字。妳父親的名字從未和任何人連在一起過，這只是人們自然的猜測，猜他會再婚。在我看來是有這個可能，而且我不認爲有何不好。他上次一個人在這兒的時候，我也這樣告訴他。」

「那他怎麼說？」茉莉屏住氣息追問道。

「哦，他只是笑笑，什麼也沒說。妳別把這些話看得太重，孩子。他可能完全不想再婚，再說了，如果他再婚的話，這也是對他、對妳都好的事啊！」

茉莉口中喃喃說些什麼，像說給自己聽的，不過漢利先生要是留心聽也聽得到。於是，他睿智地選擇改變話題。

「妳看！」漢利先生開口，不知不覺間他們已經來到一個小湖，或說大水塘。波平如鏡的湖心有座小小島，島上長著高大的樹木，中心地帶可見黝黑冷杉，水邊則環繞著銀光搖曳的垂柳。「我們哪天準得用小船載妳登上去看看。我不太喜歡挑這個時節駕船，因爲幼鳥此時都還留在蘆葦叢中或水生植物叢裡的鳥窩。不過，我們會找時間去的。那兒有黑鴨和鷿鷉呢！」

「啊！瞧！有天鵝！」

「是啊！這兒有兩對天鵝。附近樹上有白嘴鴨巢和蒼鷺窩。這時候應該有蒼鷺出現才是，因爲牠們八月要飛向海去，可是我到現在連一隻都還沒瞧見。別動！那兒不就有一隻麼，石頭後面那個傢伙，彎著長長脖子盯看水中世界的？」

「對啊！我想也是。我不曾看過眞的蒼鷺，只看過圖片。」

「牠們跟白嘴鴨是死對頭，想必白嘴鴨不會距此太近築巢。如果蒼鷺窩裡無『鳥』在家，白嘴鴨就會過來拆房子！有一次羅傑叫我看一隻遠遠落後在隊伍後面的蒼鷺，一大群白嘴鴨追著牠飛，我想牠們一定沒安什麼好心眼。羅傑對自然博物史很有心得，常會發現一些妙東西。要是他在這兒，光我們走的這段路，他就會穿梭其中好幾十趟啦！他的眼睛總是不停在搜尋，我才看到一件事情，他會看到二十件。哈！有時候我看到他突然衝進小灌木叢裡，因爲他看到十五碼遠處有罕見植物，我覺得，森林中到處都充滿他活力四射的身影，對大自然的熱情——就拿這個來說好了，」漢利先生用手杖指著編結在葉片上薄薄一層精緻的小蜘蛛網，「他呀，就會告訴妳，這是哪一種昆蟲或是哪一種蜘蛛所結的網，牠住在腐爛的樅樹裡，還是狀況好的木材縫隙，住在地底下、還是高空中，或是在什麼不知名的哪裡。眞可惜，劍橋怎就沒有自然博物史的學位！如果有的話，羅傑肯定輕鬆過關。」

「奧斯朋・漢利先生很優秀，是嗎？」茉莉有些膽怯地問道。

「哦，是啊！奧斯朋是天才型的。他母親對他有高度期望，我自己也挺以他爲榮。不失公平的話，他會取得三一學院的院士資格。我昨天跟郡長見面才說：『我兒子將揚名劍橋，你們等著看好了。』嘿，當眞是世事難料呀！」漢利先生說道，一張誠實無僞的臉面對著茉莉，彷彿要啓示給她新的哲理，「我，漢利地方的漢利，家族歷史悠久，遠自無人知曉的時代——有人說是自七國時代起。欸，『七國時代』是什麼時候啊？」

「我不知道。」茉莉應道，被突如其來的問題給嚇了一跳。

「啊！那是比阿弗烈大帝更久遠的年代，而阿弗烈大帝是統治全英國的國王，妳該知道吧！不過就如我所說，站在這裡的我，承襲了這古老家族，生活健康正常和所有人一樣，雖不知當素未謀面的陌生人看著我這個紅臉、大手大腳、身材高大，體重九十六公斤，就算年輕時也總有八十公斤左右的人，會不會當我是個出身古老家族的紳士。再看看奧斯朋，長得像他母親，她的家族淵源只能追溯到曾祖父，再上一代是誰，她家沒有人知道，唉！奧斯朋有張女人般細緻的臉，身材纖細，手腳都像女人家一樣小巧。他像他母親那邊，如我所言，連祖先是誰都說不出來的人。而羅傑，他可就像我了，道地的漢利家人。在街上，人們看到這個紅棕色皮膚、大骨架而有些笨拙的大男孩，何嘗會想到他身上流著超級古老家族的血呢！啊，就連你們在何陵福特費心周旋的肯莫家族也不過是昨天才出現的淤泥。我前幾天才跟漢利夫人談到奧斯朋與何陵福特爵士千金結親的事——我的意思是，如果他有女兒的話——湊巧得很，他只有兒子。哈，若真有女兒，我也不見得會同意這門婚事。我說真的哦。畢竟妳看，奧斯朋即將完成第一流教育，而且家族史可追溯到七國時代，至於肯莫家族，我倒很樂於知道，當安妮女王⑥執政時他們在哪？」漢利先生繼續往前走，並努力思考著他該不該同意這門不可能婚事的問題。過了半晌，茉莉幾乎遺忘剛才提及的話題，他卻突然冒出一句：「不行！我還是得把眼光放遠些。所以啦，我們何陵福特爵士只生兒子也許較好。」

再過了一會兒，漢利先生以老式儀態向茉莉行禮致意，感謝她一路同行，猶不忘告訴她這時漢利夫人應已起床更衣完畢，滿心期盼著茉莉的陪伴。漢利先生用手指了指樹影間清晰可見的深紫色石牆宅院，目送茉莉踩著田間小路回去。

「真是吉布森家好女孩，」他自言自語道，「只是提起吉布森再婚的事還真讓小姑娘耿耿於懷呢！在她面前說話得小心點才行，她壓根沒想過有繼母這回事。說也是哪，對女孩家而言，多了個繼母，哪能跟男人討了第二個老婆的感覺相比啊！」

譯註：

①百花香（pot pourri），把乾燥花草放在一起使之發出悅人香氣，類似芳香劑的作用。

②丁尼生（Alfred Tennyson，1809~1892），英國著名詩人。

③克里比奇（cribbage）紙牌遊戲，玩時把許多小木釘放進紙板上不同的小孔中以計算得分。

④「窗户税」（window tax），將窗户數量計入財產税加以申報，十八到十九世紀間於蘇格蘭、英格蘭和法國等地實施。有些人為了避税，乾脆將窗户以磚塊或木條封起來。

⑤司各特爵士（Sir Water Scott，1771～1832），蘇格蘭小説家、詩人。後文中出現的瑞文伍德（Ravenwood）是其小説《蘭博摩爾的新娘》的地名，而露西・亞斯頓（Lucy Ashton）為書中女主角。

⑥安妮女王為詹姆斯二世次女，西元一七〇二年至一七一四年間統治英國。正是其在位期間，英格蘭和蘇格蘭兩個王國合併為大不列顛王國。

第七章

山雨欲來

倘漢利先生無法告訴茉莉誰是吉布森先生第二任妻子的人選，命運早就悄悄安排了個相當肯定的答案要來滿足茉莉澆不熄的好奇心了。偏偏命運女神總存心捉弄人，無聲無息地建構她的計畫，就像鳥兒築巢一樣，用細瑣小事達到聚沙成塔功效。第一件「小事」就是珍妮（吉布森先生的廚子）選擇在波莎遭主人辭退後所製造的困擾。珍妮是波莎的遠房親戚也是死黨，她替波莎發聲抗議，說波莎是被引誘的犧牲者，眞正該「捲鋪蓋走路」的是引誘人的卡克斯先生才對。這款說法甚是有理，弄得吉布森先生都自覺得有些失允。話雖如此，他畢竟也幫波莎找了份待遇不輸他家的差事呀！然而，珍妮仍選擇繼續跟吉布森先生唱反調。吉布森先生從往昔經驗早知珍妮只是一張嘴巴不饒人，不會付諸行動，可他還是討厭隨時可能在家撞見令人渾身不快的臭臉女人，那副態度彷彿訴告她無限委屈而臭臉有理似的。

就在此波未平的當兒另一波又起了，看似小事，實則震撼得很。茉莉不在家這段期間，艾小姐帶著老母親以及她無父無母的姪兒、姪女到海邊去，原本打算小住個兩星期。豈料在第十天左右，吉布森先生接獲一封字跡端莊、措辭優雅，摺疊精巧，封緘得美麗無比的艾小姐來信。信上說大姪兒染上了猩紅熱，其他幾位姪子也可能染上相同病症。可憐的艾小姐除了負擔額外開銷，猶得擔心因這場病之故，無法如期返回吉布森家，內心非常煎熬。不過她信上並未寫到任何不便，僅爲自己無法如期返回工作崗位深表歉意，信末還委婉提及因茉莉未感染過猩紅熱，就算艾小姐可離開姪子們自行返歸吉布森家，但爲了茉莉的健康著想，吉布森先生似應另請他人替任較妥。

「還當眞呢！」吉布森先生說完，一把將信撕成兩半，丟進火爐裡，看著它瞬間燒成灰燼。「眞希望我住在有五座池塘的房子裡，方圓十英里之內沒半個女人，這樣或許可有安寧日子過。」

顯然他是忘了卡克斯先生製造麻煩的功力。不過說眞的，若要追本溯源，引起麻煩的源頭應當是什麼事都不知道的茉莉。

一臉無辜受害者表情的廚子大嘆著氣，進來收拾吃過的早餐，引得吉布森先生化思想爲行動。

「茉莉得在漢利家多待幾天才行，」他下定決心，「他們常說要她過去住，這下子只怕她要住到他們生厭了。總之，現在還不能讓她回家來……我想最好的安排就是讓她繼續留在那兒了。漢利夫人似乎很喜歡她，而那孩子看起來挺快樂的，身體也好多了。今天無論如何我都得往漢利家一趟，先摸清狀況再採取行動。」

一抵漢利家，他看到漢利夫人躺臥沙發，沙發就擺在草坪上一棵巨大杉樹的樹蔭下。茉莉在她身旁奔來跑去，忙著依夫人指示弄園藝，一下子把連接著粉嫩康乃馨花苞的水綠色長莖紮成束，一下子又動刀剪去枯萎的玫瑰花。

「哦！爸爸來了！」茉莉高興地嚷道。吉布森先生正騎著馬從主屋前凹凸不平的寬闊地面走向一道白色圍籬，那道圍籬將修剪整齊的草坪與美麗精緻的花園隔開來。

「請進——到這裡來——從客廳的窗戶過來，」漢利夫人用手肘撐起身子，「我們有株玫瑰要請你瞧瞧，是茉莉親手栽種的。我們兩人都引以爲傲呢！」

吉布森先生先把馬騎進馬廄，自己再穿過房子，來到大杉樹下這座露天涼亭，那兒擺著桌椅、書本和纏繞在一起的線捲。不知怎地，他頗不想提起要茱莉多待些時日的事，於是決定先將苦水往肚裡吞，好好享受享受這美好一日，品味靜謐的安詳及空氣中的清香。茱莉站近他身旁，把手搭在他肩上。他挑漢利夫人的正對面坐下。過了一會兒，他開了口。

「我今天來是想請您幫個忙。」

「什麼忙我都幫。我眞夠大膽，對吧？」

他微笑欠了欠身，接著說：「呃，艾小姐，也就是茱莉的家庭教師——她做這個工作好幾年了——今天突然寫信來說，茱莉不在家的這幾天，她攜姪子們到紐波特，有個姪兒染上了猩紅熱。」

「我早猜到你要我幫什麼忙了。我想比你先開口，請你答應讓親愛的小茱莉繼續留在這兒。艾小姐想必無法回去服務，茱莉當然得繼續留在這兒！」

「謝謝您，非常謝謝您。那正是我的請求。」

茱莉把手滑向吉布森先生掌心，緊緊握著。「爸爸！漢利夫人！我知道您們二位都會諒解我的——我不能回家去嗎？我在這兒當然快樂，可是，哦，爸爸！我想能跟您一塊回家是最好的。」

吉布森先生聽女兒這樣說，心裡閃現一絲疑雲，拉過女兒仔細審視她天眞毫不矯飾的臉。茱莉爲父親不尋常的審查目光而臉頰泛紅，不過眼神仍是一派無辜，毫無吉布森先生害怕發現的蛛絲馬跡。他一度懷疑那位紅髮小伙子卡克斯先生是否在茱莉心中引起什麼反應，但現在可以放心了。

「茱莉，我先指出妳的無禮。妳說這種話，我不知道妳要怎麼修復跟漢利夫人間的關係。再來，妳認爲妳比我有智慧麼，如果家裡一切舒適安泰，我會不想讓妳留在家裡？叫妳待在哪兒妳就待在哪兒，還有，須知感恩。」

茉莉太瞭解父親的個性了，因此知悉父親心意已決，她非得在漢利家多待些時日不可；這樣一想，也就意識到自己方才對漢利夫人的善意頗不知感恩。她離開父親身邊走向漢利夫人，彎下身來親吻她，漢利夫人一語不發，只拉起茉莉的手，移動一下自己身子好在沙發上騰出空位。

「我本就打算下次你來時，要跟你商量讓茉莉在我這兒多住幾天的，吉布森先生。我們處得好融洽，對麼，茉莉？既然艾小姐那可愛的姪兒——」

「我真想能痛揍他一頓。」吉布森先生說。

「可愛的姪兒讓我們有個充分理由讓茉莉在這兒留久一點，我就順理成章把茉莉留下來了。吉布森先生，你一定得常來看我們。這兒隨時有房間給你備著，你知道的。咦，你何不就從漢利家開始你一天的行程呢？這跟從何陵福特開始你的每一天是一樣的嘛！」

「謝謝您！若非看在您對小女疼愛有加的分上，我幾乎要因您最後那話教訓您幾句了。」

「哦，請說請說，我知道你心中有話時總是不吐不快。」

「漢利夫人這下子明白我說話無禮是跟誰學的了，」茉莉得意洋洋道：「這是家族遺傳哪！」

「我認爲您要我住在漢利家的提議，純屬婦人之仁——徒具善意，實則毫無意義。我的病人要找我的話，可怎麼辦呢？再從我家走上七英里路過來？他們肯定會去找別的醫生！我不到一個月就得關門大吉嘍。」

「他們不能差人送個口信過來嗎？差個人過來也花不了多少錢。」

「那您得想想那可憐的亨伯利老婆婆，一步一喘地走到我家，才有人告訴她還得再走個七英里！再瞧瞧大戶人家的情形好了，假若每次都得上這兒找我，肯莫伯爵夫人那帥氣馬車夫也會不爽快的。」

「罷了，罷了，我投降。我只是個婦人家。茉莉，『汝亦為婦人』！請為令尊吩咐廚房預備些草莓與奶油。此等卑微勞務皆屬婦人職務。草莓和奶油皆徒具善意，實則毫無意義，因為它們只會使他消化不良而已。」

「才不是這樣呢，漢利夫人！」茉莉愉快地說：「我昨天吃了——呃，一大籃的草莓。漢利先生看我忙著做事，親自跑酪農場帶了一大碗奶油過來給我。我今天還不是跟往常一樣健健康康，根本沒有消化不良的問題。」

「她真是個好女孩。」茉莉開心蹦跳著離開時，她父親如此道，語氣不似在徵求同意而像是十足的肯定。他眼神參雜著溫柔與信任，等著對方接腔。

不久，漢利夫人答腔：「她實在貼心！我真無法形容漢利先生跟我兩個人有多喜歡她。想到她短期內不會離開，我好高興呢。今早醒來我想到的第一件事就是她快要回你身邊去了，除非我能說服你讓她繼續留下陪我。而現在，她得留下來了——哦，至少讓她再住兩個月吧！」

漢利先生現在真正疼愛起茉莉了。家裡有個年輕女孩哼著不知名的小調，屋前屋後花園裡遊來盪去，看在漢利先生眼裡真有說不出來的有趣新奇。加上茉莉又這麼主動、這樣聰穎，隨時能視需要傾聽與談心。漢利夫人說她丈夫很喜歡茉莉，說得一點也沒錯。然而，不知是漢利夫人選錯時機跟丈夫提說茉莉要多住些時日，還是漢利先生的怪脾氣剛巧發作（雖說在妻子面前他總是盡量克制自己），這消息還真考驗他的仁慈指數！

「多住些時日！是吉布森要求的嗎？」

「是呢！我也想不出更好法子了。艾小姐走了不回來，像茱莉那樣一個沒有母親的年輕女孩要負責操持家務，加上兩個年輕男人同住一個屋簷下，太尷尬了。」

「那是吉布森的觀點。他在收學生——或稱學徒，不管叫什麼啦——之前早該考慮到這情形。」

「我親愛的漢利先生！怎麼，我還以爲你會跟我一樣歡喜，高興茱莉可以留下來。我邀請她無限期久留，至少再留兩個月。」

「這樣她就會和奧斯朋一起住在這屋裡了！還有羅傑，到時也會在家。」

漢利夫人瞧見丈夫眼中的陰霾，知曉他的心意。「哦，茱莉這型的女孩不是他們年輕人會中意的。我們喜歡她是因爲瞧見了她的眞實性格，但二十出頭的小伙子啊，中意的是年輕小姐身上的附屬品。」

「中意什麼？」漢利先生粗聲粗氣道。

「比方像時髦衣裝、跟得上時代的談吐舉止之類的。處在這年齡，他們也許覺得茱莉甚至還說不上好看呢！外表姿色，在他們看來也是很重要的條件。」

「也許妳說得對，可我還是不懂。我只知道把一個二十一歲、一個二十三歲的青年和一個十七歲女孩，三個人關在這樣一棟鄉間屋舍裡，是件危險之事——哪管她穿什麼衣服、頭髮什麼顏色、眼睛什麼顏色。而且我鄭重告訴妳，我不要奧斯朋，或他們兩兄弟當中任何一人愛上她。眞教我煩死了。」

漢利夫人垮下臉，面色變得蒼白。

「茱莉待在這裡時，我們該給他們兩兄弟找其他地方住嗎？叫他們留在劍橋，去跟別人學點東西，還是出國待一兩個月？」她說。

「不行，妳一直盼著他們回家的。妳在日曆上做的記號，我都看到了。我盡快去找吉布森談，告訴他得把他女兒接走，因爲這樣會對我們造成不便——」

「親愛的羅傑！我求求你別這麼做。這樣太不近人情了，也會讓我昨天的承諾全變成謊言。請你千萬別這麼做，看在我的面子上，不要去找吉布森先生！」

「好了，好了，別把自己弄得緊張兮兮，」漢利先生擔憂漢利夫人情緒失控，「奧斯朋回來時我再跟他說幾句，讓他明白我多不喜歡那樣的事發生。」

「至於羅傑，他滿腦子都是自然博物史和比較解剖學那類雜七雜八的玩意兒，怕也只想著要和維納斯談戀愛而已。他少了奧斯朋的感性和想像力。」

「哦，這可難說，畢竟年輕小伙子的心思很難捉摸！不過，要是羅傑的話就好辦了，因爲他自己也知道這幾年內是不可能結婚的。」

那天接下來的一整個下午，漢利先生都在努力讓茉莉明白自己欲跟她劃清界線，是個不熱誠待客、不擁護她的叛徒。然而，毫不曉得來龍去脈的茉莉仍是傻呼呼，一派愉悅開心模樣，仍當自己是個受歡迎的訪客，依舊百分百信任他。不管漢利先生如何板著臉，嚴肅對待茉莉，次日她就又完全擄獲他的心了，兩人又再恢復以往好情誼。某日早餐時，漢利先生遞給妻子一封信，爾後又傳回給他，沒人提及信的內容，兩人只說：「眞幸運！」「是啊！眞的耶！」

那日稍晚，漢利夫人告訴茉莉信上的消息，可是茉莉很難將消息和他們當下反應聯想在一起。信上說，奧斯朋接受了朋友的邀約，要在劍橋附近住幾天，接著也許會和朋友結伴赴歐陸旅行，也就是說，他不會跟羅傑一道回家。

茱莉聽完後，非常同情漢利夫人。「啊！好可惜哦！」

漢利夫人頗慶幸丈夫當時不在，因為茱莉說話時是那等情真意切：「您好久以前就期盼他回家的，我怕您要大失所望了。」

漢利夫人笑了笑，鬆了一口氣。「是啊，的確好讓人失望！可是我們得想想奧斯朋會有多快樂！再說，那麼詩意的他肯定會捎來令人讚嘆的旅遊問候信。可憐的孩子，他今天還得去考試呢！不過，他父親跟我都十分有信心，他絕對會名列前茅。只是——要是能看看他該多好，我親愛的兒子。但這就是最好的安排了。」

這番話聽得茱莉一頭霧水，但不久便不再去多想。奧斯朋不回來，茱莉也挺失望，因為無緣一睹這位俊俏聰明的青年，他可是他母親的英雄。有時茱莉的少女情懷也引她不住想：奧斯朋到底是怎麼樣的人，那個漢利夫人客廳牆上畫作中模樣俊美的小男孩，在畫像完成後的十年會有哪般改變，他是否會大聲朗讀詩作、是否會朗讀自己的作品。然而，在忙也忙不完的家事中，她很快就無暇顧及自己的失望了。翌日早晨一醒來，她隱約記起有什麼教人失望的事情發生，繼而一想也只能當它是憾事一件，拋開去。

茱莉在漢利家總得做些屬於家中女兒職責的瑣事，她給寂寞的漢利先生做早餐，而且樂意把漢利夫人的早餐端上樓去——這件日常家務原本是漢利先生的，他現在倒有些忌妒茱莉了。她讀字體偏小的報紙給漢利先生聽，內容包括商業經濟新聞、金融和玉米市場等等。她陪漢利先生到花園散步、採集鮮花，猶得收拾裝飾客廳，以免漢利夫人忽然下樓來。當漢利夫人乘小馬車外出時，茱莉做為良伴相陪，並且一起在漢利夫人樓上起居室裡讀讀詩及溫和的文學作品。她現在很會玩克里比奇牌了，用心玩的話能贏漢利先生。

除卻這些，她還給自己找了點事做。她每天都會在孤寂的大客廳裡彈奏大平臺鋼琴，因答應過艾小姐每天練琴。此外，她也會到圖書室去看書，若是女僕忘了打開木板套窗，她就把這項工作接過手，然後爬上梯子坐在其中一級踏腳板，一坐就是一個鐘頭，深深沉浸經典文學作品之中。

對這個快樂的十七歲女孩來說，夏日時光誠然短暫。

第八章 陷入險境

星期四，寧靜的鄉間人家因為羅傑歸返，整個喧騰起來了。漢利夫人從兩三天前起精神就不大好，而漢利先生貌似連微不足道的小事都可以暴跳如雷。他們沒告訴茉莉，奧斯朋在大學數學考試一等及格者名單中只敬陪末座。茉莉僅知道家中有些不對勁，盼著羅傑回來能使一切恢復原狀，畢竟她的小腦袋瓜實在不懂這到底是怎麼了。

星期四這天，女傭還因沒好好整理茉莉的房間而跟她道歉，女傭說整天都忙著刷洗羅傑的房間才無暇顧及。「雖然羅傑少爺的房間跟以前一樣乾淨，夫人還是吩咐要在少爺回來之前再打掃一次。若是奧斯朋少爺回來，那是整棟宅院要來個大掃除的，到底他是長子，這樣做是免不了的。」

原來長子還享有這等權利，女傭的話倒教茉莉甚覺驚奇，繼而一想，也許漢利家的思考邏輯就是「長子」理應獲得最高禮遇。在漢利先生眼中，奧斯朋代表的就是漢利地方歷史悠久的漢利家，是傳承千年土地的繼承人。

漢利夫人如許疼愛奧斯朋，則因他們母子在外表和內心簡直像一個模子刻出的——他的名字正取自她的娘家姓。她讓茉莉同感染了對奧斯朋的忠誠，而且，雖說茉莉對女傭所說的話只覺好玩，但如果這位繼承人回家來了，茉莉也會跟著迫不及待向他展現對領主的忠貞。

午餐過後，漢利夫人回房休息，準備迎接羅傑返家。茉莉也回到自己房間，心想還是在房裡待到晚餐時間較妥，好讓漢利夫婦在無外人打擾情況下迎接兒子。她帶了本詩集手稿在身上，裡頭全是奧斯朋・漢利的作品；奧斯朋的母親曾不止一次地朗誦一些篇章給她的年輕訪客聽。茉莉徵得漢利夫人同意，可以手抄其中一兩首最喜歡的詩作，於是在這寧靜祥和的夏日午後，她開始抄寫工作。坐在舒暢敞開的窗前，遙望著美麗花園和遠方蓊鬱樹林，猶如置身夢境的茉莉震顫於襲人的暑氣中。整座宅院出奇安靜，彷如四圍有護城河環繞，而梯井中大窗戶上頭精力充沛四處飛舞的藍色蒼蠅似成屋裡最大噪音。屋外除了窗下花床間蜜蜂嗡嗡聲之外，幾乎沒聽到別的。曬稻草的人們從遠方田野傳來朦朧之聲，稻草香隨風飄散過來，迥異於近處的玫瑰和忍冬。愉悅的笛聲讓茉莉感受到眼前靜寂所具有的深度，她擱下手上工作。她的手因奮力抄寫而痠痛不已，於是她懶懶地重複念著一兩句想把它們背起來：「我問著風，而它逕自不答，但見一貫的傷悲和孤寂的空慟——」

她念著念著，成了嘴唇機械性的振動，字句意義反而被驅出腦中。突然間，她聽到院子大門被關上的「喀答」聲，輪子在乾燥的碎石地上轉動，馬蹄聲躍上車道，屋裡發出響亮歡呼聲，敞開的窗戶、廳堂、走道和樓梯間不約而同地高叫起來。樓下穿堂鋪著黑白相間的菱形大理石，寬大階梯拾級而上直到頂層，但是這段樓梯並不長，梯面未鋪設地毯亦無任何覆蓋物。漢利先生對於家中階梯逐級美麗的橡木材質十分自豪，認爲根本無需加以遮蔽，更別說得花費向來欠缺的閒錢給家裡做裝潢了，因此在既無裝潢的穿堂及無地毯的樓梯間稍有半點風吹草動，聲音都傳得清楚響亮。茉莉聽到漢利先生高興的聲音：「喂！他在這裡啦！」，還有漢利夫人較柔和平淡的聲音，接著一個清晰響亮的陌生音調，她知道這肯定是羅傑了。然後有一連串的開門聲、關門聲，加上模糊難辨的說話聲。

茉莉又開始念道：「我問著風，而它逕自不答……」這一次，她幾乎把整首詩背下來了，就在那時，她聽到漢利夫人急奔回隔鄰的起居室，且忍不住半歇斯底里地嗚咽。年輕的茉莉未想太多，只覺須立刻過去盡己所能安慰漢利夫人。不一會兒，她已跪在漢利夫人腳邊，握住可憐夫人的雙手，親吻著，柔聲低語——雖說她的低語並無意義，卻表現了對傷心者無比的同情，給漢利夫人帶來安慰。漢利夫人振作自己，在深沉的悲傷啜泣中，悽慘地對茉莉笑了笑。「只是因爲奧斯朋，」她終於開口：「羅傑跟我們說了他的消息。」

「他怎麼了?」茉莉心急地問道。

「我是星期一得知的。他有封信來，說他表現不如我們預期的好——也沒有他自己預期的好，可憐的孩子!他說他通過考試了，不過只在劍橋大學數學優等考試二、三級及格者中敬陪末座，沒達到他的目標，也沒有達到他要我們期盼的目標。漢利先生畢竟沒念過大學，不瞭解大學裡的專門用語，所以就問羅傑這是什麼意思，羅傑告訴他了，漢利先生一聽便暴跳如雷。漢利先生非常討厭這些大學術語，因爲他沒念過大學啊!妳知道的。他認爲可憐的奧斯朋太小看考試了，所以跟羅傑問個仔細，而羅傑——」

漢利夫人又輕泣起來。茉莉脫口而出：「我覺得羅傑先生不應該說的。他不應該這麼快就把自己哥哥考不好的事說出來，他回家來還不到一個鐘頭呢!」

「噓!噓!親愛的!」漢利夫人道：「羅傑是很好的人，妳不瞭解。羅傑回來還沒吃半點東西，漢利先生就開始問問題了——我們一走進餐室，他就提問了。而羅傑所講的——總之，就是奧斯朋太緊張，本來他覺得要是拿到校長獎也許會有幫助。可是羅傑說，考試成績如此不理想，實在不太可能拿到院士資格了，漢利先生最希望的就是奧斯朋能拿到院士資格。奧斯朋自己似是胸有成竹的呀!這就讓漢利先生疑惑萬分了，因此才會生這麼大的氣，而且越說越氣。他已經氣上兩、三天了，這實在不像他的作風。往往生氣後他總會馬上消氣，不讓怒氣鬱積在心裡。可憐、可憐的奧斯朋！我原盼著他能親自回家一趟，而不是去找朋友，到底我多少能安慰他一下。不過現在我倒慶幸他沒回來，畢竟得讓他父親先消消氣好。」

漢利夫人吐出了心中憂慮，整個人平靜許多，最後終打發茉莉去更衣，準備用晚餐。她親了茉莉一下，說：「孩子，妳眞是爲人母親者的祝福！不論我在歡樂或悲傷時，在驕傲——我上星期還好驕傲、好自信的——或失望時，妳對我都是無比體貼。現在，妳更是我們餐桌上的第四位，可以讓我們避開不愉快話題。有時候，家裡多個外人在還眞是萬幸呢！」

茉莉在自己房裡，爲了迎接剛回家的人而特意換上一件不合她風格、太過絢麗的格子禮服時，不禁想著方才所聽到的那番話。儘管奧斯朋在劍橋的表現令人失望，茉莉自己卻無意識到，對奧斯朋的忠誠仍屹立不搖。她只是——有理也好、無理也罷的——對羅傑感到憤怒，這傢伙似乎成事不足而敗事有餘，一回家就帶來壞消息。

茉莉走到樓下客廳，心裡一點也不歡迎羅傑。他正站在他母親身旁，漢利先生還未出現。茉莉心想，眼前的母子二人在她剛打開門時是手牽手的，不過她也不確定。漢利夫人稍微向前走，來到茉莉身邊，親熱地把她介紹給兒子認識，率眞如茉莉，單純只知何陵福特禮儀（其實那是一點也不正式的）而半伸出手來，要和久聞大名的這位仁慈好友們的兒子握一下。這會兒她只希望對方沒注意到她的舉動，因爲羅傑根本沒打算握手，僅僅欠身鞠躬。

他是個高大壯碩的年輕人，給人的印象是力勝於美。他的臉頗方正，臉色紅潤（就像他父親說的），頭髮和眼睛都是棕色，深邃的眼睛上方有著兩道濃眉。他有個怪癖，每次聚精會神觀察事物時會瞇起眼睛，這樣的動作每每讓他眼睛更顯微小。他有張大嘴，嘴唇的靈活度驚人。而他另一個怪癖就是，當覺得事情好笑的時候，會先憋住想笑的衝動拚命癟嘴再將嘴巴噘起來，等到一旦忍俊不住，臉上五官放鬆讓嘴巴整個爆笑開來，隨之露出一口潔白漂亮的牙齒，成爲他整張臉唯一亮點——紅褐色臉上閃現出迷人的亮白。這兩個癖好，瞇起眼睛顯示其專注力，讓他看起來嚴肅而富思想；至於那大笑之前的癟嘴噘嘴則讓他顯得格外開心，使他面部表情生動多變，從「陰鬱」到「明朗」、從「活潑」到「嚴謹」，比一般人的表情豐富許多。對茉莉這個從不以第一印象來細究對方的人，只覺得眼前這位青年「粗壯、笨拙」，是她「不會想要深入交往的對象」。

當然他也不太在意母親的這位客人是怎樣看他的，或對他印象如何。他現在正值欣賞光芒四射之美女勝於未經雕琢之璞玉，且怎樣也很難擠出話題來和姑娘們聊天的傻小子年齡。況且他腦子裡塞滿了不欲人知的消息，其實，他還得擔心著即將出現的可怕冷場，肇因於他那憤怒不已、心情抑鬱的父親，以及那易受驚嚇、難過失望的母親。因而茉莉在他眼裡，只是個衣著難看、舉止怪異，有著一頭黑髮加上長相聰明的女孩而已。他本還寄望茉莉幫他撐一下晚間場面，多少讓大家愉快地閒話家常——如果她可以幫他一把的話。然而她沒幫上忙。

茉莉只見他全無意識到自己的喋喋不休。他一個話題接一個話題，不停地往下聊，簡直讓茉莉覺得不可思議，反感至極。他母親坐在那兒，幾乎沒吃任何東西，還要盡最大努力把湧出的眼淚吞下肚裡，而他父親眉頭深鎖、一臉愁雲慘霧，他怎還能夠聊得這等開懷？漢利先生自始至終對於兒子哇啦啦的連珠砲全然不在意，興許連一句話也沒聽進去吧。羅傑．漢利先生對自個兒父親難道就沒有半分憐憫？茱莉覺得自己應當展現對漢利家兩老的同情，故當羅傑希望茱莉能參與其中，有所回應或提出問題時，她一概迴避，於是羅傑的情況越來越像步入難脫身的沼澤地。席間漢利先生一度起身和管家交談，他覺得需要些外在的刺激——嘗點比平常上等的葡萄酒。

「去拿瓶黃標的法國勃艮地葡萄酒來。」

他低聲說著，今天說話時完全沒有平時的好精神。管家也同樣低聲回答著。茱莉坐得近又沒出聲，所以他們說些什麼，她聽得一清二楚。

「老爺，請您考慮考慮，黃標的勃艮地葡萄酒只剩六瓶了。那是奧斯朋少爺最愛喝的葡萄酒。」

漢利先生回過頭吼道：「我說去拿瓶黃標的勃艮地葡萄酒來！」

管家依言走開去，滿腹狐疑。

「奧斯朋少爺」的喜惡，從過去到現在向是這個家遵循的法則。如果他喜歡某種特殊食物或飲料，某張座椅或什麼地方，溫度要多暖或多冷，大家均得立刻照著去做——因爲他是這個家的繼承人，體質生性纖弱，又是家裡最聰明的人。外頭的工人也是這般講的，奧斯朋少爺說要砍樹或要把樹留下來、奧斯朋少爺想要怎麼怎麼打球、奧斯朋少爺想要馬有哪些不同特點，大家無不照著其要求去做，彷彿那等同法律似的。而今天奧斯朋少爺不在，老爺仍要喝勃艮地葡萄酒，酒也拿上來了。茱莉對此不特別感興趣，即使從未喝過酒，倒也不擔心管家把酒倒進她的杯中。然而，爲了對不在場的奧斯朋公開表示忠誠，縱使在座幾位不見得明白，她還是伸出手掌遮蓋住杯口，讓倒酒的管家繞過她。

羅傑和他父親兩人則欣然享受。

晚餐後，兩位男士一樣慢悠悠享用甜點。茱莉聽見笑聲，然後看到他們走往暮色蒼茫的屋外散步。羅傑沒戴帽子，兩手插在褲袋裡，隨興地走在父親身旁，漢利先生現在能夠拋開奧斯朋，用平常聲量愉快地說話了。

相對於他們，保持沉默的茉莉對待羅傑僅是禮貌性的淡然，他們兩人都盡量迴避對方。羅傑有許多事要忙，根本不需要人陪，儘管茉莉足堪此任。茉莉發現最糟糕的事就是羅傑常常占住圖書室，那本是茉莉在漢利夫人下樓前最喜歡去的藏身處。羅傑回來後，她有一兩次打開圖書室半掩著的門，發現他正埋首書堆與紙堆中，東西散滿了那張大的皮面桌子，於是趕在他轉頭發現她前輕輕地退出，免得他誤以爲是女傭來打掃。他每天都騎馬出門，有時跟他父親一塊到偏僻的田地去，有時只是馳騁遠方。像這種時候，茉莉就會樂於與他同行，因爲她喜愛騎馬。其實當茉莉初到漢利家時，他們也曾討論過要把茉莉的騎馬裙和她那匹小灰馬一併送過來，只是幾經考慮，漢利先生認爲自己用馬的時機不過是從一塊田慢慢騎到另一塊田，看看在農田上工作的工人，他怕茉莉會覺得這種老牛拖車似的騎馬太無聊——在泥濘難行的路上騎個十分鐘，再在馬背上待個二十分鐘，聽他指示工人們做些什麼。因此，這件事便作罷。現在，要是她的小馬在就好了，她便能和羅傑一塊騎馬出去，也不會給他添半分麻煩，她自己可以搞定的，可惜似乎沒有人想重提這件事。總之，在羅傑回來以前，一切都美好得多。

她父親經常過來，不過有時許久沒見到人，女兒即會開始坐立難安，擔心爸爸是怎麼了，可他出現時又有充分的好理由。每當父親看望便覺享受到家庭溫暖的茉莉，或聽著父親的言語，或看著父親的沉默，總能完全明曉父親的心意，因此父女間短暫的相聚向是歡樂無比。最近，茉莉老重複著同樣的問題：「爸爸，我什麼時候可以回家？」這倒不是她在這兒不快樂或住得不舒坦，她打從心裡喜歡漢利夫人，也覺得漢利先生對她疼愛有加，由此實在無法理解爲什麼有的人那麼害怕漢利先生；至於羅傑，就算他沒讓她在此地的生活歡樂加倍，也不至於有反效果。可是，她眞的很想回到自己家中。原因爲何？她也說不上來，她就是想回家。吉布森先生總是跟她說理，說到她腦子疲憊不已，覺得自己最好聽爸爸的話留在這裡。於是她忍住，不再提回家的要求，因不想再繼續這個讓父親煩擾不已的話題。

茉莉不在家期間，吉布森先生不由自主地想起再婚的問題，半是因爲他想到未來該何去何從，半是因爲它就像一個緩緩飄過來的柔軟之夢。在這件事上，他其實是被動多於主動，若非他的理性說服他採取進一步行動——若非相信再婚能對他目前所面臨的家庭窘境產生「快刀斬亂痲」功效，他也不會花這個腦筋、費這個心力去想這問題了。

事情是這樣的，肯莫伯爵夫人已嫁出了年長的兩個女兒，現在只剩么女海芮小姐的婚事要操心，再說海芮的姊姊們也可分擔這項任務，她感覺上自是輕鬆許多，總算可忙裡偷閒，享受「無事一身輕」的樂趣。話雖如此，她還是閒不下來，只偶而在繁複冗長的晚餐後讓自己在深夜的倫敦氣氛裡放鬆一下罷了，之後便將海芮小姐交託給卡克哈芬夫人或艾格妮絲・曼拿夫人，自己返回相形安靜的陶爾莊園；在那兒，就又忙起自己在熙來攘往的倫敦時丟在一旁的慈善工作。今年夏天不同於以往，她回來得較早，期盼著靜謐安詳的鄉間生活。她認爲自個兒健康情況不若往年好，但未對丈夫或女兒們提及此事，只想讓吉布森先生得知。她並不打算把海芮小姐帶離倫敦城裡的歡樂活動，因爲知道海芮小姐多喜歡參加此類聚會，儘管有時抱怨幾聲，總也是說說而已；偏偏她又不想在接下來將近個把月的時間裡獨自待在陶爾，尤其一年一度招待學校義工到莊園參觀的日子臨近，一想到慈善學校和那些義工太太小姐們，她心都懶了。

「海芮，星期四十九日，」肯莫夫人沉吟道：「那麼，妳十八日那天過來陶爾幫我處理莊園慶典的事，好不好？妳在鄉下待到星期一，休息幾天呼吸新鮮空氣，再容光煥發地回倫敦參加聚會。妳父親可以來接妳哦——事實上，他已經在路上了。」

「哦，媽媽！」這位家中最年輕，也是最漂亮、最驕縱的女兒海芮小姐說：「我不能走的！二十日要去梅登黑德①參加水上派對，我不想錯過。還有鄧肯夫人的舞會、葛雷西的音樂會，拜託不要找我！再說我也做不好那樣的工作。跟那些鄉下人我聊不來，到底不是何陵福特那圈子裡的人。妳一定要我去的話，我就給妳搗蛋，我說眞的。」

「好吧，親愛的。」肯莫夫人嘆了口氣，「我把梅登黑德的水上派對給忘了，否則也不會找妳。」

「可惜不是碰到伊頓公學的放假日，要不然妳就能叫何陵福特那些男孩們幫妳了，媽媽。他們可眞是彬彬有禮的小紳士呢！去年在愛德華爵士家看到他們孫子輩的男孩們爲了當地尋常百姓所做的表演，就像妳在陶爾爲那群義工們所辦的慶典一樣，有趣極了。艾德格一臉嚴肅地扮演大地主，戴上老婦人超誇張的黑色帽子，使用最正確的文法說話，好笑得教我一輩子都忘不了。」

「哦，我眞喜歡那些男孩們，」卡克哈芬夫人說：「他們以後都會長成眞正的紳士。對了，媽媽，怎不邀克萊兒過來陪您呢？您挺喜歡她的。她正是幫您應付何陵福特鄉親的最佳人選，而且有她伴您一道，我們也放心。」

「對呀！克萊兒應該可以勝任。」肯莫夫人應道：「但她不是在學校裡教書或做什麼的嗎？我們千萬不能耽誤人家正事，對人家造成傷害，因爲她最近恐怕過得不太好。她自從離開我們家後似乎就不太順遂哪，先是死了丈夫，後來又接二連三丟掉戴維斯夫人家及默德夫人家的工作，現在，普雷斯頓先生又告訴妳們父親說，她在艾斯坎伯的生活只是沒負債而已。肯莫伯爵還不收她房租。」

「我眞不曉得怎會這樣。」海芮小姐說：「她是不太聰明，這一點無庸置疑，可是她還滿有用也滿討喜的，加上又有禮貌。我還以爲不是特別重視教育的人都會趨之若鶩，請她去當家庭教師呢！」

「妳所謂的『不是特別重視教育』是什麼意思？泰半請家庭教師的人，不就是因爲對教育特別重視嗎？」卡克哈芬夫人道。

「哦，毫無疑問地，他們自己可能這樣作想。我可以把妳歸在特別重視教育的人那一類，瑪莉，可是啊，媽媽就不是了。不過我確信，她肯定認爲自己是。」

「妳在說什麼呀，海芮。」肯莫夫人說道，被自己這個聰穎直率的么女弄得煩躁起來。

「哦，媽媽，您照顧我們的確無微不至，可是您也有其他讓妳分心的事，而瑪莉就很少讓她丈夫干擾到她對孩子們全心的愛。您爲我們請來每一門學科最好的老師，也讓克萊兒當監督，幫我們複習功課、準備好上課，她總是盡心盡力達成。可是您知道，也或許您不知道，有幾位老師相當欣賞我們這位美麗的家庭教師，他們也遵循禮節來互相表示過好感，不過到後來都是無疾而終。還有，身爲伯爵夫人的您總有一堆事要忙，時尚的、慈善的或是有的沒的，總挑在我們課堂上最重要時間點就把克萊兒叫出去替您寫信、幫您處理帳目，結果就是我幾乎變成了全倫敦知識最貧乏的女生。只有瑪莉在人好但拙口笨舌的班森小姐悉心指導下成就知識廣博，我還沾了她的光哩！」

「妳覺得海芮說得對麼，瑪莉？」肯莫夫人甚爲憂心地問道。

「我在課堂上和克萊兒相處時間不多，以前只跟她學過法語，她的法語說得很好聽，我還記得。

艾格妮絲和海芮都好喜歡她，我以前倒是因爲班森小姐的緣故對她有些忌妒呢！也許——」卡克哈芬夫人停了一下，「我總以爲克萊兒不過是對她們兩個拍馬逢迎，放縱而已——沒有認眞教學，我從前是那樣想啦！話說女生本就是嚴格的法官，說眞的，她從那時起生活就不太順遂。我一直都很高興可以邀她過來跟我們在一起，帶給她些許歡樂。現在最讓我不放心的是，她常不讓女兒跟在身邊。我們老說服不了她帶著辛西雅一塊過來看我們。」

「我覺得妳說得不對。」海芮小姐說：「這個可憐的女人要掙錢過日子，自然就是當家庭教師，除了把女兒送到學校去之外，她還能怎麼辦呢？再說到邀她來我們家作客的事好了，她當然不好意思把女兒也一起帶來——何況這一趟還得加上旅費和穿衣打扮的花用呢！瑪莉淨會挑她毛病，人家是客氣跟節儉。」

「好了，好了，我們要討論的畢竟不是克萊兒和她的事，而是要讓媽媽怎樣舒服些。除了邀請柯派屈克太太來莊園，我想不出更好的辦法了，不過，我的意思當然是等她放假過來。」

「這兒有封她上次寫來的信。」肯莫夫人說。女兒們談話時，她就在小寫字檯上找來找去。她把眼鏡舉到眼睛前面，開始念道：「『我一貫的不幸顯然跟著我到了艾斯坎伯』——嗯、嗯、嗯，不是這一段——『普瑞斯頓先生眞是大好人，按照肯莫伯爵仁慈的指示，從莊園宅邸送了水果和花給我。』哦，這一段才是！『依據艾斯坎伯當地學校的慣例，假期從十一日開始。我得換換環境、透透氣，這樣才能在八月十日後回到工作崗位。』女兒們，妳們瞧，這段假期她要是沒做其他安排的話，就有空過來了。今天是十五日。」

「我立刻給她寫信，媽媽。」海芮小姐說：「克萊兒跟我向來交情不差，她跟可憐的柯派屈克先生熱戀時，我還是她的閨中密友呢！而且我們一直熱切地保持聯絡。我知道有其他三個人跟她求過婚。」

「我衷心期盼包依小姐不要跟葛瑞絲或莉莉提到她的戀愛事蹟。對了，海芮，克萊兒結婚時，妳也不過就是葛瑞絲或莉莉的年紀吧！」卡克哈芬夫人以爲人母親的警覺語氣道。

「沒錯。可是我是個心思細膩的人，多虧了那些小說，哈！瑪莉，我敢說妳絕不允許妳的孩子看小說，對吧？所以如果妳們家的家庭女教師陷入了感情漩渦，妳的女兒們就不知道如何展現高度技巧的同情心了。」

「海芮，我不想再聽妳用那種態度談論愛情了，很不厚道呢。愛情是件需要認眞對待的事。」

「親愛的媽媽，您的忠告晚了十八年啦！愛情這個主題，我早談到爛了，所以現在對這種事一點興趣都沒有。」

最後那句話隱喻的是最近海芮小姐回絕掉的一門親事，肯莫夫人對此甚是不悅，伯爵也相當煩惱。因爲就爲人父母者而言，對方實在沒什麼好嫌的了。

卡克哈芬夫人不想這件事再被拿出來討論，趕緊開口：「記得要請克萊兒帶著女兒一塊到陶爾莊園來。我想，那孩子應該也有十七歲左右，或更大一些了吧！她會是您的良伴的，媽媽，如果她母親不能來，找她也行。」

「克萊兒結婚時，我還沒十歲，現在都快二十九了。」海芮小姐補充道。

「別胡說，海芮！再怎麼算，妳今年也不過才二十八，而且妳看起來比實際年齡小多了。再說，妳也用不著老把妳的年齡掛在嘴邊。」

「可是現在就需要啦！我要算算辛西雅．柯派屈克多大年紀。我想她應該不超過十八歲。」

「她在法國的布洛涅念書，這我知道，可是我不認為她有那麼大了。克萊兒在這封信上提到有關她的事：『在這樣的情況下』——說的是她目前不甚如意的生活——『我也不敢奢望能把親愛的辛西雅接回來一起歡度假期，尤其法國學校和英國學校有時放假日不同，如此使我十分難以安排我們共同的假期。如果辛西雅在八月八日學校一放假就到艾斯坎伯來，我也只能全心全意陪她兩天而已，因為我八月十日就要繼續工作了。』所以妳們看，克萊兒是有時間來陪我的，而且我敢打包票，此行定能讓她整個人煥然一新。」

「何陵福特在陶爾莊園，一直在他的新實驗室裡忙進忙出。艾格妮絲等生完小孩恢復體力之後也想到陶爾去呼吸新鮮空氣。就連本身這個追求歡樂永不滿足的『我』，也要在接下來的兩三個星期好好玩玩，假如這種熱天持續下去的話。」

「媽媽，若您允許，我想我也可以過去住幾天。我會帶葛瑞絲一起去，那孩子近來蒼白又瘦弱，我怕她是長得太快了。希望您不要嫌她才好。」

「親愛的孩子，」肯莫夫人站起身來，「這就等於是我嫌自己家的種種，嫌我對於他人的責任、嫌棄我自己，怎麼可能呢！」

於是計畫就這麼擬定了，接著上呈肯莫伯爵，獲得高度贊同，就如他一貫贊同妻子的做法一樣。肯莫夫人的個性對於丈夫來說也許稍沉悶了些，不過對於妻子所說的話、所做的事，他倒是十分欣賞的，常常在妻子不在時吹捧她的智慧、仁慈、權力與尊嚴，彷彿這樣做可支撐起他自己相較下顯得懦弱許多的性格。

「很好、很好，眞是太好了！克萊兒到陶爾莊園來陪妳！太棒了！我自己也想不出來比這更好的計畫！我星期三就跟妳同行，才趕得及星期四的莊園慶典。我一直都很喜歡那慶典的，她們都是那麼好心、那麼友善的人，那些何陵福特的善心婦女們。然後我再花一天時間去探望薛勝客先生，說不定還能騎馬去艾斯坎伯看普瑞斯頓先生呢，騎上我的紅爵士當天就可來回，跑個十八英里——沒問題！可是還得跑回陶爾莊園哪！十八的兩倍是多少，三十嗎？」

「三十六。」肯莫夫人敏捷地答道。

「對，對，妳說的都對，親愛的。普瑞斯頓是個聰明機靈的傢伙。」

「我不喜歡他。」夫人說。

「是得當心他，不過他眞的夠機靈，人長得又好看。我不懂，妳怎麼不喜歡他。」

「在我看來，土地管理人無所謂『好看』或『不好看』。他們不屬於讓我抬眼一瞧的階級。」

「當然不是。可是，他的確是個俊男嘛！而且讓妳不得不欣賞他的是，他對克萊兒照顧有加。他總建議著該給克萊兒住的房子添些什麼有的沒的，我也知道他經常給克萊兒送水果、鮮花和打獵所得之物過去，就像我們住在艾斯坎伯要照顧克萊兒會做的一樣。」

「他多大年紀？」肯莫夫人疑惑著，想知道普瑞斯頓的動機。

「大概二十七吧！我猜。啊！我知道夫人您腦袋裡想些什麼。不對，不對啦！他太年輕了！妳得給她找個中年男子，如果妳想幫克萊兒作媒的話——普瑞斯頓肯定不行。」

「我又不是媒婆，你該知道的。連自家女兒們我都沒這樣做，我才不會幫克萊兒作媒。」夫人應道，懶懶地往後躺去。

「哦！妳也許可退而求其次喲！我開始懷疑她沒法繼續在學校教下去了，雖也不知原因爲何。她在她那個年齡算是難得的美人了，又在我們家待過，妳也常讓她來陪妳，照理說應當一路順遂才是。我說，哦，夫人，妳看吉布森如何？他年齡剛好，又是個鰥夫，住得離陶爾又近。」

「我剛才不就告訴過你，我不是媒婆好嗎？我想我們最好走舊路回家。沿途旅館裡的人認得我們嗎？」

於是他們聊起其他事情，不再提柯派屈克太太和她的前途，不管是學校方面或是婚姻方面的。

譯註：

①梅登黑德（Maidenhead），位於英國伯克郡（Berkshire）泰晤士河南岸的一個鎮。

第九章 鰥夫與寡婦

柯派屈克太太對於肯莫伯爵夫人的邀請，高興得無法拒絕。這是她盼望了許久的事，不太敢奢想美夢能成眞，不過她倒是一直相信，他們若在倫敦住下來，假以時日定會想到她的。陶爾莊園夠愉快、夠豪華，是她消磨假期的好地方，就算她不是個深思熟慮或具備長遠眼光的人，也相當清楚接受「親愛的肯莫伯爵夫人」邀請到陶爾去作客，對她自己乃至於對她學校來說，都是多麼光彩又令人欣羨的事。於是她喜孜孜地準備在十七日就去陪伴夫人，她的行李挺好整理，也沒幾件衣服可帶，經濟拮据的婦人哪來閒錢可置裝。她美麗而優雅，這樣的光芒足可蓋過身上衣著的寒酸，再說了，品味實際上遠勝於感覺，她都只穿細緻的印花布料如紫色系和灰色系，混搭著黑色在其中，營造出半哀悼的意境。這款風格極適合她，讓人覺得她是爲了紀念柯派屈克先生才這樣穿的，實則因爲這樣的穿著既端莊又省錢。她美麗秀髮是濃郁的紅褐色，罕少變白，因此半出於對自己秀髮的自信、半出於經濟上的考量，畢竟帽子送洗所費不貲，所以她並不戴帽子。她臉上鮮明的膚色和髮色甚爲相襯，一度極爲紅潤，而隨著年歲增長，唯一對膚色造成的傷害則是她臉上皮膚變得光亮而不再那等細緻，較難顯露出情緒的變化。儘管現在已經無法臉紅了，然十八歲那時，她對自己頰上的緋紅可是非常得意的。她有雙柔和大眼，映出中國青花瓷的藍色，不過也許是由於亞麻色睫毛的關係，眸中似無幾分神采。她的身材比從前稍顯豐滿，動作如昔一般柔雅兼婀娜多姿。整體看來，她比實際年齡輕許多，儘管已四十上下了。她擁有悅耳嗓音，朗讀起來極爲出色動聽，深受肯莫夫人喜愛。事實上，基於一些不知名的理由，克萊兒特別受到肯莫夫人喜愛，肯莫夫人對克萊兒的厚待似乎勝過家中任何人，儘管他們也都相當喜愛她。他們都很高興家裡有一位對他們每個人的習性、興趣十分瞭解，又善解人意的討喜人物在：當有人想輕鬆小聊一下，克萊兒總是隨時可聊，隨時願意傾聽，只要聊的不是枯燥乏味且硬梆梆的文學、科學、政治或社會經濟，她都聽得懂。舉凡小說、詩集、遊記、八卦、私人情報或奇聞軼事之類的，她都能挑在好時機發表適當言論，堪稱是個稱職的傾聽者。一旦碰上了深奧難懂的主題，她也滿識趣，僅會言簡意賅地表現出詫異、讚嘆和驚奇，所收到的奇妙效果眞是盡在不言中。

對於一位工作表現不怎出色的學校女教師而言，這倒是個美好的契機，能夠離開她自己那滿是破舊、寒酸家具的家（兩三年前她接受了前任房客的好意，收下了舊家具）；住家附近景觀沉悶陰暗，周遭環境骯穢可憫，就是那種在鄉下城鎭小巷道裡常見的景象。現在，載著她的豪華馬車正平穩快速地駛進陶爾莊園。她步下馬車，相信訓練良好的僕從們會妥善照料她的包包、雨傘、陽傘、斗篷，用不著她自己動手搬下車，不像她搬往艾斯坎伯的那天早晨，還得跟著裝載行李的獨輪手推車到驛馬車辦公室去。

走上鋪著厚厚地毯的寬板樓梯，來到肯莫夫人的房間，即使天氣悶熱，房內依然充滿沁涼舒爽的新鮮氣息，斗大器皿裡擺放著鮮採的各色玫瑰，正綻放香氣。桌上放置兩三本尚未切開毛邊的新版小說，以及當期報紙刊雜誌。房裡每張椅子俱包覆著法國印花棉布，而不同款式的安樂椅，其上的圖案描摹自樓下花園裡的眞花朵。不久，肯莫夫人的侍女即來帶領她至她所熟悉的「她的房間」去。對她而言，此處比起她今早所離開那個邋遢窮酸的地方更像她的家。她生來就喜愛精緻的布料，融洽和諧的色澤、細緻的亞麻布以及柔軟的衣裳。她在床邊扶手椅上坐了下來，思量起自己的命運。

「也許有人認爲像那樣用平紋細布和粉紅色緞帶來裝飾穿衣鏡，是再容易不過的事……殊不知要維持那個樣子有多難！除非跟我同樣經歷過，否則哪兒知曉箇中甘苦。我初到艾斯坎伯時，就把鏡子裝點得相當漂亮，偏偏平紋細布容易髒、粉紅緞帶會褪色，要掙錢換新卻如許困難，一旦賺到了錢卻又捨不得一次全花光。反反覆覆地勤動腦，如何把錢花在刀口上，是一件新禮服、或是一天的享樂、或是一些溫室的水果、或是可擺在客廳供人賞看的幾件精緻物品，最後終究是擁抱日常所需，跟美麗穿衣鏡說再見。而在眼前這地方，金錢有如隨處呼吸的空氣，沒有人會問起也沒有人知道『送洗需要多少錢』、『粉紅色緞帶一碼値多少』。啊！如果他們像我一樣得自己去掙每一分錢，情況就大不同了！他們得精打細算，跟隨我的腳步，得想想該怎樣把錢花在刀口上。我忍不住想，難道我這一生都得辛辛苦苦地工作攢錢？這不合乎自然呀。婚姻是合乎自然的，丈夫會處理一切弄髒手的工作，妻子只要像個仕女端坐在客廳裡就行。我以前是那樣的，當可憐的柯派屈克先生還在世的時候。唉喲，當寡婦眞是悲慘！」

接下來就想及她在艾斯坎伯和其他老師們一起吃的晚餐，大家合享牛肉羊腿、大盤子裡的馬鈴薯以及大份的雞蛋布丁。在這兒則是細心烹調的精緻餐點盛裝在古老的卻爾西瓷器裡，天天有人送來給伯爵伉儷，還有她自己。她害怕假期結束的程度不下於她最愛家的學生。不過，現在距假期結束還有幾個星期，於是克萊兒不去想未來，打算好好享受目前的生活。

然而，平靜愉快的夏日生活中卻出現了困擾，肯莫伯爵夫人身體微恙。她丈夫已經回倫敦去了，留下她和柯派屈克太太在這兒安穩舒適地過日子，一切都照夫人所要求的來做。雖然夫人有些玉體違和，仍完美地挺過了慈善學校義工們來訪的慶典之日，她清楚指示所有該做的事、該走的路、該看的溫室，以及大隊人馬何時該回室內享用甜點。夫人自己則留在室內，此外有一兩位女士深恐會太累或屋外天氣太熱，便婉拒柯派屈克太太所領軍的參觀行程或跟著其他幾位女士一同聽伯爵講解他在農場裡的新建築，而與伯爵夫人留在屋裡。後來伯爵夫人的聽眾們敘述起夫人告訴她們關於她已婚女兒們的家庭、育嬰室、對孩子的教育計畫，以及一天的生活等等時，態度「十分地平易近人」。然而，這次的活動眞眞累壞她了！本來在最後一位客人告辭後，她大可去房裡躺下歇息的，哪知她丈夫卻好心地跑來跟她烏鴉嘴一番。他來到她身旁，把手搭在她肩上說：「我怕妳是累慘了，夫人？」她振作自己，挺直身體冷冷地應道：「肯莫伯爵，我若累了，會告訴你。」

那天晚上她的疲憊有增無減，因爲她坐得特別挺直，拒絕坐在任何一張安樂椅上，也不用腳凳，還拒絕早點安歇的建議，將之視爲一種侮辱。當肯莫伯爵留在莊園裡，做任何事時她都一直是這般態度。柯派屈克太太就被蒙混過去了，還不斷跟肯莫伯爵保證，肯莫夫人的狀況是她前所未見的好，或她身體非常健康、精神非常愉快之類的。話說回來，儘管伯爵粗枝大葉，內心卻是多情，他雖說不出個所以然來，卻覺得妻子人明明就不舒服。偏又不敢在未經夫人的同意下，擅自去找吉布森先生來，他臨行之前對克萊兒囑咐：「把夫人交給妳照顧，讓我寬心不少。只是妳別被她騙了，不到忍不住，她是不會把病態表現出來的。跟布瑞麗（肯莫夫人「身邊的女傭」，她不喜歡「夫人的貼身侍女」這種新式名詞）商量商量，如果我是妳的話，就派人去請吉布森過來走走看看，隨便找個理由都行。」然後，他在倫敦所萌生「將兩人送作堆」的想法又冒出來了，忍不住多加了一句：「讓他過來見見妳，他是個很誠懇的人，何陵福特爵士說這方面可沒人比得上他呢。也許他趁著跟妳說話，就可順便瞧瞧夫人的狀況，讓他看看夫人是不是眞病了。記得告訴我，吉布森看過夫人之後怎麼說。」

然而克萊兒沒膽得很，舉凡夫人未點頭同意之事，她絕不敢去做，就跟肯莫伯爵本人一樣。她知道自己若未獲夫人允許而擅自請吉布森先生來，只怕會弄得自個兒灰頭土臉，到時候可能永遠也沒機會再受邀到陶爾來了。陶爾順遂奢華的生活正是她最愛的。於是她試圖把肯莫伯爵塞給她的燙手山芋，轉給布瑞麗。

某一天，克萊兒說：「布瑞麗太太，妳覺得夫人的健康狀況沒問題嗎？肯莫伯爵認爲她看起來很疲憊，像是生病了。」

「是呢，柯派屈克太太，我也覺得夫人不太舒服，她看上去雖像沒事，我卻不這麼想。不過妳要是問我爲什麼，就算問到天黑我也答不出來。」

「妳不覺得妳該跑一趟何陵福特去見吉布森先生，請他找一天過來看看肯莫夫人嗎？」

「這可是會讓我丟工作的差事，柯派屈克太太。就算到了夫人臨終前，如神恩垂憐讓她保持頭腦清醒，她還是會堅持樣樣事都照她的意思做，要不就擱著。只有海芮小姐能管得動她，但也不是每回都能奏效。」

「那，這樣的話，我們得希望她沒事才好。嗯，我敢說她沒事的。她本人都說沒事了，她應該是最瞭解她自己的人。」

然而，就在她們談話後的一兩天，柯派屈克太太讓肯莫夫人給嚇了一大跳，因爲肯莫夫人說：

「克萊兒，我希望妳能給吉布森先生捎個短信，就說我希望他今天下午可以過來。我以爲他會來呢，他早該過來看我的，該來致意一下啊！」

吉布森先生最近工作太忙，以致無法顧及禮節上的單純拜會，即使他明白該過來走一趟，但實在抽不出空。他看診範圍這一區內充斥發燒病例，病人占據了他全部的時間與心思，他不免慶幸茉莉待在平靜無事的漢利家，可遠離這些事。

他的「家務風暴」也沒有半點好轉跡象，雖然他盡量把惱人事擱置一旁，不過壓垮駱駝的最後一根稻草——何陵福特爵士的乍然到訪，讓這一切有了改變。有一天下午，吉布森先生在城裡巧遇何陵福特爵士，兩人高興地暢談一番，分享彼此近期在科學上的新發現，然而對於某些細節，吉布森先生不十分清楚，亟想得到進一步的知識，何陵福特爵士剛好在這方面知識豐富。於是何陵福特爵士突然說：「吉布森，我去你家用午餐好不好？我從七點用過早餐後到現在什麼都沒吃，肚子快餓扁了。」

吉布森先生深覺榮幸能有機會款待這位他在何陵福特地區中相當敬愛的人，於是興高采烈地帶爵士回家以便早一點用餐。豈料家裡廚子正爲了波莎被解雇而氣憤難平，竟選擇拖拖拉拉又漫不經心來對應。因此，雖然吉布森先生清楚家裡有麵包和乾酪、冷牛肉或其他簡單食物可招待飢腸轆轆的爵士，但不管他怎麼拉鈴，左等右等就是不見食物出現。爲怕客人覺得尷尬，氣極了的他又不好在何陵福特爵士面前發作。

最後，餐點終於上桌。可憐的主人狼狽不堪，除了食物之外幾無一樣東西是乾淨的：骯髒的碗盤，朦朧不清的玻璃杯，至於那條桌巾若說不上骯髒，也留下沾了不少食物的痕跡，又皺巴巴的。吉布森先生在心裡，把客人家那種即便單單一條麵包也要精緻打理過才上桌的情形拿來比較。他沒有直接向客人致歉，只不過，在用完餐互相道別時他說：「您也知道，像我這樣的鰥夫，帶著一個不能總是待在家裡的女兒，沒有一個正常作息的家庭，連短暫在家時都無法發號施令。」

吉布森先生內心滿滿感觸，卻隻字未提他們方才的那一餐。何陵福特爵士同樣心有所感，他答道：「當然，當然。像你這樣的人，理應免於家務事的煩憂才是，該有個人來替你照管。吉布森小姐多大了？」

「十七歲。對於一個沒有母親的少女來說，這眞是尷尬的年齡。」

「是啊！非常尷尬。雖說我僅有兒子，可我知道對年輕女子而言，定是非常尷尬的。不好意思，吉布森，我們就當是朋友間的閒談。你想過要再婚嗎？——再婚與初婚無法同日而語，這是當然。不過，你要是能找到個秀外慧中、討人喜歡，年約三十歲上下的女子，何不娶回家好幫你料理家務，省得你受氣或操心。況且，她也能夠給令嬡些許年輕少女們需要的保護指引與關懷照顧呀！這是個敏感話題，還請你多多包涵我的坦誠直言。」

吉布森先生自聽了這段話後已反覆思量好多遍，可這種事情也無法「操之過急」啊！要上哪去找個「秀外慧中、討人喜歡，年約三十歲上下的女子」？不是布朗寧家的大小姐，也不是二小姐，更不是固德芬家的小姐。在他的鄉下病人之中有兩個階級，清楚地劃分著：以農家來說，他們的孩子是粗鄙、未受過教育的；而地主家千金，眞的會……覺得嫁給鄉下外科醫生是幸福的保障？

不過，在吉布森先生探望過肯莫夫人，就考慮起柯派屈克太太是他「對象」的可能性。他漫不經心地騎馬離開伯爵家，仔細想想自己所知道的她，反倒沒去想自己該開什麼處方、該走哪條路了。他記起她曾是美麗動人的克萊兒小姐——那位曾罹患猩紅熱的家庭教師，那是他妻子還在世的時候，許久以前了。單從外表，他實在看不出來她幾歲。後來聽說她嫁給了一位助理牧師，接著在第二天（好像是這樣，他也記不得這中間到底隔了多久）丈夫就死了。他知道——透過管道得知，從那以後她輾轉在不同家庭擔任家庭教師以維持生計。儘管如此，她仍舊是陶爾莊園一家最喜歡的人物，她迥然不同於他們的階級，卻贏得了他眞正的尊敬。一兩年前他聽說她接受了艾斯坎伯一所學校的聘請，到那兒出任教職。艾斯坎伯是靠近肯莫家族另一處莊園的小鎭，兩者屬於同一個郡。肯莫家族靠近艾斯坎伯的莊園要比靠近何陵福特的莊園更大，不過裡頭老舊的領主宅邸住起來不若陶爾舒服，所以那兒便讓給普瑞斯頓先生住了──他是伯爵家在艾斯坎伯財產的土地管理人，如同薛勝客先生是何陵福特這邊的土地管理人一樣。領主宅邸中猶有幾間房保留給伯爵家族作為偶爾到訪時的居所，要不，年輕英俊又單身的普瑞斯頓先生是非常樂於全部接收的。吉布森先生知道柯派屈克太太有孩子，是個女兒，大概正值茉莉這個年紀。當然她沒什麼財產，就算有的話也不多。至於他自己向來量入為出，小心度日，另有好幾千英鎊進行不錯的投資；此外，他的職業收入頗豐，每年度的收入都大過開銷。他全盤思考這一點時，恰好騎著馬來到既定行程的第二名病人家門口，遂暫先將再婚之事與柯派屈克太太擺到一旁。那天稍晚，他覺得有些好笑地再次想起茉莉告訴他的，約莫五、六年前她被留在陶爾那樁不幸事件的細節，他不禁覺得當時柯派屈克太太對他女兒眞是仁慈有加。所以他想，現在讓事情先這樣就好。

肯莫夫人貴體欠安，但倒也沒像她自己臆測而大家都不敢找醫生來的那幾天那等嚴重。她覺得由吉布森先生來決定她可以做什麼、吃什麼、喝什麼、避免什麼，眞教她如釋重負。對於總習慣自己決定一切的人來說，偶而接受外來的決定，不僅對自己是種心理上的解脫，對其他人也都如此。加之這乃是出於享有智者美譽之人所給的決定，對身體的療效就更大了。

柯派屈克太太暗自思量，沒想到肯莫夫人這麼容易搞定。她和布瑞麗不由齊聲歡唱道，吉布森先生「總是能把我們家夫人治得服服貼貼的」。

報告適時送到肯莫伯爵處，不過伯爵及小姐們都被嚴格限制不准來陶爾探望。肯莫夫人在身體和心理上都相當虛弱，憔悴不安，不願家人們看見她目前狀況。這和她平常模樣太不同了，因此她不自覺地擔起心來，這副尊容要是被瞧見了，會影響她在他們心中的威信。有時她自己寫日常公報，有時吩咐克萊兒代勞，若是信件的話她總要求親自過目。女兒們捎來的任何回信她都自己看，有時也會透露內容給「好心的克萊兒」知道。然要是從肯莫伯爵來的信，則大家都可共睹共聞，毋須擔心會有什麼家族祕密從他那雜亂無章的字裡行間洩漏出去。不過，有回柯派屈克太太在念一封肯莫伯爵捎的信給他妻子聽時，忽然瞥見她極想略過不念而只留給自己細讀的句子，要能不念出來就太好了。不過夫人的精明能幹哪能容她如此？據夫人自己的看法：「克萊兒是個好人，卻不夠機靈。」就是說她不懂得在第一時間善用資源，只會急就章地隨便抓些東西應付。

「繼續念哪！怎麼停下來了？沒有壞消息吧？是有關艾格妮絲的嗎？——把信給我。」

肯莫夫人接過信，出聲把內容念出來——

克萊兒和吉布森進展如何？妳當初還不把我的提議當回事，現在妳既然得關在家裡，作作媒也許是不錯的娛樂哪！我想不出比他們兩人更配的姻緣了。

「哦！」肯莫夫人展顏，「叫妳念這個眞是太尷尬了，克萊兒。難怪妳要停下來。不過，妳剛才讓我擔了好大一顆心呀。」

「肯莫伯爵眞愛開玩笑呢。」柯派屈克太太應道，內心小鹿亂撞，不過對那最後一句話倒是頗爲贊同──「我想不出比他們兩人更配的姻緣了」。她很想知道肯莫夫人對此事看法如何，畢竟肯莫伯爵寫得好像眞有機會似的。

這不是不討人喜歡的主意……這麼一想，坐在肯莫夫人身旁的她臉上浮現一抹淡淡微笑，而夫人正午寐著。

第十章　危機

柯派屈克太太念書給肯莫夫人聽，夫人聽著聽著便進入了夢鄉，柯派屈克太太把書擱在膝上用手扶著，免得掉下來。她凝視窗外，不看莊園裡的群樹，也不看其後的遠山，只想著再度擁有丈夫的無限美好：當她優雅地坐在裝潢華麗的客廳時，有人會去賺錢養家。她很快便把這張想像中的長期飯票具體地成形在鄉村外科醫生的身上。此時輕輕的敲門聲響起，她還不及從椅子上起身應門，正想著的那人已自行開門進來。她覺得自己臉紅了，猶且覺得這樣也沒什麼不好。她走向前相迎，做手勢指指正睡著的伯爵夫人。

「很好。」他低聲說話，以醫生的專業眼光看了一下熟睡中的人，「我可以到圖書室裡快快地跟您談一下嗎？」

「他要跟我求婚嗎？」她思忖道，內心一陣悸動，堅定地想接受這個一小時前才列在她可能婚配對象名單中的單身男人。

她很快就發現，他純粹要問幾個診斷上的問題罷了，覺得這樣的對話實在無聊，雖然對醫生而言可能是有用的資訊。她不知道，就在她說話時，他終於下定決心求婚了——她拉拉雜雜的說了一堆，而他習慣抽絲剝繭後去蕪存菁。她的聲音如此柔美，聲調如此悅耳，聽在他這聽慣了鄉下腔調的耳裡，簡直令人心曠神怡。還有，她配色高明的衣著，加上緩慢優雅的動作，在在對他緊繃的神經產生了舒緩的效果，就像有些人覺得貓咪發出的聲音可以安撫他們一樣。他開始想著自己眞能贏得芳心就太幸運了——爲了他自己的緣故。昨天他還想著她來當茉莉的繼母再合適不過，可今天他想到的是，她若能當自己的妻子就太好了。又想起肯莫伯爵信上所言的女方相信自己大有機會，她想吸引住他，且盼自己能成功。他們仍舊討論著伯爵夫人的病情，接著，突然下了一陣及時雨。原先吉布森先生根本不在意下不下雨的，然而，這會兒他卻有個繼續待在這兒的好理由了。

「眞是個暴風雨的天氣。」他說。

「就是說嘛！我女兒寫信告訴我，上星期有兩天，從布洛涅出發的定期輪船都沒辦法開。」

「柯派屈克小姐在布洛涅，是嗎？」

「是的，可憐的孩子。她在那兒念書，想把法文學好。但是吉布森先生，請不要叫她柯派屈克小姐，辛西雅是如此——呃——可以說——印象深刻地記得您哪！她四年前出麻疹時，是您的小病人，您知道的。請叫她辛西雅就好。要是聽您這麼見外地稱她爲柯派屈克小姐，她會很難過喲。」

「我覺得辛西雅這個名字很少聽見，只適合入詩，不是日常生活用的哩！」

「這也是我的名字，」柯派屈克太太用略顯責備的哀怨語氣說：「我的教名是海雅辛西，而她可憐的父親想要用我的名字來爲她命名。很遺憾，您不喜歡這個名字。」

吉布森先生不知道該說些什麼。他還沒準備好這麼快就跨入私人領域的議題。他猶疑著該怎麼答腔時，又聽她繼續說：「海雅辛西．克萊兒！我曾爲我美麗的名字感到驕傲，別人也覺得這個名字甚爲美麗。」

「我一點也不懷疑——」吉布森先生開口道，但很快打住。

「也許我錯了……不該聽從他的，讓他給孩子取了這麼個浪漫的名字。也許有些人一聽到名字會對她有先入爲主的偏見，這樣一來，我可憐的孩子！她可就陷入困境中了！帶著個年紀輕輕的女兒眞是件不易之事，特別是在單親的情況下哪，吉布森先生！」

「您說得對極了。」他應和道，想起了茉莉，「不過，我認爲只擁有母親的女孩相較於只擁有父親的女孩，幸運得多，也損失得少。」

「您在想女兒啦！我說話眞是太不小心了。那個可愛的孩子！我仍還清清楚楚地記得她睡在我床上時那張可愛的小臉蛋呢！我想她現在也幾乎長大成人了，應該和我的辛西雅差不多年紀。我多麼想再見到她呀！」

「您會見到她的。我眞想請您見見她，我眞想請您可以愛我的茉莉，像愛您自己的——」他把浮上嘴邊的話給吞下，差點噎到。

「他要求婚了，是嗎？」她思忖著。於是在他說出下一句話之前，她緊張得顫抖。

「您可以像疼愛自己女兒一樣疼愛她嗎？您是否願意試試？您願意讓我有這個榮幸告訴她，您是她未來的母親，我的妻子嗎？」

啊！他眞的求婚了——不論此舉是聰明或是愚拙，他就是做了。不過，在他思忖此舉聰明與否的瞬間，他也意識到此言一出即駟馬難追。

她把臉埋在雙手中。「哦！吉布森先生！」她說。接著，有點出乎男方意料且連她本人也想不到，她竟歇斯底里地哭起來了。她感覺到前所未有的輕鬆愉快，從此再不用爲五斗米折腰了。

「我親愛——我最親愛的。」他試圖用話語和撫摩讓她平靜下來，但一時間也不知該怎麼稱呼她才好。

哭泣風暴稍歇之後，彷彿看穿他爲難之處似的，她自己張了口：「叫我海雅辛西——只屬於你的海雅辛西。我受不了『克萊兒』，那會讓我想起當家庭教師的日子，而現在那些日子已經遠離了。」

「是的。但至少在這個家族裡，妳是最受重視、最受喜愛的家庭教師。」

「哦，是啊！他們向來對我很好。不過再怎麼好，我的身分仍是不變的。」

「我們必須稟告肯莫夫人。」他說道，思考著由於採取了剛剛的步驟，得做的一大堆工作也許更甚於未來妻子正在說的話。

「你會跟她說的，對吧？」她抬起頭用徵詢的眼神看著他，「我總喜歡讓別人去告訴她事情，然後我能夠看著她有什麼反應。」

「當然！妳希望我怎麼做，我就怎麼做。我們現在該去看她醒了沒嗎？」

「不，我不想這麼做，最好先讓她有所準備。你明天會來吧，那時再告訴她就行。」

「那最好了。我還得告訴茉莉，她有權知道的。我眞的希望妳和她彼此相親相愛。」

「哦，當然！我確定我們會。那麼，你明天會過來跟肯莫夫人說嘍？我會讓她有所準備的。」

「我不認爲她有什麼好準備哩，不過妳最清楚一切了，親愛的。我們何時安排妳跟茉莉見面呢？」

就在那時有個僕人進來了，兩人連忙分開。

「夫人醒了，想見吉布森先生。」

他們兩人一塊跟著僕人上樓。柯派屈克太太努力裝出一副沒事發生的樣子，因爲刻意使肯莫夫人有所「準備」；換句話說，她想讓夫人覺得這事對吉布森先生來說很急迫，她本人卻十分嬌羞矜持。

孰知病中的肯莫夫人和健康時一樣，觀察力敏銳得很。進入夢鄉時，她滿腦子都想著丈夫信上所寫的事，興許一覺醒來就得了些指引！

「我很高興你還沒走，吉布森先生。我想跟你說——你們兩個怎麼啦？你跟克萊兒說了些什麼？我很確定你們之間一定有事。」

吉布森先生覺得沒什麼大不了的，便坦蕩蕩對肯莫夫人述出一切。他轉過身，牽起柯派屈克太太的手，直接開口：「我已經跟柯派屈克太太求婚，請她當我的妻子、我女兒的母親，而她也答應了。我對她的感謝實非言語所能形容。」

「嗯！我覺得沒什麼不妥。我相信你們會很幸福的，此事可喜可賀！過來吧！你們兩人都來跟我握個手。」開懷地笑了一陣，她接著說：「我好像都沒幫上忙似的。」

吉布森先生對這句話顯得困惑，柯派屈克太太則臉頰泛紅。

「她沒跟你說麼，哦，那我得告訴你。不說的話太可惜了，尤其有這麼好的結局。今早肯莫伯爵捎來一封信，可不就在今天早上。我把信給克萊兒要她大聲念給我聽，她念著念著突然停住，停得很沒道理，我還以為是不是艾格妮絲怎麼了，就把信拿過來看，接著念——等等！我念給你聽。那封信呢，克萊兒？哦！別忙了，在這兒。『克萊兒和吉布森進展如何？妳當初還不把我的提議當回事，現在妳既然得關在家裡，作作媒也許是不錯的娛樂哪！我想不出比他們兩人更配的姻緣了。』你瞧瞧，伯爵完全看好你們。不過我可得寫信告訴他，我都還沒插手，你們自己就談妥了。那麼，現在只剩健康方面的問題要談，所以吉布森先生，你何妨再跟克萊兒講些悄悄話！」

聽到伯爵信中字句，他們兩人都不像先前那樣熱切地想向對方說些什麼。吉布森先生盡量不去想它，免得產生其他一大堆聯想，於是推說他們也沒其他事要講了。然而，肯莫夫人專制一如往昔。

「去嘛！別不好意思。我總要我女兒們去跟將成爲丈夫的男人私下多聊聊，不管怎麼說，結婚前有好多事需討論，再說你們兩個也過了光顧著談情說愛的年紀了。去吧！」

兩個人別無選擇，只好轉回到圖書室。柯派屈克太太賭氣似的噘著嘴，而吉布森先生此時回復了自我，跟先前兩人在這兒獨處時比起來，顯得較冷靜、愛譏諷。

她先開始，半哭嚷著道：「可憐的柯派屈克先生如曉得我方才做的事，不知會怎麼說。他是不喜歡再婚這種行爲的，可憐的傢伙。」

「那我們就希望他不曉得好了。或說，如果他眞曉得了，他是個智者——我的意思是說，他會懂得在某些狀況下，再婚是最需要也頂明智的做法。」

於是，應夫人要求，他們兩人進行了第二次私下交談，卻不如第一次的好。加上吉布森先生還有病人得看，不想浪費太多時間。

「我們應該不久就可適應彼此的相處了，對此我毫不懷疑……」他騎著馬離開時，自言自語著，「但若要我們兩人有相同的見解，那幾乎是不可能的。反正，我也不會喜歡這樣。」再補充道：「要是妻子老當丈夫的應聲蟲，生活也未免太過乏味。唉喲！我得去跟茉莉說這件事：這個可愛的小女人，不知道她會怎麼看待，這事可是大大爲了她好哪！」他又想了一遍柯派屈克太太的好，還有茉莉由於自己剛所採取的步驟將得到多大好處，樂得他暈陶陶的。

那天下午已經太晚，來不及到漢利家看診，因陶爾莊園位於相反方向。所以翌日一早，吉布森先生比平常約定的時間更早到達漢利家，以便在夫人來到樓下客廳前，可獨自和茉莉說上半個鐘頭的話。他認爲女兒在聽完他帶來的消息後應會需要安慰，而這最佳人選非漢利夫人莫屬。

一個天氣晴朗的炎夏早晨，穿著簡單輕便的人們在田間收割燕麥，吉布森先生騎著馬沿路慢慢往前走，透過高大的樹籬，他看到辛勤工作的人們，更聽見鐮刀收割著燕麥時發出的清脆響聲。工人們似乎太累不想說話，一旁看守著外套、桶罐的狗正趴在榆樹下大聲喘著氣，吉布森先生不由自主地也在榆樹下佇足片刻，欣賞眼前景象，這樣一來耽延了些許時間。片刻之後，他彷彿想起了自己不該耽延，用馬刺策馬疾奔。他快馬來到漢利家院落，比他平常來的時間早得多，沒有人在門口等他，所有管馬廄的人全到田地上去了。不過這對吉布森先生而言影響不大，他讓馬緩緩走上五分鐘左右，然後把馬牽到馬廄去，卸下馬鞍，好整以暇地仔細檢查一下馬兒。

他從偏門進屋，直接到客廳，猜度茉莉會在花園。茉莉方才的確在花園裡，不過當時天氣熱到讓人頭暈眼花，不宜再待在室外，茉莉便從開著的窗戶走進客廳。暑熱難敵，茉莉躺在舒適的椅子上睡著了，膝頭擱放著帽子和翻開的書，一隻手臂懶洋洋地垂下。

她看起來柔軟青春，像孩子似的。吉布森先生注視著她，心裡升起一股對女兒的憐愛。

「茉莉！」他輕輕喚著，拾起那隻垂下的手，將茉莉小小的手掌握進自己手心裡。「茉莉！」

她睜開眼，一度認不出映入眼簾的是誰。然後光線照射進來，她定睛一看，立刻跳起來用雙臂環住他的頸項，高呼道：「哦，爸爸，我最最親愛的爸爸！您怎麼趁我睡覺時候來呢，害我享受不到看著您進來的樂趣。」

吉布森先生臉色變得比先前蒼白，仍舊把女兒的手握在自己手裡，拉到沙發上一起坐下，卻不發一語。其實他也不用開口，因爲女兒喋喋不休說個不停。

「我起得很早哦，屋外空氣好清新，讓人覺得舒服極了！我想可能起得太早，才那麼想睡。但這眞是棒透了的盛夏日子，對嗎？我在想人們所描述的義大利藍天，是否會比那邊——您看樺樹之間的那片天——更藍！」

她從父親手中抽出手來，再用上另一隻手把吉布森先生的頭轉個方向，好讓他能看見女兒所描述的景象。不過，她倒是讓他不尋常的沉默給嚇了一跳。

「爸爸，您有艾小姐的消息嗎？他們怎麼樣，那個染上猩紅熱的呢？爸爸，您看起來不太舒服，您自己知道麼，要不要我回去照顧？我還要多久才可以回家呢？」

「我看起來不太舒服？別胡思亂想了，小傻瓜，我好得很啊，也理當如此，因為……我有件事要跟妳說，小女人。」他覺得自己說得實在有夠笨拙，不過猶得繼續往下說：「妳要不要猜猜是什麼事？」

「我哪曉得呢？」茉莉聲調變了。她覺得很不自在，像有某種不祥預感浮上心頭。

「來，聽我說，親愛的。」他再握住她的手，「妳置身於詭異的環境中，一個女孩在我們家那種環境下成長，總有年輕男人——這都該怪我。而且我又常常不在家。」

「可是有艾小姐在呀！」她回道，心中越來越鮮明的不祥預感讓她頗不舒服。

「但還是有像現在這種艾小姐不能陪著妳的時候呀。她有她自己的家，有別的事情要做。長久以來，我老為這樣的事情深感困擾，不過，我終於做了一件盼能讓我們父女倆都更幸福的事。」

「您要再婚了……」她說出他難以啓齒的部分，只是說的時候聲音乾澀，且自父親手中抽回自己的手。

「是啊！跟柯派屈克太太——妳記得她麼，在陶爾，她們都喚她克萊兒。還記得妳那天在陶爾迷路的時候，她對妳多好嗎？」

不知道該用什麼詞彙的她，沒有答聲。她不想說話，深怕一開口，胸中奔騰翻攪的怨懟、不悅、憤慨或其他情緒會藉著哭泣大叫冒出來——甚或更慘，暴怒中可能說出一輩子都無法忘懷的傷害性字眼。她覺得自己腳下原本的土地已從岸邊剝離，她就站在上頭，孤立無援地於無垠大海中漂流。

吉布森先生睹見茉莉反常的沉默，心裡八九不離十地猜著原因。然而，他也知道她需要時間接受這件事，亦仍堅信這件事有益於茉莉往後幸福。他終於吐露出心中的祕密，不管怎麼說都鬆了口氣，他在之前的二十四小時都爲了如何說出口而惴惴不安。此刻，他再一次檢視這樁婚姻的好處，如今是眞心地這麼想了。

「她的年紀和我相配，雖不曉得她的實際年齡，不過應該有四十左右。我不可能娶更年輕的人了。肯莫伯爵伉儷及他們家人對她都有很高評價，這本身即是項優點。她雍容高雅又儀態大方，這當然跟她待的圈子有關，而妳和我——我們相較之下就顯得粗里粗氣嘍，小傻瓜。所以我們現在得重新學習禮儀了。」

見她對這番故作輕鬆的談話沒有任何回應，他繼續說：「她一直在做家庭管理的事，相當勤儉持家，畢竟這幾年她在艾斯坎伯負責一間學校，跟管理一個大家庭沒兩樣。最後一點，但並非最不重要，她有個女兒差不多跟茉莉妳一樣大。她當然也會過來一起住，成爲妳的姊妹，當妳的好同伴。」

她依舊沉默不語，最後終於開了口：「所以我被送到這兒來，你們好趁我不在時安排這件事？」她從痛苦不已的內心蹦出這句話來，所造成的後果卻是無法再保持面無表情，沉默以對了。她父親站起來，快步走出去，嘴裡念念有詞。她聽不到他說些什麼，儘管她立刻衝出去，跟在父親身後走過黝暗的石子甬道，看著父親走進馬廄場，走進馬房。

「哦，爸爸，我身不由己哪！我不知道該怎麼說這件令人討厭——令人痛恨——」

他把馬牽出來。她不確定有沒被聽見她的話。他跨上馬背，轉過頭來臉色鐵青地說：「我想我最好先離開，這樣對妳我都好，現在我們有可能說出讓對方難以釋懷的話來。我們此刻焦躁不安，明天應該會冷靜多了，而妳得自己好好想想，就會明白此事的原則——出於極好的動機，我想是爲了妳好。妳可以轉告漢利夫人，我本想親自告訴她的。我明天再過來，再見了，茉莉。」

在他騎著馬離開後好幾分鐘，久到馬蹄聲已從小圓石子鋪成的路面上消失，於青草地上漸行漸遠，終至寂靜無聲——茉莉依舊站在那兒，直勾勾盯著方才他所經過，現已空空如也的地方瞧。呼吸似乎暫止，僅有兩三次，間隔了好久才發出悲傷的哀嘆，接著便是啜泣。她終於轉身離開，卻又無法回屋裡，無法告訴漢利夫人，無法忘記她父親的神情、他所說的話，如此離她遠去。

她從側門走出去。這是園丁們拿糞肥去花園時所走的路，連著一條隱密小徑，被矮灌木叢、常綠植物及長成拱形的群樹遮蔽起來。

茉莉難過得忘了她所受的疼愛，只悲愁地想著無人會管她變得如何、沒人會在意她。漢利夫人有自己的丈夫、孩子和自己的家要照顧，儘管她好心又仁慈，但茉莉心裡那份痛苦陰鬱是外人無法介入的。她快步走向設想的目的地，一張幾乎掩沒於垂絲柳樹枝條中的石椅，就在樹林另一側一條既長且寬的斜坡步道臺階上，那兒可遠眺後方美麗的青草坡地。當初開築步道應是爲了眺望陽光下蓊鬱綠樹、教堂尖塔以及兩三棟古老建築閃亮的紅瓦屋頂，還有遠方紫色丘陵起伏所形成之美麗景色。遙想當年，漢利家人丁興旺時，穿著大蓬裙的女士們與腰間配劍、頭戴假髮的男士們，熙熙攘攘在寬闊臺階上漫步，一路嘻笑，而曾幾何時，這條步道已人跡罕至淪爲荒廢小徑。漢利先生或他兒子們可能經由它通往後面草地的小門，但沒有人會在小徑上散步。茱莉幾乎可以肯定，除了自己外無人知道隱藏在樹下的石椅，畢竟沒有園丁會來整理像後花園或這種賞玩用而家主不常去的非必要性場所。

她一到達石椅，立刻讓鬱積胸中的悲傷宣洩出來。她不想分析自己爲何哭得死去活來，她父親要再婚了、她父親對她很生氣；她做錯事了，他生氣地離開了；她失去父親的愛了，他要結婚了，要離開她——離開他的孩子、他親愛的女兒，遺忘她生身的「親愛的母親」。她就這樣滿腦子鬧哄哄地哭個沒完，直到累癱了，得安靜休息一下以恢復力氣再開始哭。她撲倒在地上這重度憂傷的天然寶座，斜倚著長滿苔蘚的老舊石椅，有時把臉埋入雙手中、有時緊握著雙手，彷彿把指頭緊握到疼可減輕心痛。

她沒察見羅傑．漢利正從後面草地過來，也沒聽到白色小門發出的喀嚓聲。羅傑一直在小湖和溝渠中打撈，這會兒肩上扛著濕濕的吊鉤和撈上來雜七雜八的寶貝走近，正要回家吃午餐，雖然老愛假裝就原則上來說並不看重這一餐，但中午時分他是胃口極佳的。他知道母親喜歡有他陪伴用餐，也較注重這一餐，每天在這時間點前她不常下樓來和家人見面，所以爲了母親，他戰勝了自身原則，所得到的獎賞就是胃口大開地和母親同享午餐。

他起初未看見茱莉，直到越過步道上的臺階要往家裡走。他在小樹林中通往步道的小路上走了約二十碼，邊走邊看看周圍樹下的青草和野生植物，尋索著有沒有一直想找的罕見花草，最後在銳利的雙眼搜尋下，終於找著了。他先把網子折好，以免打撈到的寶貝跑掉，再將網子放在牧草叢中，然後小心翼翼去摘取發現的寶藏。如此喜愛大自然的他，連想都不用想，僅出於習慣使然，總避免踩踏到周圍其他植物——也許找尋許久的植物或昆蟲就生長在近處不起眼的地方呢！

他的腳步將他帶領至樹蔭下的石椅，其所在位置可清清楚楚看見樹下景象，停住腳步後，映入眼簾的是地上一條顏色淺淡的裙子：有個人趴在石椅上，一動也不動。他心想，這人——姑且不論這人是誰，應是病倒或暈倒在那兒。他停下來看。過了一兩分鐘，哭泣聲又開始了，伴隨著喃喃自語。是吉布森小姐，她用破碎的聲音哭喊：「哦，爸爸，爸爸！您回來吧！」

羅傑猶疑了幾分鐘，心想此時是否該離開而讓她以爲沒人發現較好，他甚至躡手躡腳地往後倒退了一兩步。孰知，那令人心酸的哭泣聲再次響起。他母親無法走這麼遠的路，否則不管這位嬌客爲何傷心，邀她來的母親都是最理想的安慰者。話雖如此，姑且不論對或錯、細心或冒失，當那傷心的話聲再次響起，如此需要安慰、如此孤寂痛苦，他走回來，走向濃濃綠蔭中。他距離這麼近，她不由得站起身來。茉莉努力止住哭泣，本能地用手將又濕又打結的頭髮往腦後梳。

他低下頭，凝重眼神憐憫地看著她，不知道該用怎麼詞才好。

「午餐時間到了嗎？」她問道，試圖相信他沒有瞧見她的淚痕與哭得亂七八糟的一張臉——他並未看到她趴在椅子上，快把心臟給哭出來的樣子。

「不知道呢，我正要回家午餐。可是，妳得聽我說——看妳這麼難過，我哪能夠繼續往前走。發生了什麼事？我的意思是，有什麼我可以幫上忙的嗎？我是說……當然，我無權過問妳的私事，因爲我也派不上用場。」

她哭得太慘，把力氣都用光了，覺得自己現在既沒辦法站也沒辦法走，於是在石椅上坐下來，嘆了口氣，臉色變得蒼白無比。他以爲她就要暈倒了。

「等一下。」羅傑這句甚是多餘，她根本也動不了。他飛快衝向樹林中他知道位置的水泉，少頃後小心翼翼地捧回裝在大圓樹葉捲起而成的臨時杯子中的水。雖然水很少，但對她確實有用處。

「謝謝！」她說：「我很快就能走回去了，你不用停下來等我。」

「妳得讓我陪妳才行。妳都快暈倒了，我媽不會讓我放妳獨自留在這兒。」他回道。

於是他們彼此沉默不語好一會兒。他伸手攀折了一兩片他們頭上呈不規則生長的樹葉，拿在手中端詳，半是出於天生習慣，半是爲了讓她稍事喘息。

「我爸爸要再婚了。」她終於開口。她也不懂自己爲何告訴他。她本不想說的，誰知一開口，話就冒出來了。他扔掉手中握著的葉片，轉過身看著她。她可憐的惆悵雙眼噙滿了淚水，正迎著他滿是同情憐憫的目光，她的表情比她的話更具說服力。答腔之前他短暫靜默，而後是更深的沉默，因認爲既然問人家有什麼需要幫忙，自己所說出的話就眞得幫上才行。

「妳爲此難過？」

她仍直視著他，顫抖著嘴唇做出個「是」的嘴型，聲音卻出不來。

他又陷入沉默，眼睛看著地上，用腳輕踢地上的小石子。他的思想並未快速轉化成言語的形式，也不想在確知該怎樣安慰人之前就貿然開口。

他終於說話了，似乎理出了頭緒：「這件事看起來完全以愛爲出發點，找個代替母親的人幾乎是一種責任。我相信，」語氣上明顯轉變，並重新看著茉莉，「這決定對妳父親的幸福有很大的影響——可以讓他免除許多憂慮，讓他獲得愉快的伴侶。」

「他有我啊！你不曉得我們對彼此的意義……至少，他對我的意義。」她謙遜地補充道。

「他肯定認爲這樣做對你們彼此最有利，不然也不會做這件事了。他可能認爲，這件事對妳而言比對他還來得好。」

「他就是要這樣說服我。」

羅傑又開始踢起小石子，他還沒想到該作何結論。突然間，他抬起頭來。

「我要告訴妳一個我所認識的女孩子的故事。她母親過世時，她大概十六歲，是大家庭中最年長的孩子。從那時起，她整個盛綻的青春年華全都奉獻給她父親，先是當他的安慰者，接著是同伴、朋友、祕書等等。他是個經營不少事業的男人，回家往往只爲了稍作歇息，好準備第二天的工作。瑞月卻總是在那兒，隨時可以幫忙、可以談話，甚或可以沉默不語。這樣的日子過了八或十年，然後，瑞月的父親再婚了，對象是個沒大瑞月幾歲的女人。而他們是我所認識生活得最幸福的人——妳也許覺得這是不可能的，對吧？」

她仔細聽著，卻不想多言。不過瑞月的故事讓她頗感興趣——這個女孩爲她父親做了這麼多，比起年紀輕輕的茉莉爲吉布森先生所做的事情來，眞是多得多了。「這是如何做到的呢？」她終於嘆著氣問。

「瑞月將她父親的幸福看得比自己重要。」羅傑簡潔有力地道。

茉莉需要人鼓勵。她又哭了一會兒，才說：「如果是爲了爸爸的幸福——」

「他定是這樣認爲的。不論妳怎麼想，給他一個機會吧！我想，他要是看到妳這麼苦惱憔悴，心裡自然不會好受的，畢竟妳對他意義重大，誠如妳自己所言。那位女士本身也是。也許瑞月的繼母是個自私的女人，總想著滿足自己的願望；可事實並非這樣，她渴盼著瑞月得到幸福，就像瑞月渴盼著父親得到幸福一樣。妳父親未來的妻子可能就是另一個同樣美好的人——儘管這樣的人不多。」

「我不認爲她是那一型的人。」茉莉喃喃說道，忽想起好幾年前留在陶爾莊園那天的細節。

羅傑不想探知茉莉爲何口出此言。他自覺無權過問吉布森先生家過去、現在乃至未來的家庭生活，眼前的當務之急，乃是如何安慰與幫助這個在半路上不期而遇，正在哭泣的女孩。況且，他想要回去在午餐時間陪陪母親。但不管怎麼說，他終究不能棄她不顧。

「我想我們應該對每個人都抱持著最美好的盼望，而非期待他們有最壞的表現。這樣說也許聽起來老套，卻一直是我的安慰，終有一天妳會覺得受用的。人嘛！總得多爲別人著想一下，尤其別先入爲主地把別人往壞處想。我的說教不會太長，對吧？是不是聽得妳肚子都餓了，說教總是讓我飢腸轆轆，我懂的。」

他看起來像要等著她站起來一塊走回家，事實上確是如此，而他也讓她明白，他不會留下她在這兒。於是她虛弱地起身，虛弱得無法告訴他，她多麼想獨自待在這兒，他大可不用管她，一個人先走的。

她步履蹣跚，踉踉蹌蹌地走著，經過橫跨路面的一棵盤根錯節大樹樹下時，被蔓生的樹根給絆了一下，險些摔倒。走在旁側靜靜守護的羅傑瞧見了，趕緊伸手攙她一把。他攙著她的手走，這小小的插曲讓他深刻感受到她是多麼年輕與無助，同情憐憫之心油然而生，想起他剛發現她時的悲憫胸懷，期盼能帶給她些許安慰，在他們分開前——兩人步道之行結束，回歸到熟悉的日常生活之前。偏偏他還想不出該怎麼結尾。

「妳一定覺得我說的話很不中聽吧。」他們來到花園門口，靠近客廳窗戶時，他終於開口，「我向來無法清楚傳達內心感覺，總會陷入哲學式說理，不過對妳的難過，我十分感同身受。眞的，我的確是。只是我無法幫妳改變事實，我想目前最好的做法也許是別再去提起它，因爲多說也無益。請記得，我眞的感到難過！我會常常記掛著妳，雖然我敢說，妳現在是不想再提了。」

她回應道：「我知道你也很難過。」低聲說完便逃也似的跑進屋，飛奔上樓，一個人關在房裡。他則直接去找他母親。

漢利夫人連碰都沒碰面前的食物，她非常擔心茉莉，因爲平常極爲準時的茉莉今天不知何故，遲遲未出現。加上她聽說吉布森先生來了又走，但無法得知他有沒有留下任何口信；她也擔心自己的健康，有些人說她得了憂鬱症，她倒是急切想聽聽睿智的醫生怎麼說。

「你到哪兒去了，羅傑。茉莉呢？——我是說，吉布森小姐。」她極小心地使同處一個屋簷下的年輕男女劃清界線，保持距離。

「我在湖裡打撈東西——啊，我的網子忘在步道階梯上了！我發現吉布森小姐坐在那兒，哭得像心碎似的。她父親要再婚了。」

「再婚！你別胡說。」

「是眞的呀，她很難接受，可憐的女孩。媽媽，我想您最好遣人給她送杯酒或茶過去，她好像快暈倒了——」

「我親自去看她，可憐的孩子。」漢利夫人說著，站起身來。

「您別去了。」他伸手拉住她的手臂。「您剛剛等我們等得太久了，臉色好蒼白。讓韓莫德送過去就行了。」他邊說邊拉鈴。

她便又坐下，滿是震驚神色。「她再婚的對象是誰？」

「不知道。我沒問，她也沒說。」

「男人就是這樣。其實，這件事有一半問題在於他再婚的對象是誰。」

「我應該問的，可不擅長面對這種場合。我對她的難過近乎感同身受，但仍不知該說什麼。」

「那你說了什麼呢？」

「我盡我所能，給了最好的建議。」

「建議！你應該安慰她才是。可憐的小茉莉！」

「我想，有用的建議理當是最好的安慰。」

「那要看你對建議的定義是什麼。噓！她來了。」

出乎他們意料，此時出現的茉莉力圖鎮靜，使自己看起來和平常沒兩樣。她已經洗過臉，整理過頭髮，努力掙扎著讓自己不要哭，說話的聲音也盡量不發抖。她捨不得讓漢利夫人因爲看到她悽慘的樣子而替她擔心。她未察覺到正照著羅傑的建議去做，也就是多替別人著想——她的確正在這樣做。漢利夫人不太確定主動提說剛從兒子口中得知的消息是否得體，不過她此時心思都被這件事占滿了，因此也沒別的事好提。

「聽說妳父親要再婚了，親愛的。我可以問一下對象是誰嗎？」

「是柯派屈克太太。好幾年前她在肯莫伯爵夫人家當家庭教師。她和他們住了很長一段時間，他們都叫她克萊兒。我想他們都很喜歡她。」茉莉試著用她所知道的最佳方式來介紹準繼母。

「我想我聽說過，這樣她不是很年輕嘍？應該就是她，她丈夫過世了。她有其他家人嗎？」

「有個女兒，不過我對她所知不多。」

茉莉又快要哭出來了。

「不要緊，親愛的，想哭就哭吧！羅傑，你幾乎都沒吃東西呢，你要上那兒去啊？」

「去拿我的網子，裡頭裝滿了寶貝，我不想丟失。更何況，我本來就吃得不多。」他說的不完全屬實，只是想最好讓這兩人獨處。他母親非常有同情心，就讓她們私下聊聊，他母親絕對能夠讓茉莉一吐心中陰鬱，得到慰解。

他一走，茉莉就抬起哭腫了的雙眼看著漢利夫人，開口道：「他對我眞好。我要努力記住他說的話，照著去做。」

「我很高興聽妳這麼說，親愛的，非常高興。從他跟我說的來看，我還怕他是對妳說教呢！他心地很好，可不像奧斯朋那等溫柔。羅傑有時候稍嫌粗枝大葉。」

「那麼，我喜歡粗枝大葉。對我很有幫助呢！讓我覺得有多壞——哦，漢利夫人，我今天早上眞的對爸爸很壞。」茉莉起身撲到漢利夫人懷裡，靠在夫人胸口上哭泣。現在讓她難過的不是父親再婚的事，而是她對父親的惡劣態度。

若說羅傑的溫柔不在言語上，那便是在行為上。他覺得茉莉非理性地放大了心中的憂傷，才會那樣難受，而他想以自己的方式，用獨樹一格的作法幫助她減輕痛苦。那天晚上，他調校了顯微鏡，把早上打撈所得的寶貝放在一張小桌上，請他母親過來欣賞一番。茉莉當然跟著來了，這正是他想要的。他試著讓她對這些東西產生興趣，對她的好奇心讚賞有加，引導她想得到進一步的資訊。然後他搬來相關書籍，將稍嫌晦澀的專業用語翻譯成平易近人的日常用語。茱莉也下樓吃晚餐，心想到睡覺前的時間那麼長，該怎地打發才好：在這段時間她得聊些其他話題才行，滿腦子卻都只有同樣一件事；她好擔心今天下午跟漢利夫人私下的交談已經耗掉漢利夫人太多精神，不想再拿這件事煩夫人了。可是睡前祈禱跟睡覺時間怎麼老盼不來呢！想法改變之後，她整個人已重新振作起來，因此非常感謝羅傑。她期盼著明天快點來，好向她父親懺悔。

然而，吉布森先生什麼話都不想聽。因爲他一向不喜歡表露感情，另外可能也是因爲覺得自己和女兒在這件事情上見解分歧，說得少反而好。他從女兒眼中即可看出她的悔意、看出她有多難過，他的心也因而傷痛不已。不過，他不讓女兒爲前一日行爲道歉，只說：「好了、好了，沒事了。妳要說的話我全都明白。我瞭解我的小茱莉——我的小傻瓜——比她自己還要瞭解。我給妳帶來個邀請。肯莫夫人邀妳下週四到陶爾莊園去！」

「您希望我去嗎？」她問道，一顆心直往下沉。

「我希望妳和海雅辛西多認識認識，學著彼此相愛。」

「海雅辛西！①」茱莉驚呼道，陷入一片困惑。

「是的，海雅辛西！這是我聽過最蠢的名字，但這就是她的名字，我必須那樣叫她。『克萊兒』我可受不了，那是肯莫伯爵夫人還有他們家人在陶爾莊園叫的。另外，叫『柯派屈克太太』則顯得太正式也太荒謬，因爲她很快要改成『吉布森太太』了。」

「什麼時候呢，爸爸？」茱莉追問，感覺自己即將住進一個未知的陌生世界。

「米迦勒節②過後。」他答道，然後又自顧自地補充：「更慘的是，她還將這個名字流傳下去，讓女兒沿襲她的名字。辛西雅！一聽便聯想到月亮，還有月亮上那個抱著一綑柴薪的男人。我眞慶幸妳就只叫『茉莉』而已，親愛的孩子。」

「她多大年紀？我是說——辛西雅。」

「哦，得習慣一下這名字。我猜辛西雅．柯派屈克應當跟妳差不多大。她在法國念書，學習裝腔作勢的美姿美儀。她會返鄉參加婚禮，到時候妳可以跟她互相認識。不過我想，之後她應會再回去念書，還有半年才念完的樣子。」

譯註：

①海雅辛西（Hyacinth），英文原意為風信子。

②米迦勒節（Michaelmas）為九月二十九日，是英國四大節慶之一。

第十一章 建立友好關係

吉布森先生相信辛西雅・柯派屈克會回英國出席母親的婚禮，偏偏柯派屈克太太另有想法。她實非一般人所說那種有堅決意志的女人，純只是不管怎樣，不喜歡的她就避開，喜歡的、想要的即會盡力弄到手。故儘管在她起首的談話中說到何時以及如何舉行婚禮，她仍靜靜聽著吉布森先生提議道要請辛西雅和茉莉兩人當伴娘。但任由年輕貌美的女兒來搶自己徐娘半老的新娘子風采，她才不幹，因此該怎麼安排婚禮更形明朗了。她心裡早有盤算，辛西雅還是乖乖留在布洛涅的學校就好。

接受吉布森先生求婚的那晚，柯派屈克太太早早就寢，滿心期待婚禮盡快舉行。她視婚禮爲一種解脫——從管理學校的奴隸身分中解脫出來。她管的那間學校無利可圖，招生不足下，連付房租、繳稅、買食物、付清潔費、請老師都成問題，除了收拾東西和打包衣服之外，她再想不出有甚好理由回艾斯坎伯。她衷心盼望吉布森先生熱切要求趕快成婚，勸她永遠打消回艾斯坎伯去做學校苦工的念頭。她心裡甚至擬好了一套要給吉布森先生聽的說詞，美麗動人加熱情洋溢，說得條條是道，足以說服她自己將良心的譴責擺在一旁，就算是她自覺應該有的。她會告訴學生家長她不打算回學校繼續辦學了，請他們將女兒們送往別處受教，就在仲夏假期結束前的末週進行告知。

翌日早餐時，肯莫夫人開始決定安排並分派這對中年戀人的職務，此對柯派屈克太太的計畫來說無異是盆當頭澆下的冷水。

「妳在學校的工作當然不能說放就放，克萊兒。你們的婚禮最快也得等聖誕節過後才能舉行，不過一切都會盡善盡美。我們將待在陶爾，孩子們會到艾斯坎伯去參加妳的婚禮，眞是樂事一樁。」

「我想——我擔心，我不相信吉布森先生想等那麼久。這種狀況下，男人都很沒耐心。」

「哦，別胡說了！肯莫伯爵才剛把妳介紹給他的佃農們認識，我確定他不願佃農們有什麼困擾不便的。吉布森先生必能理解，他是個有見識的人，要不然也不會當我們的家庭醫生了。好了，現在告訴我，妳打算拿妳女兒怎麼辦，決定好了嗎？」

「還沒呢！昨天實在抽不出時間，人在焦躁時候總很難面面俱到。辛西雅快十八歲了，要出去當家庭教師也夠年紀，如果吉布森先生希望的話。可是我不認爲他會這樣想，他是個慷慨仁慈的人。」

「那麼，我今天得給妳留些時間處理妳的事情。別浪費時間多愁善感，妳已經過了那個年齡。你們彼此好好商量清楚吧，此事攸關妳長遠的幸福。」

他們果然清楚商妥出一兩件事情。柯派屈克太太頗感失望，因爲吉布森先生和肯莫夫人想法大致相合，覺得不應失信於學生家長。儘管吉布森先生同覺可惜，因爲茉莉還得等一段時間才能回家，在他新妻子的保護下生活，加上家中廚子等僕役的態度也教他一天比一天頭大。但到底他是個光明磊落的人，實不願說服柯派屈克太太爲了他來提早結束講好的學校職務。其實，他根本不曉所謂的「說服她」，說多容易就有多容易！倒是她，看家本領全出籠亦絲毫不能成功引他急著在米迦勒節舉行婚禮。

「我實在無法用言語形容，妳一旦成爲我的妻子，對我而言是何等的慰解，海雅辛西，我家中的女主人，小茉莉的母親與保護者。但我不能干預妳先前和周遭的約定，這樣子做不對。」

「謝謝你，我親愛的。你人眞好！世上有好多人淨只想著他們自己的願望和利益！我確定我學生的家長們會對你讚譽有加。你如此爲他們著想，必令他們大感驚訝。」

「那就別告訴他們，我討厭受到讚賞。妳何妨告訴他們這是妳自己的心願，妳會撐到對方找到新學校再走？」

「因爲這不是我想要的。」她終於大著膽子說出：「我期盼著讓你幸福，想把你的家變成一個舒適的安歇處。我也亟盼能珍惜你可愛的茉莉，就如同我所希望的，成爲她的母親。沒有母親的身分，我怎可盡母親的職責？如果我得替自己發聲，就會說：『各位鄉親，請於米迦勒節前替府上千金找家新學校吧！在那之後我就得離開，爲別人謀幸福去了。』一想到你得在十一月天騎馬走那麼遠的路，濕答答地回家卻乏人照顧，我就受不了。哦！若你讓我來說，我會告訴那些家長，把他們的女兒們帶離這個心已不在學校的老師。雖然提早也早不過米迦勒節——因爲那樣確實說不過去，而且我也知道你不會慫恿我這麼做，你人太好了。」

「呃，妳若認爲家長覺得這樣做並無不妥，我衷心希望婚期定在米迦勒節。肯莫夫人怎麼說？」

「哦，我告訴過她，我擔心你可能不願意等，因爲你跟傭人之間有些問題，另也爲了茉莉——能夠盡快開始我跟她之間的新關係最好。」

「的確，正是如此，可憐的孩子！恐怕我要再婚的消息讓她驚訝不已。」

「辛西雅也會大受震撼。」柯派屈克太太應道，不想讓吉布森先生只想到他自己的女兒，使自己的女兒少受重視與疼愛。

「我們會邀她過來參加婚禮！她和茉莉要當伴娘。」吉布森先生說，內心充滿了毫不保留的溫情。

這計畫不怎麼稱柯派屈克太太的意，但她想最好先不動聲色，等抓到好理由再說，也許將來自有好時機浮現。所以此刻她只淺淺笑著，溫柔地握了一下放在自己小手中的大手。

至於陶爾莊園的會面，是柯派屈克太太抑或是茉莉較想趁早結束，就是個謎了。柯派屈克太太相當厭煩當女孩們的家庭教師，她生命中的大大小小試煉，或多或少都與她們有關。她很年輕就出來當家庭教師，且在與這些家教學生的交戰中，一開始就落敗了。比起個性和學識，她出色的外表儀態與才藝相形下亮眼得多，也因爲如此，使得她比同行更易獲得好「職務」，遑論有時候還挺吃香的。雖說這樣，她仍是不斷遇到調皮頑固、太過正直、嚴厲批評，或充滿好奇心與觀察力超敏銳的女孩。甚至婚後在辛西雅出生以前，她直盼生個兒子，心想如果有幾個親戚過世了，兒子即可繼承從男爵的爵位。然而事與願違，你瞧瞧！就是生個女兒哪！她對女孩們的厭惡眞可用「她生命中的瘟疫」來形容（竟然還得去艾斯坎伯負責一家專教「少淑女」的學校，她對這份工作的嫌惡反感可見一斑）。話雖如此，她卻眞心想盡其所能當個好繼母，好好疼愛記憶裡那個眼中充滿著對自己仰慕之情，愛睡的黑髮小女孩。柯派屈克太太之所以接受吉布森先生，最主要原因是不想再爲生活奔波勞碌，不過她也滿喜歡他這個人的——不止哦，她甚至以自己了無生氣的方式愛著他，打算對他女兒好，雖然她心裡忍不住想如果這傢伙是個兒子，會比較容易達成。

茉莉也要自己強打起精神。「我要像瑞月一樣，多爲別人著想。我不要替自己著想。」前往陶爾的路上，她重複念著這幾句話。可是期盼這一天早點結束應該不算自私吧！她認眞期盼著。漢利夫人派了馬車接送，要馬車在那兒等到晚上再送她回來。漢利夫人希望茉莉給人家留個好印象，要求茉莉出門前讓她看一下。

「別穿那件絲質禮服，穿妳那件白色細棉布最好看，親愛的。」

「別穿絲質禮服？這是新作衣耶！我爲了來這兒才做的。」

「可是，我還是覺得那件白色最適合妳。」漢利夫人嘴上這樣說，心裡則想：「除了那件不搭調的格子圖案絲質禮服外，穿什麼都好。」

多虧了漢利夫人，前往陶爾莊園的茉莉雖說看起來仍有幾分古怪，不過就老派眼光來看等於完全的淑女樣子。她父親本要在那兒跟她會合，偏偏有事耽誤了，所以她得一個人面對柯派屈克太太。

茉莉想起上回在陶爾莊園的可怕遭遇，往事歷歷在目，彷彿昨日才發生。今天的柯派屈克太太再和藹可親不過，她們寒暄後，兩人一塊坐在圖書室，柯派屈克太太握起茉莉的手，不時憐愛地撫摸著，當她看著臉頰泛紅的茉莉，也經常發出幸福滿足的讚嘆聲。

「多美的眼睛啊，眞像妳父親！我們要好好相親相愛，妳說是麼，親愛的。爲了他的緣故！」

「我會努力。」茉莉勇敢地說，然後接不下話了。

「妳也有一頭美麗的黑色捲髮！」柯派屈克太太道，從茉莉白皙的太陽穴旁撩起一綹髮絲。

「爸爸的頭髮已經開始花白了。」茉莉說。

「眞的？我沒瞧見耶！我永遠也看不到他的白髮。他是我心中永遠的美男子。」

事實上吉布森先生的確長得好看，對於這樣的恭維，茉莉也很高興，唯仍忍不住應道：「但他還是會老，頭髮還是會變白。我想他還是會很帥，只不過……不再年輕了。」

「啊，就是這樣！親愛的。他還是會很帥——有的人就是這樣。而且他多疼妳呢，親愛的。」

這話聽得茉莉臉一陣青一陣白的，她哪需要陌生女人來跟她確認自己父親對她的愛。忍不住生起氣來的她，只得保持沉默。

「妳不曉得他是怎麼提說妳，他喚妳『他的小寶貝』哦，有時還眞教我忌妒不已。」

茉莉自柯派屈克太太手中抽回自己的手，開始覺得反感，這些話對她來說簡直荒腔走板。但是她緊咬住牙關，不發一語，因爲她要「盡量努力友好」。

「我們絕對得讓他幸福。我怕家裡已有夠多事情教他煩心，不過啊，我們現在就要來處理了。妳千萬得告訴我——」看到茉莉眼中罩上一層愁雲，她趕緊接道：「關於他的喜好與厭惡，這些妳自然最清楚了。」

茉莉臉色稍明朗了，她當然瞭若指掌。經過這些年來的觀察以及對父親深深的敬愛，她相信沒人會比她更瞭解她父親了。不過她倒是弄不懂他怎會看上柯派屈克太太，甚至要跟她結婚呢，這眞是難解的謎團，茉莉索性不去想它了。柯派屈克太太繼續說：「所有男人都有其喜好與厭惡，連最聰明睿智者也不例外。我認識幾位教養良好的紳士，有時雞毛蒜皮小事就可以讓他們煩躁氣惱，像是門沒關、茶水溢在碟子上、或圍巾沒圍正之類的。我說哪，」她壓低了聲音，「我知道有一家人不會再邀何陵福特爵士作客喲，因爲他沒把兩隻鞋子都在踏墊上踩踩就進門去了！現在，妳得告訴我，妳父親可有什麼特別討厭的事，我好避開。在討他歡心的這件事上，妳得當我的密友和幫手。我會很高興在照顧他的事上面面俱到的。我的服裝也是——他最喜歡什麼顏色？我願盡我一切所能，讓他看到的每樣事物都賞心悅目。」

這話讓茉莉聽了挺歡喜，開始想著也許父親終究是爲他本人下了不錯的決定，而她自己若能對他未來幸福有所幫助，自當盡力而爲。於是她努力想著吉布森先生的習慣和生活方式，想找出日常家居生活最令他不快的事。

「我想，」她說：「爸爸沒特別講究的東西，不過，如果我們沒有準時吃晚餐——沒有在他回家時準備好，他會很緊張。您知道的，他常得騎馬行遠路去看病人，然後又得騎馬走好長一段路回家，所以只有三十分鐘，有時甚至只有十五分鐘能夠在家吃晚餐。」

「謝謝妳，親愛的。準時！沒錯呀，在一個家庭裡，這的確重要得很。我在艾斯坎伯學校也是這樣教導我那些年輕女孩。難怪吉布森先生對於沒準時供應的晚餐這麼不快，他工作得多辛苦哪！」

「爸爸不在乎吃什麼，只要有食物準時上桌就行了。他吃麵包和起司也都沒問題，如果廚子不想做晚餐的話。」

「麵包和起司！吉布森先生吃起司？」

「是的，他很愛吃呢！」茉莉天真地應答，「我一直都知道，當他累得不想吃其他東西時，就會吃麵包和起司。」

「哦，可是我親愛的，我們得改變一下。我無法想像妳父親吃起司的樣子，那東西味道太重，又很粗俗。我們得給他找個會做煎蛋捲或其他美食的廚子才好，起司是上不了檯面的。」

「爸爸喜歡吃起司呀。」茉莉堅持道。

「哦！可是我們得幫他矯正過來。我受不了起司的味道，我相信他絕不願意讓我難受。」

茉莉沉默不語，她發現其實用不著這樣，她無須鉅細靡遺地數出爸爸的喜好與厭惡。她最好留待柯派屈克太太自己去發現。

接著是氣氛怪異的沉默，雙方努力想找出討喜話題來聊。茉莉終於開口了。

「麻煩您！我想要多瞭解一下辛西雅——您的女兒。」

「好啊！叫她辛西雅就好。這名字眞好聽，對吧？辛西雅・柯派屈克。雖不比我的原名『海雅辛西・克萊兒』好聽，以前人們常說這個名字很適合我。我得讓妳見見一位男士，他是第五十三連的連長，曾用我的名字作了首離合詩①。哦，我預料到我們有好多話要跟對方說呢！」

「可是，關於辛西雅呢？」

「哦，對！關於辛西雅，妳想知道哪些呀，親愛的？」

「爸爸說她會過來跟我們一塊住，她什麼時候來？」

「哦，妳仁慈的父親這樣做是不是很貼心呢。我本來想，讓辛西雅完成學業後出去當家庭教師，畢竟她一直以來接受家庭教師的培養訓練，也相當有這方面的才華。只是好心又親愛的吉布森先生不這樣想，他昨天說辛西雅畢業後得回來和我們一塊住。」

「她何時畢業？」

「她要念兩年，我想最快也是明年夏天。她在那兒邊教英文邊學法文，明年夏天會回家來，到時候我們家可不就是快樂的四重奏了？」

「希望如此。」茉莉說：「可是她會來參加婚禮，對吧？」茉莉怯生生地繼續問，不知柯派屈克太太願意提及婚禮到什麼程度。

「妳父親要求她來參加。但我們得多考慮考慮再做決定，旅費很貴的呢！」

「她長得像您麼，我眞想看看她。」

「她很漂亮喲，大家都這樣說！是非常亮眼的那型，也許跟我年輕時有幾分像。而我最喜歡有異國風味的黑髮美女——就像眼前的。」說著摸了摸茉莉的頭髮，還意味深長、若有所思地望著她。

「辛西雅她很聰明，功課很好嗎？」茉莉再問道，挺擔心柯派屈克太太即將說出的回答會讓她覺得自己遠不如辛西雅。

「當然嘍，我花了那麼多錢請最好的老師教導。總之，妳不久便能見到她了，這會兒我們最好去見肯莫夫人。我獨占著妳固然好，但我想肯莫夫人此時定等著我們去見她。她很想看看妳——我未來的女兒，她總是這麼叫妳的。」

茉莉跟著柯派屈克太太走進晨間起居室。肯莫夫人正坐在那兒，有些惱火，因爲她今天早上比平常早一點梳洗完，克萊兒竟未注意到，沒早十五分鐘帶茉莉過來讓她瞧瞧。對於正逐漸康復的病人來說，芝麻蒜皮之類小事都可以讓她惱上一天，茉莉若是早點來就能受到領主夫人笑容款待，現在卻只有被批評的分了。肯莫夫人這個人個性如何什麼的，茉莉一無所知，僅知要去看一位活生生的伯爵夫人——當然也得被對方看。哦，不光只是一位伯爵夫人而已，乃是何陵福特「這位伯爵夫人」是也。柯派屈克太太牽著茉莉的手來到肯莫夫人面前，把茉莉往前推，說：「肯莫夫人，這是我親愛的小女兒！」

「好了，克萊兒，別說些有的沒的。她還不是妳的女兒！說不定——永遠也當不了妳女兒呢！就我所知，訂婚後的男女有三分之一沒下文。吉布森小姐，看在妳父親的分上，我很高興見到妳。等我更認識妳後，希望會是因妳自己的緣故而高興見到妳。」

茉莉衷心希望自己永遠也無須被這位一臉嚴肅，僵直地坐在安樂椅上準備懶洋洋躺下來，卻因此更顯全身硬梆梆的伯爵夫人更認識。好在伯爵夫人將茉莉的沉默解讀爲謙卑的順從，她安靜地觀察了茉莉一下之後繼續說話。

「好，好，我喜歡她的模樣，克萊兒，妳可以好好栽培。孩子呀，有這樣一名訓練過好幾位和妳差不多資質少女的淑女在妳的成長期出現，對妳來說眞是好事一樁。我跟妳說，克萊兒！」她像忽然想起什麼似的，「妳得跟她熟稔些才行——目前，妳們都還不太瞭解對方。妳也得等到聖誕節後才舉行婚禮，不如讓她跟妳回艾斯坎伯去，這是一流的安排呢！她就一直跟妳在一起，也有女學生作伴，對從小到大都是一個人的獨生子女來說，眞是再美好不過的事了！」

現在，聽了這一番話以後，伯爵夫人這兩位聽眾還眞不知道是哪一位比較沮喪。柯派屈克太太可不想搶在婚禮舉行之前當上繼母。茉莉過去跟她一起住，她就得跟許多小小生財之道說再見了，對於那些小小的放縱之道更是非得再見不可——那些它們本身純屬無辜，但身爲學校管理人的柯派屈克太太卻清楚地明白實屬犯罪而加以隱藏的事：從艾斯坎伯巡迴圖書館所借來好看但頁角被弄折了的髒髒書冊，她在閱讀時慣用剪刀來翻頁；她在自己家中所使用的休閒椅，跟眼下在肯莫夫人面前正襟危坐著的這一把一樣；那些講究的美食，風味絕佳，分量又少，是她獨自一人享用晚餐時用來犒賞自己的——所有這些加上另外幾件類似的賞心樂事，眞照肯莫夫人所計畫的使茉莉過來一塊住並跟其他學生一塊學習，全都得再見啦！柯派屈克太太暗暗決定了一兩件事，包括婚禮在米迦勒節舉行，還有不要茉莉到艾斯坎伯去。不過，她現在對肯莫夫人所提之事展露出最甜美的笑容，彷彿這是全天下最體貼的計畫一般，然而她可憐的腦袋卻正在拚命運作，思前想後再加左思右想，盼能尋出個理由或藉口拿來搪塞。就在此時，茉莉替她省卻了一切麻煩。

三人之中究竟是哪一位對這突然冒出來的話語最感吃驚哩。茉莉原不打算開口，可是心裡一股氣上來，在她意識到自己的想法之前，一串話已經脫口而出：「我一點都不覺得這計畫好，伯爵夫人，我非常不喜歡。我跟爸爸只剩幾個月時間相處了，我不想離開他。我會喜歡您，」她眼裡噙滿了淚水，轉向柯派屈克夫人，以最優雅最信賴的姿態將手放進她未來繼母手中。「我會努力敬愛您，竭盡我所能讓您高興……但是您千萬不能將我從爸爸身邊帶走，我只剩最後一點點時間能擁有他了。」

柯派屈克太太愛憐地捏捏放進自己手中的手，極感激這個女孩能直言不諱地跟伯爵夫人唱反調。雖然如此，克萊兒卻完全不願在伯爵夫人有進一步暗示之前，對茉莉出言相挺。倒是伯爵夫人目前的心情，未因茉莉的小小感言與直接的態度而變差，反倒覺得有趣。大概是因為她這幾天關在家裡，受夠了阿諛奉承，想聽點不一樣的吧！

她戴上眼鏡，說話前仔細瞧看兩人，然後開口說：「依我看，小淑女！咳，克萊兒，妳眼前有成堆工作要做！她說的確是事實，對於她這般年紀女孩來說，和父親之間還要擠進個繼母肯定不是好受的事，不管就長遠來看對她有什麼好處都一樣。」

茉莉幾乎覺得自己跟這個僵直的老伯爵夫人可能交上朋友，她認為伯爵夫人所提之事簡直等同試煉——讓她們不打不相識。不過，繼而想起她新近所發的熱心，也就是「替別人著想」這碼事，倒讓她擔心起柯派屈克太太是否因此而覺得受傷。從柯派屈克太太表情來看，茉莉是多慮了，只見那美麗紅潤的嘴唇依舊呈現微笑弧形，而茉莉手上的愛憐捏弄也從未停過。肯莫夫人越看茉莉越發感興趣，透過她的金邊眼鏡盯著茉莉直瞧，開始了天主教教義問答似的問話。老伯爵夫人問了些坦率直接的問題，一般處在這種身分地位的夫人都會遲疑要不要問，但她沒有惡意就是。

「妳十六歲，是嗎？」

「不，我十七歲。我的生日在三個星期前。」

「跟我想的大致一樣。妳上過學嗎？」

「從來沒有！我的知識都來自於艾小姐的教導。」

「哦！我猜，這位艾小姐是妳的家庭教師嘍？我還以爲妳父親請不起家庭教師哩！不過，他是最清楚他自己狀況的人。」

「那是當然的，夫人。」茉莉答道，任何提及她父親智慧的看法都令她感動。

「妳說『當然！』，好像每個人都該最清楚自己狀況似的。妳還很年輕，吉布森小姐，非常年輕。等妳到了我這年紀，就會比較清楚自己的狀況。我想，既然妳有位家庭教師，所以妳也學了鋼琴，懂得使用地球儀，會說法文，也會所有一般性的才藝，對吧？我從未聽過這等荒謬之事！」她激動了起來，「單一個女兒耶！如果有半打女兒，這樣做才算有意義。」

茉莉沒答話，不過她非常努力讓自己保持安靜。柯派屈克太太比先前更厲害地捏她的手，希望藉此傳達有力的同情，避免她再說出任何不智的言語。但是，這樣的撫慰卻讓茉莉覺得煩，只更刺激她而已。她從柯派屈克太太手中抽回自己的手，輕微暗示著她的不耐。

也許吉布森先生挑這節骨眼上出現算是幸運的，到底畫面大致和平。在三個同性別人物屏除異議歧見同時冷靜下來時，走進一個不同性別的人，那畫面看起來眞夠奇怪的。現在就是這樣：吉布森先生進來時，肯莫夫人摘下眼鏡讓眉頭舒緩，而柯派屈克太太正打算起身，卻適時雙頰緋紅，至於茉莉，她的臉閃著喜悅，配上潔白牙齒和迷人酒窩，簡直像陽光映照在大地上。

當然，寒暄後肯莫夫人要跟醫生私下談談她的健康問題，茉莉就跟未來的繼母互摟著腰、或手牽手，在花園裡漫步，遠看就像樹林裡有兩位美女。柯派屈克太太主動展現親暱動作，茉莉處於被動外心裡總有股害羞的怪異感，因為她對於表裡不一的熱情歡迎尤其畏怯，不怎舒服。

接著是提早開動的晚餐，肯莫夫人在房裡安靜地享用，因為她還是得一個人待在那兒。晚餐時有一兩次，茉莉心裡閃過一絲她父親不喜歡眼前狀況的念頭——就要再婚的中年人在僕從環伺下，聽著柯派屈克太太訴說著浪漫情懷與諷諭。他努力將對話中的浪漫感性刪去，把重點放在現實生活的討論上；柯派屈克太太仍不死心地將未來構築在美麗夢想上時，吉布森先生則盡力要她以現實狀況為考量，這樣的談話甚至在僕從們退去之後仍繼續著。茉莉忽想到一句貝蒂常說的老話：「兩個恰恰好，三個嫌多餘」，且縈繞心頭揮之不去，她不禁有些不安起來。可是身處陌生的肯莫宅邸裡，她還能到哪兒去呢？她該怎麼辦？心頭七上八下、腦子裡思緒紊亂的她，讓父親的話給喚回現實世界。

「妳覺得肯莫夫人的計畫如何？她說她建議妳在婚禮前讓茉莉跟著到艾斯坎伯一塊住。」可柯派屈克太太臉垮下來，心想如果茉莉再來一次，像在肯莫夫人面前所表現的那樣就太好了！可是，提出建議的是她父親，不是陌生貴婦，做女兒的反應當然不同，但願茉莉再勇敢一次。茉莉並未開口，她只是臉色蒼白，若有所思，焦慮不安。柯派屈克太太得替自己說話了。

「計畫很好，只是——呃！我們還是不這樣做較妥，是嗎？親愛的。我們不會告訴爸爸，是怕他因此驕傲。不行！我想我必須讓女兒留在你身邊，親愛的吉布森先生，因為你們只剩最後幾星期可以兩個人相處。把她從你身邊帶走實在太殘忍了。」

「可是妳也知道，親愛的，我告訴過妳目前不能讓茉莉待在家裡的原因。」吉布森先生急切地說。他越瞭解他未來的妻子，就越覺得必須讓她牢牢記得，她要能夠擋在茉莉和某些人之間，以免重演最近發生的卡克斯先生事件；這也是他念茲在茲要再婚的原因之一。然而柯派屈克太太明鏡般光滑的內心早已船過水無痕了，現在，瞧見吉布森先生那張焦慮不已的臉才又想起來。

吉布森先生最後那句話聽在茉莉耳中又作何感想呢？她被送到別處去是另有隱情的，對她是不能說的祕密，卻可以告訴這個陌生的女人。這兩人之間有著完全的信任，她將永遠被屏除在外嗎？那麼，關於她的事——雖不知如何進行，但從此以往都要瞞著她，只有他們兩人私下討論？一股強烈的忌妒之痛讓她心臟都快停了。此刻她心想，去艾斯坎伯也好，去別處也罷。純粹想到父親的幸福而不顧慮自己也就算了，可是這莫非意味著她得放棄自我，澆熄心中熱情，遺忘自己真正的渴望？處在這種絕境中，她卻只覺得安慰——或似乎如此。在迷宮中漫遊的她，幾乎不知曉對話是怎麼繼續下去的；第三個和尚眞嫌多餘，他們兩個人就夠了，和樂融融，祕密不外漏。她一點也不快樂，她父親卻沒發現，全副精神都放在他的新計畫和新妻子身上，沒注意到女兒不快樂。雖然覺得對不起女兒，但爲了全家未來幸福著想，眼前還是不要問茉莉的想法較好。他本就是常壓抑住情緒，不讓自己感情外顯。不過當他要離開時，他把茉莉的手握在自己手裡，緊握了一陣，態度截然不同於柯派屈克太太握茉莉的手。而且在跟女兒道再見時，他聲音也極其柔和，甚至還多說了幾個字（對他而言是很不尋常的）：「上帝賜福妳，孩子！」

茉莉一整天都勇敢地挺住，沒表現出生氣、嫌惡、煩擾或遺憾的樣子，不過當她一個人再次坐上漢利家馬車時，淚水忍不住奪眶而出，一路哭回漢利小村。然後，她努力想擠出笑容，抹滅臉上的不愉快痕跡，但卻徒勞無功。她只希望能不被發現，直奔樓上的房間，在被人看見前用冷水泡一下眼睛。孰知馬車來到穿堂門口，碰上了晚餐後到花園散步回來的漢利先生和羅傑，他們熱心地扶她下馬車。羅傑一眼就看到她臉上的狼狽樣，便說：「我媽一直在等妳回來。」他帶頭往客廳走。

可是漢利夫人不在那兒，漢利先生則在跟馬車夫說話，說是有一匹馬怎麼怎麼的，於是只剩他們兩個獨處。羅傑開口：「妳今天辛苦了。我好幾次想到妳，因爲我知道那種場面有夠尷尬的。」

「謝謝。」她嘴唇顫抖著，好像又要哭了。「我努力記著你說的話——多爲別人著想，可是有時候眞的很難。你知道的，對嗎？」

「對呀！」他幽幽地道。聽到茉莉直截了當地說將他的忠告記在心裡，並試著身體力行，讓他頗爲得意。他不過是個年輕人，聽到這樣的話當然高興，也許因爲這樣，他想給茉莉更多建議，這回還摻入了同情心。他無意誘使茉莉說出心事，因認爲像她這等單純的女孩，這太容易了。他只想給她一些自己學得的可用原則，盼能對她有所幫助。

「的確很難，」他繼續說：「但不久後，妳會因此快樂許多。」

「不，不會的！」茉莉搖頭道：「那會沉悶至極，我倒不如死了算了，因爲單單考慮到別人、只求別人的快樂，何時才得了結呢？我看不要出生還來得好些。至於你說的幸福快樂，怕是永遠沒我的分了。」

茉莉說的話意外地發人深省，一時間教羅傑不知該如何答腔，也許先從一個十七歲女孩說自己永遠無分於幸福快樂這句話開始著手較容易。

「胡說！也許十年後妳再回過頭看這一段試煉，就會覺得不過是小事——誰知道呢？」

「也許會覺得可笑，說不定我們過段時間再來看世上所有的試煉，就會發現一切都很可笑；也許天使們現在就有這樣的感覺。然而，我們不過是凡人，而現在就是現在，不是多久之後。我們也不是天使，無法預見每件事的結局，更無法因看到結局而感到安慰。」

她以前從未跟他說過這麼多話，說話時未將直視他眼睛的視線移開，兩人就這樣佇立，互相凝視著對方。她有些臉紅，說不上來爲什麼。他也不知道何以看著眼前這張單純又富於表情的臉時，竟感到無比快樂——還因她毫不保留的哀傷而流露出深切憐憫，一度閃神，沒聽清她說什麼。他很快恢復過來。對這講究理性的二十一、二歲聰明年輕人來說，十七歲女孩竟說出心靈導師一般的言語，讓他覺得有趣。

「我知道，我明白。是的，我們必須面對的是『現在』。我們別討論到玄學去了吧！」茉莉一聽瞪大雙眼，她不自知說的是玄學嗎？「人生總有一堆試煉等著的，循序漸進，量力而爲就好。哦，我母親來了！她比我更能安慰妳。」

本來只有兩人的私下交談現在順勢變成三重奏了。漢利夫人在沙發上躺下來，她今兒個一整天身體都不舒服。她說她想念茉莉，要眼前這女孩好好告訴她今天在陶爾的冒險故事。茉莉拉了張小凳子，坐在靠沙發頭之處。羅傑先是拿了本書，打算讓她們兩人好好聊聊，自己坐在旁邊看書就好，卻發現自己根本看不下書：聽茉莉敘述今天的遭遇眞有趣，更何況，自己不是想適時幫她一把麼，那就該多瞭解她的情形才對呀？

就這樣，茉莉待在漢利家時，他們常常一起聊天。漢利夫人心疼茉莉，喜歡聽茉莉講述大大小小的事情，對茉莉的關心就像法國人說的「鉅細靡遺」。漢利先生則是「整體上」的，他對茉莉顯而易見的憂傷覺得難過，甚至自責，彷彿他也有責任似的，因爲茉莉初到漢利家時，漢利先生即提起吉布森先生再婚之事，如今他一語成讖，令他非常自責。他不止一次告訴妻子：「唉，要是當初沒跟她說過不吉利的話就好了。妳還記得她聽了那些話之後的反應嗎？現在看來，我當初說的倒像是預言了，不是嗎？她從那天後一直臉色蒼白，我看，從那時起她根本食不知味。往後，我一定得小心說話才行。但這是吉布森爲他自己和茱莉所能做的最有利的事了。我昨天也是這樣跟吉布森說的。話雖如此，我還是替那女孩覺得難過。我要是沒說過那些話就好了，眞的！跟預言一樣，可不是？」

羅傑努力找出合理正確的方法來安慰她，這樣一個面對困境但爲了他母親卻盡量展現出笑容的女孩，他若不提供些幫助，會覺得很遺憾。他原本以爲崇高的原則和訓言會對她產生立即效果，事實並非如此，畢竟每個人有其經驗及情感上的差異，在在可能產生無法逆料的結果，沒有百分百顚撲不破的有效建議與忠告。不過，兩個人之間的互動卻越來越好。他試著讓她轉移注意力，不要困在個人事件引起的病態思想中，希望她能對其他事物有興趣。所以啦，他感興趣的東西派上用場了！她覺得他對她有實質幫助，可無法說出到底怎麼一回事，只覺得不論發生了什麼，每次跟他說完話，自己就平靜舒服多了。

譯註：

①離合詩（acrostic）是在幾行詩句中，可利用詩句第一個詞的首字母或最後一個詞的尾字母組合成詞或片語的詩體。

第十二章　準備婚禮

於此同時，中年戀人發展也持續加溫，不過是以他們認爲最好的方式進行，雖然對年輕人而言，這種方式興許還滿單調無聊的。回到陶爾的肯莫伯爵從妻子口中得知消息，樂不可支，似乎覺得自己當初對那兩人所做的評論與預言無異。關於此事，他對肯莫夫人所說的第一句話是：「我就說嘛！不是早告訴過妳，吉布森和克萊兒兩人是天作之合！我太高興了。夫人哪，也許妳可以看不起作媒這種事，但我可是深深引以爲傲。此後，我要留意認識的中年人裡頭有沒有可配成對的。我不想管年輕人，他們老愛空想，不切實際。話說回來，我媒做得眞好，這可鼓勵了我要繼續做下去。」

「繼續——怎麼繼續？」肯莫夫人冷冷地問。

「哦，計畫呀——妳不能否認這樁姻緣是我策畫的吧？」

「我倒不認爲這件事和你的計畫有何相干。」她依舊老神在在，冷淡回應。

「我的計畫讓他們思考了事情的可行性呀！親愛的。」

「是哦！如果你跟他們提過這件事，當然就算數。可是從頭到尾你都沒跟吉布森先生或克萊兒提說過，不是嗎？」

肯莫夫人忽想起克萊兒讀肯莫伯爵來信時的情形，不過她半個字都沒說，放任丈夫盡量吹噓。

「沒錯！我的確從未跟他們提過。」

「那麼，你必定是法力無邊，光憑意志力就能對他們起作用了。如果你硬要爲自己邀功的話，只好這麼說。」他無情的妻子繼續說道。

「我確實不能邀功。但是，現在討論我做過或說過什麼都沒用。我覺得自己對這件事很滿意便就夠了，而且要讓他們曉得我有多高興。我得給克萊兒送些粧奩，還有，他們要在艾斯坎伯的領主宅邸舉行婚禮早宴。我給普瑞斯頓寫信交代一下。妳說他們什麼時候結婚？」

「我認爲他們最好等到聖誕節，也已經跟他們說過了。去艾斯坎伯參加婚禮，孩子們會很高興的，假期中若天氣不好，我怕孩子們待在陶爾覺得無聊。如果天氣不錯，他們可以在莊園裡溜冰或玩雪橇。偏偏這兩年來對他們來說天氣都太濕了，我可憐的孩子們！」

「那對可憐的戀人肯爲了讓妳孫子們高興而等到假期再舉行婚禮嗎？『訂製一個羅馬假期』這句是波普或是誰說的，有這樣一句詩哦。『訂製一個羅馬假期』……」他重複念著，挺高興自己天資聰穎，能夠引經據典。

「是拜倫說的，但跟我們正在講的話題八竿子也打不著。我眞驚訝你竟會引用拜倫的詩句，他可是個品行不良的詩人①。」

「我看過他在上議院宣誓的。」肯莫伯爵辯解道。

「哦！他的事少說爲妙。」肯莫夫人說：「我已經告訴克萊兒最好打消在聖誕節前結婚的念頭，到底她手上學校的事也不能說放就放。」

然而克萊兒並不打算等到聖誕節再結婚，爲此她曾客氣地跟伯爵夫人反映過一次，只是不怎明顯就是了。她還有更困難任務待做，即是讓吉布森先生打消邀辛西雅的念頭，即使在婚禮結束後立刻讓辛西雅回布洛涅的學校都不行。她起先表示這是個很棒的想法和計畫，後來又說，這樣來來回回的旅費太貴了，雖然她企盼自己女兒能在這特別時刻陪在身旁，但想到所費不貲也只好作罷。

一向節儉的吉布森先生，其實有著仁慈寬厚的心腸。他明白表示，對於柯派屈克先生遺留給柯派屈克太太——他未來妻子的小小財產，他願意分毫不取，直接過繼給辛西雅；而且他也表示，辛西雅一完成學業就盡速以他女兒的身分回到家裡來。辛西雅可繼承的年俸是一年約三十英鎊。眼前，吉布森先生交給柯派屈克太太三張五塊錢英鎊的紙鈔，說希望這筆錢能解決辛西雅的旅費問題，讓她順利回來參加婚禮。那個當下，柯派屈克太太覺得旅費問題「的確」解決了，深受吉布森先生感動，連她都希望辛西雅可以來。假如寫給辛西雅的信和打算寄去的錢在感動尚未消失的那一天寄出，辛西雅就真能回來當她母親的伴娘了。可是數不盡的雞毛蒜皮小事打擾了寫信給辛西雅的事，拖到第二天，母愛逐漸萎縮，附加到金錢上的價值卻持續成長。柯派屈克太太一生總在爲金錢奔波勞碌，錢是必需品中的必需品。亦或許是母女倆長期相隔兩地，淡化了母親對女兒的感情。柯派屈克太太再次說服自己打擾女兒在異國的學習相當不智，新學期開始不久即要女兒請假是不對的。於是她給拉弗爾老師寫了封信，趁機將此想法灌輸給老師，果不其然，老師的回信幾乎回應了柯派屈克太太的主張。柯派屈克太太把老師回信拿給吉布森先生看，法文造詣平平的吉布森先生當然只好以不打擾辛西雅爲原則，倍感抱歉地打消邀她回來的念頭。而進了柯派屈克太太口袋的十五塊英鎊自是有去無回。事實上，不只那區區十五塊英鎊，就連肯莫伯爵要給她採辦嫁妝的一百英鎊也都拿去償還在艾斯坎伯積欠的債務。自從柯派屈克太太接掌艾斯坎伯的學校，校務就每況愈下，爲了顧及信用，她情願把錢拿去還債而非採買婚禮用的華服。

柯派屈克太太一向在與往來店家買賣上小心處理，「有欠有還」是她數得出來的優點之一，此乃看得見的責任感。不論那膚淺脆弱的個性可能招致什麼麻煩，她對「欠債必還」當眞身體力行，不遺餘力。雖然如此，對於不管未來丈夫意思擅自運用他給的錢，柯派屈克太太倒是半點也不會良心不安。她給自己買的任何一件新衣服都將是眾人目光之所聚，都會成爲何陵福特當地太太小姐們茶餘飯後的趣聞。她跟自己爭辯說，襯衣、衣領、床單等亞麻類製品以及內衣褲等都是別人看不到的，然而她所穿的每件禮服都會在小鎭引起話題，讓人們評頭論足一番。所以她的內衣褲不太多，幾乎是舊的，但質料相當不錯，而且在許多個夜裡，她總在學生們全上床睡覺之後，用她靈巧的手指頭縫縫補補。她一邊做著縫補的針線活兒，一邊在心裡想著，從此以後這類平凡瑣事均有他人代勞。說眞的，在深夜安靜時刻裡，她總不免想起之前林林總總爲順從別人要求下放棄自己意見的經驗，心中自是委屈，希望這樣的事永遠不會再有。人們常期盼著不同的生活——可以免除憂慮，不受束縛！她回想起今年夏天，在陶爾接受吉布森先生求婚之後，有次她花了將近一個鐘頭仔細梳髮，編出從布瑞麗太太的時尚雜誌中學來的新髮型。終於，她帶著自己最滿意的造型優雅地走下樓，準備與吉布森先生見面。肯莫夫人一看，竟像對待小女孩似的，要她回房換個髮型，別在頭髮上作怪以免丟人現眼！還有一次她被叫回去換上一套合肯莫夫人品味但她不喜歡的禮服。這些皆屬小事，卻是最近發生的，她長期所忍受「順應別人、委屈自己」的例子。她一想到自己有多討厭這些，便覺得自己有多愛吉布森先生，他簡直被視爲痛苦的出口。畢竟，現時除了盼望和處理日常雜務，還夾雜著上課，日子就不那麼難過。她的結婚禮服早早準備好了，在肯莫家帶過的幾位學生幫她打理妥當；她的大喜之日，從頭到腳的裝扮俱由她們包辦。肯莫伯爵開口提供她一百英鎊當嫁妝，請新婚夫婦到艾斯坎伯領主宅邸辦早宴。至於肯莫夫人，雖爲婚禮不等孫子們聖誕節放假就舉行多少覺得掃興，仍送給了柯派屈克太太一只很棒的英國製手錶與錶鍊，儘管稍嫌笨重，還是比她身上掛著那只小巧精緻但常出錯的外國貨實用多了。

於是，女方的婚禮準備井然有序地全速前進，吉布森先生家裡還沒開始爲迎娶新娘子做半點安排或裝潢。他知道自己得進行才行，但是要做什麼呢？一切亂無頭緒，他又少有時間坐鎮指揮，該從哪裡開始呢？

最後他想出明智之舉，去請其中一位布朗寧小姐看在老朋友的分上來解救燃眉之急，先準備家中馬上得使用的必需品，至於細部裝潢就留待未來的妻子負責了。不過在開口跟布朗寧小姐們求救前，他得先告訴她們他要再婚了，這對鎮上的人來說還是個祕密，他們以爲他最近常上陶爾莊園去是爲了伯爵夫人的健康問題。其實他心裡想，如果有哪個中年鰥夫談起他即將向布朗寧小姐們和盤托出的事情，他肯定會偷笑，是以他百般不願前去。唯此事已是箭在弦上不得不發，所以有一天晚上，他只好「硬著頭皮」告訴她們這段經過。在故事第一章末尾，也就是說，在卡克斯先生純純之愛結束了的那一段，布朗寧家的大小姐驚訝地舉起手。

「想想茉莉，那個我還抱在手上的初生嬰兒，竟然有個追求者！啊，眞的！菲比妹妹（她剛好走進來），告訴妳個大消息！茉莉．吉布森有追求者了！有人跟她求婚了呢！吉布森先生，可以這樣說嗎？她才十六歲！」

「十七歲呀，姊姊。」菲比小姐說道，她以熟知吉布森先生的家務事爲傲。「十七歲，六月二十二日就滿十七了。」

「好吧！就依妳。十七歲，如果妳硬要這樣說的話！」布朗寧小姐不耐煩地應道：「事實還是不變——她有追求者了。對我來說，她仍像昨天才出生一樣。」

「我誠心祝福她愛情之路順遂如意。」菲比小姐說。

這會兒吉布森先生加入發言，因爲他的故事還說不到一半呢！他也不想讓她們在茉莉的戀愛事蹟上大作文章。

「茉莉本人毫不知情。這件事我只告訴兩位和我另一位朋友。我嚴懲了卡克斯，盡我所能逼他打消念頭——正如他自己所說，他並無越禮犯分。可是對茉莉該怎麼辦，我眞是傷透腦筋。艾小姐離開了，我不能放他們在沒有年長婦人在場的情況下獨處。」

「哦，吉布森先生！你怎麼不讓她上我們這兒來呢？」布朗寧小姐插嘴道。「爲了你，我們赴湯蹈火在所不辭。不單爲了你，也爲了她可憐而親愛的母親。」

「謝謝。我知道妳們會的，但我不能在卡克斯情緒高漲時留她在何陵福特。卡克斯現在比較好了。之前他還故意不吃東西以示抗議，現在胃口是以前兩倍好。昨天他還吃了三份黑醋栗布丁。」

「哦！我之所以提這件事乃是因爲對小伙子而言，胃口和愛情間的關係大致跟翹翹板一樣，三份布丁顯然是好兆頭。話雖如此，可是妳們也知道，事情有一就有二。」

「我說，你眞慷慨得很，吉布森先生。三份哪！那麼，肉也差不多吃同樣分量吧？」

「我不知道耶！曾有人跟菲比求過一次婚——」布朗寧小姐說。

「噓！姊姊。妳別哪壺不開提哪壺。」

「胡說，妹妹！這已經是二十五年前的往事，他最大的女兒都結婚了。」

「我承認他不專情。」菲比小姐用她略帶尖銳的溫柔聲音辯解道：「並非所有的男人都像你呀，吉布森先生，這樣忠於他們對初戀的記憶。」

吉布森先生臉快要抽筋了。珍妮是他的初戀，可是她的名字從未在何陵福特被提起過。他的妻子美麗善良又知書達禮，深受喜愛，卻非他的第二次戀愛對象，也不是第三次的。現在，他要來跟她們討論他的第二次婚姻。

「呃，呃，」他說：「不管怎麼說，我認爲茉莉還年輕，我得保護她，在得到我的認可之前遠離這種事。艾小姐的姪子又染上猩紅熱，生病了——」

「啊！順口一提，我眞是粗心得很，都沒問候他們。那可憐的孩子怎麼樣了呢？」

「不是轉壞，就是轉好，這無關於我現在要說的事情。總之，艾小姐近期內無法回來，我也不能老把茉莉丟在漢利家。」

「啊！我現在明白了怎會突如其來跑到漢利家去，原來是這麼個愛情故事使然。」

「我最喜歡聽愛情故事了。」菲比小姐喃喃應道。

「那，讓我繼續說下去，妳們就會聽到我的愛情故事了。」吉布森先生對於一直被她們打斷，簡直快失去耐心。

「你的！」菲比小姐呼道，一副快昏倒的模樣。

「上帝保佑我們！」布朗寧小姐說，語氣較不具情緒性，「然後呢？」

「我的再婚，希望能成，」吉布森先生說道，決定只照字面意思去解讀她的反應，「這就是我來找妳們的目的。」

菲比小姐胸中燃起一絲希望。在女士們捲頭髮的親密時間（那時女士間流行捲髮），她常常告訴她姊姊：「唯一能讓她興起結婚念頭的男人就是吉布森先生。一旦他跟她求婚，她會爲了可憐而親愛的瑪莉，二話不說就接受。」她倒也從未解釋，跟她已故友人的丈夫結婚，能給那朋友帶來什麼幸福。菲比緊張地玩弄著黑色絲緞圍裙上的絲帶，儼如東方故事集的國王，瞬間在心中閃過全新的人生藍圖，不過隨之而起是問題中的問題：她能離開姊姊嗎？專心些，菲比，別胡思亂想，在妳把自己弄得前所未見的心煩意亂之前，聽聽人家接下來要說什麼。

「當然，我一直以來都爲了決定誰該是我家女主人，也就是我女兒的母親，而焦慮憂心。不過，我想我終於做出正確的決定了。我選擇——」

「你就行行好，趕快告訴我們這個女子是誰。」布朗寧小姐率直地說。

「柯派屈克太太。」這位準新郎答道。

「什麼！陶爾莊園裡深受伯爵夫人倚重的那位家庭教師？」

「是的，她很受他們看重，也算當之無愧。目前她在艾斯坎伯管理一所學校，對於家庭管理也相當在行。陶爾的幾位年輕淑女都是她帶大的。她本身有個女兒，因此對於茉莉較可能有慈母之心。」

「她是個雍容高雅的女人，」菲比小姐接腔，覺得自己有義務說幾句讚美之詞，以便掩蓋住剛才自己心頭閃現的想法。「我看過她和伯爵夫人一起搭馬車回去。我覺得她十分美麗。」

「妳在胡說些什麼，妹妹，」布朗寧小姐說：「她的雍容高雅與美麗跟這件事有什麼關係？妳聽過有哪個死了老婆的男人是爲了這等小事再婚的？肯定爲了某種責任感是吧，吉布森先生。他們需要管家，或是替兒女們找個媽，甚或是他們覺得會讓死去的老婆高興。」

也許布朗寧小姐內心認爲雀屏中選的應是自己妹妹菲比，以致於講話的口氣甚爲譏諷。吉布森先生並非聽不出來，只不過這時候不想予以理會。

「布朗寧小姐，關於我的作爲，妳愛怎麼解讀就怎麼解讀。我也不必假裝對一切都了然於心。不過我是眞心希望能保有我的老朋友，希望她們能夠因爲我的緣故，愛我未來的妻子。除了茉莉和柯派屈克太太以外，妳們二位是我在這世界上最敬重的女性了。此外，我想請問，是否能讓茉莉在我結婚前過去和妳們住幾天？」

「你在問漢利夫人之前就應該先問我們。」布朗寧小姐怒氣稍歇，「我們是你的老朋友，也是茉莉母親的朋友，只不過我們不是高尙階級啦。」

「這樣說有欠公道，」吉布森先生回道：「妳們自己也清楚。」

「我可不清楚。你總是一有機會就跟何陵福特爵士在一起，跟他相處的時間遠勝過你與固德芬先生以及史密斯先生。你也經常上漢利家去。」

布朗寧小姐不是說停火就停火的那種人。

「我跟何陵福特爵士交朋友就像我跟任何階層的人交朋友一樣啊，不論是學校工友或木匠、鞋匠，只要志趣相投，大家都可以是好朋友。固德芬先生是位聰穎的律師，關心本地風土民情，可是也僅止於此而已。」

「好了，好了，別爭執了，我對這種事最頭痛啦，菲比懂的。我沒有要跟你吵架的意思。你說夠了，對吧？如果你有理，我當然無話可說。在你開始大聲之前，我們說到哪裡啦？」

「說到親愛的小茉莉要到我們家住幾天。」菲比小姐說。

「我理該先問妳們的，只怪卡克斯被愛沖昏了頭，難保他會做出什麼事，或給茉莉和妳們惹出麻煩來。不過，他現在已經恢復冷靜。把茉莉送走，讓洶湧的波濤平靜下來了，現在即便茉莉和他置身於同個小鎮，就算偶爾不期而遇使他心裡激起點漣漪，都不成大礙。此外，我另有一事相求，布朗寧小姐，這樣妳就知道我跟妳眞的沒什麼好爭執，我不過謙卑地拜託妳們幫忙而已。我的房子得做些整修以迎接未來的吉布森太太。我想早該需要油漆和重貼壁紙了，也得添幾件家具，可是我不知道從何著手。妳們方便好心地過去檢視那地方，看看一百英鎊能做些什麼嗎？客廳牆壁也得粉刷，至於壁紙就留待她發落，我還有一點錢讓她去布置那個空間。除此之外，整棟房子就勞妳們費心了，盼兩位能看在老朋友的分上幫幫忙。」

這倒是讓布朗寧小姐開心的差事，她挺喜歡發號施令。跟生意人打交道更是她父親在世時她就擅長的拿手絕活，不過父親過世後就絕少機會施展這項本領了。這件事正對她胃口又可讓她一展長才，很快讓她恢復平常的好脾氣。菲比小姐則想到茉莉要來家裡住，肯定其樂無窮。

譯註：

①拜倫（George Gordon Byron，1788～1824）為歷史上有名的英國詩人、革命家，也是獨領風騷的浪漫主義文學泰斗，人稱「拜倫勛爵」。他繼承了世襲的男爵爵位，是拜倫家第六代男爵。由於他的思想和英國政壇的思想完全不同，再加上曾離過婚，因而受到政客與英國上流社會的攻擊謾罵。

第十三章 茉莉・吉布森的新朋友

時間飛快前進，眼下已是八月中旬，吉布森家的修繕工程得立刻進行。事實上，吉布森先生與布朗寧小姐幾經商討甫獲共識，房子的修繕裝潢才得已展開。

漢利家這邊，漢利先生接到消息說奧斯朋在出國遊歷前會先回家一趟。雖說他眼見茉莉與羅傑日形親近，但一點也不以為意，倒對於即將回來的漢利家繼承人可能對外科醫生女兒產生愛戀甚是擔心。憂心忡忡之下，他希望茉莉可在奧斯朋抵家前離開，此舉讓漢利夫人惶惶終日，怕丈夫做得太明顯而對客人不好意思。

每一個十七歲上下、心思縝密的女孩都易於不知不覺中，對第一個在她面前展現出極大責任感的人產生英雄式崇拜。對於茉莉而言，這樣的英雄就是羅傑。她將他的話奉為圭臬，幾乎不論做什麼事都會遵從他的看法，其實他也不過在一兩件事上說了些簡潔原則，但讓她得到有力的依靠；此外就是這位年輕學者在自然科學上展現出的智慧與學識，足讓一個涉世未深的十七歲女孩佩服不已。他們相處得十分和諧愉快，唯彼此對於未來的「夢中情人」這最完美最崇高的戀愛對象，都有不同的期待。羅傑心目中的理想人選為雍容華貴的女子，是他的同儕，也是他的皇后，不僅長得漂亮、性情溫良，隨時可以深談，最好就像艾潔莉亞①那樣。茉莉的少女情懷縈繞在從未謀面的奧斯朋身上，在茉莉心中，他是吟遊詩人、是無瑕疵的騎士，就像其詩作中他對自己的描寫；雖說羞於給自己的白馬王子太過明顯的界定，但她想，至少該像奧斯朋那樣。說眞的，如果漢利先生以不打擾茉莉平靜心湖爲考量的話，那麼他急著在奧斯朋回來前就讓茉莉離開他家，亦非不智之舉。然當茉莉離開後，他卻又挺想念她，每天都有她像女兒一樣在家中穿梭來去打理事情，讓他覺得欣喜；此外，用餐時有她在羅傑和自己之間問些天眞有趣的問題，充滿興致地聽他們父子說話，愉快回答自己的戲謔等，在在令他懷念不已。

羅傑也很想念她。茉莉有時所說的話讓羅傑覺得心有戚戚焉，促成他更深入探究原本喜歡的事物；還有些時候，他覺得自己在她需要幫助時提供了最眞切幫忙，也在書籍選擇上擴展了她的視野，從小說、詩集延伸到其他書籍的閱讀。他頓覺像是被從他這個對聰明學生疼愛有加的老師身邊把人拉走似的。他不禁想著，失去了良師的她該如何存活呢？她看得懂自己借給她的書麼，不會因太難而打退堂鼓吧？她跟她繼母不知處不處得來？在茉莉離開的頭幾天，羅傑常常想到她。

漢利夫人更是想茉莉想得緊，比起另外兩人來可謂「有過之而無不及」，在她心中，早就把茉莉當女兒看待。現在她無比想念那親密母女一樣的關係、那輕鬆的安慰，還有那永不止息的關心。在她需要同情憐憫時，茉莉時常不吝於公開表達，這種種都讓好心腸的漢利夫人對茉莉念念不忘。

茉莉敏銳察覺到氣氛的轉變，卻也責怪自己太過敏感。她心中忍不住升起一股贊同漢利家人的優越感，越來越喜歡他們。不過，當她在布朗寧家受到親愛老朋友們的寵愛和安慰時，便免不了自責，因爲她覺得她們講話既粗鄙又大聲，滿口鄉下腔，對有趣事物不感興趣，只喜歡探聽別人的八卦消息。她們問她一堆她本人所知無幾的關於她未來繼母的問題，基於對父親的忠誠，她不想透露太多消息。但當她們問起每一件關於漢利家的事情時，她就樂得暢談不休了。她在那兒過得好快樂，她愛他們每一個人，連他們家的狗都愛，眞心誠意徹底地愛，所以回答這方面的問題就容易許多。她不介意將每件事情都分享，甚至還透露出漢利夫人病中的穿著，也告訴她們漢利先生晚餐時喝什麼酒，在訴說這些事情的同時也讓她憶起生命中最美好的時光。

然而，有天晚上當她們喝完茶，坐在二樓客廳望著窗外的主要街道時，茉莉談起了作客漢利家的許多趣事，並且提到羅傑在自然科學方面的知識，以及他讓她看的某些珍奇逸事。未料耳邊響起的一句話令她霎時住了嘴：「妳似乎常和羅傑先生見面哪，茉莉！」布朗寧小姐意有所指地看著她妹妹，好像這話是說給菲比聽而不是對茉莉說的。可是該聽的人沒留心聽，不須聽的人卻認眞聽——茉莉意識到布朗寧小姐說這話時明顯不同的語調，只是一時不明白爲何這樣說，而菲比小姐則忙著手中編織，正聚精會神織著襪子的腳跟處，以致沒瞧見姊姊跟她擠眉弄眼。

「是的，他眞的對我很好。」茉莉回應，慢慢玩味著布朗寧小姐的神態，因爲她還不甚瞭解布朗寧小姐何以有這樣反應，便遲遲沒往下說。

「我猜，妳很快又要到漢利家去吧？他不是長子，妳知道哦！菲比，別一直在那兒沒完沒了地數十八、十九，專心聽我們說話！茉莉正跟我們說她多常見到羅傑先生，還有他對她有多好。我早聽說他是個不錯的年輕人了，親愛的。多說點他的事給我們聽嘛！好了，菲比，仔細聽！他怎樣對妳好呢，茉莉？」

「哦，他告訴我要看什麼書。有一天，他讓我數數我一共看到了幾種蜜蜂——」

「蜜蜂，孩子啊！妳是什麼意思？我看不是妳就是他瘋了！」

「不，不是的。在英國有兩百種以上的蜜蜂，他要我看看蜜蜂和蒼蠅之間的差異。布朗寧小姐，我知道妳在想些什麼，」茉莉說著，臉頰紅似火，「但這是不對的。如果妳要想歪的話，關於羅傑先生或漢利家，我不會再多說一個字嘍。」

「哎喲喂呀！這個小姑娘倒教訓起長輩來了！多可笑，還說咧！我看妳就是這樣想的。我告訴妳，茉莉，妳這年紀要想情郎嫌太年輕了點。」

曾有一兩次，茉莉被數落是傲慢莽撞，現在她的確就有些莽撞了。

「我從未說過『想歪』是把什麼想歪啊，布朗寧小姐？我現在也沒說，對吧？菲比小姐。您難道看不出來麼，親愛的菲比小姐，這都是她自己的解讀，根據她自己的猜想，說出什麼情郎的蠢話，不是嗎？」

茉莉簡直氣得冒火，不過她找錯人主持公道了。菲比小姐是個懦弱的人，只想息事寧人，對於問題慣用的是眼不見爲淨的遮蓋法，而非勇敢面對的釜底抽薪法。

「我確實不清楚妳們在聊些什麼，親愛的。我覺得莎莉說得有理，眞的很有道理。我想，親愛的，妳誤會她了嘍，又或者可能她誤會妳了，也或者可能是我誤會妳們了，所以這件事啊，我們就別再提下去了。妳說，吉布森先生客廳家的厚毛氈預計該花多少錢啊，姊姊？」

於是直到晚上，莎莉．布朗寧小姐和茉莉都心情不佳，對彼此生著氣。互道晚安時，兩人依舊禮如儀，但是態度冰冷到了極點。茉莉回到自己乾淨優雅的小房間，裡頭用小巧精緻的拼綴布品裝飾著，床帘、窗簾以及床單都是；房內一張上了黑光亮漆的梳妝臺擺放有許多小盒子，一面小鏡子鑲嵌其上，鏡子映照出來的臉都是歪的，去照它還眞是不智之舉。這個房間跟茉莉自己那幾乎空無一物、只有白色凸花條紋布裝飾的房間相比，堪稱她平生僅見最高雅華麗的房間之一。現在，她正以客人身分入住，而那些她曾帶著無比好奇心窺探、還用淡棕色信紙包起來的稀奇飾品，這會兒都擱在面前供她使用。她忽覺得眞不配享受人家熱情的款待，她方才態度說有多莽撞就多莽撞，心中油然升起一股從未有過的懊惱！於是情不自禁流下了懺悔難過的青春熱淚。就在此時，一陣輕輕的敲門聲響起，茉莉隨即把門打開。只見戴著睡帽的布朗寧小姐站在門口，短襯衣上披了件彩色軟綿布薄外套。

「我怕妳已經睡了呢！孩子，」她說道，隨即進入房內把門關上。「我想跟妳說，今天我們處得不太好，我想也許是我引起的。菲比不知道也好，她老認爲我是完美的。在只有兩個人生活的情況下，其中一人想著另外一人總是對的，會讓我們比較容易相處。不過，我想我今天是有點過頭。這件事我們就不要再提了，茉莉，我們在睡覺前恢復邦交吧，而且讓我們永遠都是朋友，好嗎？孩子。現在過來親我一下，別再哭了，眼睛都要哭腫了。來，小心把蠟燭吹熄。」

「我錯了，是我的錯。」茉莉親了她一下。

「別胡說了！不要反駁我！我說這是我的錯，到此爲止，別再提了。」

第二天，茉莉跟著布朗寧小姐一塊去看看她父親正整修的房子。這些所謂的改善，在茉莉看來只覺得陰暗恐怖。餐室裡原本淡灰色的牆壁和深紅色的毛料窗簾和諧地搭配著，單單清潔得宜的話並不顯得髒，如今牆壁卻換上橙紅色的鮮豔色澤，新窗簾則是流行的淡青色。

「非常明亮呢，好看極了！」布朗寧小姐評論道。她們甫恢復友情，茉莉不想再唱反調，她僅希望那綠色與茶色相間的厚厚地毯可抵銷一下屋中亮度與華麗度。此外，這兒有鷹架，那兒也有鷹架，到處都聽見貝蒂大呼小叫聲音。

「上來吧！去瞧瞧妳父親的房間。他就睡在妳樓下，他房裡的東西都要換新。」

茱莉只朦朧有個印象，在她母親臨終之際被帶進這房間道再見。她依稀記得看到白色亞麻布、細棉布圍繞著母親慘白的臉。母親瞪大眼睛，渴望再次摸摸那個她已虛弱得無法抱住的暖嫩小女孩，茱莉進去時她已過世了。自那令人傷悲的一天起，有許多次，茱莉只要一走進這房間就彷彿看到那張慘白渴望的臉倚在枕上，還有衣服底下瘦削身形；她並不怕這樣的景象記憶，反倒很珍惜，像是牢牢記住她母親的身形容顏。

跟著布朗寧小姐走進房間看到它煥然一新時，她眼裡飽含淚水。幾乎每件東西都換過了——床的位置和家具的顏色，現在還添了張大梳妝臺，上頭附有鏡子，以前不過是在櫥櫃頂層上靠牆斜掛了面鏡子，她母親短暫的婚姻生活裡就是這樣度過。

「我們得把一切打理得井然有序，因爲她可是在伯爵夫人宅邸生活了許多年的淑女。」布朗寧小姐說道，她現在相當贊同這樁婚事了，皆歸功於整修任務所帶給她的成就感。「那個賣家具的克倫莫，老想說服我買沙發和寫字桌。這些人，當他們想賣什麼東西給你的時候，淨會說那是當代流行。我就回：『不行，不行，克倫莫啊，臥房是睡覺用的，客廳是待客用的。每件東西都要適得其所，別叫我買些有的沒的。』沒錯呀！當年我母親如果逮到我們白天還待在臥房，少不了要給我們一頓罵呢！我們把戶外用品放在樓下一個櫥櫃裡，而樓下有處相當整潔的地方可洗手，白天就該待在臥房以外才是。把沙發和寫字桌塞進臥室，我從沒聽過這樣的事！再說，一百塊英鎊又不是花不完。我沒錢給妳的房間添購東西了，茱莉！」

「我開心得很，」茱莉說：「房內每件東西幾乎都是媽媽留給我的，是她跟叔公一起住的時候用的。我一點也不想換，每件東西我都愛得不得了。」

「嗯，那倒沒問題，再說錢也都用光了。等等，茱莉啊！妳的伴娘禮服誰買呢？」

「我不知道。」茱莉回答：「我應該要當伴娘，可是還沒有人跟我提過禮服的事。」

「那，我再問妳爸爸好了。」

「請您別問。他肯定已經花了不少錢。而且我很不想去參加婚禮，若能不去反倒好。」

「胡說八道呀，孩子。怎麼，妳想成爲全鎮的話題？妳非去不可，更得穿得美美的，就算爲了妳父親吧！」

儘管吉布森先生沒跟茱莉提過，倒是早有所安排。他交代未來的妻子幫茱莉準備行頭，並從郡城裡請來某位厲害裁縫帶新裝給茱莉試試，那禮服剪裁簡單又高雅大方，茱莉一看就中意。回到家後，茱莉應布朗寧小姐們要求，先試穿給她們看。一看見鏡中的自己，茱莉征住了，簡直像變身秀。「我不知道自己是否美麗。」她思忖著，「我幾乎要認爲自己是美麗的了，我是說，穿著這一身衣服，當然了。貝蒂會說『人要衣裝嘛』。」

當她穿著這身禮服下樓，想到自己要被品頭論足一番，不禁雙頰泛紅。然而，一見她出現，她們立即爆出一陣熱烈掌聲。

「哇，我說，我好像不認識妳哪！」

「衣服美嘛！」茱莉想道，喝斥了一下冉冉上升的虛榮心。

「妳眞漂亮——她眞漂亮，對吧？姊姊。」菲比小姐嚷說：「啊，親愛的，妳如果好好打扮，說不定比妳親愛的媽媽還漂亮，雖說我們覺得妳媽媽已是非常美麗了。」

「妳一點也不像妳媽。妳像妳爸爸，妳的膚色較深。」

「難道她不漂亮嗎？」菲比小姐堅持道。

「啊！就算是的話，也是上帝的恩典而非她自己的關係，況且裁縫也居功厥偉。這印度細麻布的質料眞好！這件衣服得花不少錢哦！」

婚禮前一晚，吉布森先生和茉莉搭乘隸屬何陵福特的黃色郵遞馬車前往艾斯坎伯。他們要去當普瑞斯頓先生，呃，或說肯莫伯爵的客人，住進領主宅邸。領主宅邸果眞名符其實，茉莉一看就覺心曠神怡。整棟房子全爲石材建築，有許多角樓和放射狀窗框的窗戶，牆面爬滿了藤蔓，地上開滿了晚綻的玫瑰。茉莉並不認識站在門口迎接她父親的普瑞斯頓先生。茉莉立即站在父親身旁，儼然是個亭亭玉立的淑女，頭一回受到半恭維半調情的待遇——那時有些男人認爲這是面對二十五歲以下淑女的必須禮儀。普瑞斯頓先生長得體面，他自己也知道。他皮膚白皙，頭髮和鬍子都是淺棕色；一雙漂亮的灰色眼睛靈活地轉動著，睫毛顏色比髮色略深；他喜愛運動且尤擅長是眾所周知的，這項愛好也讓他的體格健美、身手矯捷，正因如此他才可越過一般市井小民的階級進入上流社會。他打板球打得相當出色，任何想要贏球的隊伍都樂於有他加入。下雨天他在室內教淑女們打撞球，或在盛情難卻的情況下也會認眞地陪她們打個牌。他熟知半數以上的劇院戲碼，隨時可應觀眾要求，安排別出心裁的看手勢猜字謎，設計出生動唯美的舞臺造景。這次基於個人因素，他極想和茉莉攀談。想當初那位寡婦初到艾斯坎伯來的時候，自己跟她處得融洽得很，甚是快樂，這會兒他忍不住想，婚禮時自己得站在她那較爲遜色、較不英俊又屆中年的丈夫身邊，如此不就把她丈夫給比下去了？其實他非常喜歡某位在婚禮中不克出席的人，可他得把濃烈的愛慕掩藏好不能露餡。綜觀全局，他暗自決定，即使這個「吉布森小妞」（他這樣叫她）遠比不上他的女神，但在未來的十六個小時，他還是會對她大獻殷勤。

茉莉和她父親在東道主的帶領下來到一間雅致會客室，裡頭燒著的柴薪正發出「劈劈啪啪」聲，深紅色窗簾已被放下，阻絕了屋外逐漸變暗的天色和微冷的空氣。他們要在這兒享用晚餐，餐桌上有雪白的桌布、擦得晶亮的銀器、光可鑑人的玻璃杯，餐具架上擺放著美酒和秋季應景甜點。普瑞斯頓先生不停地向茉莉致歉，說自己住處是亂七八糟的光棍窩，又說用餐的地方太小，因爲寬敞舒適的大餐廳已讓管家布置好做爲明日早宴的場所。說完隨即拉鈴，召來僕人帶茉莉到房間去。茉莉跟著引導來到一間最舒適的臥房，壁爐中燒著火紅的柴薪，梳妝臺上點著蠟燭，暗色羊毛帷帘環繞著雪白床鋪，高大精美的瓷器隨處擺放。

「這是海芮小姐下榻之處。每回她跟伯爵一塊到領主宅邸來，都睡在這間房。」女僕說道，純熟地翻動著一根正冒著煙的木頭，激起四處翻飛的閃亮火花。「小姐，需要我服侍您更衣嗎？我常服侍海芮小姐的。」

茉莉心裡清楚，除了身上衣服之外就只有明天婚禮時要穿的白色細麻布禮服，所以謝絕了這名好心女僕，樂意自己動手。

「晚餐」？都快八點了耶！這時候換裝，應是準備就寢，而不是準備用晚餐。講到準備換裝，她唯一能做的就是在灰色長外衣的飾帶別上一兩朵淡紅玫瑰。梳妝臺擺放著一大束精挑細選過的秋季花朵。其實她剛試過在耳際繫上一朵深紅色玫瑰，看看映襯自己黑色髮絲的效果如何，嗯，是好看，可也太過妖豔，便就把花朵放回去。整棟屋子裡黝黑的橡樹窗櫺和牆上的護壁板似皆閃耀著溫暖亮光，許多不同房間都生著火，甚至在穿堂和樓梯口都有。普瑞斯頓先生肯定聽到她的腳步聲了，因爲他在穿堂裡迎著，領她到小客廳去，其中一側有扇關著的拉門，打開拉門即可到達另一個較大的客廳，他這樣告訴她。她走進的那個房間讓她想起了漢利家：有著七十年或百年歷史的黃色緞面沙發，全都一塵不染，小心謹慎地維護著；大型的印度櫥櫃與瓷器廣口瓶，散發出辛辣氣味。壁爐中火正熊熊燃燒著，她父親依舊穿著晨禮服，正站在壁爐前面，一臉陰鬱、心事重重的模樣，他今日一整天都是如此。

「這是海芮小姐和伯爵到這兒待一兩天時專用的房間。」普瑞斯頓先生說。

茉莉不想勞煩父親開口，便把話給接了過去：「她常來嗎？」

「不常。不過我想她待在這兒的時候很開心，興許因爲和她在陶爾莊園裡較嚴肅的生活比起來，待在這兒可以喘口氣。」

「我覺得這是個住起來很舒服的地方。」茉莉說著，想起那種整棟屋子看起來很溫暖的印象。不過讓她失望的是，普瑞斯頓先生像只把她的話當成對他的恭維而已。

「我怕對妳這樣的年輕淑女來說，我這單身漢的家太亂了。我眞的感到很抱歉，吉布森小姐。通常，我大部分時間都待在我們今天將用晚餐的房間。此外，我還有間經管人辦公室，裡頭放些書啊、文件的，有時也在那兒接待生意上的訪客。」

接著他們過去享用晚餐，茉莉認爲每道菜都十分精緻美味，烹調得恰到好處。不過，這些佳餚彷彿一點也無法讓普瑞斯頓先生滿意，他好幾次向賓客們致歉，說菜做得不好，或欠缺獨到的醬汁搭配……總是說單身漢的家如何如何，單身漢這樣、單身漢那樣的，講得茉莉都不耐煩了。她父親仍面帶憂鬱，因此極少說話，弄得茉莉很是擔心，然卻盡力替父親掩飾，不想讓普瑞斯頓先生發現。於是她侃侃而談，企圖將注意力引到一般性事物上，以免主人家杯弓蛇影似的亂想胡猜一通。

茱莉不知該何時起身告退，還好她父親給了暗示。於是普瑞斯頓先生送茱莉回那間黃色小客廳，迭聲道歉，說又要留她一個人在那兒了。其實，她高興得很，心想自己終於可以自由行動，好好參觀房間裡的寶物。她在裡頭發現一只精緻櫥櫃，裡頭擺放琺瑯木器做的精美縮小肖像。她把蠟燭拿過來，聚精會神地看著肖像上每一張臉，此時她父親和普瑞斯頓先生正巧走進來。她父親仍是一副操勞過度、緊張焦慮的樣子，他走上前拍拍她的背，瞧瞧女兒在看什麼，之後一語不發地走到壁爐前站著。普瑞斯頓先生接過茱莉手中蠟燭，陪她一塊欣賞這些作品，準備大獻殷勤。

「那肖像上的人據說是聖昆丁小姐，法國宮廷的大美人。這是杜波利夫人。妳覺不覺得聖昆丁小姐長得很像妳認識的某人？」他問這個問題時，刻意壓低聲音。

「不會吧！」茱莉又看了一次肖像。「連她一半漂亮的人，我從來也沒見過。」

「可是妳不覺得，眼睛這邊特別像嗎？」他又問了一次，語氣中微帶不耐。

茱莉努力想著可曾看過相似的人，但還是沒有答案。

「它一直讓我想到——想到柯派屈克小姐。」

「眞的？」茱莉急切地應道：「哦！我眞高興。我從未見過她，當然看不出她們長得相像。這麼說來，你認識她嘍？請把有關她的事全說給我聽。」

他在開口前躊躇了一下，未馬上回答問題，先代以微笑。

「她非常美麗，我這麼說妳就懂了吧，這張像還比不上柯派屈克小姐漂亮。」

「然後呢？——請繼續往下說。」

「妳說『然後呢』是什麼意思？」

「哦！我想，她除了漂亮外應該也是聰明、有才藝之類的吧？」

茱莉並非想問這樣的問題，偏又不曉該如何用言語來描述心中那說不出的極大疑問。

「她當然很聰明，也學習了許多才藝。然而，她散發一種獨特的魅力，彷彿有道光環圍繞著她，讓人遺忘了她的本來面貌。這都是妳問我的，吉布森小姐。我純粹應妳的要求回答罷了，否則也不會爲了討一位年輕淑女歡心而拚命稱讚另一位。」

「我倒不覺得有何不妥。」茱莉說：「再說，如果你平常不是這樣，大可在回答我的問題時這樣做，因爲你也許不知道，她畢業後就要過來跟我們一塊住了。我們年紀幾乎一樣大，所以我就像多了個姊妹。」

「她要跟你們一塊住，眞的嗎？」普瑞斯頓先生訝道，對他而言這消息還眞是新聞呢！「她什麼時候畢業？我原以爲她一定參加婚禮，可是有人跟我說她不會來。她什麼時候畢業呢？」

「我想應該是復活節那時候。你知道她在布洛涅嘛，一個人跑這趟行程眞是太遠了，要不然爸爸多盼她來參加婚禮。」

「是她母親不讓她來的吧？——我瞭解。」

「不，不是她母親。是法國學校的老師覺得她不必這麼麻煩。」

「差不多意思。所以，她在復活節過後就會回來，跟你們一塊住？」

「應該這樣沒錯。她是憂鬱型，還是開朗型的人呢？」

「就我所看過的她而言，絕對不是憂鬱型。依我看，說她是『閃亮型』還差不多。妳寫過信給她嗎？如果妳給她寫信，請別忘了在信上替我問候一聲，順便也告訴她，我們——妳和我是怎麼談論她的。」

「我從沒給她寫過信。」茉莉簡短回道。

茶來了，喝過茶後大家全都回房歇息。

茉莉聽到她父親在房裡對著爐火驚嘆，而普瑞斯頓先生回應道：「我致力於舒適生活，這一點我還滿自負的，另外必要時我也可以過辛苦生活。我們伯爵有充足的柴薪，我不吝縱容自己一年有九個月時間在臥房中享受著溫暖爐火，不過呢，我也可以在冰島旅行，完全不因酷寒而退縮。」

譯註：

①艾潔莉亞（Egeria）是西班牙北部加利西亞的一位婦人，曾在西元三八一年至西元三八四年到聖地朝聖，並將其見聞以書信記錄下來寄給友人。

第十四章 茉莉自覺遭蔑視

婚禮依照一般程序進行。肯莫伯爵和海芮小姐坐馬車從陶爾莊園過來，因而結婚典禮等到晚得不能再晚了才開始。肯莫伯爵以新娘父親的身分主持婚禮，歡喜得不得了，簡直比新娘、新郎，或任何一位都來得高興。海芮小姐以半個伴娘的身分參加，按照她自己的說法是「分擔茉莉的責任」。他們一行人從領主宅邸分別搭乘兩輛馬車前往教堂，普瑞斯頓先生和吉布森先生一輛，茉莉有點沮喪地被分到同肯莫伯爵及海芮小姐一輛。

海芮小姐身上的白色細棉布禮服曾在花園宴會中穿過一兩次，看上去不怎麼新，有點像是最後一秒才決定穿的。她很愉悅，興致勃勃要跟茉莉聊天，想知道克萊兒未來的女兒是什麼樣的人。她開口道：「別弄皺了妳這身漂亮禮服。把它鋪在爸爸膝上，他不在意的。」

「啊，親愛的，白色禮服耶！——不在意，一點也不在意。我喜歡的哩！再說，去參加婚禮，誰會在意什麼？如果去的是喪禮，那就大不同啦！」

茉莉努力想參透這話的玄機，不過海芮小姐不給她時間冥想，又開口了，以其最自豪的方式直截了當地說：「這對妳來說眞是試煉，我是說妳父親的再婚呀！不過，妳會發現克萊兒是最和藹可親的人。她總讓我愛做什麼就做什麼，因此，我絕對相信她會尊重妳。」

「我是試著去喜歡她，」茉莉低聲說道，盡力要把今天早上一直想跑出來的淚水逼回去，「我跟她見面的時間還不太多。」

「嘿，這對妳來說是再好不過的事，親愛的，」肯莫伯爵說：「妳快長成淑女了，一位年輕貌美的淑女。假如妳願意聽個老頭子的話——在這種情況下，誰最適合當妳父親的妻子帶妳出門、在公眾場合介紹妳、領妳去參加舞會？我總說今天這場婚禮是我所知道最登對的天作之合，而且啊，這樁婚姻對妳比對那兩夫妻本身還來得好呢！」

「可憐的孩子！」海芮小姐接腔，她瞧見茉莉的臉滿是困惑，「去參加舞會，對目前的她來說還太遙遠。不過妳會高興有辛西雅．柯派屈克作伴，是麼，親愛的？」

「那當然，」茉莉應道，心情好了點，「您認識她嗎？」

「哦，她小時候我常常看到她，長大之後就不常見了。她是世界上最漂亮的女孩之一，有雙淘氣眼睛，如果我沒記錯的話。不過，在我們家的時候，克萊兒把她管得挺嚴的——我猜是怕她來吵我們吧！」

在茉莉想到下一個問題前，他們已經抵達教堂。她和海芮小姐隨即走下馬車，排在門邊等候著新娘進場，她們要跟在後頭一起走到祭壇前。伯爵獨坐馬車去新娘家接新娘，路程距此不到四分之一英里。

由佩綬帶的伯爵引領著走向婚禮祭壇，有伯爵千金自願當她的伴娘，兩者俱足欣喜，柯派屈克太太臉上泛起了小確幸的紅暈。而眼前即將一同步入婚姻生活，讓她不必再爲日常生活操心的男人一臉喜悅且英俊得很。不過，當她看到普瑞斯頓先生時，臉上閃過一絲陰霾，這個跟在吉布森先生背後進場的男人讓原本能甜美下去的臉龐霎時變了樣。倒是那男人臉上表情半點也沒受影響，他莊重地朝她鞠了個躬，顯出一副專注於結婚典禮的模樣。典禮歷時十分鐘，然後就結束了。新郎和新娘兩人乘馬車赴領主宅邸，普瑞斯頓先生抄近路走回去，茉莉則跟伯爵及海芮小姐同搭一輛。伯爵雙手摩擦著，把弄著指關節，而海芮小姐努力找話要和茉莉攀談來安慰她，其實海芮小姐的沉默可能就是最佳安慰。

茉莉失望地得知，傍晚肯莫伯爵和海芮小姐回陶爾莊園時會順道帶她回去。等候回去的空檔，肯莫伯爵與普瑞斯頓先生有公事要談，快樂的新婚夫婦出發去度一個星期蜜月，茉莉獨自被留在令人畏懼的海芮小姐身邊。當旁邊的人都離開，只剩下她們兩人時，海芮小姐挺直坐在客廳火爐前，手裡拿著個小屏扇擋在自己的臉和爐火之間，認眞盯著茉莉看了一兩分鐘。茉莉十分清楚海芮小姐正在看她，且也看得夠久了，正鼓起勇氣望回去時，海芮小姐忽然說道：「我喜歡妳呢，妳這有點桀驁不馴的孩子，我要馴服妳。過來這裡，坐在我旁邊這張凳子上。妳叫什麼名字？或者像北部鄉下人說的，他們叫妳什麼？」

「茉莉・吉布森。我正式的名字叫瑪麗。」

「茉莉是個親切好聽的名字。上個世紀的人不怕取平庸名字，我們現在可都變聰明、變得有品味許多，不再有『貝西夫人』啦。我甚至懷疑現在可能沒人再把毛料布或棉織品用她的名字來命名了。想想現在應該叫『康絲緹娜夫人棉布』或『安娜——瑪麗亞夫人毛料』！」

「我不知道有『貝西夫人棉織品』。」茉莉說。

「那證明妳沒在做刺繡啊！不過，克萊兒會讓妳做的。她總讓我一件接一件做，圖案有騎士向淑女屈膝、超級難繡的花等。不過，我得還她公道，幫她說句話喲，每當我繡膩了不想繡時，都是她接過去繡完。我忍不住想，妳們兩個要怎麼相處呢？」

「我也在想！」茉莉嘆了一口氣，低聲應道。

「我以前老覺得在操縱她，直到有一天才猛然驚覺，原來一直都是她操縱我。一個人要讓自己被操縱眞是太容易了。總之，等到明白是怎麼回事就會醒悟過來，然後發現這樣其實挺有意思，如果把它當成一件好玩事來看的話。」

「我討厭被人操縱。」茉莉憤慨地道：「如果她直接交代，我會看在爸爸的分上盡量達成她要我做的事，可是我不喜歡被設計去做任何事。」

「現在我啊，」海芮小姐說：「已經懶到不管有沒有被設計了，倒寧願去評估一下他們的計謀聰不聰明。不過我當然也知道，眞要拚鬥起來的話，沒人能困得住我。可是就妳的情形來看，就沒辦法了。」

「我不太懂您是什麼意思……」茉莉說。

「哦，呃……算了、算了，聽不懂反倒好。我從頭到尾想說的訓言就是：『做個好女孩，好好聽大人的話，妳會發現妳的繼母是這世界上最可親的人。』妳會跟她處得很好的，這一點我毫不懷疑。至於妳和她女兒的相處就另當別論嘍。不過，可能也會非常好。現在，我們拉鈴請人送茶來吧！我想那頓豐盛的早餐大概把午餐也算進去了。」

普瑞斯頓先生恰在這時走進，茉莉有點驚訝，因爲海芮小姐態度冷淡地把他給打發出去了。茉莉想起就在前一天晚餐時，普瑞斯頓先生還吹噓他跟海芮小姐之間交情有多好。

「我眞受不了那種人哩，」海芮小姐說道，普瑞斯頓先生還沒走遠，極可能聽見這話。「他只要做好分內之事就足以表現他的恭敬了，犯不著在那邊大獻殷勤。我可以跟我父親底下任何勞工都聊得愉快，唯獨看到那個教養不良、裝模作樣的傢伙，就忍不住跟刺蝟一樣渾身是刺。愛爾蘭話怎樣形容那種人的？他們有很棒的形容詞，我知道。怎麼說？」

「不知道呢，我從沒聽過。」茉莉對自己的無知略感慚愧。

「哦！那表示妳從未讀過艾姬華斯小姐①的作品，妳讀過嗎？妳讀過的話，即使不記得那個字，也會有個印象在。妳若沒讀過那些故事還眞該試試看，那是幫妳排憂解悶的好東西喲，可振奮人心兼具道德寓意，而且有趣得很。等妳一個人在的時候，我再拿幾本借妳。」

「我不是一個人。我不住家裡，近日我在布朗寧小姐家作客。」

「那，我帶過去給妳好了。兩位布朗寧小姐我都認識的，她們是莊園慶典的常客。我以前總叫她們是『聒聒嘴』和『拍拍翅』。我喜歡布朗寧小姐們。總之，她們是畢恭畢敬的人，我一直都想會會這類居家婦女。我會把一整套艾姬華斯小姐的書都帶過去給妳看，親愛的。」

茉莉沉默地坐了一兩分鐘，爾後鼓起勇氣說出她心裡的話。

「小姐閣下——」這個尊稱是茉莉聽了方才一席話下來的初熟果子，茉莉用它以示敬意，「您一直以談論某種奇怪動物的態度，在談論著我所屬的這種……這階級的人，而您又是這等公開地跟我說……」

「嗯，繼續說吧——但說無妨。」

沉默仍舊持續著。

「妳心裡在想，我有點魯莽——對嗎？」海芮小姐率先開口，幾乎是和藹可親了。

茉莉依舊沉默了半晌，然後抬起漂亮誠實的眼眸看著海芮小姐的臉，回應說：「是的！——有一點。可是我想您也有著其他許多優點。」

「我們現在暫且把『其他優點』放在一邊。妳不知道麼，孩子，我用的是我們這種人講話的方式，就像妳用妳們那種人的方式講話一樣。這對我們來說都是表面上的接觸而已。呵，或許妳在何陵福特的幾位富太太朋友們談起窮人的時候，那款態度也會教窮人覺得魯莽，如果他們聽得到人家是怎樣說他們的話。不過我是得檢討一下才好，因爲每當想到我一個姨媽，也就是我母親的姊姊——啊！我就不說是誰了——那種說話的語氣和舉止，我就氣得血脈賁張。任何勞心或勞力賺錢謀生的人，舉凡專業人士、富商直到勞工，她通稱爲『那些人』。在那無聊至極的對話中說到他們時，她甚至連傳統的『先生』都懶得用，而且一提到爲她工作的人時，就說『我的女僕』、『我的傭人』之類的——不過，這畢竟只是一種說話方式。我不應該對妳這樣說話，但我不由得把妳從何陵福特的人中分別出來。」

「爲什麼呢？」茉莉執拗地追問，「我也是何陵福特的人啊！」

「沒錯，妳是。可是啊，別再罵我魯莽喲——來陶爾莊園參觀時，她們大多表現得過度謙恭、誇大讚美，言行舉止都太做作了，其實這樣只讓她們顯得滑稽可笑罷了。妳至少是單純眞誠的，這就是爲何我在心裡把妳跟她們區隔開，然後不知不覺地跟妳聊起來，把妳當——算了！妳又要說我魯莽了，擅把妳當我的同類——我的意思是同階級啦！到底我不會以物質條件來抬高自己身價，認爲自己優於他人。好了，茶來了，來得正是時候，免得我繼續謙卑下去。」

沐浴九月暮光中，這頓茶吃得非常舒服。就在她們結束下午茶時，普瑞斯頓先生又進來了。

「海芮小姐，趁天色變暗前，您是否願意賞光，參觀一下我爲花園做的幾項改變？我是參照您的品味做的。」

「謝謝你，普瑞斯頓先生。我改天再跟爸爸一起騎馬過來，到時候再看看合不合我們品味。」

普瑞斯頓先生皺起眉頭。不過他假裝沒察覺到海芮小姐的傲慢，轉身對茉莉說：「吉布森小姐，您願意到戶外去參觀花園嗎？我想，除了上教堂，您都還沒到過屋外。」

茉莉不想單獨跟普瑞斯頓先生到屋外散步，偏偏又想呼吸呼吸新鮮空氣、參觀花園，還有從不同角度欣賞領主宅邸，除此之外，她還想支持一下剛碰了釘子的他。就在她猶豫不決且傾向於答應的當兒，海芮小姐開口了：「我不能讓吉布森小姐離開。如果她想參觀這地方，我改天再親自帶她來就好。」

普瑞斯頓先生離開後，海芮小姐又說：「我也許太過自私，整天把妳留在屋裡，不讓妳出去。不過無論如何，妳都不應該和那個男人出去散步，我對他有說不上來的反感，並非完全只憑直覺，事實上是有根據的。我希望妳別讓他有機會親近妳。他是個厲害的土地管理人，爲爸爸工作，我不想被認爲是在中傷他——不過，妳要牢記我的話！」

然後，馬車駛過來了，伴著伯爵沒完沒了的臨別贈言。伯爵立於馬車朝四面八方的人說話，他站在登馬車的踏板上努力保持平衡，像極了滑稽版的羅馬神話使神墨丘利。馬車終於往陶爾莊園駛去。

「妳要不要跟我們一起回莊園吃晚餐呀。我們當然會再送妳回去的，或是妳想直接回去？」海芮小姐詢問茉莉，她和伯爵一直睡到馬車抵達家門口的臺階才醒過來。「老實說就好，不管現在或未來，誠實永遠是最上策！」

「我較想直接回布朗寧小姐家，麻煩您了。」茉莉回應道，似想起了上回那場夢魘，在莊園裡待過的唯一一晚。

肯莫伯爵站在門口階梯，等著扶他女兒下車。海芮小姐停下腳步，親吻了一下茉莉的前額，接著說：「我很快找一天過去看妳，給妳送上一大套艾姬華斯小姐的作品，順便多認識認識『聒聒嘴』和『拍拍翅』。」

「不，請不用麻煩了。」茉莉攔住她，出言勸阻，「您千萬別來——眞的——千萬不要來。」

「爲什麼？」

「因爲我不希望您來。我想我不應該讓一個嘲笑我朋友、給我朋友起綽號的人，到我朋友家來看我。」茉莉的心跳得飛快，不過她所言字字屬實。

「哈，妳這個小女人！」海芮小姐回道，彎下身來嚴肅地說：「非常抱歉，我給她們起綽號了——非常非常抱歉傷害了妳。如果我答應妳從今以後在言語上和行爲上都對她們表示尊重，甚至在想法上也是。如果我能做到，妳就願意讓我去看妳，是嗎？」

茉莉遲疑著，「我最好馬上回去了，再待下去只怕會說錯話——而且肯莫伯爵正等著您呢！」

「不用管爸爸的，他可高興有機會聽聽伯朗跟他說今天的大大小小消息。那麼，我就決定去看妳嘍！約好了哦？」

茉莉就這樣一個人乘著豪華的馬車回來。布朗寧小姐家門環幾乎從古老的絞鍊上鬆脫，因爲肯莫伯爵的馬車夫一個勁地敲門敲個不停。

她熱烈地歡迎茉莉回來，對茉莉這趟行程充滿了好奇。她們鎭日想念她們可愛的年輕訪客，一個小時裡有三、四次會猜想著在那時間點大家做些什麼事、茉莉整個下午是怎麼過的？她們就這樣胡亂猜想著，一想到茉莉有好幾個小時跟海芮小姐獨處，就覺得這是項倍感壓力的榮譽使命。說實在的，她們對這件事的細節比對婚禮的興致還高得多，畢竟婚禮過程她們泰半知曉，況且在白天已經一遍又一遍討論過了。

茉莉開始覺得海芮小姐若來訪，也許眞會察知這些善良百姓對領主的崇拜達到了某種好笑的地步，而海芮小姐當眞光臨布朗寧家來看自己，不曉得這群人要怎地迎接貴客哩！茉莉未曾想過隱藏海芮小姐可能來訪的消息，不過就今晚態勢來看，她還是先別透露好了，因不知海芮小姐是否眞會兌現承諾。

海芮小姐來訪之前，茉莉接待了另一位訪客。

有一天，羅傑．漢利騎馬前來給茉莉送上他母親寫的信，以及一個黃蜂窩——那是他給茉莉的禮物。茉莉聽見雄渾的聲音在小小樓梯間響起，他在門口向女僕問吉布森小姐是否在家。茉莉心內憂喜參半，因爲她想，羅傑這一來訪必爲布朗寧大小姐的浪漫遐思增添不少顏色。「我寧願單身，」茉莉想道，「也不要跟個醜男結婚。好心腸的羅傑．漢利先生正是如此，我想大家皆認爲他連長相平庸都稱不上。」然而，不認爲男人一出生就頂盔貫甲的布朗寧小姐們卻認爲羅傑．漢利先生是個相當英俊瀟灑的年輕人。當他走進屋裡，臉色因運動後顯得紅通通，跟大家鞠躬爲禮、微笑招呼時皓齒閃現。

羅傑稍微認識布朗寧小姐們，茉莉讀著漢利夫人所寫關於婚禮的安慰與祝福的長信時，他愉快地和她們閒聊。布朗寧小姐們豎起耳朵聽，也找不出在他話裡或他們交談的聲調上有什麼値得注意的。接著他轉向茉莉。

「吉布森小姐，我爲妳帶來許諾過的黃蜂窩。今年眞是不缺這玩意兒，光在我父親的土地上就收了七十四個哩。有個靠養蜂維持生計的可憐工人損失慘重——黃蜂把他七個蜂巢裡的蜜蜂都趕出去，霸占住蜂巢，把蜂蜜給吃光了。」

「眞是貪心的有害『動物』！」布朗寧小姐說。

茉莉注意到羅傑眼裡閃現出詞彙誤用的神色。不過幽默感極佳如他，不會因爲這樣就減損對於這些逗他高興者的尊敬。

「它們該吃的是烈火與硫磺，不是可憐無辜的蜜蜂。」菲比小姐說：「偏偏人們這麼不知感恩，竟都在大啖蜂蜜！」一想到這裡，她不住嘆了口氣，彷彿這是她無法承受的過分之事。

待茉莉讀完信，羅傑向布朗寧小姐說明信的內容：「星期四那天，我哥哥與我得陪同父親到卡南伯利開農業會議，家母叮囑我跟您二位說，若能讓吉布森小姐過去陪伴一天，她會非常感激。她也冀盼能邀請您二位前去，大家愉快相聚，可是她身子太虛弱，我們勸她打消念頭，單邀請吉布森小姐就好，因爲只有一位年輕淑女相伴較無須顧忌禮儀。若有您二位在場，她就絕不肯在禮儀上鬆懈了。」

「她是多麼周到的人啊，眞的，我們倍感榮幸。」布朗寧小姐回道，感受到對方頗看重自己，「哦，是的，我們理解的，羅傑先生，非常謝謝漢利夫人的好意。套句人們常說的話，她的好意我們就心領了。我肯定在一兩個世代之前，布朗寧家和漢利家曾有通婚之誼。」

「我想應當有的。」羅傑說：「家母身子骨一向纖弱，爲了遷就健康之故才極少跟外界往來。」

「那麼，我可以去嘍？」茉莉問道，暗自心歡可再見到親愛的漢利夫人，又怕在仁慈的老朋友面前表現得太過興奮。

「當然，親愛的。去寫封禮貌的回信，告訴漢利夫人我們十分感謝她這番顧念。」

「恐怕沒法等信了，」羅傑說：「我帶個口信便行。因爲一點鐘我得跟父親碰面，時間快到了。」

羅傑走後，茉莉一想到星期四就輕鬆愉快，根本沒聽進去布朗寧小姐們說些什麼。一個說茉莉今早送洗的白色細棉布禮服很漂亮，須想辦法即時送回來讓茉莉星期四那天穿；另一個，也就是菲比小姐，完全不管姊姊的計畫而唱不同調，只一個勁地把羅傑誇個不停。

「長得這樣好看的年輕人，謙恭有禮又健談，眞像我們青春歲月的紳士對吧，姊姊？怎地他們淨說奧斯朋是最帥的。妳覺得呢，孩子？」

「我沒見過奧斯朋先生。」茉莉微帶臉紅回答，她很討厭自己這樣。怎會這樣呢，如同她自己所言，她不曾見過他的，純粹因爲她太常想到他了。

星期四那天他走了，男士們都離開了，馬車逕自載著茉莉前往漢利家。

茉莉很高興，原先她還挺擔心自己會失望。況且，她可以多擁有一下漢利夫人，在晨室裡安靜坐著，討論詩和浪漫故事；中午可到花園散步，愉快欣賞秋日花朵及蜘蛛網上閃閃發亮的水珠，這纖薄蜘蛛網從紅變藍，再從那裡由紫色接上黃色的花瓣延伸開來。正當她們坐著享用午餐，有陌生男人的說話聲和腳步聲於穿堂響起，門開處走進來一位青年，他不是別人，正是奧斯朋。他長相俊美，但無精打采的，外表看來幾乎同他母親一般纖細，長相和他母親極爲神似。這樣的外貌似乎讓他看起來比實際年齡來得大些。他衣著完美，卻一派輕鬆閒適。他走到母親面前，站在她身邊握住她的手，眼睛卻看向茉莉，非大膽也非魯莽的神情，不過就仔細地打量著她。

「是的！我又回來了。『牛隻』非我專長，我就是分不出來什麼樣的牛才是好牛，教爸爸失望了。反正我也不想學，再說在這樣個大熱天，那氣味眞讓人難受。」

「親愛的兒子，別跟我道歉，留著跟你父親說去。我光看到你回來就高興極啦。吉布森小姐，這位高個兒年輕人是我兒子奧斯朋，妳可能早猜著了。──奧斯朋，這位是吉布森小姐。好了，你要吃什麼？」

他坐下來瞧看桌上東西。「沒什麼好吃的，沒有冷的肉派麼，我拉鈴叫他們送來。」

茉莉試圖調和一下理想和現實。理想中的奧斯朋是輕快敏捷又強有力，生著希臘人輪廓和鷹隼般的雙眼，可以忍受長時間飢餓，不在意吃什麼。現實中的奧斯朋則是身形不像女人、舉止卻似女人，他有著希臘人的輪廓，但眼睛冷淡無神，且對吃相當講究，胃口卻不怎麼大。總而言之，茉莉的英雄吃得不會比塔克神父的座上賓艾凡赫②多就是了。不管怎麼說，稍加修改一下即可，她開始想著，哪怕當不成騎士英雄，奧斯朋．漢利先生至少堪稱是位詩人英雄。他專注傾聽母親說話，茉莉對此感到高興，漢利夫人對兒子的傾聽也感到非常欣喜，茉莉甚至有一兩次覺得，如果自己不在場，他們母子倆可能聊得更開心。

即使單純如茉莉，亦免不了猜測奧斯朋在對母親說話時會不會偷瞄自己。在他們母子的對話中，茉莉發現有些戲劇性詞彙像「花兒」之類的，一般鮮少會在母子交談時出現，她不禁覺得莞爾。不過，茉莉對眼前這個好青年的觀感誠然褒過於貶，況且人家是詩人呢！她覺得自己還是小心翼翼說話爲妥。午後時光未盡，茉莉和奧斯朋之間沒說上幾句話，便已讓奧斯朋坐回她想像中的王座。其實，茉莉一度覺得自己要背叛漢利夫人了，那時在夫人初介紹他們彼此認識時，她覺得這人和他母親所描述的，以偶像地位出現在自己想像中的面貌未免相距太遠。不過他的俊美，在後來逐漸活潑熱絡的談論中逐漸彰顯，而他的態度，只要稍加觀察便會覺得優美絕倫。

茉莉離開前，漢利先生和羅傑從卡南伯利歸來。

「奧斯朋在這兒！」漢利先生滿臉通紅地喘著氣，「你怎麼就不能跟我們說一聲要回家來呢？我到處找你，行程可都安排好了。我要介紹你跟葛蘭屈認識，還有法克斯，以及法瑞斯特爵士——人家從郡內另一邊過來的，你該多多認識。羅傑在那兒午餐還吃不到一半就去找你了，誰知你竟一聲不響地溜走，快活地跟女人家在這兒閒坐。下回要落跑的話，記得先跟我說一聲。今天眞是掃興，那批漂亮好牛難得一見，我卻得擔憂你是不是暈倒的老毛病又發作了。」

「是啊！再在那種氣氛下多待些時候，我就要暈倒啦。不過，眞抱歉讓您擔心了。」

「算了！算了！」漢利先生應道，多少平息了點怒氣，「也該跟羅傑道歉，我整個下午都一直叫他跑來跑去。」

「我沒關係，爸爸。只是看到您那麼緊張，也有些擔心而已。那時我就猜奧斯朋可能跑回家了，畢竟那場合對他來說很不對味。」羅傑說。

茉莉瞥見他們兩兄弟交換了一下眼神，眞誠的互信互愛盡在不言中。這樣的兄弟情誼立刻擄獲了茉莉的心，這是她觀察後的新發現。

羅傑走向茉莉，在她身旁坐了下來。

「呃，妳跟哈柏進展得如何了，妳不覺得他很有趣嗎？」

茉莉懺悔似的回說：「我怕我讀的還很少。布朗寧小姐們喜歡我多說話，而爸爸回來之前家裡有好多事要做，布朗寧小姐又不喜歡我落單行動。我知道這聽起來沒什麼，可是眞的占去不少時間。」

「妳父親哪時候回來？」

「我想是下星期二。他不能離開太久。」

「我應該騎馬過去拜訪，跟吉布森太太致意，我一有空就會過去的。打我孩提時候起，妳父親就是我的良師益友。希望在我到妳家去的時候，可以發現我的學生有多用功。」他結論道，溫和愉快地對沒用功讀書的茉莉微笑著。

馬車駛來，茉莉孤身經過漫長無聊的路程回到布朗寧小姐家。她抵到時屋外已經天黑，菲比小姐手拿蠟燭站在樓梯上，藉燭光往外窺視正從黑暗中往屋裡走的茉莉。

「哦，茉莉！我還以爲妳不回來了。眞是新聞哪！姊姊先去睡了，她頭疼——我想八成因爲太興奮了，她偏說是新麵包的關係。上樓吧！腳步輕點，親愛的，我來告訴妳發生什麼事！妳猜猜今天誰來了？——還跟我們一起喝茶，眞眞無比的紆尊降貴又和藹可親！」

「海芮小姐？」茉莉答道，被「紆尊降貴」、「和藹可親」這幾個字給喚醒了。

「是啊！妳怎猜得到呢？總而言之，她是爲了妳才來呀。哦，親愛的茉莉！如果妳不急著上床睡覺的話，就讓我壓低聲音告訴妳詳細情形。我一想到自己是怎地被逮個正著，一顆心就怦怦跳，簡直要跳上嘴巴去了。

「她——也就是海芮小姐，在『喬治』門口下了馬車，徒步逛街，就像妳跟我在日常生活中偶而會做的一樣。那時姊姊正小睡片刻。我剛坐下，把裙襬撩到膝蓋，雙腳翹在壁爐圍板上，把我祖母留下來的蕾絲從便帽上拆下來洗。還沒告訴妳最慘的部分呢，我那時已把戴著的無邊帽給拿下，因想天黑了不會有訪客上門，就換上黑色絲質居家便帽。恰在那時，南西探頭進來小聲說：『樓下有位小姐，很貴氣呢，那說話的樣子。』海芮小姐的身影隨即映入我眼簾，那樣的甜美漂亮，直到那時候我才想起自己沒帶正式的帽子。姊姊一直沒起來，連翻個身都沒有，眞是的！她後來說聽見有人走動的聲音，以爲是南西送茶進來。因爲海芮小姐一瞧見這副模樣的我們，二話不說就過來跪坐在我身旁的地毯上，還說請我原諒她沒在樓下等候允許，擅自跟著南西上樓來。她對我的老舊蕾絲非常感興趣，很想知道我是怎麼洗的，還有妳人在哪裡、何時回來，以及那對幸福的新人何時返家等等。

「直到姊姊醒過來——她總是有點狀況外，妳知道她每次午睡剛睡醒都是這副模樣——也不轉過頭看是誰在那兒，就尖著嗓子嚷道：『嗡嗡嗡！嗡嗡嗡！妳們到哪時候才會懂啊，壓低聲音說話比大聲說話還令旁邊聽著的人不舒服。妳跟南西一直在那裡嘰嘰喳喳的，我都沒辦法睡了。』其實那是姊姊自己亂想，她根本睡到不斷打呼。所以，我就走過去，彎下腰在她耳邊輕輕說：『姊姊，是海芮小姐和我在這兒聊天呀。』

「『海芮小姐長、海芮小姐短的！妳神智不清啦！菲比，胡說些什麼——還有，妳頭上那頂可笑的便帽！』這時候她已經坐起身，環顧四周。她看到海芮小姐穿著天鵝絨與絲綢的華麗衣服，坐在我們家地毯上微笑著，小姐帽子已經脫下，美麗秀髮映著壁爐火光，閃閃發亮。哎喲喂呀！姊姊直接從椅子上跳起來，趕緊行禮，推說自己睡得迷迷糊糊，一迭連聲地解釋個不停。我趕快趁空檔進去找出我最好的帽子戴上，姊姊也許說對了，我竟老戴著不像樣的居家帽子和伯爵千金聊天，實在神智不清。還是黑絲的便帽！假如我知道她要來，早把閒置最上層抽屜裡那頂簇新咖啡色絲帽給戴上了。我回來時候正聽到姊姊吩咐南西爲海芮小姐送茶——我的意思是，我們的茶啦！所以我過去加入聊天，姊姊便趁這空檔溜去換上她最好的衣服。可是，再回去聊天的時候，感覺就不像當初坐著把蕾絲從便帽拆下時那等輕鬆自在了。

「而且海芮小姐被我們的茶嚇了一跳，問我們在哪裡買，因爲她從未喝過像那樣的茶。我說是在詹森雜貨店裡買的，一磅僅售三先令四便士，姊姊則跟我提醒應該告訴她給客人喝的茶價格——一磅要五先令。可那不是我們當時在喝的茶，因爲不巧家裡都沒了。然後，小姐應承要送些她自己的茶過來給我們嘗，是遠從俄羅斯或普魯士等遙遠地方來的，我們比較看看喜歡哪一種；如果我們最喜歡的是她的茶，那麼她可以賣我們一磅三先令。

「還有，她交代我們替她問候妳，離開時留話說請妳不要把她給忘了。姊姊嫌這樣的留言會讓妳太過得意了，還跟我說把留言告訴妳不是她應做的事。『可是，』我說，『一則留言就是一則留言，會不會太過得意是茉莉自己的事。我們何妨做個謙虛的好榜樣，姊姊，雖然我們是如此親密的同伴。』姊姊哼了一聲後說她頭痛，就睡覺去了。現在，該妳講妳今天發生的事情了，親愛的。」

於是茉莉分享了些瑣碎的事，對於喜歡八卦消息又富同情心的菲比小姐而言，要是在別時候聽乃再有趣不過，唯跟伯爵千金來訪這件大事相比，自是遜色多了。

譯註：

①艾姬華斯（Maria Edgeworth，1768～1849）是以寫實小說聞名的英國作家，最著名作品為一八〇〇年出版的《拉克倫特堡》（*Castle Rackrent*），本書打破了當時盛行的哥德式寫作風格，展現作者獨特寫法。

②艾凡赫（Ivanhoe）為蘇格蘭作家司各特所著小說《撒克遜森英雄傳》（*Ivanhoe*，或譯《劫後英雄傳》）中主人翁之名。塔克神父（Friar Tuck）為「俠盜羅賓漢」的好朋友。

第十五章 新媽媽

茉莉星期二下午回到自己家中，那地方對她而言已全然陌生，用沃瑞克郡居民的話說就是「怪異」的家。新油漆、新壁紙加上新色調，還有臭臉僕人們全穿上他們最好看的衣服，對每一樣改變都持反對意見，從主人的再婚到通道上的新油布。

「那東西弄得他們工作不順、情緒失調，令人不敢恭維，又臭得要命。」對抱怨只能照單全收的茉莉，心裡七上八下，實無法在此情況下愉快地準備迎接新婚夫婦。

新婚夫婦的馬車聲終於響起，茉莉趕緊到門口迎接。她父親先步下馬車，一手握住茉莉的手，另一手則攙扶他的新婚妻子。接著，他疼愛地親吻茉莉一下，把茉莉交給妻子。然而他妻子的面紗美美地穩罩著臉，這位吉布森太太費了好一番工夫才總算把雙唇湊上新女兒的臉。再來就是卸下行李，旅行歸來的夫婦倆忙著照看此事，茉莉站在一旁興奮得不停發顫，幫不上忙，只瞧見當一箱又一箱笨重行李霸占住走道時貝蒂滿面怒容。

「茉莉，親愛的，帶妳的……媽媽到她房間去！」

吉布森先生遲疑一會兒，因從沒想到茉莉該怎麼稱呼他的新妻子。茉莉臉上閃過一絲異樣神色，她得稱呼她「媽媽」嗎？這個稱呼在她心中早已非過世的親生母親莫屬。茉莉油然升起一股叛逆，但什麼也沒說，只領著路往樓上走去。吉布森太太不時回過頭指揮傭人怎麼處理這個包包、那個皮箱的，她跟茉莉不太交談，直等到進了新房只剩她們兩人時。茉莉已先吩咐在房裡升起爐火。

「好了，我親愛的，我們可以和平地互相擁抱了。哦，親愛的，我眞是累死啦！」兩人擁抱了一下，「我很容易因疲累而精神不濟，可妳爸爸倒是一直神采奕奕。啊！這麼舊式的床！哎喲，這是——算了、算了，不打緊。對了，我們要重新裝潢這房子對吧，親愛的？那麼，妳今晚就充當我的小侍女幫忙安排幾件事情，因爲一整天舟車勞頓，我疲憊不堪了。」

「我吩咐過給您們準備些輕食，」茉莉說：「您要我現在去告訴她們把食物擺上嗎？」

「我不確定這會兒是否還能夠走下樓去，如果在房裡擺張小桌子，讓我能夠穿著睡袍好好坐在這令人愉快的爐火前面用餐，倒挺不錯。可是我得確認一下，妳爸爸在餐室裡嗎？如果我不出現，他肯定什麼也吃不下。人總不能只爲自己著想，妳明白的。好，我十五分鐘後下去。」

然而，已有一張通知等著吉布森先生，是名病危的老病人，吉布森先生得即刻前去。於是在等著馬夫備馬時，他抓了一把食物往嘴裡塞，立刻恢復工作第一的舊習。

吉布森太太發現丈夫「有她沒她」都照吃不誤，一個人隨便吃點麵包配冷肉，一餐便打發了，自己先前還顧慮沒她就吃不下去，根本毫無根據。她一發現便想喚人把餐點送上樓在房裡用餐。可憐的茉莉不敢把「太太這個一時的興致」告訴家裡僕人，只好自己動手，先將小桌子搬上去，但雖說是小桌子，對她來說幾乎重得快搬不動。然後再從精心布置的餐桌上選了幾樣食物送去，因爲她在漢利家看過他們布置餐桌的情形，所以就用早上送來的水果和鮮花大費周章地布置，那些都是尊敬、看重吉布森先生的大戶人家們送來的。一兩個鐘頭之前，茉莉還很滿意自己擺設餐桌的手藝呢！當她終於從和吉布森太太的談話中釋放回到餐桌前時，忽然覺得桌上東西看起來好乏味，只好獨自默默喝著冷茶，啃著雞腿。無人注意到她費心的準備，更沒有人讚賞她靈巧的雙手和品味！她以為她父親會看到她一番用心而大為感動，誰知他根本正眼也沒瞧一下。她原想以這種方式跟繼母示好，誰知繼母這會兒在樓上大拉著鈴喚人收桌子，要吉布森小姐到她房間去。茉莉只好匆匆結束一餐，再次上樓。

「親愛的，我覺得好寂寞，待在這陌生的屋子裡。過來陪陪我嘛，幫忙把行李打開。我想妳父親大可遲一點再去看卡瑞文．史密斯先生，何必非得今天晚上去呢。」

「因為卡瑞文．史密斯先生沒辦法遲一點再死。」茉莉直言不諱地應道。

「妳這逗趣的女孩！」吉布森太太隱隱淺笑，「不過，如果這位史密斯先生真像妳說的快死了，妳父親這麼急著趕過去看他又有何用？難不成他要去分點遺產或什麼的嗎？」

茉莉咬住嘴唇，免得自己說出不中聽的話。她只回答：「其實我並不曉得他是不是快死了，是送信的人這樣說的。有時候爸爸能夠做點什麼讓病人在臨終時不致太痛苦。總之，有爸爸在，家屬會覺得寬慰一些。」

「妳這般年紀的女孩對死亡竟有這樣的知識！說真的，如果我聽到妳父親工作上的相關細節，會懷疑自己是否還願意跟他在一起！」

「他並未製造疾病或死亡，而是盡力在對抗它們。我想到他所做的或他試著要去做的，就覺得那是好事。當您看到他是多麼被期待、多麼受歡迎時，也會這樣想的！」

「啊，我們今晚就別再討論這麼陰鬱的事了吧！我想我得立刻上床就寢，我太累了，如果妳可以坐在我身邊等我睡著就好了，親愛的。跟我說說話吧，妳的聲音會引我很快進入夢鄉。」

茉莉拿了本書念給繼母聽直到對方入睡，心想這樣比跟她繼續不對盤地聊天來得好。

然後，她輕手輕腳地下樓走進餐室，裡頭的爐火已經熄滅了，僕人們故意讓它滅掉的，藉以表達對新女主人要求在自己房裡用茶的不滿。茉莉打算在父親回來前再把爐火升起，也幫他準備些暖胃餐點。於是她又在爐前地毯上跪了下來，瞪著重新燃起的火光胡思亂想著，不知不覺間竟就滴下眼淚來。不過一聽到她父親的腳步聲響起，她跳起來，又是一臉的愉悅。

「卡瑞文・史密斯先生怎麼樣了？」她說。

「死了。他只認得我。他是我在何陵福特最早期的病人之一。」

吉布森先生在爲他準備好的扶手椅坐下，伸出雙手烤火，看上去不想吃東西也不想說話，正沉浸回憶中。爾後他從悲傷中振作起來，環顧四周，精神極佳地說：「新媽媽呢？」

「她人很累，早早入睡了。哦，爸爸！我非得叫她『媽媽』不可嗎？」

「我希望如此。」他答道，皺了皺眉頭。

茉莉陷入沉默。她給父親送上一杯茶，他攪拌著，輕啜一口後又回到這話題。

「妳爲什麼不叫她『媽媽』呢？我確定她就是要來當妳媽媽的。我們都會犯錯，也許她做事的方式一開始可能跟我們不一樣。但不管怎麼說，讓我們開始建立起家人間的連結吧！」

羅傑是否眞說對了？——茉莉忽然想及這個問題。每次提到他父親的新妻子，她總以「吉布森太太」稱之，有一次在跟布朗寧小姐們聊天時，她還脫口提出異議，說不會叫「媽媽」。那天晚上跟繼母間的互動讓她完全沒有母女的感覺，儘管知道父親正等著她回答，她卻不說話。最後，吉布森先生只好放棄期望，轉換話題，談起他們的旅行，問她漢利家的情形、布朗寧小姐們、海芮小姐，還有那天下午她們在領主宅邸相處得如何等等。然而，他的態度總令她覺得少許生硬拘束，她自己則是沉重之中又心不在焉。突然間，她說：「爸爸，我會叫她『媽媽』！」

吉布森先生牽起女兒的手，緊緊握著，一時之間什麼話都沒說。然後他啓了口：「妳不會後悔的，茉莉，當妳走到像可憐的卡瑞文．史密斯先生今晚這刻時，妳絕不會後悔。」

有一段時間，兩位老資格的僕人總在茉莉耳邊喋喋不休地抱怨。這樣的抱怨傳進了吉布森先生耳裡，讓茉莉驚慌的是，吉布森先生竟當場跟他們把話攤開來談。

「妳們不喜歡吉布森太太這麼常拉鈴，是嗎？我怕妳們是被寵壞了。話說回來，妳們若不順從我太太的意思去做，大家便只好看著辦了。」

哪有僕人聽了主人家這番話後膽敢不反省檢討？貝蒂卻用一副滿不在乎的態度對茉莉這個她照顧陪伴了十六年的女孩說她要離開了，茉莉直到如今都覺得這位前保姆就像固定長在家裡一樣，一聽說她要走，還以爲是父親要她離開。貝蒂只冷漠地談著她的下一份工作會是在城裡還是鄉下，其實純不過是虛張聲勢罷了。接來的一兩星期，貝蒂光想到即將離開她小心呵護的女孩就哭個不停，爲了留下來，她願意回應幾乎每隔十五分鐘響一次的傭人招喚鈴。就連鐵漢吉布森先生都對憂傷不已的貝蒂動了惻隱之心，他每次碰見，不是聽到她瘖啞的聲音就是看到她哭腫的眼睛。

有天，他跟茉莉說：「我希望妳去問一下妳媽媽，如果貝蒂願意道歉並遵從一切吩咐，是否可讓她留下來。」

「我想應該沒什麼用，」茉莉憂愁地回道：「我知道媽媽在給陶爾莊園裡的人寫信，或者已經寫過了也不一定，是有關請女傭的事。」

「啊！我所要的只是在回到家時，看到家裡一團和氣。我在別人家裡看了太多眼淚啦。畢竟貝蒂在我們家也待了十六個年頭，算是夠久了。可也許她在別處會快樂些。妳自己決定要不要跟妳媽媽說吧，如果她同意讓貝蒂留下，我完全沒有意見。」

茉莉盡力想讓吉布森太太答應貝蒂留下來。直覺告訴她是不可能成功的，不過她又想，強拳總是不打笑臉人。

「我親愛的女兒，我也不想讓老傭人離開呀，這麼個……可說是從妳出生就照顧妳到現在也不爲過的老傭人。我怎麼忍心呢！如果她能做到我所交代的事，盡可以在這兒一直爲我工作下去。我又不是不講理的人，對吧？但妳自己也懂得，老是抱怨連連，當妳爸爸跟她談的時候還拿喬，威脅著要離開呢！先威脅主人，然後再來道歉，我無法接受哪，這有違我的原則。」

「她也覺得很後悔。」茉莉求情道：「她說無論您的要求是什麼，她都會照做，無論您的吩咐是什麼，她都會照辦了，只求您讓她留下來就好。」

「可是親愛的，妳似乎忘了我跟妳說過的『我不能違背自己的原則』，無論我多麼替她難過，都沒辦法。她不應該亂發脾氣的。我之前說過，雖然我從來就不喜歡她，認爲她是最沒有效率的女傭，因爲長年缺乏女主人的管教而被寵上了天，我也會忍耐的——至少我認爲我會……忍到忍無可忍。現在，我幾乎跟瑪麗亞談好了，她是陶爾莊園某個女傭家裡雇的，所以別再跟我說『貝蒂有多難過，或誰誰誰有多難過』，因爲妳爸爸那些令人傷心的故事還有其他有的沒的，使我現在心情已經夠低落了。」

茉莉沉默半晌，問道：「您已經跟瑪麗亞都談妥了嗎？」

「還沒——我是說『幾乎談好了』。有時候眞讓人懷疑妳到底有沒有在聽，親愛的茉莉！」吉布森太太沒好氣地答道：「瑪麗亞的工作能力遠超過她雇主給的薪水。興許是他們付不起吧！眞可憐！我向來覺得貧窮是痛苦事，所以對於不太寬裕的人家不加苛責。不過，我出的價碼比她現在的薪水還多兩英鎊，我想她應該會跳槽才是。倘若他們給她加薪，我也會跟進，所以瑪麗亞的事我是胸有成竹了。這麼靈巧的女孩！——總是把信件放在銀盤裡送過來呢！」

「可憐的貝蒂！」茉莉輕輕應道。

「可憐的老女人！盼她能從中學到教訓，嗯，我確信她會的。」吉布森太太嘆了口氣，「不過，那些鄉紳家庭在瑪麗亞來之前就要上門拜訪了，眞是可惜。」

吉布森太太對於她口中的「鄉紳家庭」絡繹不絕地來訪甚感光彩。她的丈夫極受敬重，許多大戶人家的貴婦們或因自己、或因家人曾受過吉布森先生醫治，所以認爲在她們到何陵福特逛街買東西時，順道拜訪醫生的新婚妻子乃是理所當然。爲了迎接這批豪門貴婦上門，吉布森太太只好剝奪吉布森先生的一點家居舒適度。當這批出身高貴、長著貴族優雅鼻子的嬌客上門時，女傭正端著五味雜陳的熱騰騰菜餚從廚房走到餐室去，簡直失禮至極。還有更失禮的呢，有次某位貴婦的高傲馬夫不停地敲門，而粗枝大葉的貝蒂急著應門便把裝了成堆髒碗盤的籃子直接擱放地上，擋住了貴婦去路，貴婦只好小心翼翼走過照明略嫌不足的走廊；再來是那兩名年輕學徒，安靜地溜出餐室後卻爆出壓抑許久的咯咯笑聲，要不就是無法自制地亂開玩笑，無論在走廊上碰到誰都一樣。吉布森太太爲了應付這些惱人困擾所祭出的絕招，就是延後用餐時間。她告訴丈夫，給學徒們的午餐大可送進診療室。她和茉莉吃的精緻冷輕食不會有氣味留在屋子裡，她也會特別爲他準備美味小餐點。

他同意了，不過稍稍勉強，畢竟是要改變一輩子以來的習慣，而且他覺得晚上六點用餐的新習慣可能影響到出診安排。

「親愛的，別爲我準備美味小餐點了，麵包和起司是我的主食，就像老女人愛吃的一樣。」

「我不懂你說的什麼老女人，」他妻子答道：「但我絕不允許起司走出廚房。」

「那我在廚房裡吃好了，」他說：「廚房靠近馬廄，如果趕時間的話反倒方便。」

「說眞的，吉布森先生，拿你的外表風度來和你的口味相比的話，還眞教人瞠目結舌。你看起來是如此紳士，親愛的肯莫伯爵以前常這麼說。」

廚子離開了，同樣是個老傭人，雖不比貝蒂來得老。廚子覺得延後供餐太過麻煩，再說做爲一個衛理教派信徒，基於宗教信仰立場，她拒絕做吉布森太太要求的法國料理。「那不合乎聖經教訓。」廚子如此說道。聖經中提及許多可吃的食物：可供食用的綿羊——意味著羊肉，以及葡萄酒、麵包和奶、無花果、葡萄乾、肥牛犢、烤小牛肉等等諸如此類東西，不過若要烹調豬肉或烘烤加了酵母的豬肉派，可就違背她良心了，今後工作倘得按天主教徒的方式去做那些異教國度菜餚，她情願立刻捲鋪蓋走路。於是，廚子循著貝蒂的路離開了，吉布森先生健康的英式食物胃口只好換成做得很差的煎蛋捲、炸肉餅、肉餡油酥餅、煎肉餅以及雞肉鮮蝦焗烤，他似乎永遠弄不清楚自己吃的到底是什麼。

早在婚前他就下定決心要在小事上讓步，在大事上堅持。現在他每天淨在想哪些事情是小事，況且小事帶來的結果可能更惱人。茉莉熟知她父親的表情就像她熟知英文字母一樣。他的妻子卻不然，還一點感覺也沒有，除非她自己的利益取決於別人的心情好壞，要不然她是不會去注意到：爲了配合其意願或任性所做生活小事上的讓步，會產生讓他多麼憂心的結果。他從不讓後悔表現在臉上，甚至也不讓它留在心裡。他不斷提醒自己關於妻子的種種長處，安慰自己說隨著時間過去，他們會越處越好的。不過，有件事倒讓他眞的動了肝火。話說有個老單身漢，是卡克斯先生的叔公，已經好幾年沒跟他那個紅髮姪孫聯絡了，突然間卻要找他。原來是老先生大病一場，身體部分康復後有意找姪孫做遺產繼承人，條件是他姪孫得在他過世前去同住。

這件事恰就發生在吉布森先生跟吉布森太太蜜月旅行回來時候，在那之後，吉布森先生發現自己有一兩次都忍不住想，爲什麼可惡的老班森不早點決定此事，如此一來便可早些把那個不受歡迎的紅髮情聖給踢出吉布森家門。在最後一次以師生身分對談時，卡克斯先生把握住機會，吞吞吐吐地提及，現在因爲情勢改變，他得到別處去，因此吉布森先生可能也會有不同的想法——關於某件事。

吉布森先生很快地接話：「我的想法一點也沒變，你們兩個都還太年輕，不瞭解自己的心。就算我女兒蠢到想談戀愛，也不會把自己的幸福建築在一個老人的死亡上。我敢說他終究會打消讓你當遺產繼承人的想法。他極有可能這樣做，到時候你的景況就更慘了。別想了！走吧！把一切胡思亂想都忘了，等你做到的時候再回來看我們吧！」

卡克斯先生遂帶著深藏在心，那份海枯石爛仍將忠貞不移的誓言離開了。吉布森先生心不甘情不願地兌現一兩年前對鄰近鄉士農夫允下的承諾，讓他們布朗家次子來遞補卡克斯先生所留下的缺。這位布朗先生將是吉布森先生所收的最後一位學徒，他比茉莉小一歲多，所以吉布森先生相信卡克斯浪漫史應不會重演。

第十六章 家中的新娘

來恭賀吉布森太太這位新嫁娘的「鄉紳」（吉布森太太所用的稱呼）包括兩位年輕的漢利先生，而他們的父親，也就是漢利家現任主人，早在吉布森先生到漢利家的時候竭誠地向他本人祝賀過了。至於漢利夫人，雖無法親往吉布森家致意，卻也急著向醫生的新婚妻子表達祝賀熱忱，也或許是有些擔心茉莉，想探知茉莉跟繼母相處得如何，便差了她的兩個兒子帶著卡片和歉意，騎馬前往何陵福特。他們來到新裝潢好的客廳，由於兩人剛從馬背下來，同洋溢著清新活力。奧斯朋在前，一如往常穿著得適時適地，風度翩翩，舉止更是瀟灑；羅傑看起來粗壯爽朗，像個聰明的鄉下農夫，跟在哥哥後頭進來。

吉布森太太一身主人家待客裝扮，總能成功營造出她想要的效果——看起來相當美麗，雖已過了青春年華，但態度親切、語調溫柔，常常使人忘了去猜她的實際年齡。茉莉的穿著打扮比以前好許多，到底現在有她繼母照看著哪！吉布森太太不喜歡任何老舊寒酸或粗俗之物惹她覺得礙眼，而她也緊迫盯人地要茉莉注意儀容，舉凡衣物、髮型到手套、鞋子俱由她一手包辦。吉布森太太還鍥而不捨地叫茉莉用迷迭香化妝水和乳液保養肌膚，希望她那暗沉的膚色可有所改善，偏偏茉莉對此不是忘了就是故意不從，弄得吉布森太太不得不每晚到房檢查有否把為她準備的保養品仔細塗抹在臉和脖子上。就在這樣的狀況下，茉莉外表大有進步，連眼光極高的奧斯朋都覺眼前一亮。羅傑倒較關心她的氣色和神情，想知道她是否過得快樂，這也是他母親特別交代他留意的。

奧斯朋和吉布森太太遵循著年輕男子拜訪中年新嫁娘的時尚禮儀，彼此你來我往，相談甚歡。他們討論到當時報紙上的「莎士比亞和音樂眼鏡」，兩人似乎競相展現對倫敦熱門話題有多熟悉。茉莉在和羅傑聊天的空檔聽到他們談話片段。她的英雄今天像變了個人似的，不再是文人雅士、騷人墨客或充滿批判性，竟滿腦子最新的戲劇劇目與歌劇名伶。奧斯朋優於吉布森太太之處是他常從劍橋過去看看這齣戲、聽聽那個劇，欣賞一下當季名作，吉布森太太則只轉述在陶爾莊園裡道聽塗說得來的資訊。然而，她優於奧斯朋之處在於她大膽得多，敢用自己無妄想像去彌補經驗的不足；除此之外，她也善於遣詞用字，把別人的話弄得像自己親身經歷或個人觀察所得一般。比方在提到一位著名義大利歌唱家的獨特風格時，她就說：「你可曾注意到，她每次飆高音的時候都會先聳一下肩，然後雙手交握？」藉以表示她自己注意到歌唱家的癖好動作。

清清楚楚地將他們對話內容聽進耳裡的茉莉，聽到這裡，對於她繼母去年是怎麼過日子的，逕自了然於胸。不過，最後她決定否決掉自己的推論，當是誤解了其中之意，因爲她一邊跟羅傑說話、一邊聽他們對話，難免遺落些字句，無法全盤瞭解其對話內容。今天的奧斯朋，迥異於那天在漢利家跟他母親在一起的奧斯朋。

「妳覺不覺得我哥看起來一臉病容？」羅傑壓低聲音說。

「不覺得呢，還好呀！」

「他身體不大好。我爸跟我都很替他擔心。這一趟去歐洲沒爲他帶來好處，反教他身體吃不消。我更怕考不好的壓力讓他的健康雪上加霜。」

「我倒不覺得他生病了，只是變得不大一樣。」

「他說他很快要回劍橋一趟，也許對他會有幫助。我下個星期也得走了。今天來是向吉布森太太道賀，也向妳辭行。」

「你母親很捨不得你們兩個一起走，對吧？不過當然了，年輕人總不能老窩在家裡。」

「是啊！」他答道：「她挺捨不得，而我也不太放心她的身體。妳不時會去探望她的，是嗎？她非常喜歡妳。」

「只要能去的話。」茉莉應道，不自覺地看了一眼她繼母。她有股不舒服的感覺，縱使繼母忙著說話，任何自茉莉嘴邊飄落的字句也都會被聽進去。

「妳還需要什麼書嗎？」他說：「需要的話不妨開張書單，我下週二離開前差人送去給我母親。我一走就沒人會到圖書室取書了。」

待他們告辭離去後，吉布森太太照例對來訪的客人評頭論足一番。

「我真喜歡奧斯朋・漢利！真是個好青年！不知怎地，我對長子特別有好感。他會繼承他們家財產，對吧？我應該叫妳爸爸多請他過來我們家坐坐。對妳跟辛西雅來說，他都是值得認識結交的朋友。至於另外那位，依我看，不過就是個笨拙的年輕人而已，半點貴族氣息也沒有。他八成是像他那個暴發戶母親，我在陶爾莊園耳聞過。」

茉莉實在聽不下去，回道：「我聽說漢利夫人的父親是個俄裔商人，專門進口獸脂和麻料。奧斯朋・漢利先生跟她長得簡直像同一個模子印出來。」

「真的！不過這些事沒有根據的。總之，奧斯朋是位長相舉止皆堪稱完美的紳士。財產限定由長子繼承，不是嗎？」

「這方面我不清楚。」茉莉說。

接著是短暫的沉默。然後吉布森太太開口說：「妳知道麼，我幾乎想叫妳親愛的爸爸來開個派對，再邀請奧斯朋參加呢。我眞想讓他在這房子裡有賓至如歸的自在感。老是待在死氣沉沉的漢利大宅，能到這兒玩玩會很高興的。老人家應該不太出門，也沒有什麼人去看他們，對吧？」

「他下星期要回劍橋去了。」

「是嗎？呃，那麼，我們就把小派對延到辛西雅回來再舉辦好了。當她回來的時候，我想給她找些年輕人聚聚，我可憐的女兒。」

「她什麼時候回來呢？」茉莉追問，同樣是有關辛西雅的話題，茉莉卻對她何時歸來一事始終興趣不減。

「哦！我不確定，也許在新年——或許要等到復活節。我得先把這間客廳重新裝潢，然後再來處理她的房間，我打算把妳們兩個的房間弄得一模一樣。房間大小相同，就在走道兩側面對面。」

「您要重新裝潢那個房間？」茉莉想到沒完沒了的改變，不免吃驚。

「對。還有妳的房間也是，所以別吃味，親愛的。」

「哦，拜託了，媽媽，不要動我的房間。」茉莉此刻才聽明白她的意思。

「當然要動，親愛的！妳的房間自然也得裝潢。擺一張法式小床，貼上新壁紙，鋪上美麗的地毯，再來一張漂亮的梳妝臺和穿衣鏡，妳的房間就會煥然一新了。」

「可是我想讓它保持原貌。我喜歡本來的樣子，拜託請不要動它。」

「在胡說些什麼，妳這孩子！我從沒聽過比這更荒謬的話！大部分的女孩家都會樂意把妳房間那堆老掉牙的家具擺到雜物間去呢。」

「那是我親生母親在結婚前用的房間。」茱莉低聲道，語氣擺明是不情願下的最後請求，心想應該不會被拒絕。

吉布森太太做出答覆前，沉默了片刻。

「我能理解妳對那個房間的特殊感覺。可是妳不覺得妳的多愁善感應當到此為止了嗎？怎麼，難道我們都不該買新家具，都該忍耐使用這些被蟲蛀的老東西？還有，親愛的，何陵福特這地方對住過美麗歡樂如法國的辛西雅來說是很沉悶的，我想讓這地方有個能吸引她的第一印象。我想讓她在這兒安定下來，我想讓她有個好心情，因為……我們之間說說就好，親愛的，她有點小小任性。這一點，妳無需跟妳父親提及。」

「可是，您不能只裝潢辛西雅的房間就好嗎？拜託您，別管我的房間了。」

「不，不能不管！我無法同意。想想人家會怎麼說我：淨寵自己的女兒，完全不管丈夫的女兒！我受不了！」

「沒有人會知道。」

「在何陵福特這種閒言閒語滿天飛的地方！真是的，茱莉，妳若不是太蠢就是太固執，再不然就是根本不在乎別人怎麼說我：滿腦子都只自私地想到妳自己而已！不行！在這件事上我站得住腳，絕不讓步。我要讓每個人知道，我絕非一般的繼母。我在辛西雅身上花多少錢，就會在妳身上花多少錢，所以妳再怎麼說都沒用。」

於是，茉莉的白色提花布小床、老舊五斗櫃，還有她一直珍惜著使用的她母親少女時代的遺物，全都送進了儲藏室。不久後，當辛西雅帶著時尚的法國大箱子返家時，原來的舊家具全都讓出空間來，集體蹲到儲藏室去了。

這段時間裡，陶爾莊園一家都不在，肯莫伯爵夫人初冬時節即啓程前往巴斯療養身體，她的家人也都陪同。每逢陰鬱的雨天，吉布森太太就覺得自己懷想起伯爵一家人，因爲自從結了婚，身分地位改變，從伯爵家獨立出來後，她便盼著去拜訪他們。這個新身分讓她不再跟伯爵一家親密如昔，而是像其他居民一樣慣稱他們爲「伯爵與伯爵夫人」了。肯莫夫人與海芮小姐還是偶而給她們「親愛的克萊兒」寫信。肯莫夫人總在信中交代克萊兒處理幾件莊園或城裡的事，到底沒人能做得比克萊兒好，她熟知伯爵夫人的品味和行事風格。這些額外任務增加了不少支出，因爲得從「喬治」旅館雇用單人馬車或運貨馬車之類。吉布森先生把幫伯爵夫人忙的後果指給太太看，她卻告訴他，只要處理得讓伯爵夫人滿意，伯爵夫人鐵定不會虧待他們。不管怎麼說，吉布森先生並未因妻子一番話就改變原先看法，只是他也不再多說了。海芮小姐的信就簡短且有趣多了，她因爲偶而對昔日的家庭教師有所掛念才提筆寫信，並總因爲完成這項半志願性任務甚感愉快。所以信裡不見眞情流露，而是充滿了對家庭瑣事或當地八卦的描述，主要是讓克萊兒覺得以前的學生未把她給遺忘，除此之外也送上虔誠的祝福。吉布森太太與何陵福特當地的女士們聊天時，這些信將發揮何等的功用啊！她在艾斯坎伯就發現這些信有多好用，在何陵福特應當也相差無幾。不過，海芮小姐信上還特別問候了茉莉，這倒教吉布森太太頗爲困惑，甚且竟還問到布朗寧小姐們對她送的茶葉評價如何。於是茉莉先解釋海芮小姐爲何提及這些事，然後再把事情的來龍去脈，包括那天下午在艾斯坎伯領主宅邸發生的事、海芮小姐到布朗寧小姐家去找她的事，都一一述給吉布森太太聽。

「別胡說了！」吉布森太太有些氣惱地說：「海芮小姐去看妳只是一時興起。她只是跟布朗寧小姐們開開玩笑罷了，那兩個人卻會到處傳播海芮小姐跟她們說過什麼什麼，不停地談論著她，好像她們是密友似的。」

「我不認爲海芮小姐只是開玩笑，她眞的很仁慈地對待她們。」

「妳當眞認爲妳對她的行事爲人，會比認識她有十五年的我還來得清楚嗎？我告訴妳，對於非她那一類的人，她只會嘲諷以對。她以前就老叫她們兩人『聒聒嘴』和『拍拍翅』。」

「她答應過我不再這樣做了。」茉莉忍無可忍地回道。

「答應過妳！——海芮小姐？什麼意思？」

「就是『她叫她們兩人聒聒嘴和拍拍翅』這回事，在提及要到她們家看我的時候，我跟她說請她千萬別去——如果有意取笑她們的話。」

「說眞的！據我跟海芮小姐長期相處的經驗，我是絕不冒這個險，如此莽撞地跟她說話。」

「我未存魯莽之意，」茉莉態度堅定地說：「海芮小姐也不會那樣看待我說的話。」

「妳哪裡知道她到底是怎麼想的，她很會僞裝喲。」

就在那時，漢利先生走進來了。這是他頭一回來訪，吉布森太太優雅相迎，準備好接受漢利先生的道歉，因爲他遲至今日才登門造訪，接著她就要告訴他，她完全理解一位事必躬親的大地主有多大壓力、有多忙碌等等。不過，她想像中的道歉並沒發生，他誠摯地跟她握手，彷若恭喜她多幸運能找到像他朋友吉布森這樣的人作爲長期飯票，對於自己遲遲未上門拜訪一事則隻字未提。此時的茉莉，對於漢利先生面部表情已有足夠瞭解，一看漢利先生的臉便知他家裡有事，心情很糟。吉布森太太一個勁地說著歡迎詞，除了表達對漢利先生本人的歡迎外，她也打定了主意要讓年輕英俊繼承人的父親對自己留下好印象，孰料漢利先生不怎麼搭理她。他轉向茉莉說話，聲音低得很，貌似跟茉莉講些不想讓吉布森太太聽到的悄悄話。

「茉莉，我們全都錯了！奧斯朋回劍橋想得到三一學院院士資格，但終究沒能拿到。接著，他在劍橋的考試同樣糟糕得很，辜負了他對自己的期望，也辜負了他母親的期望。而我啊，逕自像個傻瓜一樣，到處去吹噓聰明的兒子。我眞不懂爲什麼會這樣。我對羅傑從來沒寄予厚望過，可是奧斯朋——！漢利夫人因爲這樣，身體變得更差了。她很想念妳哪，孩子！妳父親今早來看過她了，我那可憐的妻子，我擔心她狀況眞的不好。她向妳父親講出盼望妳能去陪陪她，妳父親說我可以來接妳。妳會去陪陪她的，是麼，親愛的？許多人都說她身體不好純因爲心情抑鬱的關係，可是她現在眞的病了，而且我怕是越來越嚴重了。」

「我十分鐘內就可準備好出門。」茉莉應道，深深被漢利先生的話語和態度打動了，壓根沒想到須徵得她繼母的同意，因爲漢利先生轉述她父親已同意她去了。就在茉莉起身要走出去時，沒完全聽到內情的吉布森太太覺得漢利先生像是只跟茉莉說祕密，未對自己說明，覺得頗不受尊重，便開口道：「親愛的，妳要上哪兒去？」

「漢利夫人需要我，爸爸說我可以去。」茉莉道。

另一邊，漢利先生幾乎同時開口回答：「我妻子生病了，她很喜歡您的女兒，請求吉布森先生讓茉莉到我家裡去一下。吉布森先生好心地答應了，所以我來接她。」

「等一下，親愛的，」吉布森太太對茱莉說著，語氣雖仍溫柔，臉上卻掃過一絲陰霾，「我相信親愛的爸爸肯定把今晚妳得陪我出門的事給忘了。我們有戶人家得去拜訪，」她後面特別說給漢利先生聽，「那戶人家我完全不熟，又不確定吉布森先生趕不趕得回來陪我去——所以您看，我不能讓茱莉跟您回去。」

「我不認爲這有什麼特別的。依我之見，新娘就是新娘，羞怯本合情合理，但或許我不應該這樣想——您的情況不同於一般。只是我妻子心有所盼，生了病的人總是較沒安全感。罷了，茱莉，」漢利先生此時提高聲音，之前說話都是輕聲細語，「我們得延到明天了。這是我們家的損失，於妳無傷，」因目睹茱莉心不甘情不願地走回原來的位子，他又說下去。「不過妳會有個非常愉快的夜晚的，我猜——」

「不，我不會。」茱莉插嘴道：「我從沒想過要去，現在更不想去了。」

「住嘴，我親愛的。」吉布森太太說著，補充了幾句要給漢利先生聽的話，「今晚的拜訪對一個年輕如妳的女孩來說是沒有吸引力——沒有年輕人，也不跳舞，一點也不好玩。可是茱莉，妳不該這樣說話，他們都是妳父親的朋友，況且據我所知，卡克瑞樂一家都是非常好的人。別讓仁慈的漢利先生對妳留下壞印象。」

「不要煩她了！不要煩她了！」漢利先生說：「我明白她的意思。她情願到我妻子病榻前，也不願出去拜訪他人。她就不能不去嗎？」

「不能不去，」吉布森太太說：「對我而言，約好了的事就是約好的事。尤其我認爲，她不僅跟卡克瑞樂太太約好了，也是和我有約——約好要陪我去，在我丈夫缺席的情況下。」

漢利先生動怒了，他動怒時有個習慣動作：雙手抱膝，輕輕地吹起口哨。茉莉知道這是他不悅的表現，心中不免祈求讓他用沉默來表達怒氣就好。茉莉努力著不掉淚，開始勉強自己想些愉快的事，把注意力從眼前的失望煩擾中轉開。她聽見吉布森太太繼續以單調的甜美聲音說著話，雖極想應答些什麼，但漢利先生清晰可辨的怒容正激烈衝擊著她的心。

終於，沉默了片刻，他開口道：「好吧！多說無益。可憐的漢利夫人不會喜歡這樣的結局，她要失望了！不過，就是差一個晚上而已！——就一個晚上！她明天可以過來吧，可以嗎？還是把時間浪費在一個她這樣描述的夜晚，會讓她太累了？」

漢利先生態度透著些許粗魯的譏諷，把吉布森太太嚇得搬出有禮舉止：「她會在您要求的任何時間準備好。眞是非常抱歉，都怪我愚蠢的羞怯惹禍，但仍得請您見諒，約好了的事就是約好的事。」

「難道我會說約好了的事不是約好的事麼，夫人？不管怎麼說，這件事無需再提了，要不我就會忘記我的好禮儀了。我是個老粗，而她——躺在病床上的可憐女子，總是縱容我。所以吉布森太太，您會原諒我的，並且願意讓茉莉在明天早上十點跟我到我家去，是吧？」

「那當然。」吉布森太太微笑應道。不過，待他一轉身離去，她就對茉莉說：「聽著，親愛的，妳以後別再讓我跟這種態度惡劣的人說話！我才不稱他爲鄉紳，我說他是鄉下人，充其量不過是個莊稼漢。今後妳不要再以『沒人管的年輕女士』自居，自行決定接受或拒絕任何邀請，茉莉。如果可以的話，請尊重我一下，在下決定前參考參考我的意見，我親愛的！」

「爸爸都說了我可以去。」茉莉哽咽著回道。

「基於我現在是妳母親的身分，日後都得問我。既然妳要去，就得好好打扮再去。這次我把新披肩借妳用，如果妳要的話，我那套綠色緞帶也可以借妳搭配。我向來習慣受人尊重。像漢利家這樣的人家，沒有人可以要誰來就來、想誰去就去，即使家裡有人生病也不行。」

「謝謝您。可是我用不上披肩和緞帶，眞的。漢利家除了自家人之外沒有別人。我想，從未有過吧！何況她現在又病得那麼重……」茉莉想到她朋友生著病，孤寂地躺在病床上盼著她的到來，眼淚幾乎快掉下來。更教她難過的是，她怕漢利先生會誤以爲她不想去，以爲她比較想去那個半點意思也沒有的卡克瑞樂家聚會。

吉布森太太也覺得遺憾，因爲她竟然在陌生人面前發脾氣，這種不智之舉讓她很不舒服，況且這個陌生人還是她本打算討好的人，此外，茉莉那一張淚痕斑斑的臉更惹她生厭。「我該怎樣做才能讓妳恢復好心情呢？」她說：「首先，妳堅持說妳對海芮小姐的瞭解比我多，可我認識她至少有十八或十九年了。接著，妳連問都沒問過我，就急著接受邀請要出門，完全沒想過我一個人邁著沉重腳步去拜訪不熟悉的一家人有多忐忑。再說，冠上我的新姓氏——從柯派屈克到吉布森，這是多麼令人心酸的歷程哪！然後，當我好心好意把我最漂亮的行頭借給妳時，妳竟然說妳用不上。我該怎樣做才能讓妳高興呢，茉莉？我只不過想要我們一家和諧過日而已，怎麼就看到妳一臉沮喪地坐在那兒呢？」

茉莉再也受不了了，她上樓回到自己房間——她那漂亮的新房間。偏偏就連房間都不是她所熟悉的了，她隨即傷心地哭起來，哭了好久，才因疲累止住了淚水。她想到漢利夫人，煩悶地等著時間過去好去見她；又想著古老靜寂的漢利大宅對生病的人來說必定更顯沉悶了；再想到篤信茉莉會願意跟著他返家的漢利先生。這種種念頭，都比她繼母的滿腹牢騷還令她難以承受。

第十七章 漢利大宅陷入困境

如果茉莉認爲安詳和諧會永遠不離漢利大宅，她可大錯特錯了。那個家庭因爲出了事使整個家都變了調，就像引爆了炸彈般，起了始料未及的連鎖反應。所有的僕役皆爲資深員工，他們或是聽家裡某個人談起，或是不經意地聽到家族成員間的對話而拼湊出訊息，他們推知不管是主人、女主人或任一位少主人無不深受打擊。隨便哪一位僕人都可以告訴茉莉，這一切問題的癥結全繫於奧斯朋在劍橋所累積的龐大債務，既然他已不可能再奢想取得院士資格，壞消息便如同潰了堤的洪水，一股腦兒地向漢利先生襲去。然而，茉莉向來只相信漢利夫人的話，偏漢利夫人又專挑她想聽的說，所以對於其他來源的消息，茉莉總不願聽。

茉莉走進陰暗的房裡，一見到外貌改變甚多的漢利夫人，嚇了個大跳。躺在臥房裡沙發上的漢利夫人一身白衣，而她那張蒼白的臉，幾乎可和身上的衣服相比。

漢利先生引著茉莉走向前。「她終於來啦！」漢利先生說話的聲調尤讓茉莉無法想像，開始時聲如洪鐘似的像祝賀語氣，句末尾音卻低得幾乎聽不到。他已看慣妻子臉上無生氣的慘白神色，到底這非新事，他是司空見慣了的，然而近來情形卻讓他每見一次就心驚一次。

這是個寧靜可愛的冬日，溫煦日光照耀著樹梢和灌木叢裡的粗細枝枒，上頭將融的白霜迎著煦日閃閃發光；一隻知更鳥停駐在冬青樹上，愉快歌唱。但屋裡百葉窗早已拉上，窗外的美景，漢利夫人房裡的人一樣也沒得欣賞。他們甚至得在漢利夫人和爐火之間架起大屏風，以免輕快跳動的火焰對她有所干擾。漢利夫人見茉莉進來，趕緊伸出一隻手緊緊握住茉莉的手，隨又伸出另一隻手來遮護眼睛。

「她今天早上不太舒服。」漢利先生說著，搖了搖頭，「但別擔心，親愛的，醫生的女兒來了，幾乎跟醫生本人來一樣好。妳吃藥了沒啊？牛肉茶呢，喝了嗎？」他費力地墊著腳尖，輕手輕腳去查看每一只空杯子、每一個空瓶子。然後他回到沙發旁，盯著她看了一兩分鐘，溫柔地親吻了她一下，接著告訴茉莉道：這兒就交給她了。

漢利夫人彷彿怕茉莉開口或提問似的，自己趕先問道：「現在，親愛的孩子，把一切都告訴我吧，這不是探人隱私，因爲我絕不會再對任何一人提起，而我也來日無多了。一切都好嗎？新媽媽是好的決定嗎？若需要我幫忙，盡管開口。我想，對於一個女孩來說，我或許還有點用處——我是個不瞭解男孩的母親。想跟我說什麼就說吧！別怕說得太詳細，我永遠都有興趣知道更多。」

就算茉莉不常生病，也聽得出病中的漢利夫人多麼渴望有人可以聊聊天。這樣的直覺或類似感覺，使茉莉決定說個長長的故事：從婚禮當天、她住在布朗寧小姐家的日子，直說到新家具及海芮小姐等，她全都以輕鬆愉快的語氣訴說著，著實給漢利夫人帶來不少安慰，至少能夠讓漢利夫人暫時忘卻煩惱，沉浸於茉莉的敘述。儘管故事很長，但茉莉絕口不提自己的憂傷，也不提她和繼母處得如何。漢利夫人當然注意到這一點。

「妳和吉布森太太處得愉快嗎？」

「還好啦！」茉莉回應道：「您也知道，在我們住在一起之前，其實對彼此不太瞭解。」

「我不喜歡昨晚漢利先生所告訴我的事。他好生氣喲。」

茱莉昨天晚上的傷到至今未癒，不過她決定沉默以對，逼自己的腦子趕快想出其他話題。

「啊！我明白了，茱莉，」漢利夫人說：「妳不願把妳的傷心事告訴我，但我也許可以幫上忙，讓妳好過些。」

「我不想說呢，」茱莉低聲道：「我想爸爸不會喜歡我說這些。更何況，您已經幫過我太多了——您和羅傑．漢利先生。我時常……常常想起他說的話，它們對我頗有幫助，是支持我的力量。」

「啊，羅傑！是啊！他值得信賴。哦，茱莉！我自己倒有一大堆話想跟妳說，但不是現在。我得吃藥，然後睡一下。好女孩！妳比我堅強，根本不需要別人的同情憐憫。」

女傭帶茱莉到另一個房間去，對茱莉解釋沒讓她住上次的房間是因爲現在漢利夫人非常怕吵，上次緊鄰著漢利夫人臥房，這次爲了不打擾夫人睡眠才給茱莉換房間。

那日下午，漢利夫人招喚茱莉過去，漢利夫人一反久病臥床的病人常態，非但沒有沉默不語，反倒滔滔不絕地說起家裡的困境和心中的失望。

她要茱莉坐在身旁一張小凳子上，然後握住茱莉的手，看著茱莉的眼睛，期望在得到言語安慰之前能夠先得到茱莉發自心靈的撫慰。

她說：「奧斯朋讓我們大失所望！我到現在都還不清楚怎麼回事。漢利先生眞是氣壞了！我也想不通錢花到哪兒去——除了一堆帳單，還有跟放債的人預支許多錢。漢利先生現在都不在我面前表現他有多生氣，就怕我會病得更重……可是我知道他有多氣。他在澳博屯公地那塊地的開墾砸下重金，自個兒承受了許多壓力。雖然如此，將來產業終會有翻倍增值，所以我們所做的一切都是爲將來奧斯朋的經濟狀況著想。現在，漢利先生說他不得不拿那塊地的一部分去抵押貸款。妳無法想像他有多心痛。他已經賣掉一大部分的木材供兩個兒子念大學。而奧斯朋——哦！他是個多麼可愛單純的男孩。他是繼承人，妳知道的；他又是那麼聰明，每個人都說他肯定可以當個榮譽畢業生，得到院士資格的，我眞不曉得怎麼了。他的確拿到了獎學金，然後一切全變樣了。我不曉得事情爲何演變至此，那是最糟糕的。也許漢利先生寫的信太過生氣，阻絕了他的信任，但他大可以跟我說呀！他會跟我說的，茉莉，如果他在這兒跟我面對面的話。可是盛怒之下的漢利先生卻不准他回家，除非他拿自己的錢把負債還清。他一年只有兩百五十英鎊的年俸，負債卻高達九百英鎊，可無論如何都得還哪！還清負債才能回家呀！也許羅傑將來也會負債！他的年俸只有兩百英鎊，但他不是長子。漢利先生還讓整理排水溝的工人停工了，我躺在床上無法成眠，心想這些可憐的人，他們一家人要怎地熬過寒冬？可是我們又能如何呢？我向來軟弱，也許我一直都太浪費了……況且家裡仍有固定開銷，還有，對於這塊地的開墾。哦，茉莉！奧斯朋是那麼可愛的小嬰兒，討人喜歡的小男孩，而且那麼聰明呀！妳知道的，我念過他的詩給妳聽。一個能寫得出那等詩句的人，會做什麼壞事嗎？然而，我怕他眞是做了。」

「您一點也不知道錢是怎麼花的嗎？」茉莉問道。

「不，一點也不知道。多教人心痛！有裁縫的帳單、書籍裝訂的帳單，還有酒和圖畫的帳單，約有四、五百英鎊。雖說這些花費顯得異常，對我們這樣生活單純的人來說交代不過去，然有可能是時下的奢華風氣驅使。可還有一些錢是他不願意說明用途的——對於那些錢，我們唯一的消息來源是漢利先生在倫敦的經理人，他們發現有幾個名聲不太好的律師向他們打探漢利家財產的限定繼承問題。哦！茉莉，更糟糕的是……我都不知道該怎麼跟妳說了，他們還打聽了漢利先生——奧斯朋親愛的父親，有多大年紀、健康狀況如何等問題……」漢利夫人歇斯底里地啜泣起來，茉莉勸她先不要再說了，她還是想繼續往下說，「他父親可是他出世後我親吻他之前就把他抱在懷裡，對他疼愛不已，給他祝福的人，總記掛著他是家業的繼承人，堂堂的長子。他是多麼的愛他呀！我也多麼愛他呀！最近我常常在想，我們眞是虧待了善良的羅傑。」

「不會的！我確定您沒虧待羅傑，只要看看他有多愛您就知道了。他總是把您擺在第一位，也許他沒說出來，可任誰都看得出來。而且，親愛又親愛的漢利夫人，」茉莉決定將心裡想到的話一股腦兒全說出來，「您不覺得我們應該不要對奧斯朋．漢利先生妄下論斷較好嗎？我們不清楚他是怎麼處理那些錢的。他人這麼好，不是嗎？也許是把錢拿去幫助有需要的可憐人了，比方像做生意的人啊、被債主逼債的，還有其他那些——」

「親愛的，妳忘了，」漢利夫人忍不住對眼前這善良女孩的護「奧斯朋」心切微笑一下，嘆了口氣接著說：「那些寄來的帳單也包括一些生意人的，抱怨說我們欠錢沒還。」

茉莉一時不知所措，不過她隨即說道：「我想他八成是受騙上當了。我記得聽人說過，大城市裡的店家很會騙人，一些年輕人都教他們給騙了。」

「妳眞是體貼哪，孩子！」漢利夫人被茉莉強烈相挺到盲目一面倒的姿態給逗笑了，雖說這實屬非理性與無知之舉。

「再說，」茉莉繼續道：「準有人在這件事上動手腳，奧斯朋——我的意思是說奧斯朋．漢利先生——有時候我忍不住喚『奧斯朋』，其實我想說的是『奧斯朋先生』……」

「沒關係，茉莉，妳怎麼叫他都行，繼續說吧！多聽聽光明面似乎對我的心情有幫助。漢利先生覺得非常受傷，心情很不好。有些看起來怪模怪樣的人到村子裡來盤問佃農問題，還對去年秋天的木材抱怨不已，好像他們正盤算著漢利先生死期似的。」

「這就是我剛才想說的。那些人的種種行爲不就代表他們是壞人嗎？壞人怎會顧忌栽贓給他，甚至打著他的名號說謊，把他給毀了呢？」

「瞧妳，把他說成跟邪惡沾不上邊的軟弱傢伙。」

「是，也許我是。我就不認爲他是軟弱的人，您自己也知道嘛！親愛的漢利夫人，他那麼聰明。況且，我寧願他軟弱也不要他邪惡。軟弱的人在天堂裡清楚看明白一切事實之後，會立刻發現原來自己是剛強的，但我不認爲邪惡的傢伙可以在轉眼間變成有德行的人。」

「茉莉，我想我一直都是軟弱的。」漢利夫人說道，憐愛地撫摸著茉莉的捲髮，「我把俊美的奧斯朋塑造成一個偶像，他偏偏變成了一隻軟腳蝦，無法穩健地站在土地上。我們也只能這樣看待他的行爲了！」

對於兒子的憤怒，對於妻子的擔心，再加上得面對立即籌錢應急的困難，還有受到毫不保留詢問他財產價值的陌生人所激怒，漢利先生眞是傷心欲絕。他對每一個靠近他的人發脾氣，又對自己的亂發脾氣與不當言語而難過沮喪。那些老僕役也許只是在小事上欺瞞，卻受到嚴厲的責罵，然而他們都忍氣吞聲，因爲瞭解他突然發脾氣與心情起伏劇烈的原因在於他自己。習於大事小事都和主人爭辯的老管家，在晚餐桌上用手肘輕推一下茉莉，要她吃一點剛剛說不要的魚，事後替自己的行爲跟茉莉解釋道：「小姐，您看，我和廚子費盡心思給主人準備晚餐，希望他能多少吃一點，可當我把食物端到您面前而您說『不用了，謝謝』時，主人就跟著連看也不看一眼。可是，如果您拿了那道菜津津有味地吃著，主人會先等一下，看一下，接著聞一下。之後他就會覺得自己餓了，像小貓喵喵叫那麼自然地大快朵頤起來。小姐，這就是我輕推您一下、對您眨眼的原因，其實我比任何人都清楚這不合餐桌禮儀。」

只有他們兩人吃晚餐時，奧斯朋的名字從未被提過。漢利先生向茉莉問起何陵福特的人們最近如何，不過似乎沒怎留意茉莉的回答。他也每天對茉莉問，她覺得他妻子的病情有沒有好轉。假使茉莉據實以告說漢利夫人似乎一天比一天虛弱，他就幾乎要對茉莉發火。他受不了這樣的回答，也不要這樣的回答。有一次，他還差點把吉布森先生給趕走，因為吉布森先生堅持請郡內享有盛名的內科醫生尼可拉斯來會診。

「把她的病想得那麼嚴重，實在可笑！你知道她向來身子骨虛弱了點，如果你連這麼簡單的病都醫不好——沒有病痛，只是虛弱和緊張——這是很容易的事，對吧？——別哭喪著一張臉，喂！你最好不要再來了，我好帶她去巴斯、布萊頓或別的地方去，換換環境。因為依我看，這不過就是憂鬱和緊張造成的。」說是這麼說，漢利先生坦率紅潤的臉卻因焦急而苦惱不堪，他說這些話純只用來掩飾心裡不安，對命運的腳步聲裝聾作啞罷了。

吉布森先生平靜地答道：「我會再過來看看她，我知道你不會禁止。不過，下次再來的時候我會帶著尼可拉斯醫生同行。也許我診斷得不對……依我之見，還眞希望上帝說我的判斷錯誤。」

「別跟我說這些！我受不了這些有的沒的！」漢利先生嚷嚷道：「當然，我們總不免一死，她也一樣。但就是全英國最好的醫生也不能定奪她的生死。我敢說我會先死。我希望如此。但若有人把這話說出口，我定會一拳將那人擊倒在地。況且，我認為所有醫生都是無知的庸醫，根本什麼都不懂，卻硬要裝出一副什麼都懂的樣子。哈，你盡管笑我吧！我不在乎。除非你告訴我我會比她先死，哼！

不論是你或你的尼可拉斯博士，都別想在這棟房子裡說些不吉利的話，在那邊預言不祥。」

吉布森先生走開去，內心爲漢利夫人急遽惡化的健康倍感沉重，根本沒把漢利先生那番話放在心上。事實上，漢利先生說什麼，吉布森先生幾乎都忘了。那天晚間九點左右，漢利家一名馬夫快馬來到吉布森家，帶來漢利先生的親筆信。

吉布森，看在上帝的分上，原諒我今天的粗魯無禮。她的狀況更不好了。過來我這兒待上一夜。寫信給尼可拉斯和所有你要的內科醫生。你出發到這兒來之前就先寫吧！他們也許可以讓她好過些。

我年輕時常聽說惠特伍茲的醫生專治別的醫生治不了的病人，你就不能找一個來嗎？我把自己交在你手中。有時候我覺得是個轉捩點，過了這關她就會好了。一切交託你了。

你永遠的朋友　漢利

附記：茉莉眞是塊寶——願上帝幫助我！

吉布森先生當然立即前去。這是他婚後頭一回打斷吉布森太太的長吁短嘆，她嘆說她眞命苦，嫁了個不分晝夜一天到晚出外看診的醫生丈夫。

吉布森先生幫助漢利夫人度過了危機。漢利先生一兩天來小心翼翼，對吉布森先生不勝感激，完全聽從醫生的建議。爾後他忍不住想，既然熬過了這次危機，他妻子必將逐漸痊癒。然而，就在與尼可拉斯博士會診後的那一天，吉布森先生對茉莉說：「茉莉，我已經給奧斯朋和羅傑寫好信了。妳知道奧斯朋的住址嗎？」

「我不知道，爸爸。他現在處於被貶黜的狀況。我不曉得漢利先生知不知道，而漢利夫人好一陣子都身體太弱無法寫信。」

「沒關係。我把信一併寄給羅傑，兄弟間應該彼此有聯絡才是，我看得出來他們兄弟倆感情很深。羅傑會知道的。茉莉，他們一接到信上所述他們母親的情形，很快就會回家來了。我希望妳可以把我做的事告訴漢利先生。這不是件討喜的差事，不過我會用自己的方式讓漢利夫人知悉她自己的情況。如果漢利先生在家，我會親自跟他說，可是妳說過他有生意上的事得跑一趟艾斯坎伯。」

「聽他說是非去不可。不能跟您碰上面，他覺得很惋惜的。可是爸爸，他一定會很生氣哪！您都不曉得他對奧斯朋發多大的脾氣。」

茉莉擔心她一旦將父親的口信轉達給漢利先生，他必會暴跳如雷。她跟漢利家的人也夠熟的了，幾乎可猜到漢利先生作何反應，在他舊式的禮儀下，雖對茉莉展現出待客熱誠，但他生就強烈的性子、火爆的脾氣，再加上某種程度的固執己見（或是像他自己說的較有「意見」），這樣的個性在他年輕或老時都沒什麼改變。茉莉日復一日聽著漢利夫人哀怨泣訴著漢利先生視奧斯朋爲奇恥大辱，甚至禁止他回家。茉莉幾乎不知該怎麼告訴漢利先生，她父親已寫了信叫奧斯朋盡快回來。

晚餐桌邊只有漢利先生和茉莉兩個人。漢利先生努力讓茉莉開心，對於她所帶給妻子的安慰勸勉，他甚爲感激。他說了好笑的事，結果換來沉默一片，因爲他們彼此都忘記笑了。他訂了罕見的酒，她根本無所謂，只是討好的淺嘗即止。有一天他看到她吃了些紅棕色西洋梨，挺喜歡似的，然因他的梨樹今年產量不豐，便派人到附近大肆搜購。茉莉感覺得到在許多方面他都對她充滿了善意，即便如此，一想到要碰觸家中敏感話題，仍讓她免不了提心吊膽。然而該做的還是得做，不能再拖了。

晚餐後，火爐裡添了大塊木頭，壁爐前的地板亦清掃過，沉重的大蠟燭已然吹熄，門已關上，只剩茉莉與漢利先生正待享用甜點。她坐在餐桌一頭的老位子，另一頭的座位是空的。僕人們未接到撤掉餐具的命令，桌上仍如往常般有條不紊地擺著杯盤和餐巾，彷彿漢利夫人會像平常一樣進來用餐。說眞的，當漢利夫人時常進出的門不經意地被打開時，茉莉總發現自己不自覺地四下張望，彷若期盼著一襲高雅絲織品搭配柔軟蕾絲的瘦高身影，踩著慵懶步伐走進來——漢利夫人慣常在晚上這樣穿。

今天晚上，茉莉一想到也許再也不能踏進這間屋子就很心痛。她打算挑在此時此刻把父親交代的話告訴漢利先生，偏偏喉嚨裡有東西哽住了，她不知道該怎麼掌控自己的聲音。漢利先生站起身朝大壁爐走去，拿撥火棒朝木塊中間敲打，將之分裂爲燃燒著熊熊烈焰、閃著火花的碎片。他背對著茉莉。

她開始說道：「爸爸今天在這裡的時候，交代我跟您說他已寫信給羅傑・漢利先生，告訴他——爸爸要他最好回家一趟，還附了封說同樣事情的信，是要給奧斯朋・漢利先生的。」

漢利先生放下撥火棒，仍背對著茉莉。

「他叫奧斯朋和羅傑回來？」他終於開口。

茉莉回答：「是的。」

接下來一片死寂，茉莉心想永遠結束不了。漢利先生兩手搭在高高的壁爐臺上，斜向爐火倚著。

「羅傑十八日那天會從劍橋下來，他已經把信轉給奧斯朋了！他知道，」漢利先生轉向茉莉道，面露兇相，聲音粗暴，這些都是茉莉早先預期到的。但下一秒鐘，他收斂聲音，「這是對的，對極了。我瞭解……該來的終於來了。來吧，來吧！都是奧斯朋帶來的，」又帶起了怒氣，「她可能會……（有些字茉莉聽不清楚，覺得聽起來像「奄奄一息」），但是因爲那樣，我絕不會原諒他，絕不會。」他忽然走出去。

茉莉獨自坐在那兒，對他們所有人的境遇同情不已。

他卻又突然探頭進來道：「去陪她，親愛的。我沒辦法——還沒辦法，可是我很快就會的，只差一點。之後，我連一秒鐘也不願浪費了。妳是個好女孩。上帝保佑妳！」

若說茉莉全天候都待在漢利大宅不受打擾，那是不可能的。這期間她父親就有一兩次招她回家。茉莉其實猜得到她父親不太情願這樣做，事實上是吉布森太太叫她回去。她繼母毋寧想要藉由這樣的作爲以保持「良好形象」。

她父親跟她說：「妳應該明天，或後天就回家去。媽媽似乎覺得，妳在我們結婚後不久就不常在家，這樣人們難免會說閒話。」

「哦，爸爸，我擔心漢利夫人會想我！我喜歡在這兒陪她。」

「我認爲她不太可能像一兩個月前那樣想念妳了。她現在大部分時間都在睡覺，根本很難注意到時間的流逝。我會看看情況，若有必要，妳一兩天後再回來。」

於是茉莉離開充滿了寂靜與淡淡哀愁的漢利大宅，回到人聲鼎沸的何陵福特。吉布森太太熱絡地迎茉莉進家門，還準備好一頂漂亮的新冬帽當禮物給茉莉，不過，她倒是不太在意剛離開朋友家的茉莉帶回有關友人的訊息。

茉莉甫歸來，吉布森太太即對漢利家發生之事下了某些評語，讓敏感的茉莉非常受不了。

「她苟延殘喘得眞久哪！妳爸爸還以爲那次危機之後，她就不行了。這樣拖下去，他們大家都要累垮啦。妳也跟剛到那兒去的時候判若兩人呀，爲了其他人著想，希望她不要再拖了。」

「您不曉得漢利先生有多珍惜每一分鐘。」茉莉說。

「怎麼，是妳說她大半時間都在睡覺的，醒來時話也不多，已連一絲希望都沒有了。然在這種時候，人們仍舊煩躁不安地觀望、等待著。我是從我可憐的柯派屈克身上學到的。曾經有一段時間，我還以爲這痛苦永遠也不會結束。算了，我們別再談這等可怕之事。我相信妳也受夠他們了，聽到生病啦、死亡啊之類的事，總令我心情鬱悶，偏偏妳爸爸有時候就是除了這些之外沒別的好說。不過，我今晚要帶妳出去，好讓妳轉換一下心情。我已經交代羅絲小姐把我一件舊禮服修改成妳的尺寸，我穿太緊了。有人在提說舞會，是在愛德華太太家呢。」

「哦，媽媽，我不能去！」茉莉叫道：「我心裡記掛著她。她正受著痛苦，甚或就快死了——我卻要去跳舞！」

「胡說八道！妳又不是她親戚，沒必要感受那麼深。如果她能得知此事，感到痛心，我絕不會慫恿妳去。但事已至此，我決定了，妳非去不可！我們別再說些沒用的話了。總不能一知道有人要死，我們就什麼事都不做，光坐在那兒玩手指頭、哼哼小調。」

「我不能去、不能去……」茉莉重複道，且因爲情緒上的衝動，連她自己也嚇了一大跳——她向著挑在這節骨眼走進屋裡的父親告狀。

只見她父親眉頭深鎖，一臉煩躁地看著正各自把不同論調往自己耳朵裡倒的妻子和女兒。他帶著絕望的耐心坐下，等輪到他開口講評時，他說：「我可以吃點午餐嗎？我今早六點鐘就出門了，而餐室裡半點吃的東西也沒有。我馬上又得出門了。」

茉莉朝門口走去。吉布森太太趕緊拉鈴。

「茉莉，妳上哪兒去？」吉布森太太尖刻地問道。

「去照看一下爸爸的午餐。」

「有傭人會做的，我不喜歡妳進廚房。」

「過來，茉莉！坐下，把嘴巴閉起來。」她父親說：「我回家來無非是想得到和諧與安寧，還有食物。如果妳們想要跟我告狀，希望這是最後一次，我決定讓茉莉今晚留在家裡。我會晚歸，而且必將疲憊不已，到時候，小傻瓜，別忘了幫我預備好吃的，然後我會穿上最好看的衣服去接妳回家，親愛的。我希望這些爲新婚舉辦的活動可以畫上完美句點了。這樣可以了麼，我要去餐室大快朵頤一陣。一個醫生應該要能像駱駝或達格提少校①那樣吃東西才是。」

這時恰有訪客上門，讓茉莉鬆了口氣，因爲吉布森太太十分不悅。她們告訴吉布森太太一些當地的小道消息，雖說不是什麼大新聞，至少塡滿了她的心思。茉莉發現，如果她對剛離開的訪客們所帶來的消息表達出探究的興致，再跟她繼母討論一番，那她們先前的爭執即可無疾而終。不過，事情並非這樣了結。因爲第二天早上，茉莉就得聽她繼母極高調地說她錯過的那場舞會有多好玩、氣氛多愉快，而且吉布森太太還會告訴她，關於那件禮服，她已改變心意想留給辛西雅穿了，希望它夠長才好，因爲辛西雅身材高眺——眞的比一般女孩來得高。反正無論怎麼說，茉莉都不太可能拿到那件禮服。

譯註：

①多格・達格提少校（Major Dugald Dalgetty）為小說家司各特筆下的人物，乃是名驍勇善戰的傭兵。

第十八章　奧斯朋的祕密

奧斯朋和羅傑將返回漢利大宅，茉莉自上次回家再來之後，發現羅傑在家中比以前受重視。她猜奧斯朋也要回來了，不過幾乎沒有人提起他。現在漢利先生大都待在他妻子房裡，他坐在她身旁看著，不時暗自悲嘆。漢利夫人因鴉片作用鮮少清醒，一旦醒來，總要叫茉莉陪她。當只有她們兩人的時候，漢利夫人就問起奧斯朋：他在哪裡，是否有人通知他，他是否會回來？在神智已不太清明的狀態下，她仍保留著兩個清晰的印象：其一，茉莉出於同情會傾聽她訴說奧斯朋的事；其二，她丈夫出於憤怒將奧斯朋拒於門外。在漢利先生面前，她絕口不提奧斯朋的名字，似也不太放心跟羅傑提起奧斯朋的事，然而當她跟茉莉在一起時，卻除了奧斯朋之外幾乎沒提過其他人。她心裡定忍不住猜想羅傑對哥哥有所責怪，因她在此時竟想起上次羅傑回家提到劍橋考試的事情時，茉莉急切為奧斯朋辯護的情形。不管怎麼說，她視茉莉為擁護她長子的心腹。她讓茉莉去向羅傑問奧斯朋還要多久才回來，好像很清楚他會回家。

「妳再把羅傑所說的話全跟我說，他會告訴妳的。」

孰知茉莉有機會跟羅傑說上話已是幾天後的事，在此期間，漢利夫人情況明顯起了變化。茉莉於圖書室裡找到了羅傑，他坐在那兒，把臉埋進雙手中。他起初沒聽見腳步聲，直到她走近他身邊。然後他抬起頭，紅紅的臉還掛著淚，頭髮更是亂七八糟。

「我一直想單獨跟你見面，」她說：「你母親迫切想知道你哥哥奧斯朋的消息。她上星期就要我來問你了，可是我不想在你父親面前談起。」

「她很少跟我提到他的名字。」

「我不知道為什麼……可是她總跟我提起他。我這星期很少去見她，我想她現在很多事情都記不得了。如果你不介意的話，我想下次她再問起的時候，能夠有話交代。」

他用雙手托著頭，沒立刻回答她的問題。

「她想知道什麼？」他終於開口：「她知道奧斯朋快到了麼，任何一天都有可能到。」

「是的，可是她想知道他人在哪裡。」

「我無法告訴妳。我也不十分清楚。我相信他人在國外，但我不確定。」

「可是你把爸爸寫的信轉交給他了呀？」

「我把信寄給他一個朋友，因為那位朋友比我更清楚哪裡可找到他。妳得知道他還有債主要躲，茉莉。妳就像我們家人，幾乎像這家庭裡的孩子，所以債務的事妳也知道的。因為這件以及其他一些原因，我也不完全清楚他人在哪裡。」

「那我就這樣跟她說了。妳確定他會回來？」

「非常確定。可是茉莉，我想我母親可以再活一段時間的，妳不這樣想嗎？尼可拉斯醫生昨天跟妳父親一塊在這兒的時候說的。他說她恢復得比他預期的還好。妳該不是怕有什麼變故才這麼焦急地盼奧斯朋回來吧？」

「不是。我只是為了她才問，她盼著他的消息。我想她是夢見他了。她醒來後能跟我談談他，等於一種情緒的釋放，可以讓她覺得輕鬆許多。她好像把我跟他連在一起，以前我們兩人獨處時總經常談到他。」

「我眞不知道我們之中誰少了妳，該怎麼辦才好。妳在我母親眼裡就像個女兒一樣。」

「我眞的很愛她。」茱莉輕柔地說。

「是啊！我看得出來。妳可注意到我母親有時會叫妳『芬妮』？那是我們已過世小妹的名字。我想我媽時常把妳當成她。也許因爲這樣，也或許因爲在這個時候，我沒辦法太過正式，所以我就叫妳茱莉。希望妳別介意才好。」

「不介意，我喜歡這樣。不過，還是請多告訴我你哥哥的消息好麼，她眞的渴望知道他的事情。」

「她大可以自己開口問我的。不過很抱歉！我答應過要保守祕密，茱莉，倘使她眞的開口問我，我也沒有讓她滿意的答案可給。我相信他人在比利時，大約兩星期前去的，部分原因是爲了躲避債主。妳知道我爸拒絕替他還債嗎？」

「是的，就我所知大概是這樣。」

「我不相信我爸能立刻籌到全部的錢，如果不用他原本退避三舍的辦法。只不過，目前奧斯朋的處境眞的很尷尬。」

「我想，你父親之所以如此生氣，是因爲他不明白那些錢是怎麼花的。」

「我媽若問起那方面的問題，」羅傑很快說道，「就說我請她放心，那些錢絕非拿去做壞事或任何不良用途。我不能再說了，我有約在身。但關於這方面，請她千萬放心。」

「我也不確定她眞還記得這些曾讓她非常擔心的事，」茱莉說：「在你回來之前，她經常跟我提起奧斯朋，那時候你父親似乎相當生氣。而現在，她一看到我就只談起這個老話題，可好像也不是記得那麼清楚了。我在想，她眞的見到奧斯朋會不會記得當他不在時，她那麼急著要見他的原因。」

「他肯定快到了，我每天都在等。」羅傑不安地回應。

「你認爲你父親會很氣他嗎？」茉莉謹愼地問，彷彿漢利先生的不愉快會轉移到自己身上來。

「我不知道。」羅傑說：「我母親的病可能會讓他有所改變，可是他以前就不輕易原諒我們的。我記得有一次——啊，那是題外話了——我忍不住想，他是因爲我媽的緣故才強壓住自己脾氣，且從不多作解釋。這也不表示他就會原諒奧斯朋所做的事。我父親是個沒有太多情緒的人，不過感情特別強烈，有些讓他扎心的事，他的感受是深刻且永久的。就像那評估他財產的不幸事件！那件事就讓我爸想到死亡後債券轉讓。」

「什麼是死亡後債券轉讓？」茉莉問道。

「在我父親死亡時籌錢還債，當然也得把我父親還能活多久給計算進去。」

「好可怕！」她說。

「我確信奧斯朋不會做這樣的事。可是我爸在懷疑和盛怒之下所說的話刺激了奧斯朋，再加上奧斯朋不肯說明原委也不企圖替自己辯白，而且，就算他很愛我這個做弟弟的，我對他的影響力卻微乎其微，否則他早將一切跟我爸說了。唉，我們只好把這件事交給時間去處理了。」他嘆了口氣補充道：「如果我媽能恢復以往的樣子，必可讓這件事有個圓滿結局。」

羅傑轉身離開，留下茉莉黯然神傷。她明知她深愛的這一家人深陷困境，卻看不到出路在哪裡。她能幫他們的地方也越來越少，因爲漢利夫人使用了鴉片製劑和其他麻醉藥品，在藥效作用下經常沉睡著。她父親今天才剛跟她提說：希望她回家去，不要再來了。吉布森太太需要她，雖沒特別的原因，卻有一堆瑣碎理由。漢利夫人現在已經不那麼需要她了，只偶而想起她的存在。她的處境（是她父親的想法，她本身倒從未這樣想過）非常尷尬，因爲這一家子當中只有一個女人，這個女人又臥病在床。

然而，茉莉仍苦苦哀求父親讓她再留兩三天，到——到星期五就好。萬一漢利夫人需要她（茉莉跟她父親爭論道，眼裡噙滿了淚水），卻聽到她已離開他們家了，會覺她是多麼忍心、多麼忘恩負義啊！

「我親愛的孩子，她幾乎不需要任何人了！她身體知覺正急速地減弱。」

「爸爸，這是最糟糕的，我受不了。我不相信。她可能不再需要我，也極可能忘了我，但是我確定，直到最後一刻，只要她沒有受到麻醉藥物的影響，她會要求見漢利先生和她的孩子。尤其是可憐的奧斯朋，因爲他正陷於憂慮中。」

吉布森先生搖搖頭，並不答腔。過了一兩分鐘，他問：「我不想在妳認爲對一個有恩於妳的人，妳還能有所回饋或幫助的時候，把妳帶走。可是，如果她到星期五都沒要求見妳，那麼，妳是否就會死心，情願回家了呢？」

「在我走之前，如果她沒有找我，我是否可以進去再看她一眼呢？」茉莉反問。

「是啊！當然。妳可以進去看她，但必須安靜無聲。我得告訴妳，我幾乎肯定她不會再要求找妳了。」

「可是她可能會呀，爸爸！如果沒有，我星期五就回家。我想她會的。」

茉莉遂就在漢利家閒晃，想盡辦法去做病房外面可做的事，盼能讓這個家裡的人好過些。他們都只有用餐時間或必要時才出來，幾乎沒時間和茉莉說話，所以她在那兒寂寞得很，總等待著永遠不會來臨的招喚。恰在她跟羅傑詢問奧斯朋消息的那天晚上，奧斯朋到家了。他直接走進客廳，茉莉正坐在壁爐旁邊地毯上看書，因不想只爲了自己就搖鈴叫傭人送蠟燭來。奧斯朋匆匆地走進來，那走路的樣子好像他就快被自己給絆倒了。茉莉站起來。

奧斯朋起先沒注意到她，現在走向前握住茉莉的雙手，領她到火光閃動、視線清晰明亮的地方，瞪大眼睛看著她的臉。

「她怎麼樣了？妳來告訴我——妳一定知道事實！我一接到妳父親的信便日夜兼程趕回來。」在她整理出答案前，他先找了張最近的椅子坐下，用手遮住眼睛。

「她非常虛弱，」茉莉說：「那是你已經知道的。不過我並不認爲她承受太多身體上的疼痛。她只是心裡很難過，想要你回來。」

他大聲呻吟著，「我父親不准我回來。」

「我明白！」茉莉回道，急著防止他自責。「你弟弟也不在家。我想沒有人知道她病得有多重——她長久以來一直病弱。」

「妳知道——是的！她跟妳說了好些事情，她喜歡妳。上帝知道我有多愛她。如非被禁止回家，我會把一切都告訴她。我父親知道我要回家嗎？」

「是的，」茉莉說：「我告訴他，爸爸已經寫信叫你回來。」

就在那時，漢利先生進來了。他沒聽到奧斯朋回來，只是找茉莉幫他寫信。

漢利先生進來的時候，奧斯朋未站起身。他累垮了，心情更是沉重得難以負荷，也因爲父親寫下憤怒多疑之信而跟父親疏離了。如果他當時能清楚表露情感，也許一切都會不一樣。但他一語不發，等著父親看到他。當漢利先生目光終於落在他身上時，只說：「你在這兒呀，先生！」爾後突然中止了交代茉莉的事，倏地轉身離開。

其實他心裡一直繫念著他的長子，只是父子兩人互不相讓的傲氣使得彼此壁壘分明。然而，漢利先生還是立刻去找管家，問奧斯朋先生是哪時候到、怎麼回來的，還有，回來後吃過點心或晚餐沒有？

「我想我現在什麼事都忘了！」可憐的漢利先生說道，一面把手搭在頭上，「我現在過日子，都記不得我們到底吃了晚餐沒有。漫漫長夜裡這些憂心和照護，弄得我都不知道怎麼過日子了。」

「也許，老爺，您該和奧斯朋少爺一塊用餐。摩根太太去請他過來了。老爺，您晚餐時間都難得坐下來，老想著夫人的需要。」

「啊！我想起來了。不！我不再吃了。奧斯朋先生想喝什麼酒就給他。也許他還吃喝得下吧。」漢利先生滿懷痛苦憂愁上樓去了。

燈點起來後，茉莉瞧見奧斯朋的改變，嚇了一大跳。他看起來憔悴又疲憊，也許是旅行和焦急之故，不像是兩個月前茉莉最後一次看到他時，那個去茉莉家拜訪她繼母的翩翩美青年。不過，茉莉喜歡現在的他，說話語氣讓她覺得比較愉快。他顯得單純許多，也願意表露感情。他溫和且關懷地問起羅傑。羅傑不在家，他騎著馬到艾斯坎伯去處理漢利先生交辦的事務。奧斯朋明顯渴盼羅傑回來，吃過晚餐後他就在客廳裡漫無目的地來回踱步。

「妳確定我今天晚上見不到她了嗎？」奧斯朋第三或第四次問著茉莉。

「確定。我再上樓問一次，如果你要我去的話。可是，尼可拉斯醫生派來的護士瓊斯太太是個很果斷的人。你用餐時我已去問了，漢利夫人才剛吃過藥，瓊斯太太不希望她見任何人以免太過激動。」

奧斯朋繼續在客廳裡踱來踱去，半是自言自語，半是說給茉莉聽。

「眞希望羅傑回來。他似乎是唯一歡迎我回家的人。吉布森小姐，我父親總是待在樓上我母親房裡嗎？」

「自從她上次發病以來，就一直這樣了。我相信他因爲早些時候警覺性不夠在深深自責。」

「妳聽到他對我說的話了。沒什麼歡迎的意思在內，是嗎？而我親愛的母親總是——不論我是否該受責備——啊，我猜羅傑今晚會回來吧？」

「是的。」

「妳住在這兒吧，妳常見到我母親嗎？還是那個萬能護士也把妳擋在門外了？」

「目前漢利夫人已經三天沒找我，除非她要求，否則我不進她房裡。我想我星期五得走了。」

「我知道我母親疼愛妳。」

過了一會兒，他語帶難忍之痛，低聲說：「我想，妳知道她是否清醒——頭腦還清楚嗎？」

「不總是清醒的，」茉莉溫柔地應道：「她得服用許多鴉片製劑。不過她從不夢囈，只是遺忘和深睡。」

「哦，母親，母親！」他嚷著，聲音戛然中止，走向爐火將雙手扶上壁爐臺。

羅傑一回到家，茉莉即起身告退。可憐的女孩！這個她無盡憐憫卻幫不上忙的家，她能留下的時間越來越少了。星期二的夜裡，她哭著入睡。再過兩天就是星期五，到時她就得將扎在這家庭裡的根徹底拔除了。

次日早晨天氣清朗，早晨迎見好天氣，年輕的心舒暢起來了。茉莉坐在餐室裡爲下樓的男士們泡茶。她忍不住暗自祈求漢利先生和奧斯朋在她離開之前能改善關係，彼此互相瞭解，畢竟他們父子除了討論病情外，也得將其他煩惱攤開來說才好。然而，他們在早餐桌上碰面，卻故意避開交談。也許此時此刻兩人間最自然的話題應是奧斯朋前一晚的長途旅行，偏偏奧斯朋絕口不提自己從哪裡回來，甚至連來自東西南北方向也不說，漢利先生則連可能引起奧斯朋說出隱藏祕密的暗示也盡量避免。就這樣，他們彼此心中再次閃過那個誰也沒說出口的想法——若不是發現奧斯朋欠了一屁股債，漢利夫人的病也不會急遽惡化。因而有關那方面的問答俱被視爲禁忌話題。事實上，他們只談些無關痛癢的事情，說話的對象不是茉莉就是羅傑。這樣的交談一點意思也沒有，甚至缺乏友善，僅只維持表面的禮貌與和平。

那天結束前，茉莉後悔之心油然而生，早知道就聽爸爸的話跟他一塊回家算了。這裡似乎沒有人需要她了。護士瓊斯太太再三跟茉莉保證，漢利夫人連一次也沒提到她，且自從病房有了專任護士後，茉莉做的那點小事也就不需要了。奧斯朋和羅傑總膩在一起，孤獨一人的茉莉便有時間把那天跟羅傑之間的簡短對話好好細想。奧斯朋非常客氣，甚至拿出討喜態度來表達對茉莉辛苦照顧他母親的感激，可除此之外，卻不願表露出內心深處的感受，猶且覺得他在前一天晚上的眞情流露很丟臉。他對她說話的態度只限於彬彬有禮的男士對落落大方的淑女而已——但茉莉討厭這樣。好像只有漢利先生還把她當一回事，交代她寫寫信、吩咐她算算帳，茉莉簡直想親吻他的手以示感激。

她待在漢利家的最後一個下午來臨，羅傑出門替漢利先生辦事。

茉莉走到花園，想起已過去的夏天，漢利夫人的沙發擺放在老杉樹下的草地，暖風送來陣陣玫瑰和野薔薇的香氣。現在，樹木光禿著枝枒，凜冽寒霜從不帶甜美的香氣，舉頭望著屋宇，但見雪白百葉窗將蒼白的冬日長空與漢利夫人的臥房阻隔開來。她繼而想起了父親提說要再婚的那天：糾纏著枯草與白雪霜的繁茂草叢；美麗的樹枝與大樹間的節，還有遙對著天空，細緻的光禿枝枒。她還可能再次經歷這般不快樂嗎？這是善良還是麻木，讓她覺得生命太過短暫，無論何事都不值得愁煩？死亡似成唯一的眞實。她沒有體力，也無心再往前走或感覺朝氣蓬勃，遂轉身朝屋裡走。午後的太陽明亮地拂照在窗上，不知道爲什麼，女傭竟打開了平時沒人使用的圖書室窗戶。中間那扇窗也是個門，白漆木門半掩著。茉莉沿著那條鋪石小徑走，直通大房子前面圍著白色柵欄的大門口，她從開著的門窗走進了圖書室。她獲准在離開前挑喜歡的書帶走，漫長的午後恰可用這件事來消磨時光。她爬上梯子去拿黑暗角落裡上層櫃子中的書，發現有幾本書似乎還滿有趣的，她便坐在梯子上翻閱起來。奧斯朋突然走進來時，她就坐在那兒，戴著帽子又穿著斗篷。他起初沒瞧見人影，其實，行色匆忙下，如果茉莉沒開口，他可能一點也不會注意到。

「我妨礙了你嗎？我只是過來找幾本書。」茉莉說著邊走下樓梯，手裡抱了本書。

「一點也不，是我打擾了。我只寫封信拿去寄，寫完就走。唔，這門開著是不是讓妳覺得冷？」

「不冷呀！空氣清新，很舒服。」

她又看起書來，就坐在最下層的梯子上，他則坐在靠窗的老式大寫字桌前寫信。約有一兩分鐘鴉雀無聲，只聽得奧斯朋的筆尖在紙上快速滑動著。接著聽到門上「喀答」一聲，羅傑出現在門口，臉朝向坐在光線中的奧斯朋，背對著蜷曲角落裡的茉莉。他拿出一封信，上氣不接下氣地說：「奧斯朋，有一封你太太寫給你的信。我經過郵局，心想——」

奧斯朋站起身，一臉氣憤又沮喪。「羅傑！你做了什麼好事！你沒看見她嗎？」羅傑環顧四周，茉莉從角落裡站起，滿臉通紅，渾身顫抖，模樣甚是可憐，像個罪人似的。羅傑走進屋裡，三個人同樣沮喪。

茉莉首先開口，她走向前道：「非常抱歉！你們不希望我聽到的，可是我沒辦法不聽。你們信得過我，對不對？」然後轉向羅傑，眼裡飽含淚水，央求道：「請說你知道我不會說出去。」

「這也是沒辦法的事。」奧斯朋陰鬱地說：「只怪羅傑，明知道這件事要緊，開口前該先看一下四周。」

「我是該看一下沒錯，我對自己的懊惱超乎你們所能想像。」羅傑轉向茉莉繼續道：「然而，我對妳的信任有如對我自己。」

「是的。可是，」奧斯朋說：「你也知道，就算答應幫我保守祕密，最善意的人不小心說溜嘴的機率有多高。」

「我就知道你會這樣想。」羅傑說。

「好了，我們別再開始那個爭執不下的討論了——不管怎麼樣，別在第三者面前說。」

茉莉實在很難忍住不哭，既被當作第三者，在她面前談話須有所限制。她說：「我就要離開了。也許我不該出現在這兒，眞的非常抱歉。不過，我會試著忘掉我所聽到的話。」

「妳忘不掉的。」奧斯朋依舊無禮地道：「但是，妳可以向我保證絕不跟任何人提起，包括我和羅傑。妳可以裝作從沒聽過這件事的樣子嗎？我相信從羅傑所告訴我關於妳的爲人來看，妳若許下承諾，我能信任妳。」

「是的，我保證。」茉莉舉起手要發誓。奧斯朋握住她的手，像在說這個舉動是多餘的。她補充道：「就算我沒許下任何承諾，也會這樣做。不過，也許有了承諾較令人安心。我要走了。我眞希望沒進來過這裡。」

她輕柔地將手中的書放在桌上，轉身要離開圖書室，她想現在還不能哭，硬是將淚水往肚裡吞，等回到只有一個人的臥房再哭。不過，羅傑早她一步走到門旁，幫她把門打開，而且讀著——她覺得他正讀著她的臉。他伸出手來跟她握手，堅定的一握，傳達出對方才發生之事的同情與懊悔。

她難抑啜泣地走回自己臥房。不久前，她的心情異常煩惱，找不到自然宣洩的管道。離開漢利大宅原就讓她覺得傷心，這會兒更煩了，因爲現在她還得帶著永遠也不該知曉的祕密離開，猶得爲此背負極不舒服的責任。隨之而來的是油然升起的疑問：誰是奧斯朋的妻子。

茉莉並非在漢利家待得不夠久、和漢利家的人不夠親密，以致於不知道他們對漢利家未來女主人的要求。比方說，漢利先生在早些時候對茉莉認識尚不夠深之前，常會在茉莉面前表現出他的繼承人奧斯朋是茉莉・吉布森這醫生的女兒所高攀不上的；經常暗示著代表漢利地方的漢利家，他那聰明耀眼又英俊的兒子奧斯朋，可能結親的對象都是出身高貴的富貴人家。漢利夫人也如此，總不自覺地流露出對未來兒媳婦的滿心期待，每每有著不同的美好計畫來迎接她：「奧斯朋結婚時，客廳要重新裝潢」、「奧斯朋的妻子應會想住西邊的廂房吧，跟老夫妻一塊住對她來說可能是個考驗，不過我們得盡量安排，盡可能讓她沒有不便」、「當然，奧斯朋夫人來的時候，我們得給她買輛新馬車，舊的對我們來說已經夠好用了」……諸如此類的說法，無不讓茉莉對未來的奧斯朋夫人湧出雍容華貴的淑女印象，一出現將使老舊的漢利大宅搖身變成為正式的華麗大宅，而不是眼前這個愉快輕鬆的住家。奧斯朋也是，跟吉布森太太暢談異國美女附加慵懶的批評，就算在自己家中也同樣愛擺架子——只不過在家裡擺的是難以取悅的詩人架子，跟吉布森太太談話時擺的則是過分講究的社會菁英架子。他的妻子到底是哪位不能說出口的名媛淑女呢？不但讓他拜倒於石榴裙下，還讓他甘心樂意隱藏已婚之事，不稟明父母？

最後，茉莉從繁雜思緒中抽身站起，再怎麼想也沒用，她根本找不到答案。她甚至連試試看都不想，她的承諾像堵空白高牆擋住了思路。光試圖去想，或回想他們談話片段都可能不經意地浮出名字，然後因為這樣拼湊出一個故事，這都是不應該的。

茉莉怕再見到他們兄弟倆，不過在晚餐桌上仍無可避免地重逢了，大家都像什麼事也沒發生過的樣子。

漢利先生總是沉默寡言，若非因為憂鬱就是不高興。自從奧斯朋回來，除了非說不可的瑣事外，他還沒跟大兒子聊過，而妻子的狀況就像他天空裡突然出現的烏雲，壓得他氣喘吁吁。

奧斯朋對他父親一副漠不關心態度，茉莉覺得他是裝出來的，但對這一切，則找不到辦法和解。至於安靜、穩定而態度自然的羅傑話比誰都多，即便如此，他也有些不自在，亦有煩心之事。今天他主要是跟茉莉說話，滔滔不絕地告訴她自然科學史上的最新發現，這類內容不太需要人答腔。茉莉原本以為奧斯朋看起來會跟平常不一樣，自覺羞愧或懊悔，甚或像「已婚」男子。可是，他依舊是今天早上的奧斯朋：英俊優雅加慵懶的儀表態度，對弟弟熱誠、對她禮貌，和他父親之間的關係隱約透露出緊張。在如許平常的態度下，茉莉很難想像其中有不為人知的羅曼史隱藏。她總幻想著能接觸愛情故事，這會兒她是接觸了，卻發現竟然這麼不愉快，因爲它有所隱瞞還兼具不確定性。想想她誠實正直的父親、何陵福特平靜的生活，雖難免有缺點，但光明正大無不可對人言者，相較之下似乎安全也愉快得多。

離開漢利大宅她當然覺得難過，她無聲地向沉睡中毫無知覺的朋友道別。此刻離開漢利夫人和在兩個星期前離開漢利夫人，對她而言大不相同。那時候，漢利夫人隨時都需要她，她覺得自己可成爲別人的安慰。現在這位靈魂和身體似已分開許久的可憐女士，也許壓根忘了她的存在。

漢利家派馬車送她回去，車上滿載著宅邸中每個人對她的感謝。奧斯朋蒐集了家中最美的花送給她，羅傑則選了各種書相贈。漢利先生一直握著她的手，說不出有多感激，最後將她抱在懷中像親吻女兒一樣親吻她，依依不捨地放她回家。

第十九章 辛西雅到來

茉莉回到家時，父親不在，沒人來道聲歡迎回家。僕人們報說太太出門訪友去了。她上樓回到自己房間，想打開行李把借來的書整理一下，驚訝地看到對門灰塵滿布的房間放置了水和抹布。

「有人要來嗎？」她問家中女僕。

「太太在法國的女兒，柯派屈克小姐明天將回來。」

辛西雅終於要回來了嗎？哦，有個女伴，一個和她同齡的姊妹，多麼令人高興哪！茉莉心中陰霾被這期待的歡愉一掃而空。她盼著吉布森太太回來好詢問詳情：這必是突然的決定，因爲吉布森先生前一天離開漢利大宅時都沒跟她提過呢！這下子無法安靜地看書了，茉莉依著整潔的習性勉強收拾好書本。她走到樓下客廳，卻靜不下心。

終於盼到吉布森太太回來了，她因爲走路及身上那件天鵝絨斗篷而疲憊不堪。直到脫下斗篷休息了幾分鐘後，她似乎才聽懂茉莉的問題。

「哦，是啊！辛西雅明天早上回來，她搭『裁判號』驛馬車，明早十點到。每年這時候天氣總這麼令人難受！我都快昏倒了。我想辛西雅是逮到了好時機，所以樂得提早兩個星期離開學校。她從不給我機會寫信跟她說好或不好，就像這次提早回來也一樣。我得付的學費還不是一樣多。我本來打算叫她幫我帶頂法國軟帽，妳也就可以照著樣式去做一頂的。哎！不管怎麼說，我還是很高興她要回來了，那可憐的孩子。」

「她怎麼了？」茉莉問道。

「哦，沒有啊！為什麼這樣問呢？」

「您叫她『可憐的孩子』，我怕她是不是生病什麼的。」

「哦，不是！那不過是我在柯派屈克先生過世後的習慣說法罷了。一個沒爹的孩子——妳也知道，這樣的孩子常被叫作『可憐的孩子』。哦，不是生病了！辛西雅從不生病，她壯得像匹馬，才不會像我今天這樣累得慘兮兮。妳可以給我拿杯紅酒，拿塊餅乾來麼，親愛的？我眞的快昏倒了。」

吉布森先生對於辛西雅即將到來，比她親生母親還興奮得多。他期盼她的到來能夠帶給茉莉快樂，雖然他新近結了婚也有了新妻子，但最在乎的還是茉莉。甚至還撥空上樓去看看兩個女孩的臥房，因為他可是砸了不少錢在房內新家具。

「呃，我猜，年輕女孩大概都喜歡把臥房裝潢成這樣吧！當然很漂亮，可是——」

「我比較喜歡我原來的臥房，爸爸，不過也許辛西雅習慣這種裝潢。」

「也許吧！不管怎麼說，她會明白我們努力要把這臥房弄漂亮。妳的臥房就跟她的一樣。這樣好。如果她看到她的臥房比妳的漂亮，她心裡會難受的。好了，現在，晚安啦！祝妳在那張好看但不結實的床上安眠穩睡。」

茉莉起了個大早，幾乎天亮前就起來了，她在辛西雅房裡擺上漢利家的漂亮花朵。那天早上她幾乎吃不下早餐。她跑上樓換好衣服，心想吉布森太太肯定會到「裁判號」驛馬車停靠的喬治旅館去接兩年沒見的女兒，卻驚訝發現吉布森太太如往常般端坐在羊毛刺繡架前。看到戴帽子、披上斗篷的茉莉，吉布森太太反倒大吃一驚。

「妳這麼早要上哪兒去，孩子？霧都還沒散去呢！」

「我以爲您會去接辛西雅。我想跟您一塊去。」

「她再半個小時就到，親愛的爸爸已經交代園丁威廉推著獨輪手推車去載她的行李。他自己去是不去，我就不確定了。」

「那您不去嗎？」茉莉語帶失望地問。

「不去，當然不去。她會直接到這兒來。再說，大街上人來人往的，我不喜歡當眾表露感情。妳忘記我已經兩年沒見到她了，而且我討厭市場上的景象。」說完又埋首於刺繡。

茉莉考慮一下，放棄了自行去的念頭，她決定守在可看到街上動態的窗戶旁邊。

「她來了——她來了！」茉莉高聲叫道。她父親走在一名身材高䠷的年輕女士身邊，園丁威廉用獨輪推車載著一大堆行李。茉莉飛奔下樓，搶在辛西雅到達前將大門敞開。

「好啦！她來了，茉莉。這位是辛西雅。——辛西雅，這是茉莉。妳們兩個是姊妹嘍，知道哦！」

茉莉就著門開處透進來的光線看見美麗高䠷、身材姣好的辛西雅，不過臉部處於陰影中，所以還看不清五官。茉莉忽感一陣害羞，忘記適才該給辛西雅一個擁抱。倒是辛西雅上前將茉莉擁在懷裡，於她雙頰上各親了一下。

「媽媽來了。」辛西雅說道，看向茉莉身後。吉布森太太正站在樓梯口，圍著披肩冷得發抖，她走過茉莉和吉布森先生，兩人都調轉目光看著她們母女重逢。

吉布森太太說：「哇，妳長這麼大了，親愛的！看起來像個女人了。」

「的確是。」辛西雅應道：「我之前離開的時候已經長這樣了，從那時起就沒再長了——除了長腦子，那是我一直希望的。」

「是啊！我們都這樣希望。」吉布森太太寓意深遠地道。事實上，她們即使在看似最普通的對話裡都明顯地暗藏寓意。一夥人來到明亮安靜的客廳時，茉莉凝視著辛西雅的美，完全被吸引住了，也許她的面貌不是頂端正，但極富表情變化的臉卻讓人無暇他顧。她的笑容完美無缺，噘嘴時魅力無窮，整張臉的靈魂就是那張嘴；眼睛形狀很漂亮，不過眼神不夠靈活，而膚色和她母親相去不遠，只是少了母親那款紅髮來映襯出好氣色。她細長嚴肅的灰瞳配的是黑睫毛，不同於母親的淡亞麻色。茉莉愛上她了，也就是說，一見便喜歡。

辛西雅坐在那兒暖暖手腳，神態輕鬆自若，彷彿她早在那兒待上一輩子似的。她並沒有特別注意她母親，她母親則一直研究著她或她的衣飾，嚴肅機警地打量著茉莉和吉布森先生，彷彿在猜她會不會喜歡他們。

「餐室裡已爲妳準備好熱騰騰的早餐，供隨時享用。」吉布森先生說。

「連夜趕路，我想妳肯定需要吃點東西。」他看著他的妻子，也就是辛西雅的母親，可是她好像不打算再次離開溫暖的客廳。

「茉莉會帶妳到妳的房間去，親愛的，」她說：「離她房間很近，她得去放她的帽子和斗篷。妳吃早餐的時候，我會下去餐室裡坐，不過我現在眞是很怕冷。」

辛西雅站起身，跟著茉莉上樓。

「很抱歉妳的房間尚未生火，」茉莉說：「我想是沒人吩咐的緣故。當然我不使喚人的，還好，這兒有些熱水。」

「等一下。」辛西雅握住茉莉雙手，穩穩地審視著她的臉，態度甚是正面。「我想我會喜歡妳的。我眞高興！我還怕我會不喜歡妳呢！我們兩人的處境都很尷尬，不是嗎？對了，我也喜歡妳父親的樣子。」

茉莉一聽她這樣說，忍不住露出微笑。辛西雅見狀回應道：「啊，盡管笑，但我不知道自己好不好相處。我和媽媽上次在一起時，處得並不好，也許我們現在都多長了些腦子。好了，請給我十五分鐘。我不需要其他東西了。」

茉莉回到自己房間，等著帶辛西雅去餐室。其實，在這棟半大不小的房子裡要找到餐室自是不成問題，陌生人只要稍加推測就能找到任何一室。可是辛西雅這麼教茉莉著迷，她願意盡心盡力服務。自從聽到可能添個姊姊的那一刻起（她叫她姊姊，唯大部分人困惑的是，她是蘇格蘭式姊姊還是布洛涅式姊姊），茉莉便翹盼著辛西雅的到來，儘管她們才如此短暫相見，辛西雅不自覺的魅力早已成功征服了茉莉。

有些人就是有這種力量。當然，這樣的效果僅只顯明在易受影響的人身上。每個學校裡幾乎都可發現某個女生特別容易吸引和影響其他女生，究其原因並非她的品德，也非她的美貌，不是她的貼心也不是她的聰明伶俐，而是種無法描述也不能用理性分析的特質。就像一首老歌裡所暗喻的——

別因漂亮優雅愛我，就爲令人愉悅的眼眸和面容；

不，別愛我不變的心——因這些皆會變、會病，眞愛因之可能斷絕。

但繼續愛我，別問爲何，何妨秉持初衷，永遠寵愛我。

擁有這種力量的女人，別說對男人，就算對同性也一樣魅力無窮；而與其去界定它，毋寧說它是多項天賦與特質的精巧結合，無法分析出各種要素的所占比例。也許這違反了原理原則，因爲其精髓似繫於一種最精緻的力量，適用全部的人以及所有性格——「向什麼樣的人就做什麼的人」。總之，儘管不久茉莉將發現辛西雅在道德上並非堅貞不移，但基於辛西雅所散放出來讓她深深著迷的個人魅力，茉莉一點也不想去看穿或判斷同伴的個性，雖說這與她的本性相違。

辛西雅是如此美麗，她本身對這一點也非常清楚，清楚到忘了去在意。從沒有一個美貌之人是如此不在意自己美貌。當辛西雅在屋裡走動時，茉莉總目不轉睛地看著她，彷彿看著森林裡步履昂揚、行止高貴的動物——一舉一動間都配著音樂的節奏。她的衣服也是，也許以當前眼光來看覺得既醜又俗氣，卻絕佳地襯托著她的膚色和身形，以她優雅的品味獨領時尚風騷。她的衣服不算貴，變化其實也不多。吉布森太太就曾坦承非常訝異辛西雅竟只有四套禮服，在辛西雅寫信來告知老師幫忙找到好機會讓她提早兩星期回家時，如肯耐心等母親回信，就能採買些衣服並帶回許多有用的法國版型。茉莉聽到吉布森太太這樣說，不免替辛西雅難過起來，因爲這對茉莉而言彷彿是說與其早兩星期見到睽違兩年的女兒，倒不如女兒依原定日期帶回一堆銀亮的女裝版型就好。不過辛西雅對於此類不時就拿出來說的小抱怨倒不怎麼理睬，說得更確切點，她對她母親的話大多以耳邊風對待。此舉也使得吉布森太太對辛西雅敬而遠之，跟自己女兒比起來，她跟茉莉還比較常說話呢！不過一談到衣服，辛西雅就以靈敏迅捷的手指頭驗證自己是她母親的女兒了。她是個絕佳的女紅專家，不像茉莉普通縫紉做得極好，若做衣服、女帽就不行了。在布洛涅街上看過的流行款式，辛西雅都可以做得出來，只要動一動巧手，變化一下緞帶或薄紗的繫法，母親給她的原本裝扮立刻出現不同的造型效果。就這樣，她倨傲地更新了母親弄的衣櫥，茉莉則始終不懂箇中緣由。

日子就在平常瑣碎小事中過去，直到吉布森先生帶來漢利夫人已不久人世的消息。經常坐在辛西雅身邊被一堆緞帶、線圈、網狀花邊等包圍的茉莉，一聽到消息，有如坐在婚宴中的人忽然聽到喪鐘敲響。她父親寄予無限同情。對吉布森先生而言同是喪失了摯友，然他對死亡司空見慣，事情就是這樣，是人類最自然的終結。但對茉莉來說，一個她如此熟識、如此深愛的人死去，是非常悲傷又憂鬱的景象。她憎惡起圍繞著她的虛榮飾品，巴不得晃進去霜凍的花園，走上常綠植物所籠罩隱藏的小徑。

終於，但其實爲時不久，茉莉離開漢利大宅還不到兩個星期，噩耗傳來了。漢利夫人已沉沉睡去，她的生命淡出知覺與人世之外。寧靜安息的波濤將她覆蓋，於此世間不復存在。

「他們都要我問候妳，茉莉。」她父親說：「羅傑・漢利說他明白妳心中的感受。」

吉布森先生很晚才回到家，孤寂地在餐室用膳，茉莉坐在旁邊陪著。辛西雅和母親在樓上，吉布森太太正在試戴辛西雅爲她做的裝飾頭巾。

吉布森先生出去跑最後一趟行程到城裡病人家看診時，茉莉仍在樓下坐著，壁爐裡的火已經很弱了，光線逐漸轉暗。辛西雅腳步輕盈地進來，握起茉莉無力而垂在一旁的手，坐在茉莉腳邊地毯上，一語不發地揉搓著她冰冷的手指頭。溫柔舉動融化了厚厚堆積在茉莉心頭的眼淚，淚水撲簌簌地沿著雙頰流淌。

「妳非常愛她，對不對，茉莉？」

「對。」茉莉啜泣道。

接著一陣沉默。

「妳認識她很久了嗎？」

「不，不到一年。不過我常見到她，我幾乎就像她女兒一樣，她這麼說的。我卻沒跟她道再見或話別……她後來變得有些神智不清。」

「我猜，她只有兒子吧？」

「對，奧斯朋先生和羅傑・漢利先生。她曾經有個女兒芬妮，病中她有時會叫我『芬妮』。」

兩個女孩又沉默半晌，彼此都凝視著火光。辛西雅率先打破沉默，「我希望能夠像妳這樣去愛人，茉莉！」

「妳不是嗎？」茉莉相當驚訝地應道。

「不是。我相信有許多人愛我，或至少他們以為愛我，然而我卻不怎麼在乎他們當中任何一人。話雖如此，我眞認為我是愛妳的，小茉莉，雖然認識妳還不到十天，卻愛妳遠勝於其他人。」

「不會勝於愛妳媽媽吧？」茉莉說，頗不可置信。

「當然，勝於愛我媽媽！」辛西雅半微笑著回答。「我敢說這很讓人震驚，不過是事實。可先別罵我，我不認為一個人對母親的愛是天生自然的。請記得我和我母親聚少離多！但是，我卻非常愛我父親。」她語氣裡透著眞誠，然後突然停下來，「他在我很小的時候就過世了，沒人相信我還記得他。我聽到媽媽在葬禮後不到兩個星期，對一個來訪的人說：『哦，不，辛西雅太小了，她已經把他給忘光了。』那時我咬住嘴唇，不讓自己哭出來。『爸爸！爸爸！我忘記您了嗎？』——我在心裡吶喊著，但於事無補。後來，媽媽得出去當家庭教師，那也是沒辦法的事，可憐的媽媽！不過，她倒不怎麼在意和我分開。我想我是個麻煩吧！於是我四歲就被送到學校去了，一間換過一間，然後放假時，媽媽在漂亮的大房子裡，我就留校和老師在一起。有一次我到陶爾莊園去，媽媽不停訓誡，可我大概還是很調皮。於是再也沒去過了，我倒樂得很呢，因爲那是個可怕的地方。」

「的確是。」茉莉應道，想起她曾在那兒受過的苦難。

「還有一次我到倫敦去，住在我柯派屈克叔叔家。他是個律師，現在過得不錯，可當時眞夠窮的，還有六七個小孩。那時恰値冬天，我們擠在東堤街上一棟小房子裡。說實話，那情形也不算太壞。」

「但是後來妳媽媽在艾斯坎伯開始管理學校之後，妳就跟她一塊住了。我去領主莊園住的那天，普瑞斯頓先生告訴我的。」

「他跟妳說了些什麼？」辛西雅近乎粗暴地追問。

「就剛剛那些話而已。哦，對了！他讚美妳的美麗，還要我把這番讚美告訴妳。」

「如果妳眞這樣做，我會討厭妳。」辛西雅說。

「我當然連想都沒想過要這樣做的，」茉莉答道：「我不喜歡那個男人。而且海芮小姐第二天談起他時，也像在說他是個不値得喜歡的人。」

辛西雅陷入沉默，後來終於開口道：「我希望我是好人！」

「我也是。」茉莉簡潔地說。她又想起了漢利夫人那句「唯有正直者的行爲在塵埃中馨香綻放」，而「良善」則是她心中所想「世上唯一能永存之事」。

「少胡說了，茉莉！妳是好人。如果妳不是好人，那我是什麼？至少按比例上來說，妳做了不少好事！不過光在這兒討論是沒有用的。我不是好人，而且永遠都不會是。也許我可能是女英雄，但我永遠都不會是一個好女人的，我知道。」

「妳認爲當女英雄比較容易嗎？」

「是的，至少就歷史上的女英雄們來看是如此。我可以是個大笨蛋，經過拚命努力，然後消遣放鬆——可是穩定的日常善行就非我能做到的了。我肯定是隻道德上的袋鼠。」

茉莉聽不懂辛西雅在說些什麼，而她沒法不去想漢利大宅中憂傷的一家人。

「我眞希望能去看看他們！偏偏這個時候我們什麼事也沒法做！爸爸說葬禮定於星期二舉行，之後羅傑．漢利就要回劍橋去。一切將歸於平靜，就像沒發生過這件事！我不知道漢利先生和奧斯朋．漢利先生要怎麼相處下去。」

「他是長子，不是嗎？爲什麼他和他父親處不好呢？」

「哦！我不知道。其實該說我知道，可是覺得不應該說。」

「別這麼咬文嚼字的誠實了，茉莉。況且光看妳的態度，就知道妳說實話還是謊言，別在遣詞用字上費事了。我完全明白妳所謂的『不知道』是什麼意思。我從不認爲我非得實話實說不可，所以，我們處在平等地位。」

辛西雅很可能說她不覺得說實話是必要的，但這句話只是她當時最想作的表述，至於用語準確與否，她倒不甚在意。話裡並無惡意，大體上她也沒有要爲自己的偏差粉飾太平。其實就是這種潛藏的趣味常讓茉莉忍不住覺得好玩，雖說茉莉原則上是譴責這般說法的。辛西雅玩世不恭的態度帶著一種魅力，掩蓋了諸如此類的敗筆；然她有時卻非常溫柔，極富同情心，就算茉莉認定辛西雅所作所言簡直讓人瞠目結舌，她終究還是讓茉莉抗拒不了。此外，她不太在意自己的美麗這點讓吉布森先生十分滿意，她非常聽吉布森先生的話，更贏得了他的心。

一刻也閒不下來的辛西雅在修改完她母親的衣服後，把矛頭對準茉莉的服裝。「現在該妳了，親愛的。」她說，開始看著茉莉的一件禮服，「我一向擔任行家角色，不過現在開始，我是業餘的。」辛西雅從自己一頂最好的帽子上拔下一朵人造花帶給茉莉，裝飾在她的帽子上，說這樣剛好映襯茉莉的臉色，再用緞帶打上個結就夠漂亮了。她總是一邊做事、一邊唱歌。她歌聲動聽，說話也是，習於跑上跑下唱著悅耳的法國香頌，毫不顯費力，可說在歌唱藝術方面是極度靈活的。只是她似乎也不太把心思放在音樂上，鮮少碰觸鋼琴，倒是茉莉每天勤於練琴。辛西雅樂於回答有關她過去的一切問題，雖說在第一個問題後就半開玩笑起來，不過她倒是茉莉忠實的聽眾，充滿同情憐憫地聽著茉莉發自心底的喜樂與哀愁，甚至竟還替茉莉打抱不平，提問到她如何能忍受吉布森先生的再婚，還有為什麼不採取一些反叛的行動。

儘管家裡來了這麼個討人喜歡與刺激有趣的同伴，茉莉仍是十分想念漢利家的朋友們。漢利家若仍有個女主人，她或許還可收到幾封短箋或聽到許多再也聽不到了的詳情敘述，甚或可以從她父親密集的看診當中歸納出資訊。然而，吉布森先生的病人已然辭世，所以他也只是偶而才登門拜訪。

「是啊！漢利先生變了許多，不過他狀況比以前好。他和奧斯朋之間有種難言的疏離感，父子間的沉默和拘謹態度讓人很容易看出來，不過啊，外表上還算友善——不管怎麼說，還是以禮相待。漢利先生一貫以漢利家未來代表人及繼承人的地位敬重奧斯朋，但奧斯朋看起來不太好，他說他想要改變。我想是他和他父親之間的關係，以及家人間的意見紛歧讓他覺得疲累了。他對他母親的過世相當難過。說也奇怪，奧斯朋和他父親都因痛失漢利夫人而難過不已，但這共同的損失竟未將他們拉在一起。羅傑回劍橋了，去參加文學士學位的數學考試。雖然人事已非、景物已變，但卻是自然的呀！」

也許這就是漢利家近況的結論了，就各方所得消息來看的話。這些消息總以讓茉莉安心爲終結。

吉布森太太每聽完丈夫對奧斯朋心情抑鬱的敘述後，總愛建議道：「我親愛的！你何不邀他過來吃晚餐呢？一頓安靜的小晚餐就好，廚子足能勝任。我們全都穿上黑色和淡紫色衣服，他不會感覺是歡慶活動。」幾次下來，吉布森先生便只搖搖頭，不加理會這些建議了。他現在已相當習慣他妻子，覺得對付這種冗長又無足輕重的爭論，所能採取的最佳步驟是保持沉默。可是每次吉布森太太看到辛西雅的美麗，她就愈益覺得奧斯朋若能過來吃個晚餐小聚一下，心情定會大好。到目前爲止，看過辛西雅的就只有何陵福特的女士們，和無望且無益的老單身漢牧師艾希頓先生而已。若只有老女人們欣賞，那要一個貌美如花的女兒何用？

關於這件事，辛西雅顯得漠不關心，不太搭理她母親興致勃勃討論在何陵福特可能舉辦的歡慶活動與不可能舉辦的歡慶活動。辛西雅會盡力去討好奧斯朋・漢利或其他任何一位年輕繼承人，就像努力去討好兩位布朗寧小姐一樣。換句話說是她不會特意去討好人，只是簡單的愛怎麼做就怎麼做，不過光是這樣已讓她身邊人全都愛上她了。她所要努力的反倒是要周圍的人別喜歡上她，或是防止他們喜歡上她——這是她經常做的，常用無傷大雅的言辭和多變的臉部表情來跟她母親所說的話與幽默唱反調，像是她母親的愚蠢和愛撫之類的。茉莉對影響不了親女兒半分的吉布森太太寄予無限同情。有一天，辛西雅讀出了茉莉的心思。

「我不是個好人，早已告訴過妳了。我就是無法忘卻當小時候想要親近她時，她對我的不理睬，我在學校時她也很少跟我聯絡。現在，我還發現她故意不讓我來參加婚禮。我看到她寫給我學校老師的信了。若盼小孩子長大後深信父母也對的，那就該讓小孩子跟著父母長大才是。」

「但小孩子該知道父母也有可能犯錯的，」茉莉答道：「小孩子應遮掩父母的過錯，並盡量遺忘這些過錯的存在。」

「理應如此。可是妳難道不知道，我獨自在外成長，活在責任和『應該』的範圍外。親愛的，愛這個樣子的我吧！因爲我永遠也不會比現在更好。」

第二十章　吉布森太太的訪客

有一天，實讓茉莉始料未及，普瑞斯頓先生竟然登門拜訪了。吉布森太太跟她正坐在客廳，辛西雅外出去城裡購物。客廳門開處，僕人報出訪客姓名，隨即走進一名年輕男子。他的到訪眞是讓茉莉一頭霧水，不知他爲何而來。他進來時態度自若，跟在艾斯坎伯的領主宅邸接待茉莉與她父親時一樣。

他一身騎馬裝，加上經過方才的戶外運動，整個人更顯俊俏。不過一看到他，吉布森太太原本平順的眉頭瞬間皺了一下，不似對其他客人般熱烈歡迎。其實吉布森太太的態度還透著點焦躁不安，茉莉略覺驚訝。普瑞斯頓先生走進來那刻，吉布森太太正埋首於她沒完沒了的毛紗刺繡工作，不知怎麼搞的，起身迎接客人時竟打翻了裝刺繡毛線球的籃子，茉莉想幫忙撿拾，她拒絕了，堅持要自己把所有的捲線軸都收妥才過去招呼客人坐下。普瑞斯頓先生站在那兒，手裡拿著帽子，假裝有興趣地看著吉布森太太的毛紗刺繡作品。茉莉確定他是裝的，因爲他眼睛根本一直環伺著四周，打量屋裡的擺設。

大家坐定之後，開始交談。

「吉布森太太，這還是我在您結婚後初次到何陵福特來呀，我實該早些登門拜訪，向您致意問候。」

「我知道您在艾斯坎伯忙得很。我沒料到您會來。肯莫伯爵在陶爾嗎？我有一個多星期沒聽到伯爵夫人的消息了呢！」

「不是！他似乎仍滯留在巴斯。不過有封他的來信，要我跟薛勝客先生轉達幾件事情。我想吉布森先生不在家，是嗎？」

「是啊！他經常不在——總是不在——可以這麼說。普瑞斯頓先生，我完全不知道看到他的機會竟然這麼少，醫生妻子過著孤獨的日子哪！」

「有吉布森小姐這良伴隨侍在側，我想您的日子跟孤獨是沾不上邊的。」他對茉莉欠了欠身。

「哦，我說孤獨地過日子是因爲丈夫不在身邊。以前可憐的柯派屈克先生總要我陪在身邊他才會高興，像散步啦、訪友啊，他都喜歡有我相伴。可是吉布森先生好像總嫌我礙手礙腳似的。」

「媽媽，我想您不會喜歡在爸爸騎著黑貝斯時坐在後座。」茉莉道：「除非您能那樣，要不然也無法跟著爸爸一起上上下下，穿梭在這些崎嶇小徑中。」

「哦！不過他可以買輛單匹馬拉的四輪箱型馬車呀！我常這樣說的。有輛馬車的話，晚上我就好出門訪友了。老實說這正是我不去何陵福特慈善舞會的原因之一，我總不能坐著從『喬治』租來的髒兮兮馬車去。茉莉，我們眞得煽動妳爸爸明年冬天買輛馬車，要不然妳和——」她突然住了嘴，偷偷瞄了普瑞斯頓先生一眼，看看他有沒發現自己說話緊急煞住的原因。

他當然發現了，只不過沒表現出來。他轉向茉莉道：「吉布森小姐，您參加過公開的舞會沒有？」

「沒有！」茉莉應話。

「您該去參加的，非常好玩哪！」

「我不曉得。如果有許多同伴一起，我應該會喜歡。只不過我怕認識的人不多。」

「您以爲那批年輕男士會眼睜睜看著美麗小姐們站在那兒，不想辦法找人介紹認識嗎？」

之前就是這款說話方式讓茱莉覺得很不喜歡，如許不入流又自以爲是的恭維更讓茱莉不敢領教。茱莉在功勞簿上給自己記上一筆，因爲自己竟可毫不在意地繼續著手上的編織，完全不把那些話當一回事。

「我只希望能夠成爲您初次舞會上的舞伴之一。當您被一堆要求跟您跳舞的聲浪淹沒時，請記得我已提早預約此殊榮。」

「我無法事先答應您。」茱莉說道，從低垂的眼瞼下看出普瑞斯頓先生將身體前傾注視著她，彷彿下定決心要等到個回答。

「年輕小姐們雖不明講，事實上總是很小心。」他繼而轉向吉布森太太，以冷靜口吻說：「雖然吉布森小姐擔心沒有舞伴，可是剛剛就拒絕掉一個人選了。我想，柯派屈克小姐會在舞會舉行之前就從法國回來吧？」

他說最後一句話時，口氣跟先前說話時無異，不過茱莉的直覺告訴她：普瑞斯頓先生是費了好大的勁才做到。她抬起頭看，他正把玩著手裡的帽子，一副有無得到答案都無所謂的樣子。其實他是豎起耳朵在聽的，臉上還半帶著微笑。

吉布森太太紅著臉，遲疑了一會兒，「是啊，當然！我相信我女兒明年冬天會回來跟我們團聚，當然也會跟我們一塊出去。」

「她怎不說辛西雅已經回來了呢？」茱莉心裡自問著，不過她倒高興普瑞斯頓先生終於不再往下問了。

他仍然保持微笑。這次他直接看著吉布森太太，問道：「我希望，您有來自她的好消息？」

「是，當然。對了，我們的老朋友魯賓森一家人怎麼樣？我經常想起在艾斯坎伯時他們對我的好！親愛又善良的人們，眞希望我可以再見到他們。」

「我定會轉達您仁慈的問候之意。我想，他們都很好。」

此時茉莉聽到熟悉的「喀答」聲及前門打開的聲音，知道一定是辛西雅，唯她意識到吉布森太太有神祕理由不想讓普瑞斯頓先生知曉辛西雅的下落，所以故意呼嚨他。於是茉莉站起來打算走出客廳到樓梯口找辛西雅，孰料被一個掉落的捲線軸纏住了裙襬和腳，在她排除掉障礙之前，辛西雅已打開客廳的門站在那兒，視線掃過吉布森太太、茉莉以及普瑞斯頓先生，未再往前走一步。

辛西雅臉色在剛進門時是光彩奪目的，但隨著視線的移動，臉色愈益暗淡。她的眼睛——她美麗的眼睛，通常是溫柔認眞的，現在似乎充滿了怒火，眉頭也皺在一起。當下她決定往前走，在三個人當中替自己找著一席之地，那三個人全都看著她，儘管各自懷有不同心緒。她冷靜緩慢地移步，普瑞斯頓先生往前走了一兩步迎接，伸出他的手，一臉興奮不已。

豈料她無視那隻伸出來的手，也不看他爲她預備的座椅，選在靠窗一張小沙發坐下，把茉莉叫到那兒去。

「看我買的東西，」她說：「這款綠色緞帶一碼才十四便士，這塊絲綢三先令。」她強迫自己不斷敘述瑣事，彷彿這就是她全部的世界了，完全不打算把時間浪費在她母親及她母親的訪客身上。

普瑞斯頓先生明白她的暗示，跟著說起瑣事——當天的地區八卦。

茉莉偶然抬起頭看，幾乎被他臉上那強抑住憤怒、幾欲報復的可怕表情嚇一跳，那張俊俏的臉似已變得面目可憎。茉莉不想多看，於是認眞加入辛西雅的陣容，兩人自顧自地說著。然而茉莉卻免不了聽到吉布森太太的話，吉布森太太彷彿想要彌補辛西雅的無禮，態度上收斂許多，對普瑞斯頓先生越來越客氣，如果可能的話，是希望普瑞斯頓先生消消氣的。她說個不停，好像目標放在留住普瑞斯頓先生，不像先前辛西雅還沒回來的時候，說話有一搭沒一搭的，存心讓普瑞斯頓先生隨時有機會起身告辭。

他們談話過程中提到了漢利家，吉布森太太從不避免讓人知道茉莉和這戶人家關係友好。茉莉一聽到自己的名字，不禁豎起耳朵，只聽吉布森太太說：「可憐的漢利夫人少了茉莉是不行的，她把她當女兒看待呀，尤其到了最後狀況危急的時候。奧斯朋・漢利先生——我想，您也許已經聽說了，他在大學表現不太好，偏偏他們對他期望那麼高，父母親總是這樣，您知道的。可是那又怎樣呢？他又用不著求職謀生！我說那種不用擔心得工作養家的年輕人還想在大學有好的表現，簡直可說是愚蠢的野心。」

「哦，總之漢利先生這下子肯定滿意極了。我看了今早的《泰晤士報》，上頭刊登了劍橋大學的考試及格名單。他們家二兒子不是以他父親爲名，也叫『羅傑』嗎？」

「是的。」茉莉應道，嚇了一跳站起身來，往前靠近。

「他名列劍橋大學考試一等及格者，就這樣。」普瑞斯頓先生說著，彷彿懊惱自己多事，竟說出讓她高興的消息。

茉莉又回到辛西雅身旁坐下。「可憐的漢利夫人。」她聲音極輕地說，有如自言自語。

辛西雅拉起茉莉的手，對一臉難過感傷的茉莉表達無限同情，她知道茉莉心裡想什麼，只是不清楚細節。

漢利夫人不那麼早死就好了，一個已死之人能知道身後所發生的事情嗎？天資聰穎如奧斯朋的失敗，羅傑的成功，世人的浮華夢想，有關這一切的思緒以及它們所代表的意義，全都擺脫不掉地攪擾在一起，浮上茉莉的心頭。她過了幾分鐘才回過神來。普瑞斯頓先生仍在述說他所知道關於漢利家的不愉快事，語氣透著些許幸災樂禍。

「可憐的漢利老先生實在不夠聰明，把自家產業經營得亂七八糟。而茶來伸手、飯來張口的奧斯朋·漢利根本不懂如何讓土地增值，還虧得他有資金呢！一個擁有實用農業知識，加上手邊抓著幾千塊現錢的人，大可把地租抬漲到八千塊左右的。當然啦！奧斯朋也可娶個有錢人家小姐啊！畢竟他們家族既古老又有名望，他八成也不反對與金錢聯姻，我確信漢利先生定會幫他找個好對象。不過，這名年輕人實在不是做事的料，絕對不是！這個家族很快要沒落了，而且這一棟棟舊撒克遜式建築將要從地面上消失，眞是可惜。偏偏這就是漢利家的『天命』。即便劍橋大學考試一等及格者這位羅傑·漢利努力把書念完，又能如何？從沒聽過什麼一等考試及格者後來有值得拿出來說的作爲。他可以在大學裡教書，嗯，當然——他頂多靠這樣謀生了。」

「我相信這群一等考試及格者很有前途的，」辛西雅開口，清晰高亢的聲音在屋裡迴盪著，「就我所聽聞的羅傑·漢利先生來說，他會繼續亮眼的表現。還有，我不相信漢利家會在財富、名譽及好名聲方面走下坡。」

「他們何其幸運能夠得到柯派屈克小姐的讚美。」普瑞斯頓先生接腔，並站起身告辭。

「親愛的茉莉，」辛西雅耳語道：「我對妳的朋友『漢利一家人』，除了知道他們是妳的朋友，以及妳所告訴我有關他們的事情之外，其他一無所知。不過，我絕不讓那個男人這樣數落他們——還有，妳的眼裡一直含著淚水。我敢保證，他們是有才能又有好運氣的人。」

辛西雅唯一敬畏的人是吉布森先生。他在場的時候，辛西雅說話會小心一點，且比較順從她母親。因為她敬重他，希望能得到他的好感，所以凡是有吉布森先生在的場合，辛西雅就會約束自己的言行。如此一來，辛西雅果然博得了吉布森先生好評，覺得她是個聰穎明智的女孩，而且見識廣博，是適合和茉莉在一起的良朋益友。說眞的，辛西雅讓所有男人對她都有同樣好印象。他們先是對她的外貌驚為天人，接著對她謙沖的態度佩服不已，覺得她彷彿在說：「您眞有智慧，我傻傻地不懂事。請包涵我的愚昧。」這就是她的方式，其實也沒什麼存心，她便不經意地這樣做了。不過結果常使人對她無法抗拒、神魂顚倒地著迷，即使是園丁老威廉斯也感受到她的魅力。老威廉斯即曾跟他的摯友茉莉說：「呃，小姐，那眞是位罕見的年輕女士，多靈巧！等到花季來臨，我要教她栽植玫瑰——我敢保證她必會成為箇中好手，雖然她常說自己很笨。」

倘若茉莉不是全世界性格最甜美的人，定會對紛紛投擲到辛西雅腳前的忠誠擁護忌妒不已。然而她從不會把兩人所分別受到的讚美與喜愛拿來比較。只有一次，她覺得辛西雅侵入了她的個人領域。

話說邀約奧斯朋．漢利到吉布森家享用晚餐的請柬發出，被奧斯朋所婉拒，可不久奧斯朋覺得應該過來拜訪一下。那是在離開漢利家後，也是漢利夫人過世後茉莉再一次見到漢利家的人，她有好多事想問。耐心等待吉布森太太把滔滔不絕的無謂客套話告一段落，才換她小心翼翼地發問：漢利先生怎麼樣了？他的生活都恢復正軌了嗎？他的身體好不好——每一個問題都盡量問得輕柔溫和，像在包紮傷口一樣。

她在提起羅傑之前遲疑了一下，心中閃過一絲絲不安，不曉得奧斯朋會不會覺得受傷，因為兩相對照之下，在學校裡表現欠佳的奧斯朋跟表現優異的羅傑恰成對比，茉莉不知道該不該提。不過，她隨即想及他們兄弟倆濃厚的友愛，便直接問起羅傑近況，就在那時，辛西雅遵從母親的招喚走進客廳，拿起針線活兒來做。沒有人像她那麼安靜，她幾乎一個字也沒說，奧斯朋似就立刻被吸引去了。他不再分心跟茉莉交談。茉莉的提問他都簡單帶過，在茉莉還沒有完全明白他所說的話時，他已經整個人轉過去看著辛西雅，跟辛西雅聊起天來了。茉莉看到吉布森太太臉上現出滿意神色，這興許是她對羅傑近況未得到想要的答覆，心情不好下才特別敏感也說不定，不過可以肯定的是，吉布森太太絕不會反對奧斯朋與辛西雅結婚，而且認爲眼前景象是個好的開始。茉莉不由得想起那天不想聽到都不行的祕密，看著奧斯朋的作爲，茉莉努力壓下想猜誰是他妻子的念頭，卻忍不住想著奧斯朋可能引誘辛西雅成爲不爲人知的神祕「奧斯朋．漢利夫人」。他的行爲明顯透露出對眼前說話對象——這個美麗的女孩有著強烈的好感。目前的他憂傷難過，纖弱的身形和瘦削的臉龐讓人一看便知。不過就表情和言語來看，他並沒在和辛西雅調情，至少就茉莉對「調情」這個字眼的定義而言是如此。辛西雅也是，非常安靜；她跟男人在一起時總比跟女人在一起要來得安靜，這溫柔恬靜的誘惑力就是辛西雅的必勝絕技。他們聊到法國。吉布森太太在她的少女時代曾在那兒住過兩三年，辛西雅最近也才從布洛涅回來，所以他們自然地聊起法國。茉莉被踢出了圈子，而且一直沒能得到羅傑表現優異的詳細描述讓她很失望。最後，終於得站起來，因爲奧斯朋要道再見了。然而，奧斯朋對辛西雅道再見的時間比跟茉莉還更長，對辛西雅的態度也比對茉莉親密。

奧斯朋一走，吉布森太太立即說起他的好話：「啊！說眞的，我開始信起門第之說了。多麼優秀的一位紳士！多麼討人喜歡又彬彬有禮啊！跟那個冒失無禮的普瑞斯頓先生截然不同。」說時頗擔心地看著辛西雅。辛西雅十分明白有人等著看她的反應，於是冷冷地道：「普瑞斯頓先生不過是個點頭之交。不過媽媽，我想曾有一段時間，您和我都覺得普瑞斯頓先生還挺討人喜歡。」

「我不記得了呢，妳的記性比我好。不過，我們討論的是這位可愛的奧斯朋・漢利先生。對了，茉莉，妳一天到晚都在談論他弟弟，老是羅傑這個、羅傑那個的，為何剛剛沒怎麼聽妳提起他呢？」

「我不知道自己這麼常提起羅傑・漢利先生。」茉莉說，有些臉紅了，「可是我的確常看到他，他比較常在家。」

「好了，好了！沒問題，親愛的。我想，他最適合妳了。倒是說眞格的，當我看到奧斯朋・漢利在我的辛西雅旁邊時，我就忍不住想……也許我還是別告訴妳我想些什麼好了。只是，就外表上來說，他們眞堪稱『人中龍鳳』哩──當然，這是有所隱喻的嘍！」

「我完全明白您在想什麼，媽媽，」辛西雅回道，非常鎭靜又沉著，「茉莉也是，我確定無疑。」

「哦！我相信這也無傷大雅。妳沒聽到他說，在目前這個節骨眼上他不想離開他父親，不過，一旦等他弟弟從劍橋返回，他就自由多了。這不等於在說：『到時候，如果妳們再邀我來晚餐，我必定樂意前來。』到時雞肉會便宜得多，廚子給雞肉去骨的技法這麼棒，烹調技術又是一流。每件事似乎都是從天降臨的好運。對了，茉莉，妳知道我不會把妳給忘了。等輪到羅傑・漢利回家陪他爸爸時，我們也會邀請他享受我們寧靜溫馨的小晚餐。」

茉莉有些遲鈍，起初聽不懂，過了一分鐘左右才反應過來。她覺得自己簡直面紅耳赤、全身發熱，尤其看到辛西雅一副了然於心且饒覺有趣的表情。

「我怕茉莉不領您的情耶，媽媽。如果我是您，不會費這個勁為她辦什麼溫馨的晚餐派對。請把您的好意全往我身上倒就好。」

茉莉經常聽不懂辛西雅對她母親說的話，上述情形就是一例。不過，她更急著爲自己辯白，因對繼母最後那句話所隱含的意義覺得不舒服。

「羅傑・漢利先生一直對我很好。我住在漢利家的時候，他幾乎都在，而奧斯朋・漢利先生鮮少在家，這就是我爲什麼提到其中一位次數遠勝於另一位的原因。如果我——如果他……」茉莉忽然間不知該說些什麼，「我不認爲我應該。哦，辛西雅，妳應該幫我解釋一下，不應該笑我的呀！」

辛西雅卻換了個話題，「媽媽心中的模範紳士在我看來稍顯軟弱。我說不上來是外表上或是心靈上的軟弱。到底是哪一方面呢，茉莉？」

「他不強壯，這點我知道，可是他有才華也很聰明——每個人都那樣說，連爸爸也是，他不輕易稱讚年輕人的。因爲如此，更讓人猜不透他爲何在大學裡念書念得一團糟了。」

「那麼，軟弱的就是他的個性了。我相當肯定，他定有弱處。不過他眞是個親切討喜的人，住在漢利家想必很快樂。」

「是的，可是一切都結束了。」

「哦，胡說八道！」吉布森太太從刺繡工作中插話進來，「我們得常邀請那兩個年輕人過來參加晚餐派對，既然妳爸爸喜歡他們，我也該配合一下歡迎他的朋友到訪才是。他們總不能爲了老媽哀傷一輩子。我期盼能常見到他們，我們兩家的互動將會非常親密。總之，比起他們來，這些善良的何陵福特鄉親差得遠了，依我之見簡直就是太平凡、太普通了。」

第二十一章　異姓姊妹

就眼前情形看，吉布森太太的預言挺可能成真，因爲奧斯朋・漢利經常出現她家客廳。說實在的，預言家對其預言的實現似乎有著推波助瀾的功效，而吉布森太太絕非省油的燈。

茉莉對奧斯朋的態度與言行俱感困惑。奧斯朋提起他有時會離開家到外頭去，卻從不說他到底去了哪裡。這對茉莉來說絕非一個結了婚的男人該有的行爲，她想，一個已婚男人應該有房子、有僕役，得付房租和繳稅，還有跟妻子一塊住。與其探討這神祕的妻子是誰，倒不如先得知她到底住在哪裡，倫敦、劍橋、多佛甚至是法國，都曾出現在奧斯朋所提及的不同旅程。這些地名不經意地從他口中流瀉出來，彷如他本身也沒察覺自己洩漏了重要訊息。有時候，他甚至會說出這樣的話：「啊，那天我剛好不在！我碰上了暴風雨，眞的！我們本來以爲只需兩個小時，卻花了將近五個小時。」或是：「我上星期在多佛碰到何陵福特爵士，他說……」之類的，也有：「跟星期四的倫敦相比，現在根本算不得冷，溫度計上不過十五度。」——也許，在隨意漫談的會話中，除了茉莉之外根本沒人會去注意詳細內容。對於她那天意外聽到的祕密，關心和好奇總盤旋在她心裡揮之不去，又爲對這件理當視作祕密處理的事所產生的許多遐想而斥責自己。

茉莉也明顯發現，奧斯朋在家裡並不快樂。當奧斯朋在大學念書時，由於大家都對他抱有極高期望，他便裝出一副愛冷嘲熱諷的態度，而今那種態度已蕩然無存；這可算爲他學術生涯失敗後所得到的一個好處。如果他不是那麼愛評論別人與別人所做出來的大小事，講話也就不會經常性話中帶刺了。吉布森太太發現奧斯朋近來常常心不在焉，不像從前那等討人喜歡，不過她沒說出來。他看起來健康狀況不良，可能是心情不佳的結果，茉莉有時會發現在奧斯朋愉快的表面言談中，其實顯露出內心憂鬱。他在跟茉莉說話時，常會提起「歡樂時光一去不復還」或是「我母親還在的時候」，說著說著，聲音就變微弱了，表情也變得陰鬱，弄得茉莉急著想表達深切同情與憐憫。他不常提起他父親，但當他提起時，茉莉不難從其態度中看出那種痛苦的欲言又止，跟她當初即將離開漢利大宅時所睹見他們父子間的情形一樣。茉莉知道的漢利家所有內幕消息幾都來自於漢利夫人，只不曉她父親對這些事情清楚多少，然其實她也不打算去問，畢竟他亦非那種可問得出病人家裡私事的人。有時候，茉莉不禁想著，這會不會是一場夢——那天在漢利家圖書室裡的半小時，她聽到一件奧斯朋的重要隱私，但後來卻發現他的生活包括言語或行爲幾乎與它無關。在離開漢利家的十二或十四個小時前，她沒再聽過奧斯朋或羅傑提起過相關消息。說眞的，那就像是場夢境。若說奧斯朋在與辛西雅說話時一副被迷得死心塌地的模樣，茉莉可能還覺得心裡的祕密讓她難受極了——辛西雅的確讓奧斯朋驚爲天人且深深著迷，可卻又不是那種男女間熊熊燃燒的熱情。他欣賞她的美，似也感受到她的魅力，可是只要一想到他母親，奧斯朋就會離開辛西雅身邊，坐到茉莉身旁跟她說起話，而且只跟她一人說話。他還是經常到吉布森家來，此舉可能讓吉布森太太一廂情願地想著，他是爲了辛西雅而來。他喜歡吉布森家客廳友善的氣息，還有容貌與儀態都在何陵福特眾人之上的兩名聰慧女子相伴，猶且其中一個對他來說意義不凡，因爲他最摯愛的母親生前喜愛有她相伴。既明白自己已非單身漢，也許便不在乎旁人對他的忽視，還有別人怎麼看他了。

不知怎地，茱莉不大想在談話時當第一個提起羅傑的人，所以失去了許多聽到他消息的機會。奧斯朋又老是疲憊到心不在焉，總是別人有問後他才有答，且笨拙得從不會多注意茱莉一下，於是居次子地位的羅傑很難讓吉布森太太主動提及；辛西雅則從未見過他，自然不會特別去提到這號人物了。自他在劍橋大學金榜題名後沒回過家，那是茱莉所知的，也知道他還在爲某件事努力著，她猜是想得到院士資格，大概是這樣了。奧斯朋談起他時語氣總是不變，每一個字、每一個聲調，在在都傳達出對弟弟的深愛與尊敬——啊，甚至是崇拜！平靜鎮定的奧斯朋，提起弟弟總是熱情澎湃。

「啊，羅傑！」奧斯朋有一天說道。茱莉忽然聽到這個名字，不過沒聽到之前他說了什麼。他說：「他是個千中選一、千中選一的好傢伙，眞的！我不知道哪裡還可以找到像他這樣集善良與堅毅於一身的人。」

奧斯朋走後，辛西雅發問道：「茱莉，這個羅傑．漢利到底是什麼樣的人？他哥哥那麼推崇他，也不曉得是眞是假，奧斯朋．漢利每次一提起他就興奮不已。我注意過一兩次了。」

正當茱莉思索著該如何由繁化簡來描述時，吉布森太太說話了：「這不過說明了奧斯朋．漢利人品多好，不吝盡量稱讚自己的弟弟。我想，他是劍橋大學數學學位考試一等及格者，表現相當優異！這我無可否認的，不過若論說話聊天，他堪稱一級無聊。此外，他看起來非常蠢笨，一副不知道二加二等於四的樣子，虧他是個數學天才。妳要是看到他，絕不會相信他是奧斯朋．漢利的弟弟！我覺得他們一點也不像。」

「茱莉，妳覺得他怎麼樣呢？」辛西雅不屈不撓，非問出個結果不可。

「我喜歡他，」茱莉說：「他一直對我很好。我知道他長得沒奧斯朋好看。」

想輕描淡寫地想把問題帶過去相當困難，不過茉莉打算把答案簡單化，因為她知道，不問出個令人滿意的結果，辛西雅不會罷休。

「我猜他復活節會回家，」辛西雅說：「那時候我可以見到他了。」

「眞可惜他們兄弟都還在服喪期間，不能參加復活節慈善舞會。」吉布森太太甚爲哀愁地道：「如果妳們兩人都沒有舞伴，我實在不願意帶妳們去舞會，這樣會讓我很尷尬。要是能參加陶爾莊園的舞會就好了，那邊保證有舞伴，因爲他們都會請男舞者過來，他們盡完職責陪莊園裡的名媛們跳舞之後，就可以過來跟妳們跳了。不過，自從親愛的肯莫夫人生病後事情大不同了，也許他們不會請男舞者來。」

這場復活節慈善舞會讓吉布森太太提了又提。她有時說這應該是她以新嫁娘身分出席的首次社交活動，雖然在一整個冬天裡，她每週一兩次出去拜訪某些人家。然後她又改變立場解釋說她對這場舞會甚感興趣，乃因自覺有責任把家中兩個女兒帶進社交圈，雖然幾乎會去參加的每個人都早見過她們了，但那時她們穿的不是舞會禮服——之前啦！她是下定決心要效法上流社會的做法，在這樣的場合將茉莉與辛西雅「引介出場」，她深覺這是應當遵守的宮廷禮儀。「她們還沒正式出場。」——當有任何吉布森太太看不上眼的人家邀請茉莉或辛西雅赴會，或是只邀請她們兩人而未邀吉布森太太時，這句話是她最喜歡用的藉口。她甚至在吉布森家的老朋友布朗寧小姐們某天過來邀請兩位小姐過去喝茶、打打小牌時，也拿出「她們還沒正式出場」的藉口來塘塞。這次溫馨聚會是爲了歡迎固德芬太太的孫子、孫女三人舉辦的，兩位年輕女孩及還在校念書的弟弟趁著假期過來探望祖母。

「您眞是非常好心，布朗寧小姐，可是您看，我不太想讓她們出去啊！因爲她們還沒正式出場，您知道的，要等到復活節舞會呢！」

「在那之前我們都是隱形人，」辛西雅接腔，她隨時都準備好對她母親的藉口辛辣地反擊，「我們的階級如此之高，去妳們家打牌前得先經過我們女王核准。」

辛西雅挺高興自己羽翼已豐可以昂首暢所欲言，不再是育嬰室裡逆來順受的小不點。不過，布朗寧小姐卻半感困惑、半感受辱。

「我一點也不明白。在我那個年代，人們邀請女孩上哪兒去，她們就可上哪兒去，根本不必演這齣穿著漂亮新衣服從公開場合蹦出來的鬧劇。我不是說那些上流階級無須帶著他們亭亭玉立初長成的女兒到約克或麥特拉克、巴斯，讓她們嘗嘗進入社交圈的歡愉，也許還帶著她們去晉見夏綠蒂女王、或去參加生日舞會之類的。但是對我們這群何陵福特小人物而言，周遭的孩子打一出生我們就認識了，而十二歲或十四歲的女孩，我不是看到她們參加牌局就是看到她們安靜在工作，言語得體、舉止端莊一如任何上流社會的女孩。那時根本沒聽過有哪戶鄉紳的女兒得『正式出場』。」

「等復活節過後，茉莉和我便知如何在牌局裡言語得體、舉止端莊，在那之前恐不行。」辛西雅故作莊重地道。

「妳總是在俏皮話和古怪當中自得其樂，親愛的。」布朗寧小姐說：「不過，對妳的行為我無可置評，妳有時總是性之所至，隨己意而行。然而我確信茉莉舉止端莊像個小淑女，以前一直是這樣，我從她嬰兒時期就認識她了。」

吉布森太太接續自己女兒說話，其實她是藉接話機會以貶損茉莉，因聽到布朗寧小姐稱讚茉莉。

「如果您那天瞧見茉莉的行為，不曉得您是否還會說茉莉是個淑女哪！布朗寧小姐。如果您能看到我所看到的，她坐在櫻桃樹上，離地至少六尺高，我可沒騙您。」

「哦！那樣可不太端莊，」布朗寧小姐應道，對茉莉搖搖頭，「我還以爲妳不再淘氣了。」

「她在許多方面都還淘氣得很，」吉布森太太繼續對可憐的茉莉發動攻擊，「她上樓梯的時候總喜歡一次跳兩級。」

「才兩級啊，茉莉！」辛西雅說：「哈，這又寬又低的樓梯，我今天才發現我一次可以跳四級耶！」

「我親愛的孩子，妳說什麼？」

「不過是自白一下，我跟茉莉一樣都還淘氣得很，所以了，拜託請讓我們今晚到布朗寧小姐家去。我發誓絕對會看住茉莉不讓她坐到櫻桃樹上，茉莉也可以盯住我，不讓我用非淑女規矩上樓梯。我會謹慎端莊地走樓梯，就像一位在復活節過後正式出場的淑女。」

事情因而說定，她們可以到布朗寧小姐家去。如果奧斯朋先生也能去的話，她們就不消這等大費周章了。

儘管奧斯朋不去，弟弟羅傑倒是去了。茉莉一走進那間小小客廳就瞧見他，不過辛西雅並沒看到。「看吧！親愛的兩位淑女，」菲比・布朗寧小姐要她們轉過頭去看看正站在一旁等著跟茉莉說話的羅傑，「終於給妳們找來了個紳士！這眞是太幸運啦！不是嗎？姊姊剛剛還說怕妳們覺得無聊，她是指辛西雅啦！因爲妳自己也明白，妳是從法國來的。啊！他彷彿是從天而降的天使——羅傑・漢利先生剛好過來，我不會說我們是強迫他留下的，他人太好了。不過，他若無主動要求留下來，我們幾乎也要使出近乎強迫的手段嘍。」

就在那時，羅傑已經熱絡地跟茱莉寒暄過，他請她介紹辛西雅。

「我想認識她，妳的新姊姊。」他補充道，臉上掛著溫和的笑容，這笑容是茱莉最難忘的，當初他見到在樹下哭泣的茱莉時也是以這款笑容迎著她。羅傑要求茱莉介紹時，辛西雅恰站在茱莉身後不遠處，照樣一身不經意的打扮。而茱莉則是一身雅致衣服，不過她還是像以往一樣費疑猜：辛西雅那身看似要絆倒人的禮服，明明滿邋蹋的，何以此刻顯得如許具有藝術美，衣服上的皺褶顯得無比優雅。比方說，她身上那件慘白的淡紫色平紋細布禮服先前已穿過好多回，看起來眞不適合再穿了，然而辛西雅一把它穿在身上，一切就都不一樣了；那軟弱無力的蒼白變成嬌柔，皺巴巴的褶痕幻化成美麗的線條。穿著件高雅潔淨粉紅色平紋細布禮服的茱莉，看起來竟不及辛西雅一半優雅。當茱莉介紹辛西雅給羅傑認識時，辛西雅那雙認眞的眼眸閃爍著孩童般的純眞與驚奇，跟辛西雅本人個性可說大相逕庭。那晚她戴上了魅力的盔甲，一如她往常的非故意，不過另一方面她也在試試自己對陌生人的魅力。茱莉一直以來就想著有機會再見羅傑的時候要好好跟他聊聊天，他能夠告訴她，或者她可以拼湊出她渴望得著的詳細消息，關於漢利先生、關於漢利大宅、關於奧斯朋——乃至關於他自己。他對她仍和以前一樣熱絡親切。如果辛西雅不在場，一切均可能按照茱莉所預期的進行，然而，已被辛西雅魅力所俘的羅傑正悲慘地俯伏在辛西雅面前。茱莉將這一切盡收眼底，當時她正坐在菲比·布朗寧小姐旁邊，在茶點桌上扮演主人家得力助手的角色，心無旁鶩地幫忙遞送蛋糕、奶油和糖，每個人包括她在內，都覺得她的心思和雙手都忙得沒有空檔。她試著去跟兩個害羞的固德芬太太孫女聊天，因想自己比人家大兩歲，理當照顧一下她們。結果是那兩個女孩一邊一個黏著她上樓去，信誓旦旦地跟她保證彼此友誼長存、此生不渝，最讓她們開心的莫過於待會玩牌時茱莉會坐在她們中間，而她們如此看重茱莉給的建議，討論時總依茱莉建議決定籌碼的價值，此番討論使得茱莉無暇加入羅傑和辛西雅兩人生氣勃勃的談話。或者應該是說羅傑興致高昂地對著辛西雅侃侃而談，辛西雅則睜著靈活甜美的雙眼注視著羅傑的臉，一副對他所言感到趣味盎然之狀，不過她只偶而才低聲回答一兩句。茱莉準備牌局間的空檔，斷斷續續地聽到他們所說的幾句話。

——「在我舅舅家，我們總是用三便士銀幣買三打籌碼。您知道一個三便士的銀幣是什麼，對吧？親愛的吉布森小姐。」

——「榮譽考試的三個等級就在星期五上午九點鐘公布在評議會會館，妳無法想像——」

——「我想不論賭什麼，如果賭注少於六便士就會被視爲寒酸了。那位紳士（這句話近乎耳語）就在劍橋，妳知道他們有時賭很大的，有時甚至因此把自己給毀了，對不對呀？親愛的吉布森小姐。」

——「哦，在這種場合，榮譽考試應試者前進評議會會館的文學碩士會被稱爲其所屬學院的前輩。我想我之前提過了，是嗎？」

就這樣，辛西雅聽到了一切有關劍橋的事，包括茱莉盼想知道詳情、卻苦無合適人選來解惑的考試。向來被茱莉視爲最終也最能提供滿意解答的羅傑，正解說著一切茱莉想聽的事，無奈她沒辦法聽。她得把全副精神都拿出來解決牌桌上的爭議，仲裁到底是圓形還是方形籌碼代表六較好。當一切準備妥當，每個人都圍著圓桌入座後，羅傑和辛西雅讓大家喊了兩次才過來。第一次聽到他們的名字時，兩人的確已站起身來，不過他們站定不動：羅傑繼續說話，辛西雅聽著，直到第二次被叫——他們匆匆來到牌桌前，突然間興致勃勃地問著攸關牌局的重要問題，也就是三打籌碼要多少錢，究竟是圓形籌碼還是方形籌碼代表六比較好。布朗寧小姐拿出一副紙牌，「啪」的一聲放在桌上，準備好要開始發牌，她果斷地說：「圓的是六，三打籌碼賣六便士。麻煩一次付清，好讓我們立刻開始。」

辛西雅坐在羅傑和小男生威廉．奧斯朋中間，小男生心裡不斷埋怨姊姊們在這場合還照著習慣暱稱他「威利」、「威利」的，讓他覺得辛西雅因此把自己當小孩子看，光理羅傑．漢利都不理他。他不能免俗地也被這位美女迷住了，她得空時便會拋給他一兩個甜美的笑容。等他一回到外婆家，便發表了幾個相當果斷又不失獨創性的意見，不過很自然的，跟他兩位姊姊的意見非常不一樣。其中之一是，「那個劍橋大學數學學位考試一等及格者到底也不是什麼了不起的人。任何人只要想做都嘛做得到，威利所認識的一堆人都覺得不想浪費時間精力去做這樣的事。」

茉莉覺得牌局彷彿永遠不會結束。她本身對賭博沒太大興趣，所以不論拿到什麼牌都固定只放兩個籌碼，對於輸贏其實並不太關心。辛西雅跟她恰恰相反，下的賭注很大，一度贏了很多錢，不過到頭來卻落成欠茉莉六先令的下場。她說她忘了帶錢包，不得不跟節儉的茉莉借錢。茉莉記得布朗寧小姐曾經說過，玩這種牌是要花錢的。如果不是大夥都玩得盡興，可以肯定每個人都覺得很吵。茉莉還以為要打牌打到半夜，不過九點鐘一到，小女傭準時得很，立刻搖搖晃晃地端著一只盛滿了三明治、蛋糕和果凍的大托盤進來。此舉讓大家也跟著移動起來，而羅傑邊像在提防著什麼，邊拉了張椅子坐到茉莉身邊。

「我眞高興能再次見到妳，從聖誕節到現在過了好長一陣子呢。」他說道，聲音越來越小，對於茉莉離開漢利大宅那天所發生的事隻字未提。

「的確好久，」她答道：「復活節都快到了。我一直很想告訴你，聽到你在劍橋有那麼亮眼的表現，我眞是高興極了。本想透過你哥哥捎個短信表達祝賀之意，又怕這樣會否太大驚小怪，因爲我既不懂數學，也不懂那項考試及格的價值意義。不過你肯定收到了許多內行人的祝賀。」

「獨缺妳的呀，茉莉！」他善意地回應說：「不過，我知道妳是眞心替我感到高興。」

「替你高興也以你爲傲，」她說：「我還想多瞭解一點詳情。我聽到你告訴辛西雅——」

「是的。她眞令人著迷！我想，妳一定比我們以前所期盼的要快樂得多。」

「還是請先告訴我有關劍橋大學那項考試及格的事吧！」茉莉說。

「那件事說來話長，我現在得幫布朗寧小姐發送三明治。再說一大堆專有名詞的，妳不會想聽啦！」

「辛西雅聽得很有趣的樣子呀。」茉莉道。

「哦！那妳請她告訴妳好了，因爲我現在得去幫忙，總不能厚著臉皮坐在這兒看那些好心的太太們忙來忙去。不過，我很快就會再次登門拜訪吉布森太太。妳們今晚要走路回家嗎？」

「對，我想是的。」茉莉答道，迫不及待想知道羅傑有何打算。

「那，我想陪妳們走回去。我把馬留在喬治旅館，剛好在半路上。我猜貝蒂應會准許我陪妳們姊妹一起走，對吧？妳以前總把貝蒂描述得跟恐龍似的。」

「貝蒂離開我們家了，」茉莉略帶傷心地說：「她現在住在艾斯坎伯的某個地方。」

他的臉露出幾分難過神情，接著就走開去幫忙了。這簡短的對話讓茉莉覺得開心，他的態度仍像從前般充滿了爲人兄長的關愛，不過他對待辛西雅的態度卻不是這樣；茉莉覺得兩者相比之下，她似較喜歡羅傑對辛西雅的態度。羅傑此刻正繞著辛西雅打轉，她剛拒絕了威利的點心。羅傑正在逗她，半開玩笑地拜託她從他的托盤裡拿些東西吃。他們所說的每一個字，整個屋裡的人都聽得到，不過從羅傑嘴巴所說出來的每個字，態度都那麼特別，像只爲辛西雅一個人而說似的。最後，辛西雅像是不願再被拜託而非出於遵從羅傑心願的，拿了塊蛋白杏仁餅，羅傑那廂卻高興得有如她給他戴了頂花冠的樣子。這整件事原本平凡無奇，幾乎不值得注意，但茉莉不僅印象深刻且覺得有些不舒服，只是她也說不上來原因爲何。

結果那天晚上下起雨來，吉布森太太叫了輛單匹馬拉的馬車代替老貝蒂去接她們。那時辛西雅和茉莉都想到應該順道載兩位奧斯朋家小姐回她們外婆家，省得她們走這一趟路，不過辛西雅先開口說出，所以她們的感謝和體貼的好名聲就全歸辛西雅了。

兩人一回到家便看見吉布森先生和太太都坐在客廳裡，好整以暇地要聽她們詳述今晚聚會。辛西雅率先開始。「哦！不是很好玩啦！不像我想的那樣。」她疲憊地打哈欠。

「有什麼人去參加呢？」吉布森先生問道：「年輕人的派對，是吧？」

「她們只邀了莉西和芬妮．奧斯朋兩姊妹，以及她們的弟弟。然後羅傑．漢利剛好騎馬過去探望布朗寧小姐們，就被留下來一起喝茶。沒別的人了。」

「羅傑．漢利也去了！」吉布森先生應道：「這麼說來，他已經回家了。我得找個時間騎馬過去看看他。」

「最好邀他上我們家來，」吉布森太太說：「我想你星期五邀他們兄弟到我們家來吃晚餐可好，親愛的？我想，這樣做應當很貼心。」

「親愛的！這些劍橋的年輕人對酒挺有品味，也很會喝啊。我的酒窖恐應付不了他們凌厲攻勢。」

「我不知道你這麼不好客耶！吉布森先生。」

「我不是不好客，這一點我相當有自信。如果妳在邀請函角落寫『苦啤酒』，就像聰明人士會在請柬一角寫上『夸德里爾舞』作爲提供餘興節目的標記一樣，那妳想要哪一天請他們過來用餐都行。對了，辛西雅，妳覺得我最喜歡的男孩子怎麼樣？我想妳從未見過他，是嗎？」

「哦！他不像他哥哥那麼英俊，也沒有那等搶眼，不太聊得起來。他跟我講解了一個多小時的考試或其他什麼的，不過，他有些討人喜歡的特質就是了。」

「那，茉莉——」吉布森太太開口，她一直以身爲公平的繼母自誇，爲了不偏待另一個女兒，總是要茉莉說話不能說得比辛西雅少。「妳今晚過得如何呀？」

「很愉快，謝謝您。」茉莉的內心證明她言不由衷，她根本對打牌興趣缺缺，有興趣的是跟羅傑說話。沒興趣的事她倒是做了一個晚上，有興趣的事卻想做也做不上。

「我們家也來了出乎意料的客人，」吉布森先生說：「普瑞斯頓先生竟然在晚餐後出現了。我猜他現在要管的何陵福特的土地業務比以前多得多。薛勝客先生年紀越來越大了，因爲這樣，我想我們以後應會常看到普瑞斯頓。他那個人就像蘇格蘭人常說的『厚臉皮』，今天晚上他還一副把這兒當自己家的樣子，好像我邀請他在這兒住下似的。其實說眞的，如果我不是一直哈欠連連，他這會兒可能還在這兒哩！不過只要我一打起哈欠來呀，沒有人能禁得起刺激，不落荒而逃。」

「爸爸，您喜歡普瑞斯頓先生嗎？」茉莉問。

「一般般嘍！他很健談，見多識廣。我不太認識他，不過他是伯爵的管家，這就在許多事情上都有加分效果。」

「那天我跟海芮小姐在領主宅邸時，海芮小姐講了許多不利於他的話。」

「海芮小姐是很任性的，她今天喜歡某些人，明天可能就不喜歡他們了。」吉布森太太接話道，每次茉莉一提起海芮小姐說過什麼，或隱約表露出她和海芮小姐交情匪淺時，就好像碰觸到吉布森太太痛點。

「妳一定相當認識普瑞斯頓先生吧，我親愛的？我想妳在艾斯坎伯常常見到他，對吧？」

吉布森太太漲紅著臉，回答問題前先看了看辛西雅，辛西雅臉上一副不管怎麼被問都打定主意不說話的神情。

「是啊！我們常看到他——我的意思是說，有一段時間啦！我認爲他是個性情多變的人，不過他常送野味給我們，有時候也送些水果。人們常說他閒話，可是我從來不信。」

「什麼閒話？」吉布森先生緊接著問。

「哦，就是些有的沒的，你知道嘛！我想是醜聞之類，不過也沒有人會相信。如果他願意去做，可以非常討人喜歡。而且像我們伯爵這麼不尋常的人，假使對方眞有問題的話，怎會雇用他當土地管理人呢？這倒不是說我知道那些閒話講什麼，只是，唉，所謂的閒話不就是討人厭的八卦而已嘛！」

「我很高興我當著他的面打哈欠，」吉布森先生說：「我希望他看得懂暗示。」

「如果是您那河馬張嘴一般的哈欠，爸爸，我就得說那不只是暗示了。」茉莉說：「而且下次他再來，如果您需要找人合奏哈欠曲，我很樂意加入您。妳要不要也參一腳哇，辛西雅？」

「我不知道。」辛西雅簡短答道，一邊點起床頭的蠟燭。兩個女孩經常在睡前聊天，不是在辛西雅房裡就是在茉莉房裡，不過今晚辛西雅說了類似她累壞了的話，很快把房門給關上。

就在第二天，羅傑依言前來拜訪。茉莉正跟園丁威廉在花園整理花床，她專心地在草地插上木樁標示出不同區塊，站起身來查看成果時瞥見了某位男士的身影，他背光坐著，身體向前傾，積極地說著話或聽人說話。這位紳士的頭型對茉莉太熟悉了，她一面跟威廉說話，一面快速脫掉身上棕色麻布園藝圍裙，把口袋裡的東西拿出來。

「我想，現在你一個人就可以完成了。」她說：「你知道顏色鮮豔的花朵都在白臘樹樹籬另一側，那新的玫瑰花床在哪裡呢？」

「我不能說我知道，」他回答：「也許妳全部再說明一次比較好，茉莉小姐。我已經不年輕了，最近腦筋也沒以前清楚，還有，我不想在妳安排好的計畫裡出錯。」

茉莉暫且按捺下衝動。她看到老園丁一臉的迷惑，急著想盡力把工作做好，所以她又走到草地上解釋木樁所分隔開來的區域各種些什麼，一直到老園丁緊鎖的眉頭舒展開來爲止。老園丁不停地說著：「我懂，小姐。好的，茉莉小姐，現在我頭腦裡就像百納被一樣的清楚分明了。」

茉莉離開他，走進屋去。就在她快走到花園門口時，羅傑從屋裡出來了。這眞是千載難逢的好機會，能私下跟羅傑聊聊實在太好了！不論時間多短，只要沒有吉布森太太或辛西雅在場，就可以不用聊得那麼拘謹。

「我剛剛才發現妳在這裡，茉莉。吉布森太太說妳出去了，她不知道妳去了哪裡。好在我轉過身，然後看到了妳。」

「我不久前看到你，可是一時無法離開威廉。我覺得他今天反應比平常慢得多，好像不明白我對新花床的配置計畫。」

「妳的配置圖就是妳手上的那張紙？可以讓我瞧瞧嗎？啊！我明白了！妳借用了我們家花園的點子，對吧？這一區紅色天竺葵用小橡樹作圍籬區分開來！那是我親愛母親的想法。」

他們兩人沉默了一兩分鐘。然後茉莉啓口：「漢利先生好嗎？從那時起，我就沒再見過他了。」

「是啊！他告訴我，他多麼想看看妳，但就是下不了決心來拜訪。我猜，妳現在是不可能到我們家坐坐或是去住幾天的了，對吧？我眞希望可以，然後讓我爸能快樂一點，到底他拿妳當女兒看待，我相信奧斯朋跟我也是一直把妳當妹妹看的，畢竟我媽是那麼愛妳，妳也一直溫柔地守著她到最後。可是無論怎麼說，妳都不可能來了。」

「不是這樣！當然不是。」茉莉急切地說。

「我想，如果妳能來，我們家氣氛會變得好點。我以前告訴過妳，奧斯朋做了一些我沒想到的事，不是壞事。我覺得他只是一時判斷錯誤而已。可是我父親，我確信他採取了某串行動——算了，反正到頭來他還是覺得奧斯朋讓他蒙羞，弄得自己天天都不開心。奧斯朋也是，憂傷又鬱悶，跟父親越來越疏遠。如果我母親還在，她肯定很快能讓他們兩人盡釋前嫌，恢復正常關係。或許妳也可以做到這樣，我的意思是，在不知不覺中——問題的根源在於奧斯朋不願意把他做的事情開誠布公地說出來。不過，多說也無益……我不知道我怎會說到這些。」一陣悲傷的情緒過後，當茉莉仍思考著羅傑所說的話時，羅傑卻忽然改變了話題。他脫口而出道：「茉莉，我無法告訴妳，我有多喜歡柯派屈克小姐哪！妳能夠有這樣一個人相伴，眞是太幸福了！」

「的確，」茉莉半微笑著應道：「我非常喜歡她。而且我想，隨著時間過去，我越認識她會越喜歡她。不過，你這麼快就發現她的美德了！」

「我沒提到『美德』呀！我提到過嗎？」他紅了臉，不過他這個問題是認眞提問的。「她的臉是那麼眞誠。吉布森太太看起來也是十分友善的人，她邀奧斯朋和我星期五過來晚餐。」

茉莉忽然想到「苦啤酒」，不過她說出口的卻是：「那你們要來嗎？」

「當然，我會來的，除非我父親有事情交代我做。我也告訴吉布森太太，奧斯朋不確定能過來。所以我很快會再見到你們大家，但現在得走了，我半小時後在離這兒七英里的地方有約。祝妳的花園好運，茉莉。」

第二十二章 漢利先生有麻煩

漢利大宅裡的情形越來越差，羅傑都不太想講了。再說，大部分的不愉快都「只是態度問題」，就像人們常說的那樣，難以具體描述也難定義。也許漢利夫人在世的時候看起來安靜被動，實則為漢利家的靈魂人物，舉凡管理僕役、下達命令乃至最細碎的瑣事，她只需在自個兒起居室甚至是她躺臥的沙發上運籌帷幄即可。孩子們總知道在哪裡可以找到她，而找到她就是找到愛與慰藉。她的丈夫經常勞碌到不得休息且又暴躁易怒，即便如此，她仍是他的安慰與諮詢顧問。他感受到她散發出來的正面影響，只要在她身邊就覺得心內平靜和諧，宛似一個孩童靠近堅定溫和的人身邊所得到的。如今這個家的立基石已不復存，旁邊的石頭逐漸分崩離析了。當悲傷的倖存者開始受到這種痛苦力量所侵害，整個人性格丕變，的確讓人有種情何以堪之感。然而，這種傷害可能是暫時或只屬表面的，對於那些痛失摯愛的人所表現出來的行為加以不斷批評，徒會雪上加霜，讓他們遭受到不合理的對待。

比方說，就旁觀者看來，漢利先生在妻子過世後個性變得較嚴苛又反覆無常，多愁善感又愛用權威。事實上則因有好多件事同時間來煩擾他，其中幾樁還令他失望透頂，往昔總以溫暖話語讓他能獲安慰的「她」已經不在了，所以疲憊的心在體內傷痛著且忿忿不平。他也經常發現自己粗暴的言行是如何影響著他人，本想大聲呼喊尋求同情與憐憫，豈知竟只造成了他們的氣憤與怨懟。「請憐憫我吧——因為我內心痛苦不堪」，心中痛苦難當的人，祈禱著能對抗這負面情緒如同對付罪一樣，唯常常都讓一波波情緒給折磨慘了！於是，漢利先生看到僕役們越來越怕他，長子躲避著他，但他不怪他們。他知道自己儼然變成家中的暴君，所有情況似乎都在跟他作對，而他虛弱得無法掙扎。爲什麼在妻子過世之後，家中大大小小、裡裡外外的事情都出錯了呢？

正當他需要現金打發掉奧斯朋那批債主時，農作物有令人讚嘆的大豐收，但玉米價格卻創下幾年未有的新低。漢利先生婚後爲自己投保了爲數可觀的金額，那是他憂心自己萬一比妻子先走一步，爲了妻小所存留的。現在羅傑成了唯一的受益人，漢利先生不願爲了沒付一年一次的保險費讓保險失效。如果手頭有錢，他絕不會賣掉任何家產，那是他從父親手裡繼承來的，亦受嚴格限定繼承法律的管轄。他有時想著，若能賣掉一部分土地，把錢拿來做排水設施及新開墾，豈非高招嗎？他曾經聽鄰居說政府有低利貸款借給土地開墾者，只要在排水設施工程完成後於既定時間內還款即可。他妻子就曾力勸他善用這種低利貸款。然而，他妻子既已不在，乏人鼓勵他、幫著留心開墾工作的進度，於是他自己也對這項工作顯得漠不關心，不再騎著那匹壯實的花毛馬到外頭去了，以前他會端坐著看工人們在長滿雜草的沼澤地上工作，不時地用極具草根性的鄉下方言跟他們說話。不過，政府的貸款利息不論工人們工作得好不好，照樣都得償付。接著，今年冬天漢利大宅的屋頂竟遭融化的雪水給滲透，檢查結果是屋頂務得汰舊換新。倫敦那群放債人爲奧斯朋先前借款而不請自來，逕自用貶抑的口吻評論著漢利家莊園裡的樹木：「非常好的樹木——聽起來五十年前也許是啦，現在都要開始枯萎嘍！眞是欠照顧，得修剪整理一番才行。這裡難道沒有護林官或森林管理員嗎？這些樹看起來根本沒有年輕的漢利先生所說的那等有價值。」種種批評自然傳進了漢利先生耳裡。他愛這片他從小在其樹蔭下玩耍的林木，把它們視爲同樣擁有生命，這是他個性中的浪漫面。光看著樹林就覺得價值不菲，他對這片樹木的評價相當高，至今亦未有人敢跟他唱反調。因此，儘管假裝不相信對方所言，並試圖說服自己這樣想，這幾名估價人仍深深刺傷了他的心。

不過，此番憂慮和失望終究不及他對奧斯朋的怨懟。好比一處受到感染的傷口情況日益惡化，讓人從沉痛到憤恨難平，漢利先生尤相信奧斯朋和這群人在計算他的死期何時來臨，一想到就氣極了。這種想法使他坐立難安，可也不去面對問題，問清楚來龍去脈或徹底調查一番，僅自顧自地選擇病態的想法：他已經是個無用之人了、倒楣透頂、親自經手的每件事都會出錯。然而，他並沒因為這樣就變得謙虛，淨把一切的不幸都歸咎於命運，而非自己頭上。他胡思亂想著奧斯朋因為看見他的失敗，所以怨起本身先天不足的命來了。要是他能把這些亂七八糟的想法拿出來跟妻子討論，一切就有救了；或者，他能跟社會上他視為同等階級的人們多多往來，一切仍還有希望。然而就像先前說過的，他在教育程度上不及這些同儕，也許因為長久以來的自卑感造成忌妒之心與惱羞之情，以致於在跟兒子們互動時也用奇怪的感情去對待——唯出乎意料之外，羅傑受到的影響比奧斯朋少，後來竟變成最優秀的人物。羅傑個性務實，對戶外大小活動皆有興趣，喜歡各種小動物，為人也非常樸實，他父親常會把每天在森林裡或田野上看到的有趣東西帶回去給他。奧斯朋則恰恰相反，是一般人所稱的「纖細」，在衣著和態度上講究得近乎女性化，過分注意小細節。以往當奧斯朋似有可能揚名劍橋時，他父親對於這一切頗感驕傲，覺得奧斯朋的挑剔和優雅等同墊腳石可更上層樓，達成門戶結親，以恢復漢利家昔日榮景。孰料現在的奧斯朋也許連學位都拿不到，之前他父親所誇口的一切這會兒證實不過是一場空。

奧斯朋的挑剔所造成後果就是巨額的花費（關於奧斯朋負債最簡單的聯想），現在這可憐年輕人的一舉一動都令他父親覺得礙眼極了。奧斯朋在家時依舊埋首書堆、勤於寫作，這樣的生活方式讓他與父親在用餐時間或夜晚相遇時皆乏共同話題可聊。倘若奧斯朋喜歡戶外活動，情況可能好些，偏偏他近視又不像弟弟喜歡觀察動植物作消遣，在鄉下也沒認識幾個同階級的年輕人；至於他偏好的打獵，本季規模也將刪減，他父親打算讓兩名獵人減至一名。家中原本固定的編制亦遭縮減，也許因爲跟家中經濟關係最密切者是漢利先生與奧斯朋，而漢利先生偏喜歡採取強制手段。所以那輛舊馬車，當年經濟情況頗順遂時買的笨重家庭馬車在女主人過世後已不再使用，便拆掉囤放馬車房蛛網密布的僻靜角落。兩匹最棒的拉車馬被送去拉二輪單馬車，漢利先生曾不止一次對願意聽他說話的人說，這是好幾個世代以來漢利地方的漢利家頭一回養不起自家馬車。另一匹拉車馬則因太老無法再做工，就放任牠悠哉吃草了。這匹馬只要一看到漢利先生便嘶叫著奔近莊園的圍欄前，漢利先生手裡總會拿著麵包或幾塊糖、一顆蘋果給他的老友，然後對著這隻無言的老動物抱怨個不停，告訴牠漢利家從他們同在的全盛時期到今日的變遷。漢利先生從不鼓勵兒子們邀朋友回家，也許是他的自卑感作祟，也或許是因爲擔心自己家不若兒子那些朋友們家舒適。當奧斯朋與羅傑尚在拉格比公學讀書時，漢利先生就跟他們解釋過一兩次。

「如同你們所知，你們這些公學裡的男學生間總有惺惺相惜之情，可是你們看待外人的態度差不多同我看待兔子一樣，但當然不會把他們當獵物。對呀！你們盡管笑我，事實就是如此。你們的朋友會拿懷疑眼光看我，卻從來不會想到我的家世，那可是會把他們嚇到發抖的，我敢保證。不，我絕不讓任何一個看輕漢利家的人踏進漢利大宅，就算那個姓漢利的只會畫十字而不會寫名字也一樣。」

如此，當然了，他們也不會去拜訪漢利先生不想他們來家裡的人家。關於這方面，漢利夫人用盡一切辦法也影響不了她丈夫，他的偏見怎樣都無法改變。就漢利先生個人而言，他身爲近三個世紀以來最古老家族的領導者，地位崇高、傲氣披靡至無人能敵，而跟社會同儕處不來，禮貌欠佳兼之教育程度低落——他病態的敏感太過頭、太忸怩，完全不能被稱爲謙遜。

就從漢利先生和他長子間所發生多起同性質的不愉快事件中找例子來看好了，即使不能稱爲「主動的不合」，至少也可稱爲「被動的疏遠」。

事情發生在漢利夫人過世後，三月天的某一夜。羅傑人在劍橋，奧斯朋也外出了，卻無交代行蹤。漢利先生相信奧斯朋若不在劍橋他弟弟那裡，就是在倫敦。漢利先生很想知道大兒子到底去往哪裡，做了什麼事、見了什麼人，就當新聞一樣聽聽也好，可以轉移一下注意力，讓深感壓力的他能暫時不去想繁雜的家庭危機；偏偏他太過驕傲，連一個問題都問不出口，而奧斯朋也完全不交代去了哪裡。這般沉默使得漢利先生心中的不滿更形惡化。奧斯朋回來之後一兩天，漢利先生帶著疲憊的身心返家用晚餐，當時不過才六點，他快速走進一樓小辦公室，然後洗洗手再走進客廳，覺得時候不早了客廳裡卻空無一人。他看了一眼壁爐架上的鐘，同時伸手要烤火。

無人照看壁爐中的火，白天時就已熄了，現只有半乾的木頭架在那兒，發出「劈啪」聲響，冒著些白煙，完全沒善盡讓火光紅亮使通室溫暖的職責，凜冽的風正從四面八方灌入。鐘也已經停止擺動，沒有人記得給它上發條，不過漢利先生的錶倒顯示早過了晚餐時間。老管家把頭探進客廳，只看到漢利先生一個人，打算把頭縮回，等奧斯朋少爺回來再宣布用餐。他本以爲不會被發現的，誰知竟被漢利先生逮個正著。

「怎麼晚餐還沒準備好呢？」他尖著嗓子嚷道：「都已經六點過十分了。還有，你怎會用這種木頭呢，這樣的火可沒法讓人取暖。」

「老爺，我相信是那個湯瑪斯。」

「別跟我說什麼湯瑪斯。快把晚餐送進來！」

約莫五分鐘光景，飢腸轆轆的漢利先生用盡各種方式來表現他的耐心喪失：給進客廳裡來生火的湯瑪斯臉色看；用力把壁爐裡的木頭翻來攪去，引得火星四下飛騰，這樣做根本難以讓屋裡暖和起來；修整一下他覺得不可能照亮這間冰冷大屋子的幾支蠟燭。在他理著蠟燭時，奧斯朋穿著全套晚禮服走進來了。奧斯朋總是慢吞吞的，漢利先生對此感到異常憤怒，接著便是令人不舒服的那身粗毛黑色外套、黃褐色長褲、格子花紋棉質領巾和那雙亮眼的皮靴，這身行頭使漢利先生不得不正視奧斯朋完全到位的標準穿著。漢利先生覺得奧斯朋真是裝模作樣，穿得這一身，正打算開口發飆，管家卻在此時走過來宣布晚餐準備好了，因爲瞧見奧斯朋在樓下，故等他進來才宣布。

「現在不是六點整嗎？」奧斯朋說著，拿出他精緻的小錶來。他光注意看錶，全未察覺到一場風暴正醞釀中。

「六點！都過十五分了！」他父親咆哮道。

「我想您的錶一定有問題，先生。我兩天前才跟倫敦的禁衛騎兵團對過時間而已。」

這下可好了，抨擊漢利先生那隻堅定可靠的老懷錶乃是對漢利先生的侮辱，豈止大不敬，簡直就是不可原諒。那隻錶是許久以前漢利先生的父親給他的，是非常原始錶款。那隻錶是家中一切鐘錶的標準時間，包括家裡的鐘、馬房的鐘、廚房的鐘，更不止哪，還有當年漢利村教堂的鐘也以它爲準；時至今日，上了歲月該受尊重的它竟被擁有一隻可放進男士背心口袋的小法國錶和妄自尊大的年輕人給看不起，那小法國錶就直接從背心口袋裡給拿出來，不是被謹慎小心地放入錶袋裡再繫在褲腰帶上。嗄！有沒有錶的樣子與地位啊？別說了！就算這妄自尊大的小子找來禁衛騎兵全團，或是乾脆把御林軍也找來挺他算了，在在都不能瞧不起他的錶！

「我的錶就跟我本人一樣，」漢利先生說道，蘇格蘭人會管這種語氣叫作說明加抱怨，「樸實，但一步一腳印穩定地向前走。總之，它就是咱們家的準則。我們王上自可按照禁衛騎兵團的時間走——如果他喜歡的話。」

「非常抱歉，先生，」奧斯朋應道，急著想令父親息怒，「我是以我錶上的時間為準，這是精確的倫敦時間。而且我不知道您在等我，要不然就會加快更衣動作了。」

「是喲！」漢利先生諷刺地看著他兒子那一身裝扮，「我年輕時覺得花太多時間照鏡子簡直像個女人，是頗可恥的事。如果去跳舞或參加可能遇到漂亮姑娘的派對，我當然也會像其他人好好打扮一番，但若只圖自己高興就站在鏡子前面搔首弄姿，對著鏡中的自己傻笑，可就會讓我不齒地大笑了。」

奧斯朋滿臉通紅，心想著要對父親當時的穿著回敬幾句諷刺話，不過，他很慶幸自己沒讓這樣的話出口，而是低聲回應：「母親向來喜見我們晚餐穿著正式服裝入座。我純粹按照這討她歡心的習慣去做而已，更樂於遵守這個習慣。」事實上，奧斯朋覺得要對母親盡忠，他樂於保有母親在世時所制定的家庭習慣或偏好的習氣，奧斯朋此舉只是表達對母親的無盡思念。然而，這話聽在漢利先生耳中卻起了完全相反的效果，他一聽簡直快氣瘋了。

「我也努力照著她的心願去做。我的確是啊，在相對重要的事情上。她活著的時候我就這樣做了，現在我也還是照舊行事。」

「我從沒說過您不是這樣。」奧斯朋答道，被他父親情緒性話語和態度給嚇了一跳。

「有，你的意思就是如此，先生，我從你臉上表情就看得出來。我看到你瞪著我的晨外套瞧。總歸一句，在她活著時，我沒有輕忽她任何一個心願。就算她要我回到學校去從最基本的字母開始學起，我也會去的。我會的，而且不貪玩浪費時間，因爲我怕她會不高興、會失望。然而，有些人早已不是中小學生了……」漢利先生說到這裡哽住了，儘管話沒說出口，激動的情緒並未稍減，「你少拿你母親的心願來壓我，先生，你這個最終幾乎讓她心碎了的傢伙！」

奧斯朋強壓住想站起身走出去的衝動。也許他若眞做了反倒好些，這樣一來或就會把一切都說清楚，父子間關係也可能因此得到和解。然而，他卻以爲自己該坐在原位不動，假裝沒聽到父親說的話較妥。漢利先生一看奧斯朋竟對自己所說的話無動於衷，更加上火，於是繼續咆哮著自言自語，直到奧斯朋再也受不了了。

奧斯朋以平靜但難過不已的語氣說：「我只會惹您生氣而已，家對我來說已經不再是家了，這兒只是個要我受芝麻蒜皮小事所管控，且爲了小事就可把我當成孩童般痛罵的地方。給我一條路讓我出去自行謀生吧，身爲您的長子至少有權如此要求——我會離開這個家，這樣您就再不會因我的穿著或不準時而生氣了。」

「你這要求，聽起來跟古早以前某個人的兒子一樣，他也曾說：『請把我應得的家業分給我。』①不過，那個兒子處理錢財的態度讓我不太想——」說著說著，漢利先生忽然想到自己能給兒子的「家業」是多麼微乎其微，便住了口。

奧斯朋接過話去，「我跟任何男人一樣，早已準備好自食其力。只是做任何事業都需要錢，而我沒有。」

「我也沒有。」漢利先生簡短地道。

「那我該怎麼辦呢?」奧斯朋對他父親所言半信半疑。

「還能怎麼辦?你得學著待在家裡,別再花那麼多錢去旅行,還有,得把欠裁縫師的債給還清。我不要求你幫我做田裡的活計——你太纖細,自是做不來。不過,既然不會賺錢,至少可以不要花錢。」

「我已經告訴過您,我願意去賺錢。」奧斯朋叫道,終於動了肝火,「只是,我到底該怎麼做呢?您眞是不講理哪,先生!」

「我是嗎?」漢利先生回應道,態度冷靜了,但脾氣可沒有,因爲奧斯朋的火氣漸大。「不過,我本來就沒打算講理的呢,一個得付錢讓兒子奢侈浮誇過日的人哪可能講理。你做了兩件事情,讓我一想到就氣得不能自己:第一,虧你可憐的母親那麼看重你,結果你在大學裡表現得像個笨蛋——你可以做選擇的,你原本可以讓她高興,讓她心滿意足的——可是,算了!另一件事,我不想講了。」

「請告訴我,先生。」奧斯朋以爲祕密結婚的事被他父親知道了,嚇得幾乎喘不過氣來。不過,他父親想的則是倫敦放債人正計算著奧斯朋何時才能繼承財產。

「不,」漢利先生說:「我自己知道就好,也不會告訴你我是怎麼得知。我唯一要告訴你的事情就是:你那夥朋友和你一樣都看不出好樹木的價值,或者,你若能讓自己免於挨餓就算萬幸了。現在,想想羅傑吧,我們都沒有人把羅傑當一回事,但現在我保證他可以拿到院士資格,也許還能當上主教、或是大學校長、或是什麼的,誰知道他到底有多聰明——我們以前總把注意力放在你身上哩。

我也弄不懂我幹麼說『我們』——『我們』長、『我們』短的，」他突然間把聲音放低，語調霎時變得無比悲傷，「我應該說『我』就好了，只有『我』孤零零地活在這世間了。」他站起身快步出去，撞倒了椅子也不停下把它扶好。坐著的奧斯朋用手遮住眼睛，過了一會兒後抬頭看看四周的混亂，也匆匆站起，緊跟在父親後頭出去，跟到書房門口時恰巧只聽到「喀答」一聲，門鎖上的聲音。

奧斯朋既懊惱又難過地回到客廳裡。他向來注意外觀小細節，不讓人有機會心生疑慮而亂傳八卦，因此儘管心情沉重，他仍是小心地把倒落的椅子拾起放回桌子末端原位，再動一下桌上菜餚好看起來有被吃過的感覺，最後才拉鈴招喚管家羅賓森。羅賓森進來時後面跟著湯瑪斯，奧斯朋認爲有必要跟羅賓森說明他父親不適先進書房了，至於他自己，他不需要甜點，只需一杯咖啡送到客廳就行。老管家接著便把湯瑪斯支使出去，走到奧斯朋身旁說些心裡話。

「我覺得老爺晚餐前就心情不太好，奧斯朋少爺。因此，我想拿老爺當藉口跟您談談——眞的。他跟湯瑪斯說壁爐裡火熄掉的事情，少爺，對這種事我是無法容忍的，除非是我生病了，但我一直十分小心留意。」

「爲何我父親不應該跟湯瑪斯說呢？」奧斯朋說：「不過，也許他說起話來總是怒氣沖沖的，我猜是因爲他人不太舒服。」

「不是，奧斯朋少爺，不是那樣。對湯瑪斯怒氣沖沖說話的人理應是我，而且感謝上帝，我都這把年紀了還能這麼健康。湯瑪斯是欠教訓，需要多挨些罵。不過這得由合適的人來罵他，那個合適的人就是我，奧斯朋少爺。我知道我的地位、我的權限、我的職責跟世界上任一位擔任管家職務的人一樣，而責備湯瑪斯正是我的職責，不是老爺的職責。老爺應該說的只是：『羅賓森，你應該跟湯瑪斯談談讓火熄掉的事！』那麼，我會好好訓誡他，其實我現在便該處理那件事。不過，如我先前說過的，我拿老爺當藉口，老爺的精神狀況和身體狀況都不太好，所以我決定暫先不給湯瑪斯任何警告，等氣氛好些的時候再說。」

「說眞的，羅賓森，我覺得這很無聊。」奧斯朋回道，被老管家的長故事弄得又煩又累，一半以上都沒聽進去。「我父親跟你說話，或跟湯瑪斯說話，究竟有哪兒不同呢？把咖啡送到客廳來給我，還有，甭再操心訓誡湯瑪斯的事了。」

羅賓森生著悶氣走開去，他的苦惱竟被視爲無聊。他終究把湯瑪斯叫來罵了，罵的空檔忍不住自言自語道：「自從夫人過世之後，事情都變了。我不知道老爺有沒有這樣的感覺，我是絕對有感的。她向來尊重管家的地位，瞭解在什麼樣情況下會惹管家傷心，從來不把他脆弱心靈上纖細的感覺稱作『無聊』──她絕對不會的。羅傑先生也不會。他是個快樂的年輕人，喜歡把髒兮兮、黏答答的小動物帶回家，可是總能說幾句溫柔話安慰心靈受傷的人。他會逗老爺開心，讓他父親不再生氣也不要耍任性。我多希望羅傑先生在這裡，眞的。」

可憐的漢利先生，把自己和心裡的憂傷與壞脾氣一起關在昏暗陰鬱的書房裡，沒外出時留在裡頭的時間越來越久。他努力想著該怎樣解決難題、跳脫困境，想著想著竟生迷惑起來，像隻在籠子內不停轉圈圈的松鼠。他拿出日記帳和分類帳，計算著所有租金，但每次算出來的總數都不一樣，他眞想像個孩子對著這串數字大哭。疲憊不已的他厭煩之至，又生氣又沮喪，最後「砰」的一聲闔上帳簿。

「我老了，」他說：「頭腦不比以前靈活了。我爲她傷心得頭都昏了。不是我自誇，她對我評價很高呢，她眞好！她從不讓我罵自己是笨蛋，可是，我的確是笨蛋。奧斯朋應該幫我的，他理當把錢花在學習上，可這小子卻把自己打扮得像個油頭粉面的傢伙，從來不會想我要怎麼還他的負債。我眞想告訴他去當個舞者掙錢謀生好了。」漢利先生自語道，臉上掛著譏諷性的傷心笑容，「他那身打扮還眞像咧！他的錢到底怎地花的，沒人知道！也許哪天羅傑回來的時候也會有批債主跟在他屁股後面出現。不，不會的——羅傑才不會這樣，他也許開竅慢，不過穩紮穩打，就跟我這個老羅傑一樣。我眞希望他人在這裡，縱非長子，可是他會花心思在我們的土地，而且會把帳目都算清楚。我多麼希望羅傑在這兒呀。」

譯註：

①漢利先生在此引用的典故源於《新約聖經．路加福音第十五章》裡頭浪子的比喻。耶穌在此比喻中說到有兩個兒子，小兒子要求父親把他應得的家業分給他，父親依其言而行，小兒子卻帶著錢財離家遠赴他鄉，還大肆浪費把錢揮霍殆盡，但他最終迷途知返。

第二十三章 奧斯朋再次審視自身地位

奧斯朋獨自寂寞地在客廳裡喝著咖啡，其實心裡也十分不痛快。他站在壁爐前地毯上，思索著自身處境。他沒注意到父親因需要現錢而背負了多大的壓力，因為漢利先生只要跟他說到這件事，沒有一次不生氣的，加上話裡有許多不嚴謹的矛盾語句，這些語句即便再矛盾也總有幾分事實根據，偏偏奧斯朋卻都當作是盛怒之下的氣話。

不過對於奧斯朋這年紀的年輕人來說，想要個五英鎊都成問題，真夠不開心的了。事實上，漢利家食物充沛，堪稱豐盛，因為大部分食物的來源是自家莊園，所以感覺不出家中經濟捉襟見肘。奧斯朋只要安分地待在家裡，幾乎可說是要什麼有什麼，可是他在某處有個妻子——他不時地想要見她，那就非得出門旅行。她，可憐的女人！得靠奧斯朋養活！去旅行的錢，供給艾咪基本生活所需的錢，要從那裡來呢？奧斯朋無時無刻不在想這個問題。身為漢利家繼承人，他在念大學時的零用錢每年有三百英鎊，而羅傑得對少他一百英鎊的供給甘之如飴。雖然給兒子們這樣的年金足讓漢利先生感到吃不消，不過他總想著僅是一時不便罷了。也許這樣想也很不合理。奧斯朋將來是要做大事的，拿了高學位，得了大學評議員地位，娶了某個古老家族的女繼承人，然後在漢利大宅裡任選幾間空著的廂房居住，再幫漢利先生照管一下那遲早屬於他的莊園。羅傑要去當神職人員，個性平穩又反應慢的他最適合了，如果不想做這一行，較喜歡積極的冒險生活也無妨，羅傑做什麼都沒問題；他能幹又踏實，要他做任何工作都行，不像奧斯朋挑剔得很，徒負一身的天才（也許是假的）。

這樣看來，奧斯朋身爲長子是好的，因爲他根本沒法在紅塵俗世中討生活，叫他找份工作來做無異於叫他搬石頭砸自己的腳！這會兒奧斯朋正待在家裡，渴望著到別處去。他的零用金現已停止供應，事實上，早在一兩年前他的零用金就都是他母親自掏腰包接濟，但對於目前停止供應他金錢之事，父子兩人都未提起，畢竟跟錢有關的話題太傷感情了。有時漢利先生會拿個十英鎊左右給奧斯朋，但每每伴隨著壓抑的怒吼，而且何時會拿到錢、可以拿到多少錢，都有很高的不確定性。

「我該怎麼做，才能有固定收入呢？」奧斯朋站在壁爐前思忖著，他背對著燦爛的火焰，送上來給他的咖啡盛裝在漢利家傳承了好幾代的罕見精美瓷杯裡。他衣著華麗精緻，一如向來講究穿著的作風，實在很難讓人想像，這般優雅的年輕人站在足稱豪華的環境中，竟得在心裡反覆思考著那個問題，不過事實確是如此。

「我該怎麼做才能賺到錢？不能再這樣下去了。我需要有人多支持我兩三年，就算我去『坦伯』或『林肯旅館』工作也一樣。我是不可能從軍的，那連我自己都養不活，也討厭那種工作。說穿了，各種職業都有其可厭之處——就我所知的那些工作內容，根本沒有一項是適合我的。也許還是去當牧師較適合我，可是，不管有沒有話說，每回禮拜都得講一篇道，且可能從此注定只能和身分地位、舉止談吐、教育背景都比自己低下的人交往了！可是，可憐的艾咪需要錢哪！我實在不忍心把她的晚餐跟我們這兒的相比，這邊餐桌上擺滿了大塊大塊的肉，打獵所得的野味，還有甜食，廚子摩根總是一道一道把菜送上來，艾咪卻只能吃兩小塊羊排。然而，如果父親知道我娶了個法國女人爲妻，會怎麼說呢？照他目前心情來看，也許會廢除我的長子繼承權，倘有可能的話。而且他會用我無法忍受的態度評說她。更別說艾咪還是個羅馬天主教徒！即便如此，我也不會後悔。即便重來，我仍會做一樣的事。要是我母親健在就好了，要是她能聽聽我的故事，要是她能認識艾咪該有多好！但事實卻是我得保守祕密。可是到哪兒去找錢呢？到哪兒去找錢呢？」

然後，他想到了他的詩。他可以賣他寫的詩掙錢嗎？即使不是大名鼎鼎的米爾頓①，他還是認為自己的詩可以賣錢，所以馬上回房裡去拿那些詩作。他在壁爐旁邊坐下，試著用評論家眼光檢視自己寫的詩，用社會大眾的角度來看。他的作品受赫曼夫人的影響很大。他寫詩的能力基本上是從模仿而來，最近，他開始模仿一位頗受歡迎的詩人寫十四行詩風格。他翻閱著他的作品，這些詩排列的順序幾乎等同於他的生活記錄。按照順序排列，這些作品的標題分別為：〈致艾咪，與一幼童同行〉、〈致艾咪，於工作中高歌〉、〈致艾咪，於我訴衷情時轉身而去〉、〈艾咪的表白〉、〈艾咪陷於沮喪中〉、〈我的艾咪所居住之異國〉、〈婚戒〉、〈吾妻〉。當他看到最後一篇十四行詩，放下手中的詩稿，開始思考。「吾妻——」是的，而且是個法籍妻子，也是羅馬天主教徒妻子，更是可能被說成做過女傭的妻子！他父親對法國人的厭惡，整體的與個別的印象都有：整體的來看，是一群吵鬧粗野的暴民，謀殺了他們的國王，犯下各種血腥惡行；個別的印象則是以「拿破崙」與各色各樣對「法國佬」的諷刺漫畫為代表，那是在距今二十五年前左右相當盛行的風潮，那時漢利先生正當年輕，是對許多事物印象深刻的時候。奧斯朋．漢利夫人自小信奉的宗教是羅馬天主教，而在當時的英國已有一群政治家討論起天主教解放法案，主張廢除羅馬天主教對英國教會實質上的限制，大多數英國人也怒吼著贊成，形成一股要把羅馬天主教勢力逐出英國的風氣。此時若想在漢利先生面前說他的長子娶了個羅馬天主教徒為妻，奧斯朋清楚得很，那無異於把一塊紅布放在一頭公牛前面來回晃動。

接著，他想到如果艾咪有幸得以擁有英國父母，比方居住在英國的心臟地帶「沃維克郡」，從未聽聞過神父、望彌撒、告解或教皇，也沒聽過蓋伊．福克斯②，就只是在英國國教派的教堂出生、受洗、長大，連看也沒看過不信英國國教的教反派的禮拜堂外觀，或是連見也沒見過羅馬天主教徒聚會的教堂——即便她擁有這全部的優點，她畢竟還曾當過一名（法文用來形容女性的「好」字，英文可有相對等的字？「育嬰女家庭教師」有這個詞嗎？）保姆，薪水是一季領一次，若要解雇只需一個月以前通知，也有茶和糖可領。他父親那根深蒂固、牢不可破的古老家族之驕傲，想必承受不了這種事。

「要是他見過她！」奧斯朋想著，「要是他見過她就好了！」

不過要是漢利先生眞見到她了，就會聽到她說的那一口破英語，此對她丈夫而言卻是寶貴得很，她就是用這口破英語表明她純眞無僞全然愛他的一顆法國之心。而漢利先生是非常討厭法國人的。

「她會成爲我父親可愛甜美又溫順的小女兒，她會盡可能補滿這棟屋裡遺留下來的空缺，如果他願給她機會，可是他不會的，永遠也不會。他也不會有機會去尋找她的。我何不把這些十四行詩裡的名字都改成〈露西〉呢？如果這些詩大獲好評，在一些詩評月刊和雜誌季刊上得獎的話，屆時全世界都要來問作者是誰了。那時我再把祕密告訴他——如果我成功，就可以這樣做了。我想到時候他會問露西是誰，我再把一切都跟他說。如果，哦，我眞討厭『如果』這字眼，『如果我不必說如果』。我的人生一直都架構在『當……時候』之上，起初它們轉變成『如果』，然後再過一陣子，它們就消失了。像是『當奧斯朋成功的時候』，變成『如果奧斯朋成功的話』，再來就是一敗塗地……我告訴過艾咪，『當我母親見到妳的時候』，現在是『如果我父親見到她的話』，而且還說得那麼渺渺茫茫，不知何日才能實現的樣子。」

於是夜晚時光就在這樣的胡思亂想中過去了，最後，他下定決心去找出版商試運氣，看看他的詩命運如何，冀能藉此賺錢。他心裡還進一步地想著如果成功了，也許他和父親之間的關係會出現奇蹟。

羅傑一回到家，奧斯朋把握時間馬上將他的賺錢計畫告訴弟弟。無論什麼事，他向來不會瞞羅傑太久的，他個性中女性化的部分總偏好找個心腹暢談心事，博取支持。但是奧斯朋行動歸行動，不太把羅傑的建議拿來用。對於這一點，羅傑也清楚得很，所以當奧斯朋才開始說：「我想聽聽你的建議，我有一套計畫……」羅傑即回應道：「有人跟我說，威靈頓公爵的座右銘是『絕不要給建議，除非建議被採用』，所以說了，我不能給你建議。你自己也知道的，老哥，我每次給你建議，你沒有一次採用。」

「不是每一次啦！我知道。如果跟我的想法一致，我就會採用了。你在想我隱瞞結婚的事，可是你不瞭解整個狀況。你知道我多想把這件事處理妥當，如果沒有那一堆負債，還有後來母親的生病與過世。而現在，你根本不知道父親改變得多厲害，變得多麼暴躁易怒！等你在家待上一星期就會曉得了！羅賓森、摩根他們也都一樣，可是啊，最慘的是我！」

「眞可憐！」羅傑說：「我覺得他看起來很不一樣，好消沉，臉色也不那麼紅潤了。」

「那是因爲他近日運動量不到以前的一半，在所難免。他把找來開墾土地的人都辭退了，他以前多喜歡看他們工作啊。而且那匹花毛馬有一天載著他時絆跌了腳，幾乎把他從馬背上摔下來，他就不再騎牠了。可是他也不把牠賣了再買匹新馬，那才是聰明的計畫呀！所以現在有兩匹老馬，成天低頭吃草，啥事也不幹，他卻沒完沒了地叨念著錢和開銷。這就關係到我接下來要講的事了。我眞是缺錢缺得厲害，所以在整理我的詩要去蕪存菁，你知道的——其實就是用批判性的眼光審視一下。我想知道你的看法，迪頓會不會出版我的詩。你在劍橋挺有名氣，所以我敢說如果是你把我的詩拿給他，他會看的。」

「我可以試試，」羅傑說：「但我擔心賺不了很多錢。」

「我也不會期望太多，終歸是新人，得先闖出名號，有個一百英鎊誠然滿意了。拿到一百英鎊，便能夠做些事情了。在我準備律師課程時，可用寫作養活我自己和艾咪；或者，情況若眞壞到不能再壞，一百英鎊也夠我們到澳洲去了。」

「澳洲！怎麼，奧斯朋，你到那兒去能做什麼？還要離開父親！我希望你永遠也拿不到一百英鎊，如果你眞打算那麼做的話！你會讓他老人家心碎的。」

「也許讓他心碎過一次，」奧斯朋陰鬱地說：「不過現在已經不會了。他總是懷疑地看著我，迴避和我說話。讓我有這樣的感覺也不加以解釋。我本來就容易受外界事物的影響，也許這正是造就我多愁善感的原因，現在，我覺得彷彿我的生活和我妻子的生活都得靠自己張羅了。你馬上會發現我和父親是怎麼相處的了！」

羅傑的確很快就發現他父親已養成吃飯時沉默不語的習慣，奧斯朋也覺得這樣很困擾、很憂心，卻從不想打破僵局。父子倆坐在一起，非得說話時才十分客氣地交談個一兩句，等到說完話時兩人都覺鬆了口氣，然後各自走開去——父親逕自爲自己的愁煩與失望生著悶氣，長子固然讓他大失所望，結結實實地傷了他的心，但他在內心裡卻也將奧斯朋所採取那些不學無術的籌錢行動給過度誇大了。倫敦放債者是否計算著漢利先生還能活多久，然後以此爲依歸決定借多少錢給奧斯朋，是他們的考量；對奧斯朋來說，他只想盡快拿到需要的錢還清在劍橋欠下的債務，然後跟著艾咪回到她法國亞爾薩斯的家，接著跟她結婚。即使是羅傑也從未見過他長兄的妻子，事實上奧斯朋是在一切都木已成舟之後，才向羅傑道出原委並尋求建議。而事情演變至此，夫妻倆被迫分隔兩地，在奧斯朋心裡，就詩人層面而論也好，就現實層面而論也罷，都被他的小妻子給占滿了，他只想著艾咪孤單地住在農舍裡，心中不斷想著她的新郎丈夫何時來看她。光是這樣的畫面就已占去奧斯朋大部分的心思，難怪他無暇顧及他的老父。不論怎麼說，有這樣結果，眞是教人情何以堪哪！

「我可以進來和您一起抽根菸嗎？」羅傑說。那是他回到家第一個晚上，他輕輕推著他父親書房半掩著的門。

「你不會喜歡的，」漢利先生應道，仍舊抵著門，不過說話語調溫和多了，「我抽的菸草年輕人不會喜歡。你去跟奧斯朋一塊抽雪茄吧！」

「不要，我想跟您坐一會兒。我能抽濃烈的菸草，沒問題的。」

羅傑用力推了一下門，漢利先生順勢把門打開。

「抽了菸草會讓你的衣服沾上味道，到時候你就得去跟奧斯朋借香水來噴了。」漢利先生板著臉道，同時遞給羅傑一只精緻的琥珀製短菸斗。

「不了，謝謝，我想用陶製的長菸斗。怎麼，爸爸，您以爲我是個小嬰兒，需要玩那種洋娃娃頭嗎？」羅傑看著上頭的雕刻說。

漢利先生明明樂在心裡卻不想表現出來，只說：「奧斯朋從德國回來時候給我買的，三年前的事了。」接著，他們一語不發地抽了一會兒菸。

事實上，雖然漢利先生半個字也沒說，但兒子自動來陪他，讓他心裡舒暢不少。不過，他接下來所說的話就表明他的心思了。其實，他說的話彷如透明的傳導工具，讓他的心思全攤在聽者面前。

「三年的歲月可以讓一個人生活有很大轉變，這是我的新發現。」他說完繼續吸著菸斗，吞雲吐霧。就在羅傑思想著該怎麼回應這句老生常談時，漢利先生又放下菸斗，開口了。

「我記得當年威爾斯王子被任命為攝政王時，充滿了緊張氛圍。我在哪裡讀到的哩，我確定是在報紙上，說國王和王位繼承人關係顯然不睦。那時的奧斯朋還只是個小傢伙，他常騎著白雪莉跟我一塊出去。你還記得我們給牠取名叫白雪莉的那匹小馬嗎？」

「我記得。我印象中那匹馬很高。」

「啊！因為你那時候還是個小孩子。那時我的馬廄裡有七匹馬，還不包括在農田工作的馬咧。我不記得那時有什麼需要操心的事，除了……纖弱的她，你知道的。話說那時的奧斯朋是個多麼漂亮的孩子啊！他總穿著黑色天鵝絨衣服，一派紈褲子弟打扮。不是我讓他那麼穿的，可是我確定，那樣穿對他滿合適。他現在還是個英俊的年輕人，只是燦爛陽光已經從他臉上移走了。」

「他為了錢的事情很煩心，再說給您帶來困擾也讓他憂慮不已。」羅傑說道，相當能體會他哥哥的心情。

「他才不會呢。」漢利先生拿出嘴裡吸著的菸斗，用力敲在旁邊鐵架上，菸斗應聲碎成片片。「好了！算了吧！我說羅傑，他才不會在意呢！他才不會煩惱錢的問題。如果你是長子又是繼承人，高利貸放債人會很樂意把錢借給你的。他們只須問道：『你父親多大年紀，有沒有中風或其他疾病？』事情就解決了。然後，他們那些人就過來徘徊在人家的土地上，打起田地和樹木的主意——我們不要再談他了，沒有用的，羅傑。他跟我相處得非常糟糕，在我看來，也許只有全能的上帝才能讓我們恢復和諧了。只要想到他讓你母親多麼傷心，我就很氣他。話雖如此，他還是有許多優點呢！他要是肯用心的話，會是個敏捷又伶俐的人。說到這兒，羅傑，你總是慢慢的、鈍鈍的——以前你所有的老師都這麼說。」

羅傑大笑一陣。「對呀！我以前在學校裡還因遲鈍被取了好多綽號。」

「沒關係！」漢利先生安慰道：「我絕不會給你取綽號。要是你像坐在那邊的奧斯朋一樣聰明伶俐，那你就會埋首書堆，寫個不停，覺得陪我這個鄉巴佬談天無聊至極。然而，我敢說你在劍橋是很受尊重的，」漢利先生道，一會兒又繼續說下去，「在你得了那個數學一等考試合格的榮譽之後。哦，我都快忘了——消息傳來的時候家裡愁雲慘霧的。」

「啊，對呀！在劍橋，他們相當看重一年一度的數學一等考試合格者。明年我得退出競賽了。」

漢利先生坐在那兒，凝視爐火餘燼，手裡還握著無用了的菸斗柄。

最後他壓低聲音，彷彿不在意有沒被聽到似的開口道：「以前她回去倫敦的時候，我常給她寫信，告訴她家鄉的消息。但現在信都不知該寄到哪兒去了！什麼都沒辦法寄給她！」

羅傑站起身來，「爸爸，菸草盒子在哪兒？我再給您裝一管菸吧！」

羅傑裝好菸之後，彎下腰來撫摸了一下他父親的臉頰。漢利先生搖搖頭。

「你才剛回到家，小子。你不知道我現在是什麼樣的人呢！去問羅賓森——我不會叫你去問奧斯朋，他自己知道就好。隨便哪一個僕人都會告訴你，我不同於以往了，現在的我動不動就大發雷霆。我曾經被視爲好主人，但那都已經過去了！奧斯朋曾經是個小男孩，而她曾一度活著，我曾一度是個好主人——好主人——是啊！現在都成過眼雲煙了。」

他拿起菸斗，又重新抽起菸來，而羅傑在沉默了幾分鐘之後，開始說起一些劍橋人在打獵場上運氣不佳的遭遇，語氣詼諧又妙趣橫生，逗得漢利先生在不知不覺中開懷大笑。

當父子倆終於起身要去睡覺時，漢利先生對羅傑說：「啊，我們過了一個非常愉快的夜晚，至少我覺得很愉快。可是你也許不覺得吧，因爲有我這個無聊人爲伴，我知道。」

「爸爸，這是我最愉快的一個夜晚。」羅傑回應。他說的是眞話，他甚至不用費心去想爲什麼會這麼愉快。

譯註：

①米爾頓（John Milton，1608~1674），英國詩人、思想家，著有長篇史詩作品《失樂園》（*Paradise Lost*）。

②西元一六〇五年十一月五日，英國史上著名火藥陰謀事件的主謀。當時名叫蓋伊・福克斯（Guy Fawkes）的男子試圖炸毀位於倫敦的議會大樓，主要目的是要殺害當時正在大樓內的英格蘭國王詹姆斯一世，但事跡敗露，計畫得逞前即被阻止。

第二十四章　吉布森太太小餐會

隨著羅傑第一次在布朗寧小姐家跟茉莉及辛西雅見面之後，緊接上場的就是星期五晚上吉布森家的晚餐聚會。而底下的事乃發生在這一切之前。

吉布森太太邀請漢利家兄弟過來盼他們能用餐愉快，兩兄弟的確十分愉快。吉布森先生頗中意這兩名青年，一方面基於他們父母親的關係，一方面是兩個年輕人本身。吉布森先生打他們孩提時就認識了，受吉布森先生喜歡的兩青年也覺得吉布森先生誠然令人敬愛。吉布森太太熱情地歡迎他們，到底女主人的竭誠歡迎乃最佳待客之道，可以遮掩過其他方面的不足。辛西雅和茉莉以最佳狀況出現，這也是吉布森太太派給她們的唯一任務，因為吉布森太太自願包辦陪客人聊天。奧斯朋果然臣服在吉布森太太的聊天魅力下，有一段時間他和她輕鬆愉快地聊著日常瑣事，眞可說是「讓客人聊得賓至如歸」。而理當讓兩位小姐中任一位對自己印象深刻的羅傑，卻興致勃勃聽著吉布森先生講述一篇刊登在外國科學期刊上以比較骨學為題的文章，這是何陵福特爵士轉載給吉布森先生的，何陵福特爵士慣常和鄉下外科醫生朋友分享新知。然在聽吉布森先生說話的空檔，羅傑不時盯著辛西雅瞧，她就坐在吉布森先生和他哥哥中間。辛西雅似乎不太注意周遭狀況，她漫不經心地低垂雙眼，把玩著桌布上的麵包碎屑，鵝蛋形臉龐上美麗膚色映著長而翹的睫毛影子，一副別有所思之貌。茉莉努力想弄明白她在做什麼。忽然間辛西雅抬起頭，恰迎上羅傑一臉專注而仰慕地盯著自己瞧，他太直接了，想不注意到都不行。辛西雅臉紅了，不過繼而一想，決定對羅傑發動攻擊，羅傑那廂爲了轉移砲火攻勢也決定要好好防衛自己。

「沒錯！」辛西雅對羅傑說：「我是沒在聽。你也知道，我本來就連最基本的科學知識也沒有。可是拜託，別這麼嚴肅地看我，就算我是個笨蛋也不用這樣吧！」

「我不曉得——我確定沒有嚴肅地看著妳。」他回應道，不知該說些什麼才好。

「辛西雅也絕不是笨蛋。」吉布森太太附和，挺擔心客人會把她女兒的話當眞。「不過，我總是看到人各懷不同的天賦才能。辛西雅的才能就絕對不是在科學或其他嚴肅的研究上面。親愛的女兒，妳記得我花了多少工夫教妳明白怎麼使用地球儀嗎？」

「是的，而且到現在我仍不懂經度和海拔的差別，也經常分不清哪個是垂直的、哪個是水平的。」

「不過，我可以跟你保證，」她母親彷彿特別說給奧斯朋聽似的，「她對詩的記憶力堪稱天才。我曾經聽她背誦過〈夏蘭的囚徒〉①，從頭背到尾。」

「這樣肯定很無聊，我想。」吉布森先生接腔道，對辛西雅笑笑。辛西雅則回報一抹燦爛的笑容，表示心有戚戚焉。

「啊，吉布森先生，我現在才發現你連半點詩的靈魂也沒有。茉莉可眞是你如假包換的女兒哩，她光看些艱深的書，都是關於事實和數字的。過不了多久，她便要變成一個女學究了。」

「媽媽，」茉莉紅著臉說：「您認爲那是本艱深的書，只因爲裡頭有許多不同形狀蜂巢的圖片。可是那本書一點也不艱深，很有趣的。」

「茉莉，沒關係，」奧斯朋說：「我支持女學究！」

「我倒要抗議妳剛才說的，」羅傑也說：「因它不艱深，所以有趣。嘿，一本書可以既艱深又有趣。」

「哦，如果你們要在那兒咬文嚼字，那我們該退出這房間了。」吉布森太太說。

「媽媽，我們不要像被打敗似的逃出去，」辛西雅說：「雖然聽起來有點咬文嚼字，不過我現在倒能夠明白羅傑・漢利先生剛剛說的話了。我看過一部分茉莉的那本書，姑且不論艱深與否，我覺得它挺有趣的——這會兒想想，還覺得它比〈夏蘭的囚徒〉有趣。對了，現在我已經把最喜歡的詩從〈夏蘭的囚徒〉換成〈強尼・吉爾平〉②了。」

兩個女孩隨她上樓時，吉布森太太說：「辛西雅，妳怎可以講這些莫名其妙的話呢？妳明知道妳不是個笨蛋，而且最好不要當個女學究，因爲沒有男人會喜歡。妳剛才簡直毀了自己的形象，跟我所說妳喜歡拜倫、喜歡詩與詩歌集相牴觸，還是對著他們之中的奧斯朋那樣說！」吉布森太太顯然對辛西雅很不高興。

「可是媽媽，」辛西雅回應道：「我是笨蛋也好，不是笨蛋也罷。如果是的話，就沒什麼好說；如果我不是，他卻沒發現我在開玩笑，那他就是笨蛋了。」

「好了。」吉布森太太應道，被辛西雅這番話弄糊塗了，她要辛西雅再說明一下。

「如果他是個笨蛋，他怎麼看我根本都無所謂。所以不管怎麼說，我剛剛的『笨蛋說』一點意義也沒有。」

「妳這孩子，胡說一通到我都聽不懂了。茉莉眞要比妳好上二十倍。」

「我非常同意您所說的話，媽媽。」辛西雅附和道，轉過身拉住茉莉的手。「是啊！不過，茉莉終歸是茉莉，」吉布森太太再說，仍爲了辛西雅的話在生氣，「妳也該想想妳自己的優點。」

「我怕我喜歡當笨蛋勝於當女學究。」茉莉如此說，因爲「女學究」一詞讓她覺得不舒服，那種不舒服的感覺到此刻還揮之不去。

「噓，他們來了。我聽到餐室開關門的聲音！我從來沒有把妳當女學究的意思，親愛的，所以別一臉生氣樣。——辛西雅，親愛的，妳這些漂亮的花兒是哪兒來的——銀蓮花，是吧？它們襯得妳的膚色好看極了。」

「來吧！茉莉，別沉著臉，一副心事重重的樣子。」辛西雅嚷道：「妳難道看不出來媽媽要我們保持微笑，親切可愛嗎？」

吉布森先生晚間還得出去看診，而漢利家兩兄弟頗高興可上來漂亮的小客廳。這裡有溫馨明亮的爐火、舒適的安樂椅，猶且才幾個人，大家可以圍著火爐坐，除了慷慨大方的女主人，還有討人喜歡的美麗女孩們。羅傑信步走到辛西雅站著的牆角，她正玩弄著手上的小畫屏。

「何陵福特即將舉辦一場慈善舞會，對嗎？」他問。

「是啊！在復活節，星期二。」她答道。

「妳應該會去吧？」

「會的，媽媽打算帶茉莉和我一塊去。」

「妳一定會玩得開心——一塊去嗎？」

打從開始說話到現在，辛西雅這會兒才抬起頭看他。辛西雅眼中閃爍著眞誠無僞的愉快。

「對，當然一起去才好玩。她如果不去，肯定無聊。」

「這麼說來，妳們是好朋友嘍？」他問道。

「我從沒想到我會這麼喜歡一個人——我的意思是說在女孩子裡頭啦！」

她說話時候是這麼情眞意切，他完全明白是她的肺腑之言。他朝她站近了些，將聲音壓低了一點。

「我還急切想知道呢！現在我好高興。我經常想著，妳們兩個不知相處得如何。」

「眞的？」她說，再次抬起頭看他，「在劍橋的時候嗎？你一定很喜歡茉莉！」

「對，我是呀！她和我們在一起好久，且又是在這樣的時候！我差不多把她當妹妹看了。」

「她也非常喜歡你們大家。我對你的印象幾乎都從她而來，她常常提到你們——你們每一個人！」她特別加強語氣說「你們」，表示已過世和在世的人都包括在內。

羅傑沉默了一兩分鐘才再開口：「我不認識妳，甚至也沒聽說過妳的事。因此請妳別怪罪我有點擔心。不過一見到妳就曉得沒問題，我眞的放心了！」

「辛西雅，」吉布森太太喚道，她心想這小兒子已把他小聲說悄悄話的額度用光了，「到這兒來，唱唱那首法國小調給奧斯朋．漢利先生聽聽。」

「哪一首呢，媽媽？是《你該後悔，柯林》嗎？」

「對，這一首好聽又有趣，專教訓年輕男人的小調。」吉布森太太說著，抬頭對奧斯朋笑笑，「它的副歌是：『你該後悔，柯林，你該後悔。如果你有了個女人，柯林，你該後悔。』教訓意味在於萬一有了個法國妻子可能導致的結果。不過，我確定如果是英國男人想著英國妻子的話就另當別論了。」

這當然是選錯歌了，但吉布森太太毫不知情。奧斯朋和羅傑都清楚奧斯朋的妻子是個法國女人，兩兄弟彼此心知肚明，由此倍覺尷尬；而茉莉困惑不已，彷彿自己才是那個祕密結婚的人。不管怎麼說，辛西雅帶勁地唱起這首戲謔的小調來，她母親微笑著，覺得娛樂性極高，全然不曉它有含沙射影的效果在。奧斯朋不自覺走到辛西雅身後，打算在她彈奏鋼琴時幫忙翻樂譜。他把手插入褲袋，眼睛盯著她的手指頭看。她愉悅地彈唱這首戲謔小調，背後站著的奧斯朋則是一臉陰霾。

羅傑看起來也不太開心，不過比他哥哥好多了，事實上他覺得這種情形未免滑稽。他看到茉莉困惑的眼神，還有漲紅的臉，知道茉莉對眼下錯誤的娛樂操了太多心。他挪到她身旁座位，半耳語道：

「為時已晚，不是嗎？」

茉莉在他傾身靠向她時望著他，同樣半耳語回應：「哦，我眞的很抱歉！」

「妳無須如此，他不會記掛太久的。況且一個男人既做出錯誤的決定，自然得承當後果。」

茉莉不知道該怎麼接話才好，便低著頭保持沉默。她看得到羅傑姿勢毫未改變，手也仍舊放在椅背上，很好奇他怎麼一動也不動，終於忍不住抬頭看了一下，原來他正盯著鋼琴前面的那兩個人。奧斯朋熱切地跟辛西雅說話，她澄淨的雙眼望著他，淨是溫柔的專注，而美麗的嘴微張著，彷彿亟欲打斷他的話以便自己可以回答。

「他們在談法國，」羅傑回答了茉莉尚未說出口的問題。「奧斯朋對法國滿熟的，而柯派屈克小姐在那兒念過書，妳知道的。好像很有趣的樣子呢，我們該靠近些，聽聽他們在說什麼嗎？」

這麼有禮貌地問饒是周到，茉莉還以為羅傑要等她答覆。誰知不等她回答，羅傑逕自走向鋼琴，然後靠在琴上加入愉快的聊天陣容，還老實不客氣地直看著辛西雅。茉莉霎時間覺得自己快哭出來了——一分鐘之前他還靠她那麼近，那麼愉快、那麼私密地跟她說著話，現在，他似已忘記她的存在。然而，她認爲這樣想是錯的，誇張地把過錯都歸到自己身上。「邪惡」且「忌妒辛西雅」，還有「個性不好」、「自私」等等，她拚命把這些詞彙往自己身上套，但一切於事無補，最後她還是覺得自己很壞。

吉布森太太打斷了茉莉原以爲會沒完沒了的聊天，她手上編織進展到了非常複雜的地步，必須一直數著幾針幾針，無暇顧及她的要務——也就是讓全世界的人都知道，她是個公正無私的繼母。辛西雅已經唱歌也彈過鋼琴，現在得讓茉莉上場表現了。辛西雅的歌唱和彈琴既輕鬆又優雅，卻遠遠談不上正確，可是她人長得這樣標緻，除了音樂狂熱分子，有誰會去計較她彈錯和弦或少奏了幾個音符？茉莉恰恰相反，耳朵靈得很，有如受過良好訓練，且一方面出於天性、一方面爲求好，彈錯了一小節可以不厭其煩地練上二十遍。然而她害羞在眾人面前彈奏，一旦被逼著做就會彈得非常吃力，比任何人都更討厭自己的彈奏。

「茉莉，現在換妳去彈了。」吉布森太太說：「親愛的，彈寇克培納那首優美曲子給我們聽。」

茉莉祈求地望著她的繼母，沒什麼效果，口氣變得溫和之餘仍是個命令。

「親愛的，快去呀！妳可以彈得很正確的。我知道妳很緊張，可是他們都是朋友，沒關係的。」

於是鋼琴前方起了小小騷動，茉莉坐上了她的受難座。

「拜託，請你走開些！」茉莉對奧斯朋說，他站在她後面準備幫忙翻樂譜。「我自己來就行了。

還有，哦，你們繼續聊天吧！」

奧斯朋不顧茉莉請求，依然站在那兒不動。至於吉布森太太，因爲先前忙著數幾針幾針的，累壞了，坐在火爐旁邊沙發角落裡打起盹來。羅傑剛開始還應著茉莉要求而談了幾句，後來發覺和辛西雅聊天實在有趣，弄得茉莉得從坐著的地方偷看辛西雅，因而好幾次忘了自己彈到哪裡，只見羅傑站在辛西雅旁邊，專注聽著辛西雅低聲回應他所說的話。

「好了，我彈完了！」茉莉一彈完可怕的十八頁樂譜就立刻站起來，「我想，我再也不要坐在這兒彈了。」

奧斯朋笑她反應太過強烈，辛西雅接過話去，於是變成大家一起聊天了。吉布森太太不論做什麼事情都不失優雅，這會兒她優雅地從睡夢中醒來，不費半點吹灰之力，自然而然又跟大家聊在一塊，幾乎讓在場的人都相信她從沒打過盹呢！

譯註：

①〈夏蘭的囚徒〉（*The Prisoner of Chillon*），是拜倫所寫的長篇敘事詩。全詩長三百九十二行，故事描述十六世紀日內瓦一位被囚禁僧侶弗朗索瓦・博尼瓦（*François Bonivard*）的心路歷程。

②強尼・吉爾平（Johnnie Gilpin），十八世紀一部知名漫畫歌謠中的人物。

第二十五章 何陵福特喧鬧起來

何陵福特全鎮都覺得今年復活節是個大日子，務得好好準備。當地人穿著新衣慶祝復活節的習慣，實是爲了堵住愛說三道四的長舌婦而流傳下來的行爲，因爲那些人要是發現有誰沒穿新衣服就說誰不虔誠。大部分的婦人家都發現與其拿著一方小小的新手帕，裡頭穿著看不到的新襯裙或新內衣，最好還是穿別人能共睹的明顯裝扮，這樣長舌婦便沒話好說了。所以，虔誠需要的就是一頂新帽子或一襲新禮服，一雙復活節新手套尤不可缺。羅絲小姐店裡在復活節前夕因此忙得不可開交。另外，今年有場慈善舞會。艾斯坎伯、何陵福特及可爾翰是三個相鄰的小鎮，人口差不多，彼此距離相近，就像位於等邊三角形的三個點。他們模仿了大市鎮歡度節慶的作法，三個小鎮輪流舉辦爲郡內醫院募款的年度慈善舞會，今年恰好輪到何陵福特。這是展現待客殷勤的大好時機，每一戶愛表現的人家都「客」滿爲患，鎮上馬車早在幾個月前已被預訂一空。

吉布森太太很想邀奧斯朋，若邀不到就退而求其次，改邀羅傑．漢利跟他們一塊赴舞會，然後請他到家裡來住一個晚上，或者——說眞的，有任何鄉紳子弟需於吉布森家借宿一晚，她都樂意讓自己的更衣室回復原貌，也就是變回空房間好安排給客人住。不過，要是叫她接待先前在艾斯坎伯認識的那些衣著難看的平凡女人，她就不太樂意幫忙了。至於普瑞斯頓先生，吉布森太太覺得可列入考慮，因爲普瑞斯頓先生畢竟也算得上英俊又有錢的年輕人，還是名好舞伴。儘管如此，仍有需要商榷之處。吉布森先生倒想回報一下這位人士在他結婚時的殷勤款待，偏偏不知怎地，他不挺喜歡普瑞斯頓先生，覺得無需勉強，不必硬要展現出殷勤待客之心而讓自己不舒服。吉布森太太本身和普瑞斯頓先生有過些嫌隙，可是她並不怎麼記仇，亦不想尋隙報復，對於這號人物她是既害怕又欣賞。此外她也說過參加舞會沒有男士相陪甚是奇怪，因為吉布森先生又不一定會去！總而言之，基於上述理由，加上和解為最上策，吉布森太太傾向於邀請普瑞斯頓先生來家裡作客。

辛西雅一聽到他們討論這個問題，或說，這問題在吉布森先生外出時被拿出來討論——她就說如果普瑞斯頓先生在節慶中住進他們家，那她說什麼也不去參加舞會了。她說這話時，不是情緒激動也不是氣憤，而是暗自下定決心的樣子，教茉莉看了頗覺驚訝。茉莉瞧見辛西雅專注於手上工作，絲毫不打算和別人眼神交會，也不打算作進一步的解釋。吉布森太太也是，看起來相當困窘，有一兩次看她很想發問，竟不像茉莉所預期的生起氣來。她偷偷看著辛西雅，約莫一兩分鐘不說話，然後結論道：反正她也不方便讓出試衣間。故此大家都覺得最好莫再提這件事了。所以在慈善舞會期間，吉布森家未邀請任何人到家中作客。只不過，吉布森太太還是公開說她好遺憾沒能接待任何人，希望在何陵福特這三年一次的舞會再度舉行前，他們家能加蓋房間。

另一個讓何陵福特熱鬧不已的原因就是，伯爵一家可望在復活節前回到陶爾莊園，他們這一次離開得比往常都久。最近，薛勝客先生騎著他那匹健壯結實的矮腳馬跑來跑去，忙著聯絡泥水匠、石膏師及裝玻璃的工人，至少在外觀上整理打點一下「我們伯爵」在小鎮上的產業，把它們維修得一級棒。鎮上大部分土地、房屋都是伯爵的，其他則分屬於不同的地主，也有些是住戶自家財產，但是輸人不輸陣，全鎮於焉颳起了一股整修風。洗牆壁的、刷油漆的紛紛在街道上架起梯子，有些過路購物的淑女們全都得抓起裙襬又踮起腳尖，小心翼翼地穿梭其中，形成一幅不復得見的畫面。陶爾莊園的管家與僕從也不時出沒街道上，到不同店家下訂單，或到他們最喜歡的店裡去採買垂涎已久的點心。

海芮小姐在全家返歸陶爾莊園的次日就去拜訪昔日的家庭教師了。她到達吉布森家時，茉莉和辛西雅剛好外出，吉布森太太要她們幫忙跑腿辦些事情。吉布森太太一直覺得海芮小姐會找時間過來拜訪，且不無期望最好挑在只有她獨自在家，這樣她和海芮小姐的談話就沒他人知道了。

吉布森太太並未告訴茉莉關於海芮小姐請她代爲問候之意，只興高采烈、眉飛色舞地說起陶爾莊園相關訊息。梅帖公爵夫人和她的女兒愛麗絲小姐正在前往陶爾莊園途中，她們將於舞會當天到達，也將出席舞會。說起「梅帖鑽石」可是相當出名呢，這是第一則消息。第二則消息是將有許多男士聚往陶爾莊園，有英國人也有法國人。這則消息依其重要性，本應是最先被宣布的——如果那些男士是來跳舞或可能成爲舞伴的話，不過據海芮小姐透露，他們是何陵福特爵士的朋友，充其量不過是群沒有用的科學愛好者而已。然後，最後一則消息是吉布森太太將於第二天赴陶爾莊園享用午餐。肯莫伯爵夫人寫了封短信託海芮小姐帶來，內容是邀請她，希望她能自行前往，到了下午，莊園裡就有馬車可送她回家。

「那親愛的伯爵夫人！」吉布森太太在長達一分鐘的休止之後吐出的獨白，語氣備極感性，堪爲今天下午的終結。

過午之後，吉布森太太說起話就附著貴族氣息。她帶進吉布森先生家的少數幾本書中有一本是粉紅色書皮，她讀著書裡面寫的「雅道夫斯．喬治，梅帖公爵」等等的，直到她完全熟識了伯爵夫人的關係背景還有可能的利益後，才放下書本。吉布森先生晚上回家時發現自己置身非常陶爾的氣氛中，噘嘴吹著滑稽的口哨。茱莉感覺得出她父親的詼諧滑稽其實帶著些煩躁，類似情況的發生次數遠超過她所樂於見到的了，其實，並非說她想要因此歸納出什麼，或是她要追本溯源找出她父親煩躁的原因爲何，而是只要知道父親有一丁點的煩躁或怒氣，她心裡都會忍不住覺得不好受。

他們當然給吉布森太太叫了輛馬車。大約午後，她就回到家了。她絕口不提今天跟伯爵夫人的見面有多令人失望，她向來是報喜不報憂的，也完全沒說她在伯爵夫人的早晨休息室等了個把鐘頭，除了曩昔某位老朋友外完全沒人作陪，直到海芮小姐忽然走進來，驚叫道：「啊，克萊兒！親愛的！妳在這兒做什麼？媽媽知道嗎？」接著，跟她熱情地聊了一陣後，急忙出去找母親。伯爵夫人知悉此事，只是她太專心給公爵夫人出主意，以及分享給女兒辦嫁妝方面的經驗，沒留心吉布森太太耐著性子一個人孤單等了好久。而吉布森太太本打算吃的午餐，又被肯莫伯爵誤以爲她是要吃晚餐，所以殷勤地從大桌子另一頭高聲叫著，要她記得，這是吃晚餐，此舉簡直又讓她今日心情雪上加霜。她盡量提高她溫柔的聲音，大聲回道：「哦，伯爵！我正中午是不吃肉的。我午餐向來不大吃東西。」不過，說了也是白說，她的聲音飄散在空中。興許伯爵夫人心想何陵福特醫生的妻子晚餐吃得早；也就是說，如果夫人她紆尊降貴還能想得起來吉布森太太是應邀來吃午餐這碼事的話，如果她能想起何陵福特有個醫生，而醫生的妻子是個風韻猶存的美麗優雅女人，正把面前連吃都沒吃的食物給送走——她其實想吃東西的，因爲她坐了馬車過來，又孤獨在屋裡等了好久，都餓壞了。

然後，過了午餐時間，吉布森太太終有機會和伯爵夫人私下聊天，聊天的主軸大致如下——

「呃，克萊兒！我多高興見到妳。我一度還以爲再回不來陶爾了，可是我回來啦！巴斯那邊有個人眞是厲害啊，有位叫史內普的醫生，他終於把我治好了，讓我恢復健康。我認眞在想，如果又病了的話，得找他過來給我看病才行。能找到個醫術高明的醫生實在太好了！對了，我老忘了妳已經嫁給吉布森先生，當然，他也是個好醫生。——馬車再十分鐘到門口，布朗，叫布瑞麗把我的東西拿下來。——咦，我要問妳什麼？哦！妳跟妳的繼女相處得怎麼樣？我覺得她似乎是個頗有自己意見、挺頑固的姑娘。欸，我有封要寄的信不知放哪兒去了，我想不起來。去幫我找找看吧——真是個好女人。到我房裡去，看看布朗有沒有找到，那封信挺重要的呢！」

吉布森太太勉強走開去，她可有好幾件事要問的，遑論想聽的家庭八卦連半件也沒聽到。可是機會不再，因為當她對伯爵夫人所交辦任務一無所獲的回來時，肯莫夫人正和公爵夫人聊得起勁，手裡拿著那封她找不到的信。只見肯莫夫人還把那封信當成指揮棒，用來加強說話的語氣，「每一件小東西都是從巴黎來的！每一件小——東——西哦！」

肯莫夫人哪會為自己給別人造成無謂的麻煩來道歉，而且，交代找信似乎是她今天對吉布森太太說的最後一句話了，肯莫夫人就要陪著公爵夫人一塊坐馬車出去。不過，她派了馬車送克萊兒（她堅持要叫吉布森太太為克萊兒）回何陵福特，那輛馬車跟在伯爵夫人的豪華馬車後邊，在門口停下。吉布森太太走到門口準備離去，海芮小姐從身旁一堆穿戴好要出門散步的男男女女當中抽身出來，跟吉布森太太道再見。

「我們舞會上見了，」海芮小姐說：「妳會帶妳兩個女兒一起去才是，當然了。我到時候再跟妳多聊。屋子裡有這一堆客人，我跟妳今天是沒機會再見面了，妳也知道的。」

以上就是事情的經過，不過吉布森太太一回到家中便換上了愉悅的臉色，對她的聽眾們歡喜地轉述今天見聞。

「陶爾莊園裡接待了許多人——哦，是啊！好多人呢，公爵夫人和愛麗絲小姐，葛雷先生和葛雷太太，亞伯特．孟頌爵士和他妹妹，以及我的老朋友，那位禁衛騎兵隊的詹姆斯隊長……事實上，還有好多人。不過，我當然還是較喜歡到肯莫夫人房裡去，在那兒我可以和肯莫夫人還有海芮小姐安靜地聊天，不受樓下熙來攘往的人影響。但我們還是得下樓用午餐，於是就碰到了以前的老朋友，免不了又敘敘舊聊兩句。不過啊，實在沒辦法跟任何一個人好好地說上話。肯莫伯爵看到我似乎非常開心，雖然我們中間隔了六七個人，他還是不時客氣地提高嗓子越過他們跟我說話。午餐之後，肯莫夫人也問了我好多問題，想知道我的新生活過得如何，她對我簡直像對待女兒一樣。說實在的，我們聊得好開心，不過，公爵夫人一進來，我們只好討論起她要為愛麗絲小姐準備嫁妝的事。海芮小姐和我約好舞會上見哦，她眞是位有眞感情的善良人兒。啊，海芮小姐！」最後的感嘆是以一種無限感恩的口吻吐出。

在舞會舉辦的那天下午，一名僕人從漢利家快馬送來兩束美麗的花，附上：「漢利家的先生們，對吉布森小姐及柯派屈克小姐致意」。

辛西雅最先接到花束，她手舞足蹈地進入客廳裡，兩手各捧著一束花，誇耀般展示著，然後舞步輕盈地來到茉莉身旁。那時茉莉正坐著看書，打算在晚間舞會開始之前就這樣打發時間。

「看，茉莉，快看哪！有人送花來給我們了！送花者萬歲！」

「誰送的？」茉莉問道，接過其中一束，喜不自勝地欣賞著花朵的嬌豔。

「誰送的？當然是那兩位優秀的漢利先生啦！眞是紳士風度，對吧？」

「他們人眞好！」茉莉說。

「我相信這八成是奧斯朋的主意。他常到國外去，那兒送花給年輕女士是一種普通禮儀。」

「我不知道妳爲什麼覺得這是奧斯朋的主意！」茉莉說道，稍許臉紅，「羅傑·漢利先生以前就經常紮花束送給他母親，有時也會送給我。」

「好了，別管這是誰的主意或是誰紮的花束了，我們拿到花了，這就夠了。茉莉，我確信紅色花朵配妳的珊瑚項鍊和手鐲剛好。」辛西雅說著便從花束中抽出幾朵山茶花來，那是種罕見的花。

「哦，拜託，不要這樣！」茉莉驚叫，「妳沒看這些花是依照顏色小心排在一起的嗎——他們用心良苦呢，拜託，不要這樣。」

「胡說八道！」辛西雅回應，繼續抽出花朵，「妳瞧，這些還夠的。我要給妳編一個小花環——縫在黑色天鵝絨上，前所未見——就像法國流行的一樣！」

「哦，眞不好意思！整個花束都毀了。」茉莉說。

「沒關係！我來拿這毀了的花束好了，我可以把剩下的花再紮成美麗的花束。妳拿這一束吧，原封不動的。」辛西雅依照自己品味整理起深紅色的花苞和花朵。茉莉默默無語，只看著辛西雅靈活的手指頭串起花環。

「好了，」辛西雅終於說道：「把它縫在黑色天鵝絨上，要避免花朵枯萎哦！到時候妳就曉得有多漂亮了。而這束原封不動的花束裡頭有足夠的紅色花朵，可以映襯妳的裝扮！」

「謝謝妳，」開口的人動作輕緩，「可是拿著剩下花朵做成的花束，妳不介意嗎？」

「不介意，紅花跟我的粉紅色衣服不搭。」

「可是——我敢說他們肯定是很用心地紮了這兩束花的！」

「也許是。但我在選顏色時候是不受情緒干擾的，粉紅色衣服讓我有所受限。而妳，穿的是白色禮服，再綴點深紅色就像小雛菊一樣，跟什麼都很搭。」

辛西雅把泰半時間精力都用來打扮茉莉，把聰明伶俐的女僕留給她母親專用。吉布森太太對於怎樣打扮自己簡直比兩個女兒還緊張，她十分看重這場慈善舞會，經過深思熟慮之後，決定穿上那襲珍珠白的軟緞結婚禮服，搭配大量蕾絲還有白色及其他色澤的丁香花。辛西雅是最不在意這場慈善舞會的一個。茉莉則把生平第一次舞會所做的出場裝扮視爲一回嚴肅的裝扮典禮，一項令人緊張的事件。辛西雅緊張程度其實不在茉莉之下。只不過茉莉是希望自己的穿著得體，不過分引人注目就好，辛西雅卻想要把茉莉裝扮得優雅迷人，突顯她本身特色，包括奶油色的肌膚、豐盈的黑色捲髮及美麗的杏眼，還有害羞可愛的眼神。辛西雅花了許多精力打造心中完美的茉莉，沒剩多少時間裝扮自己。準備妥當的茉莉坐在辛西雅房裡一張矮椅上，看著眼前的可人兒迅速移動著，辛西雅穿著襯裙站在鏡子前面梳理頭髮，很快就做出美麗的效果。最後，茉莉長嘆一聲，說：「我好想變美！」

「怎麼，茉莉？」辛西雅轉過身來，面露驚訝。看到茉莉臉上純眞帶悵惘的表情時，她自動反省了本來想說的話，半微笑看著鏡中的自己，開口道：「法國女生會跟妳說，『相信妳自己是美麗的，就會變美麗。』」

茉莉沉思了一下，然後答道：「我猜她們的意思應該是，如果妳已知道自己是美麗的，就不會去想自己看起來怎麼樣。妳會很自信自己是受歡迎的，而這攸關——」

「聽著！舞會八點整開始。別再費心去解釋法國女生話裡的意義，過來幫我把禮服穿上，親愛的女孩。」

兩個女孩打扮妥當，站在辛西雅房裡火爐旁等著馬車過來之際，瑪麗亞（接替貝蒂職務的人）匆匆地走進。瑪麗亞是吉布森太太的貼身女僕，會趁著做事的空檔快速上樓，假藉提供服務以看看年輕小姐們的裝扮。這麼多漂亮的服飾看得她好興奮，忍不住一個勁地往樓上跑，這一趟已經是第二十次了，不過這次她手裡多了一束美麗更勝前兩束花的花束。

「柯派屈克小姐！不，不是給您的，小姐！（因為茉莉就站在門邊，想先伸手接過去再拿給辛西雅）這是要給柯派屈克小姐的，附有一張卡片！」

辛西雅沒說話，只接過卡片和花束。她攤開卡片，茉莉便可同時看到內容寫些什麼——

我給您送上一些花，希望能在九點左右和您跳上一支舞。我怕在那之前無法到達。——小普

「這是誰呀？」茉莉問。

辛西雅看似一臉怒氣，而且既氣憤又難堪，臉頰都變蒼白了，眼裡充滿怒火。——這到底是怎麼一回事？

「是普瑞斯頓先生，」她回答茉莉：「我才不要跟他跳舞。他的花去——」火爐當中殘存餘燼，她立刻把花束放入餘燼中翻攪，美麗花瓣瞬間凋萎。她像要盡快把這些美麗的花毀屍滅跡似的，儘管她聲音沒拔高仍舊甜美一如往常，而動作雖然迅速，卻也不見草率粗暴。

「哦！」茉莉說：「那些漂亮的花！我們也許該把它們放在水裡的。」

「不，」辛西雅說：「最好把它們給毀了。我們不要那些花。一看到那些花，就會想到那個男

人，我受不了。」

「那張卡片的寫法很沒禮貌，」茉莉說：「他有什麼權利那樣署名呀，沒頭沒尾只有暱稱。辛西雅，妳在艾斯坎伯時跟他很熟？」

「哦，我們不要再想起跟他有關的事了，」辛西雅答道：「想到他也去舞會，我就覺得興致全沒了。不過，希望在他來之前我就有舞伴了，這樣才不用跟他跳舞——還有，妳也是！」

「啊！他們在叫我們了。」茉莉嚷道，於是兩人小心翼翼注意著身上衣服快步下樓，到吉布森夫婦等著她們的地方去。

是的，吉布森先生也要去，但若有病人需看診就得先行離開。茉莉看到著正式禮服的父親，忽發覺他眞是個英俊的男士。而吉布森太太看起來也相當美麗！簡言之，當晚踏進何陵福特舞會會場的人，就數這四位最搶眼了。

第二十六章 慈善舞會

現在，除了跳舞的人以及跟著單身小姐出席舞會的保護人外，頂多只有幾位還算感興趣的親友們出席舞會而已。可是當茉莉和辛西雅年幼時，也就是鐵路問世之前，不像現在這樣有火車可方便載送人們到倫敦之前，大家都喜歡到舞會去欣賞光鮮亮麗的人群，享受雲裳鬢影的華麗氣氛，而一年一度的慈善舞會尤爲大家心之所向。

對英國鄉間城鎮裡無數的老小姐們來說更是如此，儘管過了愛跳舞的年紀，也已卸下保護人的負擔，舞會仍是她們所公認最受歡迎的消遣娛樂。她們總是喜孜孜地穿上最好的衣服再配上蕾絲飾帶，現身舞會，望著鄉間充滿貴族氣息的大財主，跟著同年齡人們咬耳朵聊是非，好奇但不失友善地猜測著周圍的年輕人有哪椿浪漫韻事。

對布朗寧小姐們來說不論何事，只要讓她們無法參加慈善舞會，她們便會覺得自己是藉故不賞光，欺瞞了年度盛會而傷心得不得了。猶且，輪到艾斯坎伯或者可爾翰舉辦年度舞會，若當地的朋友們沒邀她們過去參加的話，布朗寧小姐就會怒氣發作，而菲比小姐會倍感委屈，其實那些朋友也同她們一樣，早在二十五年前就讓出舞臺給年輕人了。不過，她們依舊喜歡流連於那個當年最愛的場景，看著年輕一代翩翩起舞，忘了自己「老之將至」！她們選用的交通工具是何陵福特難得僅存兩頂轎子其中的一頂。這等夜晚爲同樣碩果僅存的兩位老轎夫帶來可觀收入，他們穿著制服小跑步，來來去去接送女士們及打扮入時的賓客。其實當時可用的交通工具有驛馬車，還有單匹馬拉的馬車，不過在經過深思熟慮之後，布朗寧小姐決定沿用舒服的傳統，選擇坐轎子進場。她在跟一位住宿她們家的賓客白波小姐談到「轎子」時說：「可以在接待室裡舒服地上轎，裡頭空氣暖呼呼的，他們再輕輕地把妳抬起來，把妳送往另一個溫暖的屋裡去，既牢靠又溫馨。妳不用因上下樓梯而露出腳，直接步出『轎子』就行了。」不過當然了，一次只能坐一個人。然而，布朗寧小姐此時又展露了管理的才華，總把一切安排得妥妥貼貼，如同她們家另一位賓客洪波小姐所讚許的。

洪波小姐先到，她在溫暖的衣帽間等候接待家庭的女主人，隨後兩人手勾著手並肩走進舞會大廳，找著方便的座位，可以看著陸續進來的人亦可跟經過的友人打招呼。直到菲比小姐和白波小姐進入會場，她們一來便坐進布朗寧小姐爲她們預留的座位。後到兩位較年輕的小姐也是手勾著手走進來的，不過臉上表情和舉止皆帶著點靦腆的慌亂，不似她們兩位前輩（大個兩三歲左右）那般泰然自若。當四人到齊之後，她們便深吸了口氣，打開了話匣子。

「依我看，這個地方比我們艾斯坎伯的法院還要好！」

「瞧瞧，裝飾得多漂亮啊！」白波小姐忍不住道：「這些玫瑰種得眞好！妳們在何陵福特的品味眞是不同凡響。」

「坦伯斯特太太在那邊耶，」洪波小姐叫道：「她說她和兩個女兒在薛勝客先生家作客。普瑞斯頓先生也住在那兒，可是我想他們應該不會一塊來才對。看！那是年輕的洛斯可先生，我們的新醫生。我看，艾斯坎伯的人好像全都來了。洛斯可先生！洛斯可先生！請過來這裡，我介紹你跟布朗寧小姐們認識認識。她們是我們的朋友，也是接待我們的人家。布朗寧小姐，我敢跟妳保證，我們的新醫生醫術高明。」

洛斯可先生鞠躬爲禮，聽到對自己的讚美假笑了一下。不過，對於這名位處吉布森先生診區邊緣的醫生，布朗寧小姐並不打算施予任何讚美。她對洪波小姐說：「我確信妳一定很高興在緊急時候，或者毛病太小而不好意思麻煩吉布森先生過去的時候，有個人可解燃眉之急。話說回來，我認爲洛斯可先生如有機會觀摩吉布森先生的醫術，將受益匪淺！」

倘使洛斯可先生不是在這節骨眼上剛好聽到吉布森先生一家駕臨的消息轉移了注意力，沒怎用心聽布朗寧小姐說些什麼的話，他也許會更覺委曲。因爲就在布朗寧小姐快說完嚴肅中帶鄙視的話時，洛斯可先生向站在他旁邊的洪波小姐問：「那位剛走進來，身著粉紅色服裝的可愛女孩是誰？」

「啊！那是辛西雅．柯派屈克！」洪波小姐回答，拿出笨重的金邊眼鏡確認事實，「她出落得眞是標緻！說實在的，她離開艾斯坎伯有兩三年了，她當時候就是個亭亭玉立的少女啦。人們常說普瑞斯頓先生非常中意她，只是她還這樣年輕！」

「您可以幫我引介一下嗎？」年輕的外科醫生按捺不住地說：「我想請她跳支舞。」

洪波小姐和舊識吉布森太太敘完舊，順利完成了洛斯可先生託付的任務，介紹他們認識之後，她隨即回到座位上和布朗寧小姐說起悄悄話。

「唉，說眞的，我們還眞是謙遜哪！我還記得那時柯派屈克太太身穿舊的黑色禮服，充滿感激又禮貌周到地接下學校管理工作，也讓她自己生活有了著落。而現在，她一身光鮮亮麗的衣著，跟我說話時還一副想了半天才想起我是誰的樣子！前不久，坦伯斯特太太才來問我，如果送上一塊布給柯派屈克太太修補她的丁香色絲質禮服不曉得會不會失禮，柯派屈克太太會不會不高興哩，因爲在前一天晚上，坦伯斯特太太的女傭不小心把咖啡灑在柯派屈克太太的衣服上。她收下了那塊布喲，還感激得很，而現在！她穿的可是珍珠白的綢緞呢！那時候她想到可以嫁給普瑞斯頓先生，就喜不自勝了。」

「我以爲妳說普瑞斯頓先生欣賞她女兒。」布朗寧小姐提醒她身旁氣呼呼的朋友。

「啊！也許我是這麼說過，事實興許就是如此。我只能說我也不懂這到底是怎麼回事，可普瑞斯頓先生經常待在學校裡的。現在接管學校的是狄克森小姐，我確定在狄克森小姐管理之下，學校的營運比以前好得多。」

「伯爵伉儷都很喜歡吉布森太太，」布朗寧小姐說：「我知道是因爲海芮小姐去年秋天來我們家一塊喝茶時告訴我們的。伯爵和伯爵夫人希望普瑞斯頓先生可以多照顧一下當時住在艾斯坎伯的吉布森太太。」

「哎喲喂呀！妳可千萬別把我剛才那些關於普瑞斯頓先生與柯派屈克太太的話跟海芮小姐說。我可能弄錯了，況且我也只是講『人們常說』而已。」

洪波小姐明顯警覺到這種八卦萬萬不可傳到海芮小姐耳裡，甚且由此看來，海芮小姐和她在何陵福特的朋友們交情匪淺。布朗寧小姐也樂得讓這種印象存在著：海芮小姐到她們家喝過茶，還有可能再去。不管怎麼說，布朗寧小姐這麼一提即夠讓她的朋友心生畏懼，足可報復洪波小姐在她面前稱讚她們新來的醫生有多好這件事了，到底布朗寧小姐可是吉布森先生的忠實粉絲哪！

另一方面，白波小姐和菲比小姐則沒有偶像要維護，便談論起周圍人們的衣著來。她們先從彼此開始恭維。

「妳戴的這頂無邊帽美極了，白波小姐，我打從心裡覺得這帽子跟妳的膚色好配呀！」

「妳說眞的？」白波小姐難掩心中喜悅。都四十五歲的人了還能有「膚色」可言，眞是大事一樁。「這帽子是在史邁頓鎭的布朗先生店裡買的，特別爲這次舞會準備。我想我得穿戴個什麼好讓身上禮服增加亮點。這衣服不新了，可是我又不像妳有那麼漂亮的珠寶……」她邊說，邊帶著羨慕眼光盯看別在菲比小姐胸前那鑲嵌著珍珠有如盾牌似的小肖像圖。

「它的確好看，」對方答道：「這是我摯愛母親的小像。莎莉的則是我父親的小肖像。這兩塊小肖像同一時間做成，恰就在那個時候我叔叔過世了，他留給我和莎莉各五十英鎊的遺產，我們決定拿來給小肖像鑲嵌珍珠做成飾品。正因爲這兩件飾品如此珍貴，莎莉總把它們跟最好的銀器鎖在箱子裡，再把箱子藏在某處。她從不告訴我藏在何處，說我是個膽小鬼，哪天要是有竊賊闖進，用上了膛的手槍指著我的頭問家裡最好的盤子和珠寶藏在哪裡，我鐵定會老實說出來。她還說，至於她，是怎樣也不會吐露藏匿地點的。唔，我希望她千萬別遇上這種情況試膽才好。——不過，這就是我不常配戴它的原因了。我才戴第二次而已，平常連想看看都不成，今晚要不是莎莉拿給我，說要向全身上下戴滿鑽石的梅帖公爵夫人致敬，我還沒法戴上它哩！」

「我的媽！眞的呀！妳知道麼，我這輩子還沒看見過一位公爵夫人。」

白波小姐說完坐直身子，又伸長脖子，似下定決心按照三十年前在寄宿學校時所受的教導，遇見尊貴夫人須「舉止合宜」以示敬意。不一會兒，她忽然離開座位去拉拉菲比小姐，說：「快看，看哪！那是我們的法官喬姆林先生（他在可爾翰是個家喻戶曉的人物），穿著紅色綢緞的那位是喬姆林太太，還有我敢說那兩位是在劍橋念書的喬治先生和哈利先生。喬姆林小姐和美麗的蘇菲小姐也來了。我想過去跟他們說說話，偏偏沒有紳士陪同，自己一個人穿過舞會大廳怪可怕的。啊！那是肉販寇克斯和他老婆！哦，全可爾翰的人幾乎都來了。只是我實在想不通，寇克斯他老婆怎穿得起那樣一件禮服呢？我知道寇克斯跟我弟弟買羊的錢都還沒付清呢！」

就在此時，由兩把小提琴、一座豎琴加上一根應景的黑管所組成的樂隊，已經調好音，各就定位準備妥當。隨即開始演奏第一支輕快的鄉村舞曲，跳舞的人應聲翩翩起舞。吉布森太太暗自對辛西雅有些惱火，因爲她覺得辛西雅太早下去跳舞了，現在下去跳的清一色都是何陵福特的下層平民，舞會八點開始，他們絕對準時下場，每分每秒用力跳個盡興，以免浪費了付出去的娛樂費。

吉布森太太看著坐在身旁期盼下去跳舞而不時用她小巧可愛的腳跟著音樂節奏打拍子的茉莉，說：「妳親愛的父親總是非常準時！但今晚，準時似乎是可悲的，我們認識的人都沒這麼早來。」

「哦！我看到好幾位我認識的人了。史密頓夫婦，還有他們善良又好脾氣的女兒。」

「是哦！妳可以把書商和肉販也算進去嘍！」

「爸爸發現來了好多朋友，可以跟他們聊聊天呢！」

「病人，他們是妳爸爸的病人——算不上朋友好麼，親愛的。那邊倒是有幾個體面的人。」她的視線落在喬姆林一家身上，「不過，我猜他們肯定是駕著馬車從鄰近的艾斯坎伯或可爾翰過來，抓不準時間才會早到的。陶爾莊園裡的一群人不知何時才到……啊！艾希頓先生和普瑞斯頓先生在那邊。來吧！大廳裡的人開始多起來了。」

就這樣人越聚越多，人們都說這是場很棒的舞會。

陶爾莊園一行人浩浩蕩蕩地來到，以鑽石聞名遐邇的公爵夫人也置身其中。每逢這樣的場合，當地歡慶的會場總是擠滿了人，最先到的非平凡市井小民莫屬，他們樂得占據整個空間；稍後到的乃是鄉紳階層以上的人，他們之中最受矚目的自然是領主陶爾莊園那一家子了。不過今天晚上，他們非比尋常地晚到，空氣中少了貴族氛圍，那些自認身分地位高於一般市井小民的人都覺得，在這等氣氛下跳舞實在無聊得很。話雖如此，他們倒也盡量自得其樂，每個人都蹦跳得眼睛發光，雙頰也因運動和興奮而閃著光輝。某些較謹慎的父母擔心隔天的職責，開始思考著何時該回家，然大家似都有意無意地表現出對公爵夫人及其鑽石的好奇，畢竟梅帖鑽石在上流社會中擁有響噹噹的名氣，經由貴夫人的貼身侍女和管家們口中流洩到普羅大眾的耳中。

吉布森先生如他自己之前所預測的，有事得暫時離開舞會，事情一辦完又回到妻子身邊。在他缺席時候，吉布森太太刻意跟布朗寧小姐們及其他認識的人保持距離，因爲這些人都想著若跟她說上話，那麼，等陶爾莊園賓客駕到，他們也能夠藉吉布森太太的關係沾點光。倘非辛西雅來者不拒，有人來邀就下去跳舞，在莊園裡作客那群青年俊秀定然一來便會四處物色美女邀爲舞伴的。誰曉得一支舞跳下來會產生什麼結果呢？茉莉也是，儘管舞跳得不比辛西雅好，且稍嫌靦腆而沒那等優雅大方，也在舞會裡玩得不亦樂乎。況且說實在的，她也是每支舞都想跳，舞伴是誰根本無所謂。

照吉布森太太的標準，那些貴族仕紳是看不上茉莉的。整個晚上，吉布森太太對站在她旁邊的人都嫌不耐煩。她稍微轉向另外一邊，卻看到普瑞斯頓先生正盯著茉莉和辛西雅起身的座位猛瞧。他臉色十分陰沉，若非吉布森太太恰與他目光相遇，還眞不想跟他說話。不過，看樣子是躲不掉了。

「這舞會大廳的照明不太好，是吧，普瑞斯頓先生？」

「沒錯。」他回應：「不過，誰會想把這髒污老舊的牆壁弄亮一點呢？更何況這兒還有冬青樹，更增添了陰暗度。」

「還有這些人也是！我向來認爲光鮮亮麗的衣著能讓整間屋子明亮起來。可是你看看在這裡的這些人，大部分女士們都穿著暗色的絲質服裝，跟在參加喪禮沒兩樣。不過，等衣飾華麗、精神抖擻的大戶人家一到，整個地方就會變得不一樣嘍。」

普瑞斯頓先生未答腔。他拿出眼鏡戴上，顯是爲了觀察跳舞的人。

順著他的方向看去無誤的話，便會發現他憤怒地盯視著一個輕快飛舞的粉紅色目標。其實，除了他之外還有許多人也目不轉睛地看著辛西雅，只不過那些人心中少了憤怒。吉布森太太不善於觀察這樣的情形，遑論解讀人家臉色，她只覺得眼前的普瑞斯頓先生堪稱風度翩翩的帥小子，她寧願跟他閒聊也不願加入圍在她身旁那群討人厭的庸俗女人，更不想一個人枯坐著等陶爾莊園那一群人。於是她簡單地攀談：「普瑞斯頓先生，您沒跳舞啊！」

「是啊！我約的那名舞伴出了點差錯。我等著她跟我解釋。」

吉布森太太沉默了，不舒服的回憶如浪潮般向她襲來。她，也像普瑞斯頓先生一樣看著辛西雅。

一曲終了，辛西雅漫不經心、若無其事地走過大廳，由哈利．喬姆林先生護送著回座。她在普瑞斯頓先生旁邊空位坐下，把她母親身旁的空位留給茉莉。茉莉稍後也回到了座位上。辛西雅簡直完全無視於身旁普瑞斯頓先生的存在。

吉布森太太傾身向前，對她女兒說：「方才送妳回座的那位舞伴眞是個紳士，親愛的，妳眼光越來越好了。我先前還眞以妳爲恥，竟然跟個律師的員工跳舞。茉莉，妳知道方才跟妳跳舞的是誰麼，我剛剛才發現那傢伙是在可爾翰開書店的。」

「難怪他對我想讀的書都瞭若指掌。」茉莉急切相應，對她繼母的說法頗不以爲然。「他眞是個讓人感覺很愉快的人，媽媽，」她補充道：「而且看起來也很紳士，舞也跳得很棒呢！」

「說得好。但是請妳記得，再這樣下去，明天早上妳買東西要到櫃臺結帳時，就會碰上妳今晚的好幾位舞伴了。」吉布森太太冷冷地道。

「可是我眞的不知道該怎麼拒絕到我面前來跟我認識、邀我跳舞的人，我也很想跳舞。您知道的，今天晚上是慈善舞會，爸爸說每個人都可以愛跟誰跳舞就跟誰跳舞呀。」茉莉用祈求般口氣說道，因爲只要跟任何一個人處得不好，她就無法玩得盡興了。

吉布森太太要怎麼回應茉莉這些話我們無從得知，因爲在她開口之前，普瑞斯頓先生往前走了一小步。他本來打算用冰冷且漠不關心的語調說話，一開口卻是氣得發抖的聲音：「如果吉布森小姐在拒絕男士邀舞時有困難，只須向柯派屈克小姐討教一下便行。」

辛西雅抬起她美麗眸子盯住普瑞斯頓先生的臉，非常平靜的，彷彿只是在陳述一件事實而已。「我想您是忘了，普瑞斯頓先生，吉布森小姐的意思是她本身也想跟來邀她的人跳舞——這就是不同之處了。這樣的困難，問我也是沒用哪。」

接下來的對話，辛西雅明顯地充耳不聞。隨後，有人過來邀辛西雅跳舞，她立刻應允。普瑞斯頓先生隨即在空位坐下，此舉讓茉莉有些煩惱。

起初茉莉擔心普瑞斯頓先生會邀她跳舞，但他不僅沒這樣做，還伸手跟茉莉要辛西雅的花束，那是辛西雅起身跳舞時交由茉莉保管的。因爲室溫頗高，花朵俱已失去光彩不再鮮嫩了，不若茉莉的花束那麼好看。茉莉的花束狀況好多了，依舊完整，不像辛西雅的被抽出了好幾朵紅花來裝飾茉莉的頭髮，那些花也一直受到較好的照顧。辛西雅用剩下來的花所紮成的花束雖說狀況不佳，仍夠明顯讓普瑞斯頓先生看出那不是他所送的。他心裡這般作想，於是無聲地要求想檢查一下那束花。偏偏茉莉心想，辛西雅八成不喜歡普瑞斯頓先生動她的花，遂只把花束拿近一點給他看。

「柯派屈克小姐沒給我面子拿我送的花，我知道了。花我想她是收下了，那麼我的卡片呢？」

「對，沒錯，」茉莉被他說話的語氣嚇住了，「可是我們先收到這兩束花了。」

吉布森太太此時恰用一番甜言蜜語插進話，化解了眼前窘境。她明顯地對普瑞斯頓先生有所畏懼，希望能跟他保持和平。

「哦，是的，我們非常抱歉！當然了，我的意思不是說對任一邊的善意感到抱歉。可是漢利大宅送來兩束可愛的花，從茉莉手上拿的就看得出來有多漂亮了——而且在您的花束送來之前就已先送到了呀！普瑞斯頓先生。」

「既然兩位小姐有這麼多花束供選擇，如果能接受我的花，我自會倍感榮幸。在格林花店選花的時候還眞不知該如何選才好，我想再怎麼說，我送給柯派屈克小姐那束花，都比現在吉布森小姐小心翼翼緊抱著的那束精緻得多。」

「哦，那是因爲辛西雅把最漂亮的花都拿來裝飾我的頭髮了！」茉莉急著分辯。

「是嗎？」普瑞斯頓先生語氣裡透著一絲喜悅，彷若高興辛西雅這麼隨意對待另一束花似的。接著他聽到樂隊演奏夸德里爾舞的音樂，便走過去站在辛西雅背後。茉莉看到他要辛西雅答應跟他跳舞——辛西雅不願意，這是茉莉相當確定的。不過，不知怎的，他的臉色態度顯現出一種讓辛西雅不得不聽命於他的力量。辛西雅沉著臉，聽而不聞，漠不關心，面露怒容甚至表現出目空一切之狀。他在辛西雅耳邊小聲地說了些什麼，貌似關於跳舞的結論，辛西雅明顯在極不願意的情況下答應了要求，他走開時俊臉上露出了一抹令人不敢恭維的滿意笑容。

就在此時，人們對陶爾莊園一行人的遲遲未見議論紛紛，一個挨一個擁近吉布森太太身邊，好像她是眾所公認的伯爵伉儷行程計畫的發言人。就某方面來說，這當數恭維，然而她也和旁人一樣不知道究竟出了什麼事，地位很快就降到充滿疑惑的芸芸眾生之列。固德芬太太最是沮喪，她從一個半鐘頭前就把眼鏡戴上，全神貫注緊盯著門口，準備好在第一時間迎接踏進舞會大廳的陶爾莊園來客。

「我頭痛耶！」她抱怨道：「當初應該捐錢就好，今天晚上真不該出門喲。這樣的舞會我看過好多回了，伯爵和伯爵夫人也是，我看過他們好多次了，那時他們還比現在年輕好看。可是每個人都在討論公爵夫人，說公爵夫人和她的鑽石怎樣好什麼的，所以我想自己也得不落人後地過來瞧瞧才是，畢竟從來也沒看過。所以我便一直待在這兒，家裡還燒著煤炭、點著蠟燭呢，都浪費了！因為我交代莎莉要等我，不可以先去睡。我最不能忍受的就是浪費——這是從我母親那兒學來的，像她那樣不浪費的人現在早找不著了。我可以告訴大家，她是個經理，單憑一己之力拉拔大九個孩子。我敢打包票這是沒有人做得到的事。當然了！她也不允許我們浪費，就算感冒時候也不行。如果我們當中有人感冒得厲害，她就會趁機會幫我們剪髮。她是這樣說的：與其感冒兩次不如一次解決——因為我們每次只要剪頭髮也免不了感冒。不過，總而言之，我還是希望公爵夫人能來。」

「啊！請想想我的心情，」吉布森太太開口嘆道：「我好久沒見到親愛的伯爵一家，上次到莊園去的時候也沒和他們說上多少話。因為公爵夫人要我出主意看該如何採辦愛麗絲小姐的嫁妝，一直問我問題，把時間都占光了。——臨走時海芮小姐還跟我說，今天晚上見。這會兒都快十二點了。」

任一個自認跟上流階層有所關聯的人，莫不因陶爾莊園一幫人的缺席倍覺沮喪。兩位小提琴手似乎不太願意再開始拉一支新舞曲，因不想受到大人物們隨時可能進場所打斷。菲比・布朗寧小姐忙著爲大人物們辯解，莎莉・布朗寧小姐則冷靜公正地責怪他們。只有肉販、麵包師傅和製燭工匠之流挺高興大人物缺席，他們可以占著場地，大舞特舞。

最後，騷動聲、腳步聲、耳語聲響起，音樂暫歇，跳舞客不得不跟著停止動作。肯莫伯爵盛裝出場，臂挽著一位肥胖的中年婦女，她打扮得像個女孩，身穿樹枝狀花紋的平紋細棉布禮服，髮上裝飾著鮮花，半件首飾或半顆鑽石也無。雖然如此，這人肯定就是公爵夫人了。可是沒有鑽石怎算是公爵夫人呢？這一身行頭簡直像農夫哈德遜的女兒穿的嘛！她眞是公爵夫人？或可能是公爵夫人嗎？圍在吉布森太太身邊的人越來越多，大家都想聽她確認這令人失望的事實。跟在公爵夫人後頭進來的是伯爵夫人，她穿著黑色天鵝絨禮服，看起來有如馬克白夫人，眉宇之間罩著烏雲，原本俊俏的臉龐因著歲月痕跡已出現皺紋，更突顯眉頭上的陰霾。接著是海芮小姐，然後是其他仕女們，她們之中有一位穿著打扮跟公爵夫人甚爲相似，看起來倒像姊妹而非母女。再來是何陵福特爵士，面無表情，爲人笨拙，態度斯文，後面跟著半打年紀較輕的紳士們，像是亞伯特・蒙森爵士、詹姆斯隊長及其他幾位年紀和地位相仿的男士，一進來就睁大眼睛四處瞧。大家企盼已久的一行人旋風似的坐進爲他們保留的貴賓席，毫不在意中斷了大家的活動。一看到他們來，正在跳舞的人們連忙閃開讓出一條路，幾乎要散回自己的座位上。當舞曲再度響起時，約莫只有不到半數的人站起來，再回去把曲子跳完。

迴異於白波小姐，海芮小姐一點也不介意獨自穿越舞會大廳。她很快看到吉布森一家，把張大眼睛瞪著她看的人都當白菜似的，逕自走過去。「我們終於來了。妳們可好麼，親愛的。哦，小女孩，」她對茉莉說：「妳看起來多美麗！我們眞是遲到太久了，對吧？」

「哦！才剛過十二點罷了，」吉布森太太應話：「我瞧是您們很晚才用餐的緣故。」

「才不是，全因為那個沒禮貌的女人。我們用完晚餐後出來，她就回自己房間去了，和愛麗絲小姐兩人悶聲不響地躲在裡頭。我們還以為是在房裡費盡心思想打扮得光鮮亮麗，話說她們理當如此的。等到十點半，媽媽派人上去通報馬車在門口等著了，公爵夫人卻派人下來說想喝牛肉茶，最後就是如同妳們所見那孩童似的裝扮了。媽媽好氣她，好些人對於不能早點來也覺得懊惱，還有一兩位抱怨著到底要不要來。爸爸是唯一不受影響的人。」海芮小姐說完，轉身問茉莉：「吉布森小姐，舞跳得多不多？」

「很多。雖不是每一支舞都跳，但也差不多了。」

這只是再普通不過的問候，不過海芮小姐單是對茉莉說，看在吉布森太太眼裡，堪比拿著一塊紅布在公牛面前晃來晃去，這樣的事情最惹她惱火。當然，她絕不會在海芮小姐面前表現出來的，只暗自盤算著該如何阻斷兩人的談話，於是挪了挪位置，站在茉莉和海芮小姐中間。海芮小姐便說想坐在辛西雅的座位上，因為辛西雅不在。

「我不要回去加入那群人，我很氣他們。況且那天跟妳見面時間很短，我有很多話想跟妳聊。」她在吉布森太太旁邊坐了下來。

根據固德芬太太後來所描述，「看起來就跟普通人一樣。」這樣說是為了讓自己對今晚的不幸覺得好過些。她鼻梁上掛著眼鏡，仔細觀察了坐在舞會大廳前方貴賓席上的顯貴人士，不怎低調地問著伯爵的土地管理人，亦即她的好鄰居薛勝客先生，追問到底誰是誰。薛勝客先生小聲回答激情的詢問，但效果不彰，因為她近乎耳聾又失明，故只讓她更大聲重複問題而已。現在，她覺得自己玩得差不多了，該回家去把煤炭和蠟燭給熄了。

走過吉布森太太面前時，固德芬太太想到先前談論的話題有必要更新資訊，便說：「我不曾見過這等寒酸的公爵夫人，全身上下連鑽石的影子也沒看到。除了我們伯爵夫人之外，其他人簡直不值一睹。我們伯爵夫人向來是優雅的女性，可惜現在沒有以前健壯了。話說回來，那群人當眞不值得我們等到這大半夜。」

短暫沉默後，海芮小姐伸出手來，說：「您不記得我了，我可是在陶爾莊園見過您之後就認得您了。肯莫夫人是比以前瘦多了，不過我們希望這樣能對她的健康有益。」

「她是海芮小姐。」吉布森太太口氣帶幾分責備，沮喪地向固德芬太太介紹。

「哎喲喂呀！海芮小姐！希望沒冒犯了您才好！可是您看，我的意思是說——請您看看，這麼晚了，像我這樣的人早該睡下啦。我就是撐著要看公爵夫人的嘛！我以爲她會佩戴上鑽石、寶冠，我都這把年紀了，心想這是唯一看到公爵夫人的機會，誰曉得結果教人失望。」

「我也很失望喲，」海芮小姐回道：「本想早一點來的，卻拖遲到現在。我的脾氣也不太好，眞想和您一樣，馬上跑回家躲在床上呢！」

海芮小姐說話語氣如許甜美，逗得固德芬太太放鬆心情笑開，原本的牢騷也變成了讚美。

「我才不相信長得天仙般的您脾氣不好呢！我是個老太婆，所以您得信我說的。」

海芮小姐站起身，低低行了個屈膝禮，然後伸出手道：「我就不耽誤您了。不過，爲了回報您的讚美，我要許下承諾：日後我要是成爲公爵夫人，定當穿戴上我一切的華服與珠寶讓您欣賞個夠。晚安了，夫人！」

「看吧！我早知道會這樣！」海芮小姐說著，不再坐下。「竟在郡內選舉的前夕。」

「哦！您就別提固德芬老太太了，親愛的海芮小姐。她向來牢騷滿腹！我相信除了她也沒人會抱怨，您們要幾點來就幾點來。」吉布森太太說。

「茉莉，妳怎麼說呢？」海芮小姐忽然轉移視線，看著茉莉的臉問道：「妳不認為我們失去了一些擁戴嗎？在此刻，那就意味著選票——我們偏這麼晚才來。過來，回答我！妳以前是個有名的實話實說小傢伙。」

「我不懂擁戴和選票的事。」茉莉勉強答話，並再補充：「我想有些人是覺得您們沒早點來讓他們感到失望，不過，這不就是您們很受愛戴的證明嗎？」

「這是漂亮的外交辭令哦！」海芮小姐微笑著說，用手中扇子輕輕碰了碰茉莉的臉頰。

「茉莉哪裡知道！」吉布森太太冷不防地說：「肯莫伯爵夫人愛何時出現就何時出現，如果茉莉或任何人對伯爵夫人這樣的權利提出質疑，那就太魯莽了。」

「哦，我知道的是，我現在得回媽媽身邊去了。不過在那之前，我得再去襲擊一下這些區域，妳們幫我留個位子。啊！有了——布朗寧小姐們。妳瞧，吉布森小姐，我可沒忘記我的教訓哪！」

一等到只剩下她和繼女在一起，吉布森太太就開口道：「茉莉，我絕不允許妳這樣對海芮小姐說話。若不是我的關係，妳根本不可能認識她，還有，我們說話的時候妳不要插嘴。」

「可是她問我問題，我總得回答呀！」茉莉懇求道。

「哦！這我同意，如果妳得說，當然就得說。反正，我只是直言坦白而已。妳才這個年紀，實在不用發表什麼意見。」

「我也是沒辦法呀！」茉莉說。

「她是個古怪的人。妳看那邊，就算人家沒跟菲比小姐說話，個性軟弱蠢笨的菲比小姐也會受身旁氣氛影響來想像海芮小姐與她交情匪淺。我最討厭的事就是有些人總愛去攀附達官貴人。」

茉莉覺得有夠無辜，不想爲自己申辯，也沒答話。其實，她對觀察辛西雅還比較有興趣。她實在弄不懂，到底是什麼原因令辛西雅態度改變。

辛西雅跳著舞，這是無庸置疑的，她明亮又優雅，絲毫未變，但先前輕巧如羽毛在風中翻飛的舞姿卻不復見。正和舞伴交談的她，臉上失去了慣常的活潑俏皮丰采。當辛西雅的舞伴送她回座位時，茉莉發現她的臉色變了，眼神也無精打采。

「辛西雅，怎麼了？」茉莉低聲問。

「沒事。」辛西雅答道，突然間抬起頭來，語氣略帶尖銳地說：「會有什麼事？」

「我不知道。可是妳看起來不太一樣，是累了還是怎麼了？」

「沒事呀——就是有事也別問。這都是妳自己想的。」

如許前後矛盾的話，不必用邏輯分析，光聽便曉得不對勁。茉莉明白辛西雅想要獨自靜一靜。不過就在這樣的對話之後，教茉莉吃驚的還有，辛西雅對普瑞斯頓先生的態度到底意味著什麼？普瑞斯頓先生走向辛西雅，一語不發即作勢邀辛西雅跳舞，辛西雅二話不說就跟著他去。

這對吉布森太太來說顯然也是相當吃驚的事，她忘了剛剛還渾身是刺的跟茉莉說話，此時她彷彿不相信自己眼睛似的，不解地問茉莉：「辛西雅是跟普瑞斯頓先生跳舞嗎？」

茉莉幾乎無暇回答，因爲也有人來邀舞。跳夸德里爾舞時，茉莉心思既不在舞伴身上也不注意舞步，只猛盯著隨著音樂翩翩起舞的辛西雅。

有那麼一瞬間，她看到辛西雅站著不動，低垂雙眼傾聽普瑞斯頓先生急切的言語，繼而無精打采地在跳舞人群中移動，貌似沒注意到身旁還有人。再和茉莉聚在一起時，辛西雅臉上的烏雲已然變成陰霾了。不過，那時要是有名面相士來研究辛西雅臉上表情，就可讀出那表情包含著反抗與憤怒，或許還參雜些窘困。

當大廳裡的人跳著夸德里爾舞時，海芮小姐正跟她哥哥交談。

「何陵福特！」她用手抓著哥哥的手臂，把他從一群出身高貴的朋友中拉出。他站在他們中間沒說話，一副無聊樣。海芮小姐開口：「你都不知道這些善良鄉親因我們這麼晚才來，又看見公爵夫人一身寒酸打扮，有多受傷、多失望！」

「這有甚好在意？」他問道，樂得趁機跟著妹妹暫時開溜。

「哦，拜託別大智若愚了。你不知道我們就是眾人注目的焦點，是精彩的布景——就像一堆小丑在演著默劇，只差沒穿著戲服而已。」

「我不懂爲什麼……」他喃喃應道。

「相信我吧。他們的確有些失望，你不消去管這合不合邏輯，反正我們得補償他們就是。一來，我不想讓家族領地內的人一臉失望，進而失去對我們的擁戴，再者，六月就要選舉了。」

「那麼，選舉一過我就得離開議會了。」

「胡說八道！這樣爸爸會很難過。不過現在沒時間多討論啦。你得去和那些市井小民們跳舞，我的話則會請薛勝客先生介紹個受人尊敬的年輕農夫一起跳。你就不能叫詹姆斯隊長發揮點用處麼，他竟然跟愛麗絲小姐跳舞！下一支舞我不找個最醜的裁縫師女兒跟他跳才怪！」她勾著哥哥的手臂邊走邊說，似要帶他去找舞伴。他抗拒著，不過——只有力不從心。

「海芮，不！妳知道我不會跳舞。我討厭跳舞，一直都這樣。夸德里爾舞繞來繞去，我可不會！」

「這是鄉村舞蹈呀！」她態度堅決。

「都一樣。再說，我該跟我的舞伴談什麼呢？我毫無半點概念，我跟他們缺乏共通的話題。說到『失望』，一旦他們發現我既不會跳舞又不會聊天，大概會失望個十倍以上！」

「我會手下留情的，別這麼膽小嘛。在他們眼裡，領主跳起舞來跟熊一樣也沒問題——這樣的貴族領主我可認識好幾個——只要喜歡跳便行，百姓們會因而感到光榮無比。你就從茉莉．吉布森開始好了，她是你那位醫生朋友的女兒，是個善良單純又聰明的女孩。我猜，你認為這些條件比外表美麗來得重要多了，對吧？——克萊兒！我想介紹家兄跟吉布森小姐認識，可以嗎？他希望能邀舞。——這位是何陵福特爵士，這位是吉布森小姐！」

可憐的何陵福特爵士！只能乖乖聽妹妹指揮。於是茉莉與他共舞，兩個人都衷心希望這支舞可以跳得好。

海芮小姐隨即輕快移動步伐去找薛勝客先生引介令人尊敬的年輕農夫，獨留吉布森太太在原地。吉布森太太盼著肯莫夫人能派位隨侍男士過來陪她跳舞。跟陶爾莊園裡最名不見經傳的人扯上邊，怎樣都比跟市井小民坐在這兒強得多。她眞希望大家都看到茉莉正跟一位貴族跳舞，即便被選上的人是茉莉而非辛西雅這點讓她稍覺氣惱，還不禁懷疑，難道穿著簡單樸素是最新流行。而在此同時，她也想著該如何不著痕跡地誘使海芮小姐，把亞伯特．蒙森爵士介紹給自己美麗的女兒辛西雅認識。

茱莉發現，這位充滿智慧又知識廣博的何陵福特爵士在跳舞方面異常笨拙，總弄不清楚何時該移動位置、何時該小步跳躍，且老是拉錯手，在該他走回原位時總站著不動，跳這種團體舞卻完全跟不上其他人的腳步，也無法按照正常舞步走，就這樣一直跳到一圈完。到了稍微可喘息的時候，他就向茱莉致歉，因爲知道自己跳得亂七八糟。由於他的態度如許眞誠又平易近人，讓茱莉立刻卸下心防，尤其在跟茱莉透露說他完全不喜歡也不會跳舞，純粹迫於妹妹的命令才勉強爲之的祕密後，更令茱莉覺得如此。在茱莉眼中，他是個年長的鰥夫，年紀幾乎跟她父親一樣大，說著說著，兩人愉快地聊起天來。她從他那兒得知羅傑・漢利剛在一本重要的科學期刊上發表了篇論文，引起廣泛討論。在那篇論文中，羅傑駁倒了某位法國著名生理學家的理論，以文章證明了自己在這方面確實擁有不同凡響的知識。茱莉一聽，亦對這篇論文大感興趣，提出許多問題。

就在一問一答間，茱莉的聰明顯露無遺，相當能接受新知。這讓何陵福特爵士覺得自己還滿受歡迎的，就算整個晚上和茱莉聊下去也不成問題。送茱莉回座時，爵士發現吉布森先生也在座位上，便閒話家常起來，直到海芮小姐三番兩次過來催促他到別處去善盡職責。但沒多久，他又繞回來吉布森先生旁邊，開始討論起羅傑・漢利所寫的論文，吉布森先生還沒聽說過。兩人交談時，吉布森太太就站在旁邊。

何陵福特爵士看到遠處的茱莉，忽然轉移話題道：「令嬡眞是位風采迷人的年輕淑女！大部分的女孩子在她那個年紀都很難聊得起來，她卻是如此聰慧，又對各種新知非常感興趣，閱讀的範圍很廣——連「動物王國」都看過。此外，人也長得漂亮！」

吉布森先生鞠了個躬，十分高興自己女兒受到這樣一位男士的讚美，至於這位男士是不是貴族，在吉布森先生看來倒不是那麼重要。茉莉若只是個傻楞楞聽著何陵福特爵士說話的草包，何陵福特爵士就不會發現她的美了；或者，倒過來看——如果茉莉不是年輕貌美，那麼何陵福特爵士也不會盡力使用最簡單的辭彙讓茉莉明白這些科學上的東西了。不論原因爲何，茉莉終究贏得了何陵福特爵士的認同與讚賞。

待茉莉再次回到座位，吉布森太太溫和地笑臉相迎。其實這不必花什麼腦筋就可以理解，因爲要當上地位顯赫大人物的岳母，其先決條件即是讓人家覺得這位岳母，跟連結兩家關係的大人物的妻子相處融洽。所以此時吉布森太太已然放眼未來了，只是，她期望有這好運道的是辛西雅而非茉莉。但說實在的，茉莉總歸是個受教的甜美女孩，人不僅漂亮也聰穎，如同何陵福特爵士所言。辛西雅喜愛縫製女帽甚於閱讀，讓吉布森太太覺得惋惜不過，不過這也許可以矯正。此時肯莫夫人走過來搭話，朝她點了點頭，示意她在身旁的位置坐下。

吉布森太太整個晚上淨忙著觀察舞會狀況，走來走去的，因此比平常晚睡，但整體而言，這場舞會在她眼中還算差強人意。次日早上，她一醒來就覺得暴躁易怒且疲累不堪。

辛西雅和茉莉也有類似感覺。辛西雅懶洋洋靠在窗臺上，手裡拿著三天前的報紙假裝閱讀，其實心裡對她母親所說的話感到非常不可思議。

「辛西雅！妳就不能拿本書充實一下自己嗎？我想妳聊天的內容一定貧乏得很，不值得一聽。別再看報紙了，多看看書才好。妳何不複習法文呢？茉莉正在看一本法文書，叫什麼《動物王國》的吧？」

「不是！我從沒看過那本書！」茉莉紅著臉說：「我第一次到漢利家住的時候，羅傑．漢利先生有時候會念裡頭的敘述給我聽，順便解釋內容。」

「哦，這樣啊！那恐怕我是弄錯了。不過，還是一樣，辛西雅，妳每天早上眞的得讀些能夠讓妳有長進的東西才是。」

辛西雅並沒回嘴，這眞教茉莉驚訝了。只見辛西雅順服地從布洛涅學校的教科書裡挑了本《路易十四的世紀》來讀。可是不久茉莉即發現，這本「讓她有所長進」的書和方才的報紙一樣，都只是障眼法，辛西雅根本在想心事。

第二十七章 父與子

漢利大宅情形並無好轉跡象，自從漢利家老爺和他長子間鬧出了不愉快以來，父子兩人的芥蒂就沒消除過，持續發酵的不滿尤讓彼此的不和諧雪上加霜。羅傑盡一切所能把父親和大哥拉在一起，然而有時候他自己也忍不住懷疑是否甭管爲妙，因爲反倒養成了他們輪流找他說內心話的習慣，而聽了各自的述說以後，更發覺兩人成見愈益明顯且牢不可破。不論怎樣做似都無法減少籠罩漢利家父子的陰霾，這一點甚至從老爺和奧斯朋的健康狀況即能看出。

漢利老爺越來越瘦，身上的皮有如衣服鬆垮垮地掛在骨架上，原本健康紅潤的臉色不均勻地出現一道道赤斑，雙頰看似掛著條紋的紅蘋果，不復原來日照充足下紅亮的西洋梨。羅傑認爲他父親待在屋內時間太長，菸抽得兇，身體健康受影響，可又很難引他到野外去。漢利老爺不想出門，乃因害怕看到開墾土地上半途而廢的排水工程，更不想看到那些被貶低了價値的樹木，以免再度氣憤難平。

奧斯朋則埋首於他的詩集，盼可獲得出版社青睞，進而在經濟上獨立。他每天給他妻子寫信，寫好後再拿到離家遠的郵局寄出，同時也在那兒收信——這是他寫詩的靈感來源。但他對自己的詩作總是挑剔得很。有時候，他也到吉布森家坐坐去放鬆自個兒心情，有兩位可愛的女孩相伴，的確令他覺得愉快許多。他倒不怎麼花時間和自己的父親相處。事實上，奧斯朋太過任性，或照他自己說法是「太感性」，以致於無法忍受他父親突如其來的情緒變化或頻發牢騷。其實，揣藏著祕密的奧斯朋在良心的作用下，和父親在一起時總覺得不舒坦。對這一家人來說羅傑一點也不「感性」還當眞好，否則，有好幾次當父親的硬要展現對兒子們的權威而耍的家庭暴君姿態降臨，幾無人能招架得住。其中一次就發生在何陵福特慈善舞會後不久。

那一天，羅傑想盡辦法誘使父親跟他到外頭去，父親果然接受了兒子的建議，拿起了久未使用的小鋤頭出門。父子倆走得頗遠。也許年長者發現很久不曾走這麼遠了，倍感吃力，所以回程在快要到家時鬧起彆扭來，就像尋常小孩、老人或病人常會鬧情緒一樣，不斷與身旁同伴鬥嘴。羅傑完全瞭解這種情形，一如往常，溫和地忍耐下來。他們從前門進屋，因前門剛好位於他們返歸的直線上。屋內有著裂痕的舊黃色大理石桌上擺著一張卡片，上頭有何陵福特爵士的署名。老管家羅賓森明顯在等著他們回來，一聽見聲音立刻從餐具室走出，把事情經過告訴羅傑。

「羅傑先生，何陵福特爵士沒見到您，深感遺憾，特留了張卡片給您。想必是奧斯朋先生經過桌子旁看到卡片時，把它收起來了。我問過爵士是不是要見奧斯朋先生，我想奧斯朋先生是在屋裡的。但是爵士說還有其他事情不便久留，交代我向您致意。」

「他沒有問起我嗎？」漢利老爺咆哮道。

「沒有的，老爺，他本人並沒有問起您。可是老爺，如果我未主動提起奧斯朋先生，他也不會想到的。他似乎只急著找羅傑先生。」

「眞奇怪。」漢利老爺道。

羅傑當然也很好奇，卻沒多說。他直接走進客廳，未注意到父親就跟在後面。奧斯朋坐在火爐旁的桌子前，正檢視他寫的一首詩，執著筆修修又改改，有時還停下來思考遣詞用字。

「哦，羅傑！」他一看到弟弟走進來便開口，「何陵福特爵士來過了，想見你呢！」

「我知道。」羅傑回答。

「他留了張卡片給你。羅賓森還跟他說，這樣寫像是要給爸爸的，所以他才用鉛筆加上了『二世』的字樣（羅傑．漢利閣下，二世）。」

此時漢利老爺已走入客廳，他不經意聽到的話簡直要讓他氣炸了。羅傑接過未拆封的卡片，拆開來看。

「他說什麼？」漢利老爺問。

羅傑把卡片遞交過去，裡頭附有一張晚餐請柬，邀請羅傑和來自法國的傑弗瑞先生見面。傑弗瑞先生的理論，在何陵福特爵士跟茉莉跳舞時所提到那篇論文中受到羅傑支持。現在傑弗瑞先生人在英國，可望於下週赴陶爾莊園拜訪，他表達了想會見這篇引發法國比較解剖學界廣泛回響的論文作者之意願。何陵福特爵士本人希望能認識這位跟自己品味相近的鄰居，後面便是肯莫伯爵伉儷禮貌性的問候。何陵福特爵士字跡甚是潦草，極難辨認。漢利老爺一開始委實看不懂，卻又不想別人幫他，弄了半天總算看懂了。

「所以，我們的伯爵郡長終於注意到漢利家嘍。選舉快到了，不是嗎？然而，我要告訴他，我們可沒這麼好騙。我猜這個陷阱是要給你跳的對吧，奧斯朋？你是寫了些什麼讓法國佬這麼著迷呀？」

「父親，不是我！」奧斯朋回道：「卡片是給羅傑的，對方要拜訪的也是羅傑。」

「這我就不懂了，」漢利老爺說：「這些輝格黨傢伙從來沒和我打過招呼，我當然也不希罕啦！以前德本罕公爵對漢利家的人還懂得敬重，畢竟漢利家是本地最古老的地主家庭。不過，自從德本罕公爵過世，這小氣的輝格黨爵士取而代之以後，我便再沒踏進過郡長宅邸吃晚餐了——連一次也沒有。」

「可是父親，我聽您說過肯莫伯爵曾邀請您的，只是您選擇不去。」羅傑說。

「沒錯。你說這話是什麼意思？你以爲我會棄我家族的原則於不顧，去跟輝格黨人拍馬逢迎嗎？絕不！拍馬逢迎是輝格黨人幹的事。那些人，臨近選舉就會來找漢利家的繼承人。」

「父親，我已告訴過您了，」奧斯朋語帶不耐，他有時在父親極不講理時就會出現這種語氣，「我不是何陵福特爵士邀請的對象，羅傑才是。羅傑早建立起他自己的名聲，躋身第一流的學者。」奧斯朋繼續說著，心中夾雜著對自己的責備與對弟弟的驕傲，「他已經出名了，他寫了法國學者們正在探討的理論與創見，所以那位外國學者自然想來認識他，何陵福特爵士也是因爲這樣才邀請他一起吃晚餐。這再清楚不過了，」奧斯朋聲音越來越小，轉而對羅傑道：「如果父親能夠去見識，就會明白這無關於政治。」

漢利老爺聽進這話，不幸地用自己充滿偏見的態度來詮釋，接下來所說的話便毫不客氣表露出他的尖酸刻薄。

「你們這些年輕人自以爲什麼都懂。我告訴你們，這明擺著是輝格黨的伎倆。還有，羅傑——如果他們要找的人是羅傑，幹麼去拍那個法國人馬屁？在我年輕時候，我們都以嫌厭和擊敗他們爲滿足。奧斯朋，你少在那邊亂想，裝出一副要找的不是你而是你弟弟的樣子。我告訴你，他們要找的人就是你。他們認爲長子都是以父親的名字來命名的，羅傑——羅傑．漢利二世。這連三歲小孩都懂。他們曉得我沒那麼容易上當，就編了個法國人的故事。羅傑，你沒事用法文寫東西做甚？我還以爲你夠聰明，不會去管他們寫了些什麼理論、規則的。話說回來，他們要找的人若眞是你，我也絕不答應讓你到輝格黨那兒和那批外國人見面。他們該找的人是奧斯朋。漢利家的代表不是我，就是奧斯朋了，但就算他們來請，我也不會去。奧斯朋大少爺倒有幾分老學究氣息，老愛跑去歐洲大陸也不回溫暖的英國老家。」他繼續一個人獨白，常翻來覆去講些重複的話，直到走出客廳爲止。

奧斯朋應答著父親非理性的咆哮，越說越氣。等到他父親確實走出客廳後，他轉而對羅傑說：「你會去赴宴的，對吧？明天他十之八九會告訴你不同的想法。」

「不，」羅傑低聲回應道，他失望極了，「我不想冒這個惹他生氣的險。我會婉拒邀約。」

「別傻了！」奧斯朋大叫，「爸爸眞是太不講理了。你也聽到他前後說詞矛盾，哦，這樣一個人，簡直像小孩似的——」

「這件事我們就別再提了，奧斯朋。」羅傑邊說邊振筆疾書。他寫完信，吩咐人把信送出，才回到奧斯朋身旁，安慰似的把手搭在奧斯朋肩膀上。那時的奧斯朋拿了本書假裝在閱讀，實則心裡既氣父親又氣弟弟，儘管生氣緣由大不同。

「你的詩寫得怎麼樣，老哥？希望已經可以交付出版社了。」

「不，還不行。倘非爲了錢，我才不管這些詩可不可以出版。『名聲』倘享受不到，要來何用？」

「好了，好了，也別說這個，我們來談錢好了。我下星期要參加院士資格考試，到時候便能有收入。既然已經拿到數學考試第一名的資格，他們應該不會不給我院士資格。我這會兒也很窮，可又不想麻煩老爸，不過啊，等我一拿到院士資格，你就可以帶我到溫徹斯特，把我介紹給嫂子認識啦。」

「到下星期一，我們就滿一個月沒見了。」奧斯朋擱下手中詩稿，兩眼直直看著爐火，彷彿這樣做能招喚出她的容貌。「她在今早的信裡寫了很美的信息，叫我要告訴你。這太美無法翻成英文，你得自己看。」他說著，從口袋裡掏出一封信來，指著紙上的一兩行。

羅傑覺得其中有一兩個字可能拼錯了，不過整體的意涵既溫柔又可愛，充滿了單純而尊敬的謝忱，使得羅傑不住又想起這位從未謀面的大嫂。奧斯朋跟她在海德公園邂逅，她每天帶著雇主家孩子去公園散步，奧斯朋幫忙她找孩子的東西而認識。奧斯朋．漢利夫人那時不過是名法籍女傭，十分漂亮又優雅，常遭她照顧的男女小主人欺負。她是個孤兒，在飯店幫一位英國家庭的女主人送貼身衣物時獲賞識，得到照顧小孩的工作，其實她主人家半當她是寵物要她陪孩子們玩，半要她陪孩子們練習法文（她是法國亞爾薩斯省人）。漸漸地，倫敦忙碌的生活以及應接不暇的娛樂使女主人對艾咪失去了興趣，身處陌生之地又得努力工作的法國女孩越覺孤單寂寞。這種情況下，只要一絲善意就能引得熱情澎拜奔流。她和奧斯朋果陷入浪漫的愛情世界，偶然發現照顧孩子的女傭竟和階級差異的英國青年談起戀愛來的女主人憤怒難當，使艾咪與奧斯朋的戀情受挫。艾咪老實回答了女主人所有問題，雖乏處世的智慧也無經驗可循，艾咪卻絕對忠於她所愛之人。也許女主人唐謝德夫人僅僅出於責任考量而立即將艾咪送回法國的美茲，即艾咪當初遇到唐謝德一家之處，希望回到美茲的艾咪可忘卻這段情緣，恢復原來的生活。不過總歸一句，唐謝德夫人對於被辭退的艾咪或艾咪的生活畢竟所知不多，故當奧斯朋執意要見艾咪、一心想探知艾咪到底怎麼了時，唐謝德夫人便將一切托出。

奧斯朋又氣又急地聽完了唐謝德夫人的敘述，立刻動身前往美茲，一到美茲，他半刻也不浪費就娶了艾咪爲妻。這是去年秋天發生的事，羅傑直到木已成舟，事情全無挽回餘地後甫知他哥哥做了什麼。接著迎來他母親的過世，漢利夫人的過世除讓他們哀痛逾恆外，漢利家更失去了仁慈溫柔的調停者，她在世時總能夠軟化甚至改變漢利老爺的心。只不過，即使她仍在世，怕也無法調解這回漢利老爺與奧斯朋之間的怨懟了。漢利老爺對漢利家繼承人的妻子有著極高甚至是超高的期望，他看不起所有的外國人，對於羅馬天主教徒既恐懼又憎惡，其程度不下於古早先輩對巫術的厭惡。這一切的偏見更因他心中的憂傷而加劇。儘管他總是無的放矢亂發脾氣，可歡樂時光裡的一股憐愛，就有可能化解他先前的一切仇恨。只是，歡樂時光不再，一股憐愛被他經常性的自怨自艾與日益嚴重的暴躁易怒所引起的痛苦踩在腳下。所以奧斯朋娶了艾咪並帶她到英國時，不敢帶她回家，而將她獨自安置在溫徹斯特附近一棟鄉間小屋裡。奧斯朋為了將小屋布置得精緻舒適，甚至不惜舉債為之。

奧斯朋採買家具時品味挑剔，不像艾咪要求簡單實用即可，他以漢利大宅準女主人的眼光來看待這個法國小女人，不僅僅把她當成眼前經濟未獨立、凡事皆得依靠他人的新婚嬌妻。奧斯朋讓艾咪遠離熟知漢利家名聲的中部郡分，安排她住在南方小鎮，因為不想他的妻子對自己成為漢利家女主人有半分懷疑。奧斯朋盡心竭力為艾咪做一切安排，望能善盡為人夫者的職責，艾咪同報以忠實的愛情與令人讚嘆的尊敬。當奧斯朋的虛榮心遇到帳單、或他的學術大夢碰到挫折時，他知道該到哪去尋求安慰。她對丈夫稱讚不斷，直到心中奔流的意念遠勝過口中所能出的言詞而哽咽，對於那些不識她丈夫才華、不懂得對她丈夫頂禮膜拜之輩，她總是義憤填膺，替丈夫感到憤憤不平。她是否想要到夫家「城堡」去認識他的家人？艾咪連提都沒跟丈夫提過。她只是渴望，甚至懇求她丈夫，能夠多陪她一點。她丈夫跟她同在時，老告訴一些他非得暫居他處的好理由，但當她孤寂一人，試圖拿這些理由來安慰自己時，卻發現它們一點也不管用。

何陵福特爵士前來拜訪的那天下午，羅傑一次踩三級階梯，一上樓就遇到了他父親。這是他們討論過陶爾莊園的晚餐邀約後，父子兩人第一次見面。漢利老爺站在通道上，擋住了兒子去路。

「兒子，你要去跟那個老學究見面吧？」漢利老爺說，半是肯定、半是疑問的語氣。

「不，父親，我立刻就寫封信婉拒，請詹姆斯送到陶爾莊園去了。我根本不在意，那畢竟算不得什麼重要的事。」

「你怎地這麼聽我的話呢，羅傑？」他父親鬧情緒般說：「最近你們大家都一聽我說什麼就趕快去做什麼。你們就不能讓一個身心俱疲如我的人，稍微發發小脾氣、鬧鬧小彆扭嗎？」

「可是父親，我是怎樣也不會到看輕您的地方去的。」

「非也，非也，兒子啊，」漢利老爺說著，心情似乎好了點，「我想是我看輕他們。伯爵當上郡長後，一次次邀我過去晚宴，可是我不想跟他們親近。所以，我說是我看輕了他們。」

當時談話到此爲止。不過，第二天漢利老爺又把羅傑給攔下來。

「我已經叫吉姆把三四年沒穿的僕人制服再拿出來穿上。他最近胖了，都穿不下了。」

「哦，他不用穿制服吧，有必要穿嗎？給摩根的兒子穿倒剛好，他很需要衣服。」

「對、對，可是，那誰陪你到陶爾莊園？那個叫什麼的爵士都那樣有禮貌地登門造訪，我們若不回訪就太失禮了。又怎能不派個馬夫陪你一起去呢？」

「我親愛的父親！騎馬時要是有個男人坐在我後頭，我還眞不知道該怎麼辦才好。我自己可以找到去馬廄的路，或者他們也會有人過來照應的。您就別操這個心了。」

「哦，說眞的，你不是奧斯朋，也許你一個人去，他們不會覺得奇怪。可是你得抬頭挺胸、保持尊嚴。記住！你是漢利家的一員，家族歷史淵源流長，遠勝於那些在安妮女王時代才到這個郡裡來的——中看不中用的輝格黨人。」

第二十八章 競爭

慈善舞會之後幾天，辛西雅一直懶洋洋的，相當安靜。在舞會上玩得格外盡興的茉莉，想利用夜晚時光和辛西雅聊一聊這場愉快盛會，忍不住失望起來，因爲她發現只要是舞會相關話題，辛西雅都不太想聊。不過，吉布森太太倒是隨時能和任何想聊的人聊，要聊幾遍都沒問題，偏偏她說的話就好比成衣，缺乏個別性：不論跟誰聊俱是同樣一套，把名字改改，不論聊哪一場舞會皆適用。她就是這樣，老重複同一套劇本，聽到茉莉都曉得她下一句要說什麼，而且厭煩不已了。

「啊！奧斯朋先生，您應該去參加舞會的！我就對自己說過好多次，您沒去眞是太可惜了——您，當然還有令弟也是。」

「那天晚上我經常想到您們呢！」

「眞的嗎？您眞是對我們太好了。辛西雅，親愛的！妳聽到奧斯朋．漢利先生說的話了嗎？（那時辛西雅剛好走進客廳）舞會的那天晚上，他經常想到我們一家人。」

「他做了比只是想到我們還要更好的事，」辛西雅柔和地展露笑顏，「我們還沒謝謝他送給我們那些漂亮的花呢！媽媽。」

「哦！」奧斯朋回應：「別光謝我嘍。雖說那是我的主意，負責行動的可是羅傑。」

「我想，『想法』才是最重要的。」吉布森太太說：「想法是精神層次，行動不過是物質層次而已。」

這句話好得讓說話者自己都嚇了一跳。對話在這等愉快氣氛下繼續進行，似就沒必要去仔細推敲每個字句的定義了。

「不過，我想那些花到得太晚，派不上用場了。」奧斯朋繼續說：「舞會隔天早晨，我偶遇普瑞斯頓，自然而然就聊到舞會。眞讓人惋惜，他的花比我們的早到。」

「他只送了一束花，還是給辛西雅的，」茉莉說道，從手上的活兒抬起頭來，「更何況那是在我們收到漢利家的花之後才送來的。」

茉莉低下頭做縫紉前瞥了瞥辛西雅的臉，只見她臉色泛紅，眼裡含著怒氣。辛西雅和她母親兩人一等茉莉說完便急著接話，而辛西雅情緒過於激動，聲音哽在喉嚨裡出不來。

吉布森太太趕緊說：「普瑞斯頓先生的花不過是尋常花店裡就可買到的制式花束，對我來說沒什麼特別。若是我喜歡的人往山谷裡爲我摘來兩三朵百合花，那意義便大不同了，就算是最貴的花束也無法與之相比！」

「普瑞斯頓先生根本沒理由說他的花比你們的早送來，」辛西雅開口說：「我們都要出門了，他的花才送到。我直接就把整束花扔進火爐裡去了。」

「辛西雅，我親愛的孩子！」直到此刻才知那束花命運的吉布森太太說：「妳這樣說會讓奧斯朋・漢利先生怎麼看待妳呢！不過說眞的，我很能體會。妳繼承了我的感性、我的偏見、我的多愁善感，不喜歡用錢買的花。」

辛西雅沉默了一會兒，然後說：「漢利先生，我用了一些您送的花裝飾茉莉的頭髮。我忍不住這樣做，因爲花的顏色跟茉莉的珊瑚飾品眞的好搭。可是我得告訴您，茉莉一直覺得這樣做違背了您們送花的初衷，破壞了您們費心所紮的花束，所以要怪就怪我好了。」

「花束是我弟弟紮的，如同我先前所說。而且，我相當確定他寧願看到他的花在吉布森小姐的頭髮上也不願見到它們在火爐裡。普瑞斯頓先生眞是錯得離譜了。」奧斯朋覺得這件事挺好玩，打算再探一探辛西雅這麼做的動機。他完全沒聽到茉莉輕得不能再輕、彷如自言自語的話：「我拿的花束是原本的花束，連動都沒動的。」皆因那時吉布森太太積極地轉換了個話題。

「說到山谷中的百合花，赫斯特森林裡眞有野生的百合花嗎？現在應還不到開花的季節吧，不過一旦到了花季，我們可得前去走走看看才行——帶著裝在提籃裡的午餐就等同去野餐了。您會跟我們一起去，是吧？」她轉頭對著奧斯朋，「我想，這是個可愛的計畫哪！您可以騎馬到何陵福特來，把您的馬留在這裡，我們便可在森林裡待上一整天，然後一行人再回到家裡吃晚餐……晚餐時，桌上擺著一大籃的百合花！」

「我眞想去，」奧斯朋回道：「只是到時候我可能不在家。我相信羅傑較可能來，那時候——再一個月吧！」奧斯朋心想著要到倫敦去賣他的詩，再轉往溫徹斯特，他是這樣計畫的。先敲定五月底，他不只在心裡這樣想，也寫了信給他的妻子。

「哦，可是您一定得和我們一起去！我們非得等奧斯朋．漢利先生不可。辛西雅，對不對？」

「我怕百合花不會等我們。」辛西雅答道。

「哦，那麼，我們乾脆延期到犬薔薇和忍冬的季節好了。那時候您就會在家了，對吧？還是倫敦的誘惑太多了呢？」

「我不太確定犬薔薇什麼時候開花哪！」

「閣下不知道麼，虧您還是個詩人呢！您難道不記得那兩句詩：『時值薔薇花季，我們經過時予以採擷①』？」

「記得啊！但那並未告訴我們薔薇花開的確切時間。再說我確信我是依照月曆行事，而非花開的時節呀！您最好還是邀舍弟陪同前去，他對花的喜愛是付諸行動，我純不過是個理論派罷了。」

「好一個用詞『理論派』，那隱喻著您是外行的意思嗎？」辛西雅問。

「我們自然也高興見到令弟。但您為什麼不能一起來呢？據說令弟博學多聞又聰明，坦白說，在這樣的人面前，我是有些靦腆的。如果我們把您的意思解讀為外行，那就請您讓我們見識一下外行的迷人丰采也好。」

奧斯朋欠身回應。受到這般抬愛和恭維自然令他心情愉快，雖說他自知這不過是客氣的場面話而已。跟自己家裡老是令人沮喪的情形相比，這裡實在愉快許多，不僅有兩個可愛的年輕女孩相伴，又有她們母親的甜言蜜語可聽，無論何時他都能夠到這裡來放鬆心情。先別說觸動他自詡有如詩人般敏感神經的感受有多不同，光是這滿室花朵，充滿女性芳香氣息的客廳，還有客廳裡舒適的座椅，鋪著漂亮桌巾的桌子，對照起他家裡空蕩蕩的大客廳中顏色黝暗的帷帘、硬梆梆的椅子，沒有女性主人的照料，貴重家具的擺設也只顯得冰冷死板。加上這裡的食物清淡又烹調得好，跟漢利大宅裡僕人們所做的油膩且重口味菜色比起來，合他胃口多了，也較合他精緻的品味。奧斯朋不免擔心起自己太常造訪吉布森家了（他倒非擔心自己與吉布森家兩位小姐互動太過頻繁可能造成的結果，因為他只把她們當朋友看待——他是已婚男人的事實經常出現他腦海，艾咪也穩穩地坐在他心上。他怕的是別人會把他當乘龍快婿的可能人選）。他不時會想到自己是否太常來享受她們的好意了，對於這樣的好意，目前的自己是無法給予任何回報的。

然而，不明實際狀況的吉布森太太猶暗自得意，奧斯朋這麼頻繁找她們，經常在屋中或花園裡消磨大半天的時光。她毫不懷疑是辛西雅把他吸引過來。

倘若辛西雅再聽話些，她母親就會更常做出緊要關頭已然到來的暗示，不過吉布森太太也頗清楚女兒的個性，一旦辛西雅知道母親處心積慮要撮合她跟奧斯朋，這個任性的女孩勢必會盡其所能跟母親唱反調。有鑑於此，吉布森太太決定促使辛西雅在不知不覺中愛上奧斯朋，就算辛西雅察覺出母親心中的盤算，也不會故意去打亂計畫。然而辛西雅太受歡迎了，經常有人跟她調情、獻殷勤，甚至表達熱烈的愛慕之意，她一刻也不會把奧斯朋所表現的友誼錯認為愛情，對奧斯朋頂多是妹妹對兄長的情誼。

甫獲選為三一學院院士的羅傑就不同了。他見到她時那種發顫的羞怯，難以遏抑的激情或態度，很快就讓辛西雅明白她所必須面對的是什麼樣的愛了。

她從來不說——甚至也不去想，但早在吉布森太太發現之前，辛西雅就已清楚分辨出奧斯朋對她，與羅傑對她是截然不同的感情。

然而，茉莉第一個發現羅傑吸引力。那是在舞會之後，她們第一次看到他，一切都難逃茉莉那雙聰慧的眼睛。從舞會那天晚上以來，辛西雅一直顯得疲倦憔悴。她緩慢地在屋裡踱步，臉色蒼白，眼皮沉重，一向喜愛運動及新鮮空氣的她，如今好說歹說也無法讓她出去散散步。茉莉焦慮地看著辛西雅的日漸枯萎，關心追問是否因為跳舞跳得太疲累，抑或有煩心之事或其他煩惱。對於這些個疑問，辛西雅一概懶懶否認。

有次茉莉不經意地提到普瑞斯頓先生，猛然發現這是個禁忌的話題。辛西雅臉色當下恢復了神氣，抖動的身體顯示出強壓住的不安與焦慮，不過她只說了幾個尖銳字眼表示對那男人沒什麼好感，便告訴茉莉以後再別在她面前提起那個名字了。偏偏茉莉那時不瞭解辛西雅對普瑞斯頓先生的厭惡遠非自己所能想像，所以心想普瑞斯頓先生不可能是辛西雅身體微恙的原因。

孰知這微恙持續了好幾天不見好轉，毫無半點起色，就連吉布森太太都注意到了，茉莉也跟著擔心起來。吉布森太太認爲辛西雅之所以不愛說話又一副倦容，乃是舞會上對於前來邀舞者「來者不拒」的必然結果。顯然的，根據吉布森太太的看法，辛西雅要是只跟名列「紅皮書」②上的紳士們跳舞，今天就不會這麼累了。假如辛西雅狀況好點，絕對會採取行動對母親的這些話挖苦一番，豈料她依舊病懨懨的。吉布森太太對這情況開始感到不耐煩，她罵辛西雅只會胡思亂想，懶惰過日。

最後，半出於茉莉的建議，她們請吉布森先生幫辛西雅診斷，檢查一下這位應是生了病的人。辛西雅最討厭這種事了，尤其是診斷結果說身體其實並無大礙，只是虛弱了點，體力和精神略有不濟，吃些滋補藥方即可，同時必須多多休息。

「若說我有什麼不喜歡的，」吉布森先生交代完他開的診療方子是滋補藥劑後，辛西雅對他說：「就是醫生們老愛拿一匙一匙噁心的混合物當作治療憂傷與焦慮的特效藥。」她臉上掛著微笑。即使心情低落，她仍是對吉布森先生充滿善意，露出笑容。

「好吧！妳剛剛自己承認有『憂傷』的傾向，我們不如來談個條件：如果吐露妳有什麼憂傷和焦慮，我就給妳改個方子，不用吃那些妳口稱『噁心混合物』的滋補藥劑。」

「不要，」辛西雅臉色泛紅，「我才沒說我憂傷焦慮呢！我說的只是一般情形。我有什麼好憂傷焦慮的呢，您和茉莉都對我多好。」她眼中噙滿了淚水。

「好了，好了，我們不談不愉快的事了，既然妳說我的藥噁心，我只好把甜甜的乳劑加在藥裡調和，好讓妳覺得藥沒那麼苦。」

「拜託，不要啦！您不知道我有多討厭甜甜的乳劑和僞裝！我可以吃苦——碰上非吃不可的時候——如果我自己不眞誠，我希望其他事可以是眞誠的——至少，有時候啦！」她再來一個笑容，爲自己的發言畫上句點，只不過笑得略嫌慘淡。

現在，除了自家人外，第一個注意到辛西雅在外表態度上有所改變的人是羅傑・漢利——只不過他見到時，已是開始服用噁心混合物後狀況日漸好轉的她。剛進屋裡的五分鐘，他目光幾乎沒離開過辛西雅，應答吉布森太太所有禮貌性的陳腔濫調時，也一直細瞧著辛西雅。一逮到空檔，他立刻湊近茉莉，橫在茉莉和旁人之間，因爲後面又有其他訪客進屋。

「茉莉，妳姊姊怎會一臉病容！她怎麼了，可看過醫生？請務必原諒我的鹵莽，只不過，同屋簷下的人往往最不易察覺家人病情。」

時至今日，茉莉對辛西雅的愛已是堅定不可動搖的了，不過若說有任何試探性作用的話語，就是羅傑慣稱辛西雅爲茉莉的「姊姊」。倘是其他人這樣說，茉莉還覺得無所謂，也許可以不在乎，不過，這樣的稱謂從羅傑口裡說出來就讓茉莉覺得刺耳與扎心了。因此她回答的時候，不僅是言語，連態度都有些唐突草率。

「哦！她不過是在舞會上累過頭罷了。爸爸已經給她看過病，說很快就會好。」

「不知她是否想出去走走，透透氣？」羅傑深思地問：「我希望——我眞希望能邀她到大宅裡。哦，當然，還有妳跟妳的母親也一道來。可是，我不知道是否能成行——或說，若眞能成行不知該有多好！」

茉莉覺得在目前情況下到漢利大宅去，應會迥異於先前的經驗，她不確定自己會不會喜歡。

羅傑繼續說：「妳們及時收到我們的花了，對嗎？啊，妳都不知道那天晚上我有多記掛妳們！妳們玩得很愉快吧？——妳們有好多出色舞伴，他們讓妳們初次的舞會精彩萬分，是嗎？我聽說妳姊姊每一支舞都跳了。」

「是非常好玩。」茉莉平靜地道：「不過話說回來，我現在不確定會否再去參加舞會了，好像有很多麻煩事都跟舞會連在一起。」

「啊！妳指的是妳姊姊，因爲她的身體不舒服？」

「不，不是的。」茉莉坦率直白地說：「我指的是穿著打扮，還有舞會過後第二天的疲累。」

他大可認爲她很沒感情，她卻覺得自己感情快要潰堤了，因爲她的心正奇怪地緊抽著。然而，生性善良的他根本沒把她的話往壞處想。只不過在要離開時，他表面上握起她的手來道別，實則用輕得只有她能聽到的聲音對她說：「我可以爲妳姊姊做些什麼嗎？如果她喜歡看書的話，妳知道，我們有許多書的。」說完，不等茉莉有表情或言語上的任何回應，便又逕自往下說，「或是花？她喜歡花。哦！我們人工栽培的草莓剛成熟——我明天帶一些過來。」

「我確定她會喜歡。」茉莉回答。

吉布森家不知道奧斯朋何以許久都沒來，但在這段期間，羅傑倒是天天報到，每次來都盡可能帶些可讓辛西雅覺得舒服的東西。辛西雅對羅傑的態度既溫柔又親切，引得吉布森太太警戒起來了。吉布森太太心想，這傢伙雖然「粗野」（她喜歡用這個詞形容羅傑），現在卻是比奧斯朋得寵了。

奧斯朋也不知在做什麼，他不是很喜歡上這兒來的嗎？她暗自打定主意要故意冷落羅傑，不過生性善良如他，根本體會不到這故意使的陰謀，反倒是茉莉被吉布森太太的舉止弄得義憤填膺。茉莉小時候常被說頑皮且容易生氣，現在，她開始發現自己的脾氣還眞挺不好。羅傑或辛西雅不以爲意的事卻教茉莉氣得熱血沸騰；現在她又發現吉布森太太故意縮減羅傑逗留在她們家的時間，不要他太常來，她一直留意這方面的徵兆。繼母一開口，茉莉就摸清她的心思了：她暗示說漢利老爺孤身在家很寂寞，因爲奧斯朋出門去了，羅傑白天又經常逗留於朋友家云云。

「你能過來寒舍吃晚餐，吉布森先生和我自然高興，可是哪，我們也不能太過自私地把你留下，因爲我們都知道你父親一個人在家裡有多寂寞。我們昨天才說起他孤單一人，日子可怎麼過呀！眞是可憐的老人！」

或者羅傑摘了早開的玫瑰紮成花束送過來，吉布森太太便臨時要茉莉陪她出門辦事或拜訪朋友，而辛西雅想待在自己房裡休息。然而羅傑一心記掛著辛西雅，從小受到吉布森先生歡迎，現在遲鈍地看不出來人家並不歡迎他。要是沒見到辛西雅，就是他的損失了；不管怎麼說，他至少也得打聽到辛西雅有沒好些，或帶給她幾樣他以爲她會喜歡的小東西，甚或心甘情願地往吉布森家跑個三四趟，只望能見辛西雅一面。終於，有這麼一天，吉布森太太的勢利眼發作得特別厲害，她平常表現平靜溫和，不知道怎麼個回事，這一天竟是反常的暴躁，行爲舉止異常無禮。

辛西雅好多了，儘管她百般不願承認，但滋補藥劑確實發揮了功效。她的臉頰恢復紅潤，整個人又輕快活潑起來，已經沒什麼好擔心的了。吉布森太太坐在客廳裡忙於刺繡，兩個女孩子靠坐窗邊，辛西雅正笑茉莉模仿她的法文口音朗讀伏爾泰的作品。她們早上總是半開玩笑、半認眞地執行吉布森太太上次交代的，讀些「有長進的東西」。雖說這是何陵福特爵士不經意的話語所帶給吉布森太太的靈感，但舞會之後何陵福特爵士便沒再提過要見茉莉的話，直接回倫敦去了。吉布森太太就像頂著一籃雞蛋巴望著孵出小雞的愛作夢小女人，現在雞蛋都摔到地上破掉啦！這一天還很早，是個愉快清新的可愛六月天，空氣中瀰漫著花朵生長與盛開的芳香，兩個女孩表面讀著法文，卻把大半時間耗在攀折窗外綻放的玫瑰花。她們終於摘到了花紮成花束，放在辛西雅的大腿上，不過把好多花瓣給弄掉了，因此窗臺上雖然滿溢花香，花束本身已失去美麗。她們愉快的嬉鬧聲三番兩次惹來吉布森太太責備，說是吵得她都忘了手上刺繡數到幾針，而她在出門前得完成預定進度才行，因為這樣所以每一個細節都很重要，得小心謹慎才能完成環環相扣的工作。

「羅傑．漢利先生來訪！」樓下傭人通報。

「眞煩！」吉布森太太道，羅傑幾乎可聽到她的話。她邊說邊推開她手上的刺繡活兒，繼而面無表情，冷淡地朝羅傑伸出手去，嘴裡嘟噥著不清不楚的歡迎詞，眼睛仍看著她的刺繡。

羅傑未特別留意，逕自走到窗邊，探頭往窗外瞧。

「眞漂亮！」他說：「現在妳們自己的花開了，不需要漢利家的花了。」

「我同意。」吉布森太太搶在茉莉或辛西雅開口前應道，即使羅傑的話並不是要說給她聽的。「這麼長的時間以來，你都如此好心送花過來，現在我們自己的花盛開著，就不用再麻煩你了。」

羅傑聽著這番話，誠實的臉上現出一絲驚訝神色。也許說話的語氣比所說的話更讓人吃驚吧！不論如何，吉布森太太壯著膽子揮出第一擊了，也暗自決定要等待時機，連續進擊。

茉莉要不是瞥見辛西雅臉色已經氣得發紅，心裡肯定更加難過。她等待著適當的時機發言，因爲明白若眞得幫羅傑說話，最好也是由機智的辛西雅來說較爲穩妥。

羅傑伸出手去，要辛西雅把放在她大腿上那束受損的花交給他。

「雖然如此，但是說到麻煩——」他說：「若吉布森太太覺得這陣子以來很麻煩我，那麼就以這束花作爲回報好了。我覺得這樣便已足夠。」

「就像阿拉丁故事的舊油燈換新油燈哦！」辛西雅把花束遞給他時，笑應道：「要是一直可以用這麼便宜的代價買到你送給我們的漂亮花束就好了。」

「我想，妳大概忘了把我們所浪費的時間給算進去了，時間也該算是我們所付出的成本。」辛西雅的母親說：「說眞的，漢利先生，你這麼常來，那我們得學著讓你吃閉門羹了。還來得這麼早！我在早餐過後到午餐前這段時間，通常都安排了事情要做。而且我希望辛西雅和茉莉能利用這段時間看些有長進的書或學些有用的學問，如果她們想要成爲聰明且討人喜歡的女人。這在她們這個年紀是很重要的。偏偏一早就有訪客上門，她們無法養成好習慣了。」

吉布森太太聲音甜美有餘，唯用做作聲調說著這些話，在茉莉聽起來簡直就像用鉛筆刮過寫字板所發出的聲音。羅傑不由變了臉色，紅潤健康的臉一度變得蒼白，神情黯淡，悶悶不樂。但很快的，平常那種眞誠的表情便又回來了。他問著自己，爲什麼不相信吉布森太太所說的話呢？這時間來拜訪的確太早，妨礙了人家的日常作息。於是他開口說：「我的確太過魯莽了，以後一定不會再這麼早來。可是我今天是有原因的，我哥哥轉告說妳們打算在赫斯特森林玫瑰開花時候前去賞花。今年的花開得比往年早——我已經去看過了。我哥跟我提說，午餐前出發……」

「這是跟奧斯朋・漢利先生約的計畫。沒有他，我是不打算去的！」吉布森太太冷冷地道。

「我今早接到他寄來的信，信上提到了您的願望，但他說有事趕不回來，等到他回來只怕花都謝了。其實，那些花開得也許沒有想像中美麗，不過既然今日天氣這麼好，我想，前去赫斯特森林賞花正是個到戶外走走的好理由。」

「謝謝。你眞是好心，也十分貼心！爲了陪我們，寧願捨棄在家陪老父親的寶貴時光。」

「我父親現在情況比冬天時好多了，較常到他的田地上走動，這是讓我很高興的事。他習慣一個人去，所以我——我們覺得，讓他恢復以前所保持的習慣最好。」

「那，你什麼時候回劍橋？」

羅傑應答時態度有所遲疑，「還不確定。您也許知道我現在拿到了三一學院的院士資格。可是對於將來的計畫目前還不太清楚，我正考慮不久要上倫敦去。」

「啊！倫敦是最適合年輕人的地方了，」吉布森太太道，拿出一副人家請教她而替人家做出好決定的語氣，「要不是我們今天早上特別忙，我還眞想破例一次，撇開晨間任務到赫斯特森林去。哦！應該說再破例一次才對，因爲你常常這麼早來，讓我們破例好多次哩。不管怎麼說，也許在你走之前，我們會再見到你？」

「我一定會再來訪。」他起身準備離開，手裡依然握著辛西雅那束破損的花。接著彷彿是特別對辛西雅說：「我待在倫敦不會超過兩個星期，需不需要幫妳——」再轉向茉莉問道：「或幫妳帶點什麼？」

「不用了，眞的很謝謝你。」辛西雅無比甜美地答道，然後，一陣突如其來的衝動，她轉身攀向窗外摘了幾朵含苞待放的玫瑰送給羅傑。「這些花是你該得的，把那束破損的扔了吧！」

羅傑眼睛發亮，臉頰放光。他接過含苞的玫瑰，卻也沒有丟棄原來的花束。

「總而言之，我以後會在午餐過後才來，況且此後的一個月，下午和晚上是最宜人的時段了。」他同時對著茉莉和辛西雅，不過在他心中則是特別說給辛西雅聽的。

吉布森太太假裝沒聽到他說的話，再次伸出冷淡無力的手。「我想，我們就等你回來時再見了。請轉告令兄，我們非常期待他再次來訪。」

羅傑離開後，茉莉心頭滿滿的。她觀察過他的臉，讀出了他的一些情緒：當他聽到她們要去赫斯特森林的計畫裡並沒有他時所顯現的失望，還有對於不受他老朋友的續弦妻歡迎之事後知後覺——等人家說白了，他才慢慢明白過來。也許這些事對茉莉造成的震撼遠勝於對他。當他從辛西雅手裡接過含苞花朵時臉上所綻放的光芒，顯示有道乍現的喜悅之流沖淡了他先前倍受冷落時所感受到的痛苦。

「我眞想不通他為何專挑不方便的時間過來，」吉布森太太一聽他完全走出屋子後，隨即說道：「他跟奧斯朋是不一樣的。我們跟奧斯朋熟稔多了，奧斯朋過來跟我們交朋友的時候，這個蠢弟弟正在劍橋用數學把自己的腦子搞得烏煙瘴氣。三一學院的院士，眞是的！我還眞希望他可以一直待在那兒，少上這兒來打擾，以為我邀奧斯朋一起去野餐，就連他這個弟弟也一塊邀了。」

「媽媽，簡單來說，就是『只許奧斯朋放火，不許羅傑點燈』嘍。」辛西雅噘著嘴道。

「朋友對待他們兩兄弟的態度幾乎是無差別的，他們兄弟倆感情也很好，羅傑自然以為隨時歡迎奧斯朋的地方也會隨時歡迎他了。」茉莉激昂地接下去，「羅傑那『烏煙瘴氣』的腦袋，眞是的！這個『蠢蛋』羅傑！」

「哦，夠了，女兒們！我年輕的時候，要是女孩家爲了父母禁止男孩子在不適宜時間點過來拜訪而發脾氣的話，是相當不得體的。就算是同一戶人家子弟都受到女孩子相等的喜愛，也不見得就能得到完全相同的待遇——那時候的女孩們總相信父母親這樣做自有其充分理由。」

「媽媽，這就是我剛剛說的嘛！」辛西雅用一副天眞無邪卻倍感困惑的神情看著她母親的臉，「只許奧斯朋——」

「好了，閉上妳的嘴！所有的諺語都是粗俗的，那一句更是粗俗之最。妳學到羅傑．漢利的粗鄙了，我跟妳說，辛西雅！」

「媽媽，」辛西雅也生氣了，「您挖苦我沒關係，可是羅傑．漢利先生在我身體不舒服的時候一直對我很好。我無法忍受您這樣貶低他。如果他是粗鄙的，那我絕不反對爲人粗鄙，因爲那意味著慷慨仁慈、令人愉快，以及送美麗花朵和可愛禮物的舉動。」

這些話惹得茉莉眼淚在眼眶裡打轉，她眞想爲了辛西雅對朋友這般仗義執言上前親她一下，偏又怕控制不住情緒會造成吉布森太太所謂的「場面失控」——吉布森太太慣常那樣描述熱烈的感情。於是茉莉快速放下手中書本，衝到樓上自己房間裡，鎖上門以便自由地呼吸。半小時過後，當她再回到客廳時，臉上猶清晰可見淚痕。她故作端莊地直接走回原先的位子，辛西雅仍和先前一樣坐在那兒，出神地望著窗外，噘著嘴，一副悶悶不樂之狀。迥異於辛西雅的是，吉布森太太正充滿活力地繼續做刺繡，嘴裡大聲數著幾針幾針。

譯註：

①此詩摘自英國詩人湯瑪斯・賀德（Thomas Hood，1798～1845）的作品〈薔薇時節〉（*Time of Roses*）。

②紅皮書（Red Book），即是社會名人錄。

第二十九章 游擊戰

漢利夫人過世至今這幾個月，茉莉好幾次想及留宿最後一天在漢利家圖書室無意中聽到的祕密。對她單純的心靈來說，此椿實是聞所未聞的奇事：一個結了婚的男人，卻沒跟妻子住在一起……倘有孩子的話，這孩子在神聖的婚姻生活中豈不就不知道父親的存在了。而且在那些跟他日常生活有所接觸的人中，認識的也好，不認識的也罷，皆無人知曉他已爲人夫！其實，茉莉有時覺得那得知祕密的十分鐘會否只是夢裡的場景。羅傑和奧斯朋從那時起就沒提過這件事。他們絕不洩漏任何風聲，甚至連一個眼神、一個舉止都小心得很。茉莉有時不禁甚至想，他們該不是忘了她曾聽到過這個祕密？

茉莉得知祕密並離開漢利家，兩兄弟緊接著便因漢利夫人過世陷入悲傷，無暇他顧，在那之後大家也有好一段時間沒聯繫，所以茉莉覺得漢利家兩兄弟八成忘了她是知道他們大祕密的人。茉莉常發現自己幾乎把這祕密給忘了，可卻又會在不注意的時候想到，因此能夠理解奧斯朋對辛西雅懷著何般感情。對她來說，奧斯朋對辛西雅的溫柔有禮，其實純粹是再清楚不過的友情。說來奇怪，茉莉這些日子以來覺得奧斯朋與她自己之間的關係，仍同她以前認定的「羅傑和她的關係」一樣；而且，她覺得奧斯朋差不多是辛西雅和她自己的兄長，就像那種原來不認識、彼此也無甚關聯，卻可能發展出異姓手足情誼的任何一位年輕男子。茉莉認爲奧斯朋在他母親過世後，態度上有明顯改進，也許在個性上亦然。他不再愛譏諷人，或擺出挑剔自負兼自信滿滿的樣子。

其實茉莉不明白，奧斯朋往往以這類行爲來掩飾在陌生人面前的害羞不自在。

奧斯朋的言談舉止倘在未謀面或不熟識對象面前，極可能還是如同以往，不過茉莉見到他時，泰半在家中，亦即奧斯朋認定爲熟人的圈子，表現自然不同。雖然如此，他有所改進仍是不爭的事實，即便不到博得茉莉掌聲的地步，也算不錯了。特別是當發現羅傑仰慕辛西雅時，他就讓出機會給弟弟，自己走開去找茉莉聊天，以免擋了弟弟的路，成爲羅傑和辛西雅的電燈泡。此舉看在茉莉眼裡，自然覺得奧斯朋是個體貼的好哥哥。

在辛西雅和茉莉之間，奧斯朋也許較喜歡茉莉哩！他覺得和茉莉在一起能夠全然放鬆心情，不必爲了說話而說話，有時他們彼此沒有交談，心情卻愉快得很。說眞的，偶而奧斯朋心情一來，想要用以往愛挑剔批評的態度逗羅傑生氣時，他就會堅持說茉莉比辛西雅還漂亮。

「羅傑，你記住我的話嘍。五年後，粉嫩白皙的美女辛西雅就會變得皮膚粗糙，身材開始走樣，而茉莉則將更臻於完美。那女孩還在成長，我敢說她現在比我去年夏天初次見到她時還高。」

「柯派屈克小姐的眼睛誠然是最美的了。我想她那雙眸子堪稱無與倫比，柔和認眞，充滿魅力，溫婉動人，還有那人間難得幾回見的眼睛色澤——我常想在自然界中找出可相比擬之物。啊，紫羅蘭也無法與之相比……她眼中的藍是你無法直視的藍，不像天空的藍——她眼中的藍帶了點冷酷的味道。」

「得了吧！別把她的眼睛當成緞帶，自己倒像個布料商似的，忙著爲她尋找可搭配的布疋。只管說『她的眼睛是你心中的北極星』就行了！我倒覺得茉莉的灰眸子配上黑亮亮又長又捲的睫毛，尤勝一籌。不過當然啦，這攸關個人品味。」

現在，奧斯朋和羅傑都出遠門了。吉布森太太儘管先前說過羅傑到訪時間過早打擾了她們，偏偏羅傑不來之後，又開始想念起他到家裡來的時光。他的到訪就像一陣迥異於何陵福特的新鮮氣息吹進屋裡。他和他哥哥總是隨時準備好幫女士們做些只有男人才能幫女人做的無數瑣事，亦即吉布森先生太忙而無法效勞的瑣事。

話說吉布森先生業務蒸蒸日上，他本人將之歸於自個兒卓越的醫術與豐富的經驗，其實他要是知道眞相，肯定傷心得捶胸頓足：有許多病人純因爲他是伯爵家的醫生才找他看病。當初肯莫家聘請他當家庭醫生的酬勞委實低得很，都快不夠他騎馬過去一趟的成本了，但當時年輕幹練的伯爵夫人告訴他：「對於一名初執業的醫生來說，能受這個家聘用可是件大事！」就在雙方默許的情況下，吉布森先生付出了醫術，賺進聲譽。不過，不管是賣方還是買方，都沒有討價還價。

整體而言，吉布森先生工作繁忙，大部分時間都得在外奔波。其實這樣也好，有時候他總不免覺得，與其在家聽妻子長吁短嘆、碎唸些不關己的芝麻小事，見識她那淺薄的個性，倒不如在外頭圖個自在。話雖如此，他仍舊堅守原則不後悔自己所做的決定，對於可能觸怒自己的事情採取迴避態度，有意閉眼不看、塞耳不聽；在一個人騎著馬踽踽獨行時，他強迫自己去看事情的光明面，著眼於再婚所帶來的好處。至少他爲女兒尋來一位非比尋常的女性保護人，即使稱不上是位溫柔的母親；也爲自己先前雜亂無章的家務管理找來了能幹的經理人，他家餐桌上猶多了個上得了檯面的女主人。況且，她還帶來了辛西雅，這可有加分作用的。辛西雅是茉莉的良伴，兩人顯然都相當喜歡彼此。家裡有了這一對母女的陪伴，不單對他本身，對他女兒而言也是美事一樁，尤其在吉布森太太溫和講理、不小題大作的時候——他在心裡補充道。

然後，他提醒自己別再去想續弦妻的負面性質和缺點了。不管怎麼說，她是無害的，算是茉莉稱職的繼母。事實上，她還爲了此事無比自負，常常在他面前邀功說自己是如何如何不同於一般當繼母的女人。一想到這裡，吉布森先生忽然紅了眼眶，他想到他的小茉莉在他面前變得多麼安靜靦腆，但有那麼一兩次，他們父女倆在樓梯口相遇，或四下無人時，茉莉抱著他——親吻他的手或臉頰——那麼難以言喻的悲情。沒多久，他開始哼起了一首蘇格蘭小調來，是他孩提時候聽過的歌，這還是他第一次哼這首曲子呢！五分鐘後，他就忙著醫治一個膝蓋腫脹發炎的小男孩，一邊想著該怎生安慰這男孩的母親才好。她白天在外當清潔工，晚上回家還得整夜聽著兒子痛苦的呻吟。他無暇顧及自家那些若有似無的惱人瑣事了，再說就算眞有幾件煩惱，跟眼前這樣無助的痛苦比起來，根本算不得什麼。

奧斯朋先回到家。事實上，他在羅傑離開後不久即返回家中，不過他疲倦得很，身體也不舒服。雖然嘴裡沒說有什麼問題，全身就是異常疲累，完全提不起勁來，因此他回到漢利大宅雖已過一兩個星期，吉布森家都沒人知道消息，他們還是在無意中得知此事。

那天吉布森先生到漢利大宅附近小巷中看診，眼睛敏銳的外科醫生注意到前方有人走路步態甚是熟悉，不過一時想不起來是誰。及至追上時，吉布森先生叫道：「咳，奧斯朋，是你嗎？我還以爲有個五十歲的老翁在我前面漫步哩！我不曉得你已經回來了。」

「是的，」奧斯朋說：「我回家快十天了。我知道應該去府上拜訪的，因爲我半答應過吉布森太太，說一回來就會去看她。但事實上，我覺得非常疲累，什麼事都不想做——這空氣讓我很不舒服。我在家裡幾乎沒辦法呼吸，偏偏出來散步也才走了一小段就疲累不堪。」

「你最好馬上回家去。我到洛伊家看診完，便過去幫你檢查檢查。」

「不行，千萬不要！」奧斯朋急切地說：「我父親非常不喜歡我離家遠行，他說我太常出門，其實上次出門已是六週前了。他把我健康欠佳歸咎於經常旅行之故，嚴格管控我的經濟狀況，您也知道的。」奧斯朋補充道，臉上浮出一抹無奈的笑容，「我現在眞可憐，半分錢也沒有的家業繼承人，而我從小長大的環境就是……唉，事實上，我有不得不出門的苦衷。但是，如果我父親看到我這副樣子，將會更加強他原先所認爲『出門旅行讓身體不好』的看法，這樣一來，他就會完全斷絕我的經濟來源了。」

「可方便告訴我，你不在漢利大宅裡的時候，是住在哪裡嗎？」吉布森先生略帶遲疑地問道。

「不！」奧斯朋爲難地答道：「我這樣回答您好了，我跟朋友一起住在鄉下。我在那兒的生活有益健康，因爲那兒的生活簡單又理性，快樂無比。現在您知道的比我父親所知道的還多。他從來不過問我到哪裡去、住在哪裡。即便他問了，我也不會告訴他——不過，我想他不會問的。」

吉布森先生騎著馬在奧斯朋旁邊，約有一兩分鐘沉默不語。然後，他再度開口：「奧斯朋，不管使你陷於困境的是什麼，我建議你大膽地告訴你父親。我清楚他的爲人。我知道他剛開始會很生氣，不過慢慢地氣也就消了。聽我的準沒錯，如果你的問題跟錢有關，他定會想出個辦法來籌錢還掉你的債務，讓你得到自由；如果是別的問題，不論如何，他也都是你最好的朋友。依我看，你跟你父親之間的隔閡，才是你這健康問題的主因。」

「不，」奧斯朋說：「非常抱歉，事情不是像您說的那樣。我的健康眞的有問題。其實，我是因爲健康狀況不佳才不想去面對跟家父間的不愉快。說眞的，我沒有騙您，跟家父間的關係並非我身體不好的原因。我的直覺告訴我，我的身體眞的出問題了。」

「來吧！別只憑直覺，聽聽專業的醫生怎麼說吧！」吉布森先生語氣輕快。他下馬來，把韁繩纏繞在自己手臂上，接著瞧看奧斯朋的舌頭、把把脈搏，還問了幾個問題。最後他說：「我們很快就會找出問題。我實在希望可以跟你多聊一下，沒有這匹動來動去扯著韁繩的馬在旁邊當第三者。或許你明天可以跟我們一起吃午餐，尼可拉斯博士也會過來，他最主要的目的是要來給老洛伊看病。你運氣眞好，一次可以給兩個醫生看哦！你快回家去吧！這麼熱的天，還在正中午出來，運動夠了。還有，別悶悶不樂地待在家裡，淨聽著蠢笨的直覺嘮嘮叨叨。」

「要不然，我還能做什麼呢？」奥斯朋答：「我父親跟我處不來，我又不能老看書或寫作，特別是在缺乏靈感寫不出東西時。有件事，我想告訴您沒關係，但得請您保守祕密——我正努力讓我寫的詩能夠出版，可就是沒半家出版社願意讓我的夢想成眞。沒有人賞識我的作品。」

「哦！原來如此，這就是原因嗎？奧斯朋大師。我就想一定有什麼心理因素使你身體受影響。我要是你，便不讓這種事來煩我了——雖是說的比做的容易，我懂！如果你不能用你的詩打動出版社那些人的心，何不試試寫散文？總歸一句，莫爲無法挽回之事難過。眞抱歉！我得走了。記住我說的，明天來我家。兩名醫生的智慧，再加上三個女人的機智與癡憨，我想應可以逗你開心才是。」

吉布森先生說著，再度跨上馬，座下的馬兒踩著鄉間人盡皆知的醫生小快步，揚長而去。

「奧斯朋那副樣子教人看了眞不禁替他捏把冷汗，」夜裡吉布森先生整理完日記帳，思索著一天發生的事情時，在心中想道，「還有他的脈象也不樂觀。不過，我們都錯了也不無可能。唉，就算情況超乎想像嚴重，我這醫生該操煩的也比他多吧！」

次日早上，奧斯朋來的時間比午餐之約早很多，可是沒有人嫌他來得太早。他整個人感覺好上許多，已不見幾分病人樣態，而且在大家熱情的歡迎下，其愉悅的心情也把僅剩的那麼一點不舒服給驅跑了。茉莉和辛西雅忙著分享在他走後所發生的瑣碎小事，或是提及半途而廢幾樁計畫的結論。辛西雅愉快而不著痕跡地頻頻問起這些日子以來他都到哪裡去、做了些什麼事之類的。幾乎可臆測出事實的茉莉，總在奧斯朋感到不知如何回答之前，插進話來幫他打圓場——細心如茉莉，早在奧斯朋陷入窘迫前就感知他的痛苦情緒。

吉布森太太談的仍是既往不著邊際、前後不連貫的漂亮場面話，再加上她的多愁善感。奧斯朋對大部分一笑置之，整體而言，他還是覺得吉布森太太的談話令人輕鬆愉快。眼前，尼可拉斯博士和吉布森先生正走進來，他們邊走邊討論著奧斯朋的健康狀況。經驗豐富的老醫生不時會用他那擅於觀察的銳利眼睛，理解地看著奧斯朋。

接著到了午餐時間，每個人都心情愉快也飢腸轆轆，除了吉布森太太以外——她正努力把練習已久的上流社會好教養展現在她午餐的胃口上，並且心想（她想錯了）尼可拉斯博士是個好人，會配合上流社會習俗，對於胃口不佳的女主人噓寒問暖來表示關心，這是每一個到人家家裡作客的人在得知女主人身體欠安時都會致上的禮貌性問候。哪知老醫生見多識廣，一眼看穿了吉布森太太的裝模作樣，打定主意不上此當。他非但沒問候吉布森太太的身體健康，反倒不停勸她用些餐桌上的粗食，最後還跟她說，實在可惜，冷牛肉配醃洋蔥眞是太美味了。他說的時候意有所指地眨著眼，任誰看了都明白他在尋吉布森太太開心。不過那時吉布森先生、辛西雅和茉莉，都在抓奧斯朋口中文謅謅用詞的語病，無暇理會。吉布森太太只好啞巴吃黃蓮似的被尼可拉斯博士修理。午餐一結束，吉布森太太樂得立刻讓出空間給三位男士。從此以後，只要提到尼可拉斯博士，她總是以「那頭熊」代稱。

這會兒，奧斯朋依著往常習慣上樓來，開始翻翻新書，問問女孩們鋼琴彈得怎麼樣了。吉布森太太得出門拜訪，留下他們三人在家。過了片刻，這三個人決定移師花園。奧斯朋懶洋洋地躺在椅子上，茉莉忙著把康乃馨綁起來，辛西雅則以她漫不經心的優雅姿態隨意採擷花朵。

「漢利先生，您注意到我們兩人的工作有多麼不同吧！您看，茉莉總做有用的事情，我做的卻都是裝飾性東西。嗄，拜託！您在做什麼呀？我還以爲您至少可以幫一下茉莉或我的忙，不光坐在那兒像個土耳其國王。」

「我不知道我能做什麼……」他露出一副可憐樣，「我也想發揮點用處，可是不知道該怎麼變有用。我向來過的就是中看不中用的日子啊，恐怕您得容許我繼續這樣下去了。而且，被那兩位名醫拖來拖去的，又問了一堆問題，我都快累死了。」

「啊！您該不是說，他們從午餐開始就一直沒放過您了！」茉莉驚叫道。

「是啊！沒錯，正是如此。如果不是吉布森太太及時走進來，我怕到現在還走不了哩！」

「我還以爲媽媽出去好半天了呢！」辛西雅在花叢間輕快地穿梭來去，仍流暢地接腔。

「她不到五分鐘之前走進餐室。您要找她麼，我恰好看到她穿過走廊。」奧斯朋半支起身子問道。

「哦，不要，不要！」辛西雅說：「她似乎急著外出，我還以爲她早就走了。她得幫肯莫伯爵夫人辦點事，想趁著星期四，伯爵夫人管家會到鎮上來的日子碰個面。」

「伯爵一家今年秋天會上陶爾莊園來嗎？」

「我想會吧！可是我不清楚，更何況我也不在乎。他們跟我不怎麼親近，」辛西雅繼續說著，

「所以我也不用太好心地去跟他們親近。」

「我想，這種不攀附權貴的特立姿態反會使他們認爲您很有意思，不可對您等閒視之哦。」奧斯朋道，言談間帶著一絲獻殷勤的味道。

「這可不是在恭維我嗎？」辛西雅假裝沉思了一下，「倘有意恭維，就請直截了當。我蠢得很，聽不懂人家用比喻。」

「這麼說來，『您眞美麗』或是『您眞迷人』，就是您所偏愛的字句。哈，現在我知道了，我一定能把甜言蜜語包裝得不落俗套。」

「那便請您寫下來，我得空時再好好將您的字句加以剖析。」

「不行！這樣太麻煩了！我先說一半，下回再來討論。」

「你們兩個在說什麼？」茉莉倚著她的輕型鋤頭小憩片刻。

「我們不過在討論『恭維的最佳運用原則』。」辛西雅應道，再度拾起她的花籃，但還不打算結束這個討論。

「反正不管恭維以何種形式出現，我都不喜歡就是了。」茉莉說：「不過，這也許是我有一點酸葡萄心理吧！」她補充道。

「胡說！」奧斯朋說：「您要我告訴您，關於我所聽到『您在舞會上的表現』嗎？」

「還是，我應該去煽動普瑞斯頓先生，」辛西雅也開了口，「從妳開始恭維起？包準他好聽的話就像打開來的水龍頭，霎時間流瀉不息。」辛西雅嘴角嘲諷地做出鄙視的樣子。

「那是對妳，也許還有可能啦！」茉莉說：「我可不行。」

「對任何女人都行。他以爲這樣就能夠使自己受歡迎。如果妳願意讓我試試看，我便可讓妳見識我說得有多正確。」

「不了，拜託不要！」茉莉急匆匆道：「我非常不喜歡他！」

「爲什麼呢？」奧斯朋追問，茉莉激烈的反應教奧斯朋相當好奇。

「哦，我不會說啦！只是，他似乎從不察知別人有怎樣感覺。」

「就算他懂也不會在意，」辛西雅說：「要不然，他早該自知不受歡迎。」

「如果他選擇在一個地方留下來，是不會在意人家歡不歡迎的。」

「哇！這可有趣，」奧斯朋說：「妳們就像古希臘戲劇的歌詠隊，這樣一來一往的應唱，請繼續！」

「您不認識他嗎？」茉莉問。

「認識歸認識，不過也僅止於點頭之交，是曾有人幫我們引介過彼此。到底漢利村離艾斯坎伯較遠，不像您們何陵福特這兒，離艾斯坎伯近。」

「可是他就要過來接任薛勝客先生的職務了，此後會長住在這兒。」茉莉說。

「茉莉！是誰告訴妳的？」辛西雅問道，聲調語氣迥異於先前她所說過的任何一句話。

「爸爸說的呀！妳沒聽到嗎？哦，對了，那時候妳還沒下樓來。爸爸昨天碰到薛勝客先生，他告訴爸爸一切都已安排好了。唔，其實，我們在春天的時候就聽到有人在傳這件事呢！」

聽到這起消息的辛西雅異常沉默。這時，她忽然說她需要的花已經採摘完畢，加上熱氣襲人，故想回屋裡去了。奧斯朋連忙起身告辭。而茉莉尚有任務，她忙著把開了花的植物連根挖起，再把其他植物移植過來塡補空位。等她忙完已是又累又熱，趕忙上樓歇歇，順便換件衣服。依照茉莉的習慣，上樓總會先去找辛西雅。她輕輕敲著對面房間的門，竟無回應，心想辛西雅或許睡著了，而且窗戶開著也沒蓋被子。於是她輕手輕腳地走進去。

辛西雅躺在床上，姿態彷如一把將自己摔到床上去的樣子，完全不管這樣睡是不是舒服。她睡得很沉。茉莉抓了條披肩要幫辛西雅蓋上，就在那時辛西雅睜開眼，開口道：「親愛的，是妳嗎？別走！我只是想要知道是妳在那裡。」

她又閉上眼，維持不動繼續躺了幾分鐘。然後她坐起身，把額頭上和紅腫雙眼前面的頭髮撥開，專注地看著茉莉。

「親愛的，妳知道我一直想些什麼嗎？」她說：「我想我在這兒待得夠久了，得出去找個家庭教師的工作才好。」

「辛西雅，妳在說什麼？」茉莉大感震驚，「妳剛剛在睡覺──在作夢吧！妳八成是累壞了。」她在床邊坐了下來，輕輕拾起辛西雅虛弱下垂的手，輕柔撫摸著。這是遺傳自她母親的撫慰模式，不知是先天繼承的本能、或是源自於本身對已逝母親的模糊印象，每當吉布森先生看到她這樣做，心裡總免不了存此懷疑。

「哦，茉莉，妳眞好。我常想，如果我有妳那樣的成長環境，可能也會成爲好人。偏偏我總是被拋來拋去的，沒人要。」

「那麼，就別再把妳自個兒往外拋了。」茉莉柔聲回應。

「哦，親愛的！我最好離開這裡。可是妳也知道，從來沒有人像妳這樣愛我，還有，我想妳父親也是，他也很愛我是嗎？這教我怎麼走得開呢！」

「辛西雅，我確定妳身體不舒服，否則就是在半夢半醒間。」

辛西雅雙手抱膝坐著，兩眼空洞無神，最後大嘆了口氣：「好了！」一看見茉莉滿臉擔心焦慮，她擠出笑容來，「我猜，我是躲不過我的厄運了，不論躲到哪裡去都一樣。再說到其他地方去還更淒涼，更欠缺保護呢！」

「妳說妳的厄運是什麼意思？」茉莉問。

「啊，隨口說說而已啦，小朋友！」辛西雅回道，似已恢復平常的樣子，「我不是說我有什麼厄運，只不過，我覺得我是個徹頭徹尾的懦夫。儘管如此，我還是可以奮戰的。」

「跟誰？」茉莉又問，焦急地想要一探究竟。是否，眞有一個必須奮戰以對之人——她想追根究底，或可找出方法幫助剛走進來時所目睹苦惱不已的辛西雅。

辛西雅再次陷入茫然思緒。接著，她心中回響著茉莉的最後問題，啓口道：「『跟誰？』——哦！跟誰奮戰？當然是跟我的厄運了。我不像個厄運纏身的高傲小姐嗎？啊！茉莉，孩子，妳看起來好蒼白、好嚴肅！」說著，突然親吻了一下茉莉。「妳不著替我擔心這麼多。我不値得妳爲我擔這麼多心。我在許久以前就放棄我自己嘍，我不過是個欠缺感情的野丫頭罷了。」

「胡說八道！我希望妳別再這樣亂說了，辛西雅！」

「我希望妳別再爲我擔心了。哦，天氣怎地這麼熱！都不會再變涼了嗎？我的小朋友！妳的手好髒哪！臉也是哩。我剛才還親了妳一下——我敢說，現在我一定也變髒了。哈！這不像極了媽媽會說的話嗎？不過說眞的，妳看起來較像是在耕種的亞當，而不是在織布的夏娃。」

辛西雅這麼說倒可以打發掉茉莉。向來愛乾淨的茉莉甫才注意到自己滿身塵土，她剛進來陪辛西雅時都忘了，於是趕快回到自己房間。茉莉一走出去，辛西雅就無聲無息地將房門鎖上，爾後從書桌裡拿出她的錢包，開始數錢。她數了一遍——再數第二遍，彷彿剛剛有錢沒數到似的，希望再數一遍後錢可以多些。不過，最終只聽得一聲嘆息。

「啊，我真是個笨蛋！——我怎這麼笨呢！」她終於明白了什麼似的，忽然說道：「就算我不出去當家庭教師，應該也可以及時籌到錢。」

距羅傑上次離開吉布森家時所說的預定返鄉日早過了好幾個星期。有一天奧斯朋到吉布森家拜訪，提到他弟弟已回家兩三天了。

「既然如此，他怎不過來坐坐呢？」吉布森太太說：「我們希望他一得空就過來看我們。請告訴他，是我說的——請務必轉達。」

奧斯朋心裡其實想著上次羅傑到吉布森家時，女主人肯定不曉得對他說了些什麼。羅傑倒無抱怨，甚至連提都沒提過，直到那天早晨，奧斯朋準備前往吉布森家，力邀羅傑同行，羅傑才跟他透露吉布森太太所說的話。羅傑講時並無生氣樣，反用好玩的態度述說著。然而奧斯朋看得出來，對於喜歡往吉布森家跑的羅傑來說，得考慮時間上的限制令他頗覺懊惱。當時兩兄弟心中都有個疑問，不過誰都沒說出口——事實明擺著奧斯朋愛什麼時候去就什麼時候去，從未曾因此受到過冷落啊！

這會兒，奧斯朋倒責怪起自己對吉布森太太的評價有欠公道了。她顯然在個性上有其軟弱之處，但也許對人並沒有什麼偏見。那天，興許是她心情欠佳才會對羅傑說那些話。

「我想，我還是別太早去打擾人家。」羅傑說。

「別這麼說。我總是想去就去，從來也沒人說我去得不是時候。吉布森太太那天早上只是心情不好罷了。我敢說，她現在必定爲了曾經說過的這話後悔不已，而且我保證你以後愛什麼時間去就可以什麼時間去。」

在此之後，羅傑還是有兩三個星期選擇不去吉布森家，等到他終於想去拜訪人家了，她們卻剛好不在家。他又一次覺得自己運氣不佳。不過很快的，他接到一封託奥斯朋轉達給他的信，吉布森太太在信上說——

羅傑先生：

您怎麼忽然變得如此見外呢？僅僅留了張字條，竟不等我們回來？嗳！怎麼這樣嘛！如果您瞧見我看完字條後臉上失望不已的神情，就不會對我生這麼久的氣了。您久未光臨寒舍，這不但是對我家人們的懲罰，也是對我的控訴。倘若您明天方便盡早過來——並且留下來跟我們一起吃午餐，我定當親自跟您謝罪。謹此！

海雅辛西・吉布森　敬上

雖不知美麗詞藻背後有多少眞情實意，這般邀請畢竟讓人難以拒絕。羅傑前往赴約，吉布森太太也極盡親切，溫柔地接待他。短暫小別之後，辛西雅看起來更加討人喜愛了。她跟奥斯朋在一起時也許顯得愉快而神采奕奕，但跟羅傑在一起則顯得溫柔而認眞。她自是瞭解她身邊的男人。她明白奥斯朋之所以對她有好感，乃由於她是這個跟他私交甚篤的家庭中一分子；他的友情是絲毫不帶戀愛成分的，對她的欣賞則因她是名美麗又有主見的女子。但是，她察覺到羅傑與她之間的關係全然不同。對羅傑來說，她是獨一無二、無與倫比的。如果他對她的愛不被允許，那他可能得花上許多年光陰才能將這樣熾熱的愛情沉澱成微溫的友情；對他而言，她的美麗僅是眾多誘發他狂熱戀情的原因之一而已。對於這般感情，辛西雅無能為報，因為她一直以來鮮少被人眞心疼愛過，也或許是由於她所受到的讚賞太多。不過，她很感激羅傑付出眞摯的熱情，如許忠貞的崇拜是她從未經歷過的。基於這樣的感激之情，還有對其眞摯熱誠所回報的尊敬，辛西雅在態度上對羅傑相當溫柔體貼；羅傑也因此對辛西雅有種迥異於其他人的愛戀。在旁冷靜把一切看在眼裡的茉莉猜想著，這一切將會如何結束，或更甚者，這一切會維持多久……因為她想應無哪個女孩能夠拒絕這樣虔誠的熱情，而羅傑更是毫無疑問地愛上辛西雅了——唉！

毫無疑問。但年長的旁觀者可能看得比較遠，考慮到的也就會是英鎊、先令及便士了。談婚姻，必要的收入從哪裡來？羅傑現已具院士身分，這不容置疑，但是他一結婚，這份收入就沒了。他沒有工作，從母親那兒繼承下來的兩三千英鎊目前仍歸他父親所有。此外，年長的旁觀者可能還注意到吉布森太太對小兒子的態度。說實在的，吉布森太太此次對羅傑的熱情，還眞讓事前就領教過她功利主義深厚功力的人嚇一跳。她對奧斯朋當然竭力示好，唯要用同樣的方式對待羅傑時卻遭逢挫敗了。對於連串華麗的恭維之詞，羅傑常覺得對方言不由衷，不曉該怎地回應才好。看得出來她是想告訴他從今以後亦可自由進出吉布森家，他倒也樂得有機會享此特權，藉以近距離好好探究造成她態度改變的動機。他閉上眼，選擇相信吉布森太太是眞心為了上次他到訪時突然發作的壞脾氣，來跟他和解。

兩位醫生為奧斯朋會診結束，為他開出有效的藥方，奧斯朋明顯好轉許多。健康情形獲得改善，他也較有體力去看孤身住在溫徹斯特附近鄉間的小妻子。他總是一得空便過去，多虧了羅傑，現在他手頭比以前寬鬆。然而他仍然畏縮著，也許畏縮得更甚以往，不敢告訴父親關於他已婚的事實。身體上的某些直覺，使他對於一切焦慮有著無法描述的恐懼。

少了羅傑那邊來的經濟援助，他可能就得被迫向父親坦承一切，以求資助他的妻子與即將誕生的嬰兒。現在既然手頭寬裕，加上深信只要羅傑有一分錢絕對會和兄長對分，所以儘管奧斯朋忍受隱藏祕密之苦，但有了弟弟的援助，他更不願冒這個激怒父親的險來說出祕密了。

「時機未到，現在還不是時候。」他不斷這樣告訴羅傑和他自己。「將來，如果艾咪替我生了個兒子，我要取名叫羅傑。」他腦中浮現父子倆因小孫子出生而盡釋前嫌的浪漫畫面，那在不被允許的婚姻下出生的子嗣，今已成了他阻絕一切不愉快想法的擋箭牌。

他藉由想像將來美好的幸福以彌補自己花了羅傑大部分院士津貼的虧欠。倘若羅傑結婚，這津貼也就沒了。雖然如此，奧斯朋仍不欲以自己私心阻擋弟弟的幸福，願盡一己之力幫助羅傑把握每一個可見到心儀女孩的機會。奧斯朋衷心期盼著弟弟能有美好的未來，遂就不再去想自己的煩惱了。

第三十章　舊方法與新方法

普瑞斯頓先生現在搬進何陵福特的新居裡。薛勝客先生則已退休，住到結了婚的女兒在郡城裡的家去，安享晚年。

薛勝客先生的繼任者卯足了勁，力求表現。他首先從肯莫伯爵位於偏遠地帶的未開墾荒地排水工程著手，那塊地恰在漢利老爺的產業隔鄰。漢利家土地申請了政府的補助金，現處於停工階段，先前的排水工程僅做了一半，所以土地上堆疊著苔痕累累的瓦片，還有一條條未整完的溝畦，訴說著開墾工作的失敗。最近，漢利老爺不常騎著馬往這個方向來，而漢利家早年在興旺時所雇的獵場看守人就住在燈心草叢生這塊土地旁的一棟鄉間小屋裡。這位漢利家的老僕人兼佃農生病了，差人送信到漢利大宅去要求見漢利老爺一面，他沒透露任何祕密也沒提什麼特別的事，只是基於對地主的忠心，垂死的老人希望能和他所服侍的主人握個手，再看一眼他們從祖輩以降服侍了好幾代的地主家族現任當家，彷彿這樣可帶給他撫慰。

漢利老爺對老僕人席拉也一向照顧有加，主僕間關係和諧美好。雖然他想及去老席拉的鄉間小屋會經過自己不樂見的那塊地，一想到便不舒服，因爲席拉就住在那塊地旁邊。但老爺還是吩咐備了馬，在接到信的三十分鐘內隨即出發。即將抵達席拉的小屋時，他聽到了工具動作的聲音，也聽到了其他嘈雜聲，正如一兩年前開墾土地時常聽到的那樣。

他驚訝地聽著。沒錯！不是他想像中應有的靜寂，竟是金屬碰撞的哐啷聲，開墾土地時挖土、填土的重擊聲，加上工人們工作的呼喊聲。然而卻不是在他的土地，是在蘆葦叢生的泥地上再過去那邊，要花更多錢、更多麻煩去開墾的土地上。他知道那屬於肯莫伯爵的產業，更明白肯莫伯爵及其家族正在崛起（「這些輝格黨壞蛋」），財富和地位與時並進，而漢利家族一天不如一天。其實，這對漢利老爺來說都一樣（儘管他早已知道事實，儘管他並非不講理），但是撞見鄰居正在做他所做不到的事情，尤其鄰居還是個輝格黨，漢利老爺忍不住氣得七竅生煙。況且對方家族不過是安妮女王時代才到郡裡來的。他邊騎邊想他們（他指的是那些工人）會不會……會不會把他土地上那些瓦片拿來用，畢竟就在旁邊而已。他心中交雜著悔恨、懷疑等複雜情緒，一路來到席拉的小屋。

他下了馬，把馬交由一名小男童照料，男童早上還和年紀比他小點的妹妹，用漢利老爺沒發現的瓦片在扮家家酒玩呢！他是老席拉的孫子，可能把粗製的紅色陶器給打破了——一整疊，一個接一個地，不過，老爺也許就念他兩句，或者什麼也沒說。漢利老爺只是不願肯莫伯爵的工人碰他的東西。絕不！一個也不准他們碰！

老席拉躺在他們家客廳裡一個凹陷處類似櫥櫃的地方。牆上小窗正對著所謂的「獵場」，白天格子花布窗簾往旁邊拉起，老席拉可以清楚地看到工人們在做什麼。跟老人有關的一切事物都堪稱乾淨，唯稍嫌粗糙。眼下，對誰一律平等的死神已近在咫尺，於是老人採取主動，先朝漢利老爺伸出他瘦骨嶙峋的手。

「我就知道您會來哪，老爺！上代當家在我父親臨終前也曾過來看他。」

「好了，好了，我的好幫手！」老爺說道，他一向是個性情中人。「別說死不死的，別怕，我們很快就能讓你活蹦亂跳了。我吩咐人從大宅裡送湯過來，有沒有送來啊？」

「有，有，我喝得可高興了。少主人和羅傑少爺昨天也來看我。」

「是啊！我知道。」

「我看，我今兒個差不多就要上天堂了，我知道。老爺，我想請您留意一下西邊雜樹林裡的獸類隱藏處，長著金雀花的地方有著狐狸的窩啊——那隻狐狸常在那兒出沒的。您記得吧，老爺！雖然那時候您還只是個年輕小伙子。一想到那狐狸的把戲，我到現在都還覺得好笑呢！」說著便想出聲笑，只是虛弱的他卻因這動作惹來連串劇烈的咳嗽，漢利老爺嚇了一跳，以為老席拉就要喘不過氣。老人的兒媳聞聲前來，她告訴漢利老爺說她公公經常這樣咳個不停，也許近日不知道哪一次咳嗽就會把她公公帶離人世了。席拉的兒媳不加避諱，還當著頭靠枕上不停地喘氣、疲憊不堪的席拉面前說出這些話。窮人家在面對無可迴避且漸行漸近的死神時，倒比受過良好教育、講求禮節的人們來得豁達許多。這兒媳不帶感情的言語令漢利先生甚感驚訝，但在行動上她可是輕手輕腳地服侍著老人。她所說的不過是老人早已自知的事實，就像明天太陽仍會升起般的清楚明確。老人較在意的反是繼續告訴漢利老爺未完的故事。

「那些粗工——我稱他們為『粗工』，因為他們有些是陌生人，有些是之前在您的土地上工作過，後來在去年秋天停工時被遣散的——他們從西邊雜樹林裡拔取荊豆，砍折一些灌木林作為燃料，加熱食物。這邊離他們自家很遠，所以他們大部分都在這裡開伙。要是您不知道的話，再這樣下去，那獸類的藏身處就要沒了。我想，我應該在死前把這件事告訴您。普瑞斯頓來過這兒，不過我未跟他提過此事，他從裡到外都是伯爵的人，說了也不會聽。伯爵還找普瑞斯頓到他的教堂去，因為普瑞斯頓在那兒說，開墾土地可以給窮苦人家帶來許多工作機會，可是他們從您的土地上拿東西，他卻連禁止都沒禁止。」

這段冗長敘述，在老席拉不時咳嗽與喘息下終於說完了。吐說出心中的掛慮之後，老席拉轉過臉去面對著牆，看起來像要睡覺的樣子。突然間，他倏地又驚醒過來。

「我知道我鞭打了他一頓，沒錯，是我做的。那是因爲他偷了雉雞的蛋，我哪曉得他是孤兒。上帝啊！請寬恕我！」

「他說的是大衛・莫頓，那個去給獸類放陷阱的跛子。」那兒媳低聲告訴漢利老爺。

「啊——他不是很久以前就死了嗎？差不多是二十年前的事了，我想。」漢利老爺回應。

「是呀！可是公公睡覺時候常常像這樣說著話，彷彿他在作夢，夢到以前的日子去了。老爺，我公公這會兒一時半載的還不會醒過來，如果您想留下來，我去找張椅子給您坐坐。」她說著便往裡頭走，找來了張椅子，用身上圍裙擦著。「他特別囑咐過我，萬一您或羅傑少爺過來看望，就算他在睡覺也要把他叫醒。羅傑少爺說過今早會再來——如果不叫醒我公公，他可能還要睡上一個鐘頭左右。」

「那麼我就先告辭了，不多打擾了。」

「他突然睡得這麼沉哩！」女人說：「不過，若您還有話要對公公說，我把他搖醒。」

「不，不用了！」漢利老爺看那兒媳果眞要去搖醒老席拉的樣子，連忙出聲喊道。「我會再來的，也許明天吧！請妳告訴他，我很不捨，眞的很不捨。記得，如果有任何需要，盡管跟大宅裡說一聲就是！羅傑少爺會過來，是嗎？等他晚些時候回家時，我會讓他再交代席拉的情形。幫我跟妳公公說一聲，我先走了。」

漢利老爺拿了六便士給照料他坐騎的小男童，跨上馬背。他坐著不動好半晌，望著眼前工人們忙碌的景象，再看看自己那開墾到一半的土地，內心不由一陣酸澀。起初他是反對跟政府借錢的，但妻子說服了他。聽從妻子勸告之後，他還爲自己聽得進勸而一度頗覺自豪。其實，在他妻子跟他提說向政府借錢時，他的回應相當緩慢，但小心閱讀了相關資料也仔細研究過可行性。雖說不具什麼特殊本領，他在農業方面的知識實是相當豐富的，還是鄰近地區所有地主中率先以排水計畫來開墾土地的。那時，人們總愛拿漢利老爺的作爲當作茶餘飯後閒談的材料。在固定市集中或郡內餐會上，人們總很怕漢利老爺又要提起他讀過的不同宣傳小冊上針對向政府借貸來開墾土地的不同看法，進而大肆抨擊、辯論。如今他土地周圍的地主們皆實施排水計畫，有聲有色地進行著，他的工作卻停頓了，先前的設備擺在田裡，一天天貶損價值——可跟政府借的錢照樣得支付利息。越想越覺胸中抑鬱難當的漢利老爺，幾乎要跟自己的影子吵起架來。他想給自己的滿腹怨氣找個出口。突然間，他想起不到十五分鐘前才聽來的，自己獵場上蒙受不白慘害的狐狸窩，於是策馬前往工人們正忙碌工作著的那塊肯莫伯爵家土地。見著工人前，他先遇到了騎馬前來監看進度的普瑞斯頓先生。漢利老爺本身不認識普瑞斯頓先生，唯從這位土地管理人的談吐及其他人恭順的姿態來看，漢利老爺認爲普瑞斯頓先生理當就是這裡的負責人。他對土地管理人開口說：「抱歉，打擾了，想必你就是這工程的負責人了？」

普瑞斯頓先生回答：「正是。我就是這裡相關工作的負責人，請多多指教。我接替薛勝客先生的職務，負責管理我們伯爵產業上的土地。您想必就是漢利大宅的漢利先生了，是吧？」

漢利老爺僵硬地欠身爲禮。他不喜歡有人用這款語氣態度提說或猜測他的名字。一個居於同等地位的人可能臆測他是誰、或認得他，不過在他說出自己身分之前，居於次等地位者應僅須謙恭有禮地稱呼他爲「先生」即可；這是漢利先生信守的規矩。

「我是漢利大宅的漢利先生。我猜你可能沒注意到肯莫伯爵土地的界線，故才來告訴你，從那邊池塘後面起便是我的土地了——就是你現在看到的，地勢隆起之處。」

「漢利先生，我相當清楚土地分界線在哪裡。」普瑞斯頓先生說道，對於漢利先生以爲他連這一點都不知道，顯得不大高興。「請問，您找我就是爲了說明土地分界線的事嗎？」

漢利老爺快要發火了，但仍努力讓自己冷靜下來。漢利老爺的努力獲致良好成果，實乃不易。這個長相英俊、衣著時髦的土地管理人，語氣與姿態在在透著一股莫名的氣勢，極爲刺激漢利老爺。更別提不注意都難的兩人坐騎比較了：普瑞斯頓先生騎著一匹壯碩快馬，漢利老爺騎的則是一匹照顧不佳的年邁矮腳馬。

「有人告訴我，你的工人不太在意土地邊界，經常越界到我的獵場上拔取荊豆當作燃料用。」

「他們是有可能這樣做！」普瑞斯頓應道，揚起眉毛，展露的態度比他所說的話更令人不舒服，「我猜他們認爲這樣做無傷大雅。無論如何，我會追問一下。」

「你懷疑我說的話是麼，先生？」漢利老爺焦躁地扭著手中韁繩，弄得他騎的那匹母馬都要跳起舞來了，「我告訴你，我是不到半小時前才聽說的。」

「我沒說我懷疑您說的話，漢利先生。再怎麼說，我也不會這樣做。不過，恕我說句抱歉的話，您兩度提起您『是不到半小時前才聽說的』，姑且不論閣下消息來源可靠與否，這情報錯誤也是不無可能的。」

「我希望你直截了當說你懷疑我的話即可，」漢利老爺說著，將韁繩握得更緊，快把座下的馬給提起來了，「簡單的話無須說得太過複雜。」

「火氣別那麼大，先生，我說了我會問一下。您也沒親眼見到我的工人拔取荊豆，要不然就可以告訴我是誰做的。在問過工人前懷疑您所得到的資訊正確與否，自屬合理，但不管怎麼說，我會去追查這件事。冒犯之處，尚請海涵，然而這就是我處理事情的原則。一旦發現確有損及閣下產業的情事，我定會採取行動避免同樣問題再發生，當然了，也會以伯爵名義賠償閣下的損失——金額也許可以高達五先令銀幣。」他特地壓低聲音補上最後幾字，彷彿說給他自己聽似的，臉上出現一抹輕蔑笑容。

「安靜，馬兒，安靜！」漢利老爺道，絲毫沒注意到都是自己不斷緊扭韁繩才造成這匹老馬的焦躁不安，雜沓亂動。也或許，他是不自覺地在告誡自己要冷靜吧！

兩人都沒瞧見羅傑．漢利正踩著平穩堅定的步伐朝他們走來。羅傑在老席拉的小屋門口就看到父親了，當時那可憐的老人仍然睡著。羅傑要過來跟他父親說話，現在他的距離近得可以聽到底下對話。

漢利老爺說：「我不知道你是誰。這麼說好了，我所認識的土地管理人，有些人是紳士，而有些人並不是。年輕人，你正屬於後者，你的確不是紳士。我應該拿我的馬鞭好好教訓你的傲慢無禮。」

「算了吧！漢利先生，」普瑞斯頓先生冷冷答道：「不如節制您的脾氣，好好反省一下。看到您都這把年紀了，脾氣還這麼火爆，我真覺得遺憾……」他稍稍移動了位置，略略拉開距離，不管怎麼說，還是離這個被激怒了的老人遠一點較安全，以免受不了無禮詆毀而氣憤難當的漢利老爺真的揮鞭過來。

正當此時，羅傑．漢利已來到他們旁邊。他走得有些喘，一雙眼睛嚴肅中帶陰鬱，說起話來倒是相當冷靜。

「普瑞斯頓先生，我不太明白您最後那句話是什麼意思。請您記得，家父論年齡、地位皆是值得尊重的紳士，不習慣由您這樣一位年輕人來指示他該怎麼控制脾氣。」

「我來忠告他，請他的工人離開我的土地。」漢利老爺跟兒子道，想讓兒子說的話站得住腳，所以克制了自己的情緒。言語上雖趨冷靜，但從其他地方依舊看出他的憤怒：發白的臉色，顫抖的雙手，還有眼中的熊熊怒火。「他拒絕了，竟還懷疑我說的話。」

普瑞斯頓先生轉向羅傑，有如請求複審似的，搬出冷靜語調解釋一番。儘管遣詞用字不再傲慢無禮，唯仍一副惹人氣惱的態度。

「令尊誤會我啦——這也難怪，」普瑞斯頓先生意味深長地看了羅傑一眼，彷彿數落他父親不聽解釋。「我從不拒絕做公平正確的事。我純粹要求爲所做錯之事找出進一步證據而已，哪知令尊一聽就生氣了。」說完聳聳肩，還露了一手他先前在法國學到的把戲，也就是故意挑眉。

「即便如此，先生，我還是無法接受我剛走過來時所聽見您對家父說話的用詞和態度。尊意雖好，可對於我父親這般年紀地位的人，我認爲您仍須予以尊重。至於入侵我家土地的事實——」

「他們把荊豆都拔光了，羅傑——我們獵場上的獸類很快便要無處藏身了。」漢利老爺打岔道。

羅傑對父親鞠了個躬，回到他剛才未說完的話：「我會在較冷靜的時候，親自調查。倘若發現有人入侵或確實造成了損害，當然，我希望您遏止這樣的事情再度發生。父親！我們走吧！我正要去探望老席拉，也許您不知道他病得很重。」於是他半哄騙地把漢利老爺盡速帶離現場，以免節外生枝。

不過，他的任務並非功德圓滿。

普瑞斯頓先生被羅傑冷靜又有尊嚴的態度弄得惱羞成怒，因而在他們走後諷刺性地自言自語起來，還故意放大聲量。

「地位，還眞的喲！我們是何等人，膽敢評論一個也沒仔細算算成本就開始做工程，待陷入僵局才只好在寒冬初始就將工人全遣散掉的人有什麼樣的地位……」

他們漸行漸遠，後面的話也就沒聽到。漢利老爺早想回過頭去，可是羅傑控制住了轡繩，領著老馬走過沼澤地，表面上看似羅傑怕老馬腳步不穩而帶領著牠，實則是他決意不讓漢利老爺回去和普瑞斯頓先生繼續爭執。好在這匹矮腳馬認得羅傑，牠也老得喜歡安寧遠勝於跳舞了。

漢利老爺用力扯著轡繩，終於忍不住罵道：「可惡，羅傑！我不是小孩子，別拉著我的馬轡。放開！」

羅傑依言放開馬轡，畢竟他們現在非處於安全地帶，他不想讓旁觀者認為他在控制他父親。而此刻羅傑對於父親粗魯命令全然無聲的順從，較任何方法都更有效緩解了漢利老爺的情緒。

「我知道是我遣散了他們——可是我還能怎麼辦呢？我連他們的週薪都無法支付！這對我是一大損失，就如同你所瞭解的。他不知道，沒有人知道，不過我想你母親是知道的，一入冬就遣散了他們，這讓我多難過呀！我好幾天晚上都睡不著，光想著這件事，我把能給的都給他們了——眞的！我沒有錢可以給他們，所以我將三頭母牛養得肥肥的，然後把每一塊肉都給了那些人。我讓他們到我的樹林裡去，凡是樹上掉落的果實都任憑他們撿拾。我假裝沒看見他們折取老樹枝，而現在，卻讓那個壞蛋這樣糟蹋我！那個狐假虎威的惡僕！我一定要繼續我的開墾工程，要用……啊，我一定要，就是為了氣他。我要讓他知道我是誰。我的地位，還眞的喲！漢利大宅裡的家主，地位遠高於他的主子。我絕對要復工，你且拭目以待！跟政府借的錢每年花我一兩百英鎊的利息。如果去找猶太人，我就可以多借點錢了。多虧奧斯朋讓我學到該怎麼借錢，但他這筆帳他自己得還——他非還不可。我絕不能容忍這樣的侮辱。你不該攔著我，羅傑！我眞希望可以鞭打那傢伙一頓！」

他又發起脾氣來痛罵自己的無能，看得他兒子心裡好難過。就在那時，漢利老爺去探望老席拉時幫忙照料馬匹的那個小孫子上氣不接下氣地跑過來。

「拜託，少爺！拜託，老爺！媽媽叫我來的。爺爺突然醒了，可是媽媽說爺爺快死了，請您們趕快過來。媽媽說她會記得您們的恩惠，一定會的。」

他們趕緊奔往老席拉的小屋。漢利老爺一言不發，突然覺得自己好像是從一陣旋風中被提起來，然後給放到一個靜寂可怕的地方去。

（請繼續閱讀《錦繡佳人》下冊）

國家圖書館出版品預行編目資料

錦繡佳人（上冊）／伊莉莎白・蓋斯凱爾（Elizabeth Gaskell）著；劉珮芳譯
——初版——臺中市：好讀，2016.02
面：　公分，——（典藏經典；83）
譯自：Wives and Daughters

ISBN 978-986-178-374-1（平裝）

873.57　　104027857

好讀出版

典藏經典 83

錦繡佳人（上冊）

原　　著／伊莉莎白・蓋斯凱爾
翻　　譯／劉珮芳
總 編 輯／鄧茵茵
文字編輯／林碧瑩
美術編輯／鄭年亨
內頁編排／王廷芬
發 行 所／好讀出版有限公司
臺中市 407 西屯區何厝里 19 鄰大有街 13 號
TEL:04-23157795　FAX:04-23144188
http://howdo.morningstar.com.tw
（如對本書編輯或內容有意見，請來電或上網告訴我們）
法律顧問／陳思成律師

戶名：知己圖書股份有限公司
劃撥專線：15060393
服務專線：04-23595819 轉 230
傳真專線：04-23597123
E-mail：service@morningstar.com.tw
如需詳細出版書目、訂書，歡迎洽詢
晨星網路書店 http://www.morningstar.com.tw

印刷／承毅印刷股份有限公司 TEL:04-25603918
初版／西元 2016 年 2 月 15 日
定價：399 元
如有破損或裝訂錯誤，請寄回臺中市 407 工業區 30 路 1 號更換（好讀倉儲部收）

Published by How Do Publishing Co., LTD.
2016 Printed in Taiwan
ISBN 978-986-178-374-1

讀者回函

只要寄回本回函，就能不定時收到晨星出版集團最新電子報及相關優惠活動訊息，並有機會參加抽獎，獲得贈書。因此有電子信箱的讀者，千萬別吝於寫上你的信箱地址

書名：**錦繡佳人（上冊）**

姓名：＿＿＿＿＿＿＿ 性別：□男 □女 生日：＿＿年＿＿月＿＿日

教育程度：＿＿＿＿＿＿＿＿＿＿＿＿

職業：□學生 □教師 □一般職員 □企業主管
□家庭主婦 □自由業 □醫護 □軍警 □其他＿＿＿＿＿＿

電子郵件信箱（e-mail）：＿＿＿＿＿＿＿＿＿＿ 電話：＿＿＿＿＿＿＿

聯絡地址：□□□ ＿＿＿＿＿＿＿＿＿＿＿＿＿＿＿＿＿＿＿＿

你怎麼發現這本書的？

□書店 □網路書店（哪一個？）＿＿＿＿＿＿＿ □朋友推薦 □學校選書
□報章雜誌報導 □其他＿＿＿＿＿＿＿＿＿＿＿＿＿＿＿＿

購買這本書的原因是：＿＿＿＿＿＿＿＿＿＿＿＿＿＿＿＿＿＿

□內容題材深得我心 □價格便宜 □封面與內頁設計很優 □其他＿＿＿＿＿

你對這本書還有其他意見嗎？請通通告訴我們：

＿＿＿＿＿＿＿＿＿＿＿＿＿＿＿＿＿＿＿＿＿＿＿＿＿＿＿＿＿＿

你買過幾本好讀的書？（不包括現在這一本）

□沒買過 □1～5本 □6～10本 □11～20本 □太多了

你希望能如何得到更多好讀的出版訊息？

□常寄電子報 □網站常常更新 □常在報章雜誌上看到好讀新書消息
□我有更棒的想法＿＿＿＿＿＿＿＿＿＿＿＿＿＿＿＿＿＿＿＿

最後請推薦五個閱讀同好的姓名與E-mail，讓他們也能收到好讀的近期書訊：

1. ＿＿＿＿＿＿＿＿＿＿＿＿＿＿＿＿＿＿＿＿＿＿＿＿＿＿＿＿
2. ＿＿＿＿＿＿＿＿＿＿＿＿＿＿＿＿＿＿＿＿＿＿＿＿＿＿＿＿
3. ＿＿＿＿＿＿＿＿＿＿＿＿＿＿＿＿＿＿＿＿＿＿＿＿＿＿＿＿
4. ＿＿＿＿＿＿＿＿＿＿＿＿＿＿＿＿＿＿＿＿＿＿＿＿＿＿＿＿
5. ＿＿＿＿＿＿＿＿＿＿＿＿＿＿＿＿＿＿＿＿＿＿＿＿＿＿＿＿

我們確實接收到你對好讀的心意了，再次感謝你抽空填寫這份回函

請有空時上網或來信與我們交換意見，好讀出版有限公司編輯部同仁感謝你！

好讀的部落格：http://howdo.morningstar.com.tw/

好讀的臉書粉絲團：http://www.facebook.com/howdobooks

請填妥後對折黏貼，直接投郵即可，無須貼郵票。

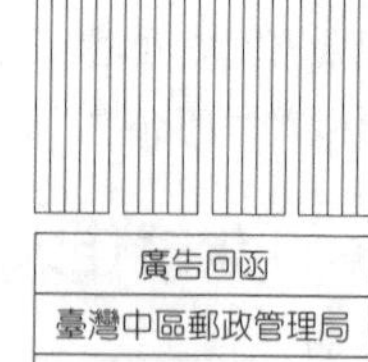

廣告回函
臺灣中區郵政管理局
登記證第 3877 號
免貼郵票

好讀出版有限公司　編輯部收

407 台中市西屯區何厝里大有街 13 號
電話：04-23157795-6　傳眞：04-23144188

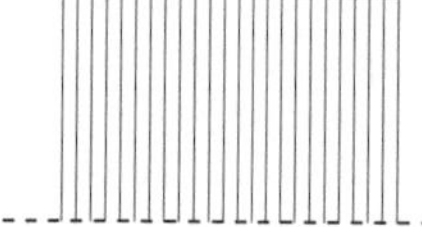

沿虛線對折

購買好讀出版書籍的方法：

一、先請你上晨星網路書店 http://www.morningstar.com.tw 檢索書目或直接在網上購買

二、以郵政劃撥購書：帳號 15060393 戶名：知己圖書股份有限公司並在通信欄中註明你想買的書名與數量

三、大量訂購者可直接以客服專線洽詢，有專人為您服務：客服專線：04-23595819 轉 230 傳眞：04-23597123

四、客服信箱：service@morningstar.com.tw